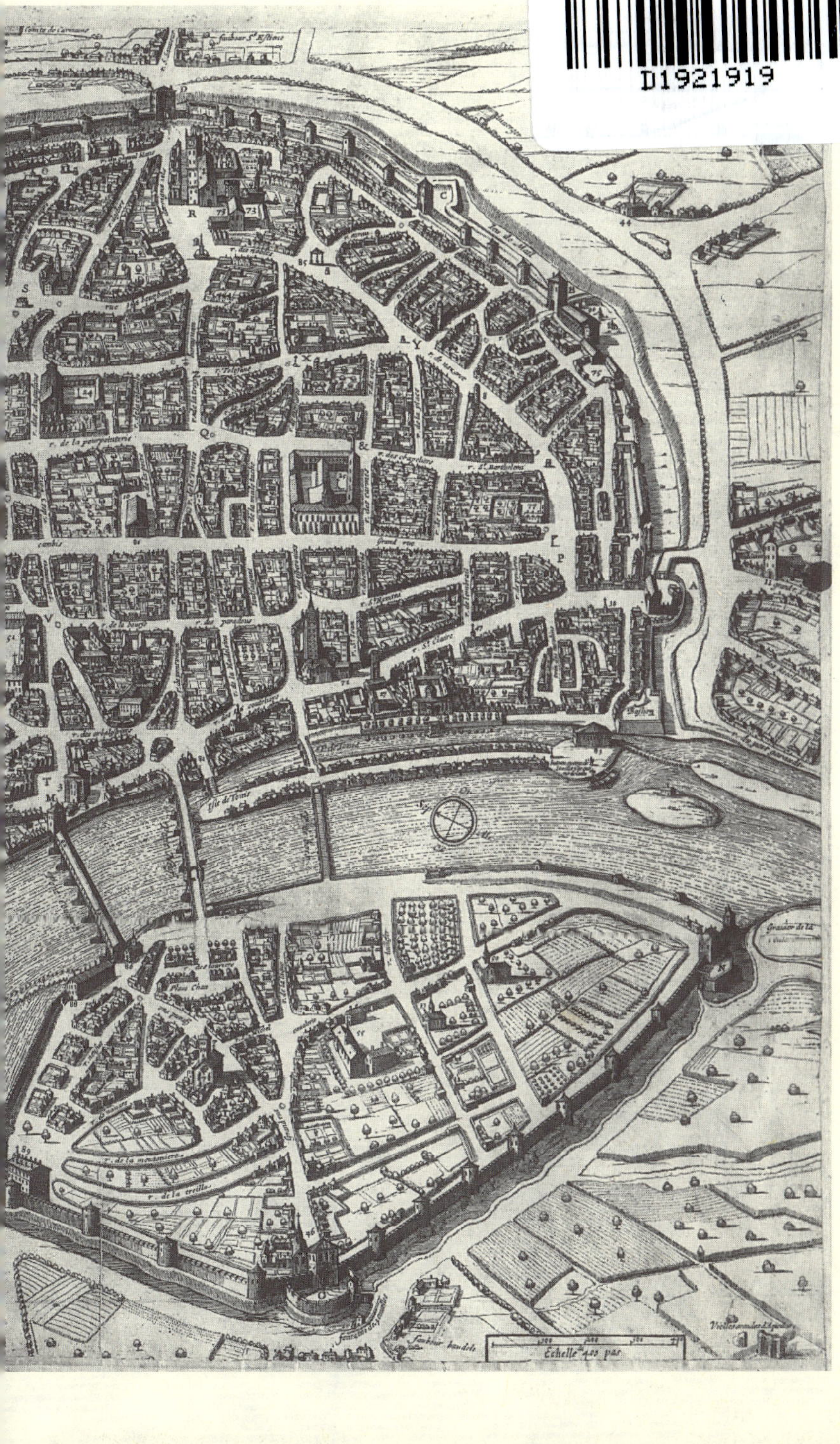

Gougaud · Im Schatten der Kathedrale

Henri Gougaud

Im Schatten der Kathedrale

Roman

Aus dem Französischen von
Wieland Grommes

Diederichs

Die Originalausgabe erschien unter dem Titel
L'Inquisiteur bei Éditions du Seuil, Paris

Die Deutsche Bibliothek – CIP-Einheitsaufnahme
Gougaud, Henri:
Im Schatten der Kathedrale : historischer Roman /
Henri Gougaud. Aus dem Franz. von Wieland Grommes. –
München : Diederichs, 1996
Einheitsacht.: L'Inquisiteur
ISBN 3-424-01218-1

Lektorat: Matthias Wolf
Umschlaggestaltung: Zembsch' Werkstatt, München
Produktion: Tillmann Roeder, München
Satz: Design-Typo-Print, München
Druck und Bindung: Spiegel Buch, Ulm/Jungingen
Papier: Holzfrei und chlorfrei Werkdruck, Schleipen
Printed in Germany

ISBN 3-424-01218-1

1

Der greise Kardinal Arnaud Novelli ließ sein Haupt in die Mulde des Kissens sinken, kreuzte bedächtig seine langen, mageren Finger über der Bettdecke und versuchte sich seinen verstorbenen Leib vorzustellen, wie er in wenigen Tagen sein würde. Doch ein Sonnenstrahl kitzelte seine Lider, und er mußte unwillkürlich schmunzeln. Sinnierend betrachtete er jene Kammer des Klosters Daurade, die ihm der Prior zu seiner Ruhe hatte herrichten lassen, und mit einemmal überkam ihn ein wunderbarer, tiefer Frieden. Zu Beginn seines Siechtums hatte sie ihm mißfallen, denn sie war nüchtern und fast nackt. Nun aber fand er sie in vollkommenem Einklang mit der sonderbaren Seeleneinfalt, die ihn an diesem Aprilmorgen im letzten Bett seines Lebens befiel. Sie duftete nach Eichenfeuer und Heilkräutern, einem Wohlgeruch aus Kindertagen, den er mit einem behaglich gedehnten Seufzer einsog. Er hatte Lust, dieses ganz neue Glücksgefühl seinem Neffen mitzuteilen, der an seinem Lager saß. Doch wozu? Jacques Novelli, genannt der Jüngere, würde ihn nur respektvoll ansehen und nichts begreifen: Für derlei Dinge war sein Verstand zu steif.

Der alte Arnaud lauschte den Geräuschen von draußen: dem Knarren der Mühlen in der wasserklaren Luft, die von der Garonne aufstieg, den langgezogenen Rufen der Flußschiffer, dem Gerumpel eines Karrens auf der Brücke, dem Pont Couvert. Eine Frau am Ufer des Flusses rief deutlich hörbar nach einem Arnaud, nach einem Kind vielleicht oder einem Geliebten, denn die Stimme klang jung. Verzückt richtete der Mann einen zitternden Zeigefinger nach dem Fenster. Jacques Novelli, der von alledem nichts vernommen hatte, ging die Glut nachschüren, legte ein Scheit auf die Feuerböcke, dann richtete er sich wieder auf und klopfte den Staub von seiner langen Kutte. Er hatte sich beschmutzt und war zutiefst verlegen. Den Alten durchzuckte ein spöttisches Kichern, das ihm die Augen näßte. Der andere wollte wissen, was ihn so sehr amüsiere.

»Das Leben ist gut«, antwortete der Kardinal.

»Seid gesegnet, ich weiß, daß Gott Euch wohlgesonnen ist.«

»Nichts weißt du, mein Sohn.«

Novelli der Jüngere ließ den Kopf sinken, faltete die Hände und begann, im Rücken wohlig gewärmt vom auflodernden Feuer, zu beten. Bis vor nicht allzu langer Zeit hatte er den prunksüchtigen und durchtriebenen Mann, dessen nachlässige Frömmigkeit seinen Anstoß erregte, nur wenig geliebt. Und doch verdankte er ihm den Eintritt in den Orden der Predigenden Brüder und insbesondere das Amt des Groß-Inquisitors von Toulouse, aber er war zu schamvoll und vor allem zu strengen Glaubens, als daß er je daran gedacht hätte, ihn seine Dankbarkeit wissen zu lassen. Das Leiden des Kardinals hatte seine starre Haltung jedoch allmählich erweicht. Seit einigen Tagen fühlte er bei jedem

Besuch eine sehr nachsichtige Zuneigung für diesen wehrlosen Greis wachsen, dessen Leben zur Neige ging; die vergangenen Tollheiten des guten Mannes empörten ihn nicht mehr, im Gegenteil: Freudig erwärmte sich sein Herz, wenn er an sie dachte. Doch nichts verriet seine zärtlichen Regungen. Gewöhnliche Gefühle verstand Novelli der Jüngere nicht auszudrücken.

»Deine Gebete öden mich an, mein Sohn«, sagte der Onkel. »Laß Gott aus dem Spiel und gib mir lieber was von dem Zucker, den mir Bischof Gui eben bringen ließ. Ich habe ihn noch nicht gekostet.«

Jacques Novelli streute dem Kardinal ein paar Prisen rostroter Krümel in die Hand, beobachtete mit hämischem Blick, wie er die Hälfte davon in seine Laken verschüttete, und antwortete in einem Ton wie zu einem Kind:

»Wenn ich bete, mein Vater, so deshalb, weil ich mir Eures Heils mitnichten sicher bin.«

Plötzlich erscholl vom Ufer der Garonne ein ungewöhnliches Hufgetrappel, Weibergezeter, Schlagen von Fensterläden und stürmisches Glockengeläut aus weiter Ferne. Jacques warf den Kopf hoch und lauschte. Der Kardinal hingegen blieb ungerührt von dem fieberhaften Lärm da draußen; er hielt die Augen halb geschlossen und lächelte wie ein friedlicher Träumer. Seine lange, fast durchsichtige Hand begann mit dem Staubdunst des Sonnenstrahls zu spielen, der nun quer durch die Kammer fiel. Die Steppdecke auf seinem Bett war voll in Licht getaucht. Dem Greis lösten sich die Lippen:

»Ich fürchte nichts, ich hoffe nichts, mein Sohn, ich bin in Frieden. Gott weiß, daß ich mein Leben lang versucht habe, bei jedem Schritt so wenig Leid wie möglich zu tun. Laß dir's gesagt sein, für einen

Kardinal ist es kein Leichtes, nicht zuviel Leid anzurichten. Wir verbreiten großen Schrecken.«

Jacques Novelli trat an das schmale Fenster und lehnte sich hinaus. Er sah, wie der Jude Ben Massip auf dem Pont Couvert hastig den Fensterladen seiner Auslage zuschlug und hinkend in seinem windschiefen Laden verschwand. Aus der Luke einer Mühle schrie ein Mann einer Gauklergruppe unverständliche Worte zu. Novelli beugte sich hinab zu dem Mönch, der direkt unter ihm an der Klosterpforte stand, und fragte ihn, was los sei. Die Antwort wurde vom Lärm einer vorbeipolternden Reiterschar verschluckt. Als er sich von all dem Tumult draußen wieder abwandte, sah er Bruder Bernard Lallemand mitten in der Kammer stehen. Er hatte ihn nicht einmal eintreten hören.

Bruder Bernard war ein stinkender, rothaariger Koloß mit kleinen, unschuldigen Äuglein in einem Gesicht, das stets in lebhaftem Zinnober glühte, es sei denn, er wurde von einer mächtigen Gefühlswallung übermannt. Dann wölbten sich seine Schultern zum Buckel, sein Haar war zerzaust wie nach einem bösen Traum und sein Gesicht verfiel in eine mehlfahle Blässe. Am ganzen Leibe zitternd und entsetzlich bleich stand er nun vor den beiden Novellis: Er war gerade über einige Dutzend Tote hinweggestapft, die mit durchschnittener Kehle das Pflaster der Rue Jouzaigues bedeckten. Stumm deutete er auf seine zerfledderten Schluffen und halbnackten Beine, die bis zu den Waden mit Dreck und Blut bespritzt waren. Er konnte sich kaum aufrecht halten, so sehr schlotterte er noch vor Entsetzen.

Im Morgengrauen hatte sich, die rote Sonne im Rücken und bis an die Zähne mit Sensen, Sauspießen, Dreschflegeln und Morgensternen bewaffnet, eine Horde Pastoureaux auf Frachtkähnen über die Garonne genähert und war in die Vorstadt von Toulouse eingedrungen. Apokalyptische Gesänge gröhlend, waren sie am Hafen, dem Port Garaud, an Land gestiegen, hatten kurzerhand noch die umliegenden Gärten verwüstet und waren dann durch die Porte du Château Narbonnais in die Stadt eingedrungen. Die Gendarmen des Stadtvogts hatten sie nur einen Moment lang aufhalten können, denn sie waren wie besessen und in der Überzahl. An die sechzig dieser Verrückten hatte man festgenommen und fürs erste in einem Obstgarten der Karmeliter an die Bäume gekettet, bis man sie auf Karren ins Gefängnis führen würde. Die übrigen, wenigstens Tausend an der Zahl, waren zur Stunde, als gerade die Läden geöffnet wurden, in das Judenviertel eingefallen. Wie Berserker hatten sie die Gassenfronten der Häuser eingeschlagen und Möbel, Bettzeug und sogar einige Frauen aus den Fenstern geworfen. Zwischen zertrümmerten Tischen, aufgeschlitzten Fässern und Scherben von Geschirr hindurch hatten sie Greise an den Haaren und junge Mädchen an den Beinen aus der Rue des Sesquières gezerrt und unter dem Gewirbel auffliegender Stoffe und röhrendem Absingen prächtiger, schrecklicher Psalmen zur Place de Rouaix geschleift.

Bruder Bernard Lallemand gestand, er habe seine Stirn mit Wucht in so manche Männerbrust, seine Knie in so manchen Unterleib gerammt und mehr als eine Visage mit Ohrfeigen traktiert, bis ihm die Haut an den Händen geplatzt sei, um einen guten Freund, den Juden Baruch, dem Gemetzel zu entreißen; danach habe er ihn splitternackt und mit blutendem Kahlschädel nach dem Viertel der Zimmerer fliehen sehen.

»Ein Mordsteufel auf einem riesigen Ackergaul war ihm auf den Fersen«, berichtete der Mönch.

»Kein andrer Reiter außer ihm befand sich in der Gasse. Sein Kopf ragte als einziger bis in die Sonne, so hoch saß der Kerl im Sattel. Ich bin mir ganz sicher, das war Jean Le Hongre. Sein Gesicht war mager und bildschön, ganz eingerahmt von fahlblonden Locken. Er war wie ein Bettelmönch gewandet, hatte aber ein Saumesser und ein Schwert am Gürtel. Er sang keine Psalmen, wie's die andern taten. Das Geschrei und die große Angst, die er verbreitete, schienen ihm einen rechten Spaß zu machen. Doch zum Glück ist er mit leeren Händen von seiner Hatz zurückgekehrt. Dann hab ich mich, so schnell ich konnte, aus dem Staub gemacht, während der Galgenlump sein Roß mitten unter die Leute seiner Truppe trieb, die zwischen ihren Knüppeln, Sensen und Spießen eine große Schar Juden gefangenhielten.«

Als der gute Mann ausgeredet hatte, war ihm wieder die rötliche Farbe ins Gesicht zurückgekehrt, doch seine Augen tränten, und sein mächtiger Leib wurde immer wieder von Schluchzern durchzuckt. Kardinal Novelli fragte ihn süßlich, ob er nicht einen Schluck Salbeitee wolle. Mit einem devoten Gegrunze lehnte Bruder Bernard ab und fiel am Bettrand auf die Knie, um die Hand zu küssen, die ihn segnete. Der alte Novelli ließ ihn gewähren, wandte aber den Kopf nach der anderen Seite. Des Mönchs Gestank ekelte ihn bis ans Herz.

»Gib ihm was vom Zucker, und er soll verschwinden«, sagte er zu seinem Neffen.

Jacques Novelli bat Bruder Bernard, wieder in die Stadt zurückzukehren und sich so bald als möglich mit Neuigkeiten bei ihm zu melden.

»Sei ohne Furcht«, beruhigte er ihn, »die Pastoureaux haben's nur auf die Juden abgesehen. Gute Katholiken haben nichts von ihnen zu fürchten.«

Er tätschelte ihm den breiten Nacken und begleitete ihn bis zum Stiegenabsatz hinaus. Das mit dem Zucker hatte er vergessen.

*

»Mein Sohn«, sagte der Kardinal, »heb ein wenig meine Kissen an und hilf mir, mich aufzusetzen. Ich würde gern die Boote auf der Garonne sehen.«

Jacques faßte ihn unter den Achseln, und während er diesen mageren und glühenden, so leichten und zerbrechlichen Körper in seinem umhüllenden Mantel an sich drückte, überkam ihn plötzlich ein obskures Grauen und abgrundtiefes Mitleid. Nervös krallten sich die knochigen Hände des alten Novelli in seine Schultern. Einen Moment lang dachte er, er könnte sich nie mehr aus diesem Klammergriff des Sterbensnahen befreien. Eine wilde Lust überkam ihn, seinen Onkel an die Brust zu drücken, daß man die Knochen knacken hörte, und loszuheulen vor panischer Liebe. Ungewollt berührte sein Mund die Stirn des Greises. Er küßte sie und löste sich sanft aus den Klammern, die ihn immer noch umschlossen hielten.

»Ist's Euch wohl so, mein Oheim?« fragte er.

»Das Fenster ist zu hoch, der Himmel läßt mich nicht aus seinen Klauen«, stöhnte der alte Mann. »Bleib bei mir, Jacques.«

Draußen herrschte jetzt eine mächtige Stille. Nur noch das Knarren der verlassenen Mühlen war unter der milden Aprilsonne zu vernehmen. Die Leute waren Hals über Kopf zu dem Aufruhr in den verwüsteten Gassen gerannt, wo sich Jean Le Hongre wohl gerade bluttriefend und dreckbespritzt inmitten des Geschreis von Verwünschungen und Segnungen, inmitten der erhobenen Fäuste und Knüppel, die ihm bis zu den Zügeln reichten, herrlich hoch zu Roß eine Schneise durch die Menge bahnte.

Schon seit der Normandie schleppte er seine Truppe absonderlicher Kreuzfahrer hinter sich her, tapfre Biedernarren und von visionärem Licht umschienene, zerlumpte Gestalten, die überzeugt waren, Gott der Herr habe sie, arme Schäfer und Hirten, dazu auserwählt, das Heilige Land zu befreien, von dem sie jedoch nichts wußten, außer daß es jenseits der Meere lag. Und so waren sie denn bewaffnet mit Kreuzen und Bannern, eisenbeschlagenen Knüppeln, hohen Piken und stürmischen Liedern einfach drauflos gen Süden gezogen. Doch schon bald war ihnen ihr hirnloser Wagemut von Wind und Regen abgewaschen, auf viel zu langen Wegen abgescheuert worden. Manche unter ihnen hatten in jenen Momenten der Erschöpfung begriffen, daß Jerusalem unerreichbar war und daß der Gott, den sie liebten, nur eine einzige Mühsal von ihnen erwartete, nämlich daß sie die Himmlische Stadt in ihrem eigenen Herzen suchten. Diese hatten die Kreuzfahrt aufgegeben. Die anderen waren, von einer tollwütigen Verzweiflung getrieben, weitermarschiert. Damit nun seine Heerschar von Hirten, die der Geist verlassen hatte, nicht vollends zerfiel, hatte Jean Le Hongre ihnen eine Spezies von Ungläubigen zur Weide verheißen, die ihrem elenden Maß entsprach: die Juden. Von Gottes Erbarmen geführt, wie sie glaubten, brachen die Pastoureaux, seit sie sich auf Aquitaniens Boden befanden, blindwütig mit Faust und Eisen in die Judenviertel ein, die sie auf ihrem Weg fanden, zerrten alles, was hebräische Züge hatte, zur Taufe und spalteten jedem, der sich sträubte, den Schädel. So hatten sie in der Gegend von Agen an die Hundert jener Söhne Israels erschlagen, deren einzige Schuld es war, die christlichen Sakramente zu verweigern. An diesem Aprilmorgen aber versetzten sie mit der viehischen Lust strenggläubiger Mörder die Juden von Toulouse in Angst und Schrecken.

Der alte Novelli tastete auf dem Laken nach der Hand seines Neffen, während er sich mit dünner, verschreckter Stimme über die Wirren in den Gassen entsetzte. Mit aufrichtigem Verlangen, ihn zu beruhigen, entgegnete Jacques, daß die Pastoureaux zwar übelstes Gesindel, aber nützlich seien. Schließlich trieben sie die Juden in Christi Schoß. Konnte dies denn ein Übel sein? Gewiß gingen sie in ihrem Gemetzel entschieden zu weit. Doch Toulouse sei eine kräftige Stadt, blutvoll bis zum Übermaß. Da könne ein tüchtiger Aderlaß doch nur heilsam wirken. Wären diese Kerle erst wieder abgezogen, dann würde die Frömmigkeit des Volkes gefestigter, lebendiger und gottesfürchtiger sein denn je zuvor. Noch dazu gäbe es in der Umgebung der Synagoge, nämlich in der Rue Jouzaigues und in der Rue des Sesquières, schon bald zum Schleuderpreis Häuser zu verkaufen, wo neue Mönche logieren konnten.

»Novelli«, murmelte der Alte, »warum gibst du dich nie einmal dem Mitleid hin? Du verstehst nicht zu lieben, mein Sohn.«

»Ich liebe Gott und meine Mutter, die Kirche«, entgegnete Jacques mit zitternder Strenge. »Und ich liebe Euch, Euch, der Ihr so fern von jener Armut gelebt hat, nach der ich begehre.«

»Ja, ich gestehe, lange Zeit habe ich das Gold, die schönen Möbel und die lebensfrohen Fresken an den Wänden zu meinem Glück für notwendig erachtet«, sagte der alte Mann gelassen. »Sosehr ich irgend konnte, habe ich die Pracht meiner Kathedralen, die Schönheit meiner Ringe, meiner Gewänder genossen, und gewiß war ich einfältig genug, mir in den süßen Reden und Schmeicheleien zu gefallen, mit denen man mich verwöhnte. Aber ich glaube, diese Formen von Schwachheit der Seele sind gesegnet, sie nehmen den Menschen ihre böse Art. Hätte ich auch nur einen Funken mehr Leben in meinen Knochen, ich dächte heute an nichts anderes, als diesen Juden zu helfen, deren Unglück mich schmerzt. Ich habe nicht soviel Verstand wie du, Novelli.«

Jacques entfuhr ein mitleidiges Lächeln, und mit den Fingerspitzen wischte er dem Greis ein glänzendes Rinnsal Tränen von der Wange.

»Ich bin Euer Sohn«, sagte er.

Schniefend streckte der Kardinal eine langsame, weiße Hand nach seinem Neffen aus, der sich über ihn beugte. Einen Augenblick lang schwebte zwischen ihnen im Dämmer des Gemachs ein mächtiges Verlangen, einander zu umarmen. Ein Leuchten gequälter Zuneigung erhellte Jacques' schwarzen Blick, eine flüchtige Rührung befiel ihn, sein Herz schwoll an von zärtlichen Worten, doch er brachte keines über die Lippen. Machtlos sanken seine Hände auf das Laken, er senkte den Kopf.

»Eines Tages wirst auch du lieben, mein Sohn. Eines Tages wird dein Schädel aufplatzen. Dann werden Worte der Liebe aus deinem Innern sprudeln wie aus einer Quelle, und du wirst gerettet sein.«

»Mein einziger Wunsch ist, Euch Ehre zu machen, indem ich der Gerechtigkeit nach dem Gesetz der Kirche diene«, antwortete Novelli der Jüngere. »Die Verirrungen und Vergnügungen des Herzens sind nichts als obskure Torheiten. Gebe Gott, daß ich ihnen nicht erliege.«

»Ich *bin* ihnen erlegen. Ich habe Frauen ›gekannt‹. Sie fügten mir Leiden zu, und dafür segne ich sie jetzt genauso sehr wie für die Freuden, die ich von ihnen erfuhr.«

»Ich weiß, daß Ihr Eure Seele befleckt habt. Alle Welt weiß es in Toulouse. Doch Gott vergibt Euch«, sagte Jacques, wieder in seine gestrenge Steifheit verfallend.

Er fühlte sich erröten und wandte sich ab, denn er schämte sich des verwirrten Zorns, der in ihm hochstieg. Diese Ausschweifungen mußten ungebeichtet bleiben, um zeihlich zu sein. Arnaud Novelli ergriff seinen Neffen am Ärmel und klammerte sich fest, als gälte es, eine schwierige Furt zu passieren. In weite Fernen starrend, sagte er:

»Hör mich an, mein Sohn. Ich erinnere mich noch an meinen ersten Tag der Liebe. Es war in einer Kammer, so schlicht wie diese hier, darinnen ich nun den Tod erwarte. Die Sonne schien ähnlich wie heute. Es war am Nachmittag, vor der Vesper. Als meine Geliebte sich vor mir auszog und sich nackt aufs Bett legte, ergriff mich eine Zufriedenheit die so überwältigend war, daß ich mich dabei ertappte, wie ich zu Gott sagte: ›Du, der Du mich bis hierher in Deiner Hand gehalten, laß mich nun fahren; Friede sei mit Dir, und ein jeder gehe seinen eigenen Weg.‹ Da ist Gott von mir abgerückt. Und wem tat ich in jenem Moment Dank für meine Befreiung und mein Entzücken? Vielleicht jener Frau, vielleicht auch Dem, der mich so guten Herzens verließ. Seit jenem Tag habe ich mich nie mehr darum gesorgt, zu Ihm zurückzufinden. Ich habe gelebt. Das genügte mir vollauf.«

Er tat einen langen Seufzer, und mit einer großen kindlichen Angst fügte er hinzu:

»Hast du nun überhaupt noch einen Funken Zuneigung zu deinem alten Oheim Novelli?«

Jacques verharrte, vor der Bettstatt kniend, in Schweigen und vergrub das Gesicht in seinen Händen. Arnaud wühlte seine Finger in das kräftige Haar dieses einzigen Sohns seines Lebens, versuchte ihn an seine Brust heranzuziehen. Er hörte ihn beten, und das erzürnte ihn. Er packte ihn an seiner Mähne und zwang ihn, den Kopf aufzurichten.

»Vergiß nicht zu leben, Novelli«, sagte er. »Ich hinterlaß dir als Erbe das Amt eines Bischofs und den Nießnutz der Abtei Fontfroide. Wenn du es verstehst, meine Freunde zu hofieren und den Papst zu umschmeicheln, dann wirst du in Kürze Kardinal.«

»Ich bin Inquisitor, das genügt mir. Das ist eine schwere Bürde.«

»Wenn du nicht auf der Hut bist, wird sie dich zermalmen.«

Arnaud Novelli verkroch sich stöhnend unter die Bettdecke. Sein greiser Leib war nur mehr ein einziger Sack voller Schmerzen. Ungeschickt und lieblos half Jacques ihm, sich zuzudecken. Als ihre Gesichter einander begegneten, fragte der Alte leise:

»Würdest du mich wegen der ungläubigen Reden, die ich gerade führte, verurteilen, wenn ich kein Prälat wäre, der im Sterben liegt?«

»Habt Erbarmen, Pater Novelli, Ihr foltert mich.«

»Schließ mich in deine Arme. Möge die Liebe über dich kommen. Möge das Leben dich behüten. Ich habe Angst um dich.«

Novelli der Jüngere löste sich aus seiner Strenge und überließ sich den dargebotenen Armen. In dieser Stellung traf Bruder Bernard Lallemand sie an: eng umschlungen auf dem Bett und schweigend in dem Sonnenstrahl, der durch den Dämmer drang.

*

Die Neuigkeiten, die er brachte, waren keine guten: Le Hongre hatte seine Horde bis vor die Kathedrale Saint-Étienne geführt und hielt gerade eine flammende Rede vor dem Volk von Toulouse, das auf dem Platz versammelt stand. Bruder Bernard war eine geraume Weile dageblieben, um ihm zuzuhören. Dieser allzu wortgewandte Wirrkopf hatte die Männer der Kirche auf seine großmäulige Art schwer beschimpft und sie beschuldigt, sie würden die Mörder Christi mit unsittlicher Weichheit behandeln. Er hatte es gewagt, Bischof Gui de l'Isle und den Inquisitor Novelli wie ein rotzfrecher Jahrmarktsgaukler nachzuäffen, hatte mit grotesk verzerrtem Gesicht ihre Stimme imitiert und jene hohen Herrn gemimt, wie sie sich gierig das Gold der Ungläubigen krallten und ihnen katzbuckelnd die speckglänzenden Hände küßten. Der Pöbel hatte gewiehert über seine Grimassen. Auch gegen das Judenviertel hatte er so fanatisch gegeifert, daß sich die Menge, das Maul voll blutrünstiger Ferkelei und mordlüsterner Rede, mit wildem Gefuchtel um den Brunnen zu drängen begann, auf dem er thronte. Mit wuchtigen Fausthieben und Ellbogenstößen war es Bruder Bernard gelungen, sich einen Weg durch den furchteinflößenden Rausch zu bahnen und in die Kathedrale zu gelangen, wo man einige Dutzend Juden eingeschlossen hatte, die sich lieber taufen als abschlachten lassen wollten. Verschreckt und lamentierend wie eine Kohorte von Toten im Dunkel des Purgatoriums hatte sie der Mönch unter den hallenden Gewölben vorgefunden. Blanke Empörung war ihm hochgekommen, als er sah, wie Priester diesen armen Teufeln, die man mit Gewalt auf den Knien niederhalten mußte, das Sakrament der Taufe verabreichten, bevor man sie einen nach dem anderen wieder der Sonne und kochenden Wut auf dem Platz auslieferte, wo so mancher, obwohl nun Christ geworden und obendrein von einer Eskorte geistlicher Herren und Waffenbütteln des Stadtvogts beschützt, unter Knüppeln und Faustschlägen blutüberströmt zusammengesackt war.

Jacques Novelli folgte dem stockenden Bericht seines Adlatus mit zunehmender Gereiztheit, bis unter all den widerwärtigen Schilderungen von Gewalt und Blut endlich eine gute Nachricht sein Auge aufleuchten ließ: Unter den wenigen Pastoureaux, denen es nicht gelungen war, durch die Stadtmauern eindringen, und die man auf geschlossenen Karren ins Gefängnis des Château Narbonnais, der Gräflichen Burg, geschafft hatte, befand sich auch die Schwester Jean Le Hongres. Nach Auskunft der Soldaten, die gewiß ihre Pfoten über ihren Leib hatten streunen lassen, während sie ihr die Hände fesselten, lag im Blick dieses Mädchens ein hexischer, furchteinflößender, schmerzhafter Haß. Doch hieß es auch, sie wüßte so stolz und sanft zugleich mit ihren Kumpanen zu reden, daß sie von allen wie eine heilige Buhlschaft verehrt werde. Sie höre auf den Namen Stéphanie. Novelli kam die Idee, daß er sie leicht als Mittel dazu benutzen könnte, sich ihren Bruder gefügig zu machen. Durch einen Spitzel, den er ihnen in Aquitanien entgegengeschickt hatte, kannte er Le Hongre und seine Schwester bereits ein wenig. Die beiden jungen Leute hatten sich seit ihrer Geburt niemals getrennt und verleiteten einander häufig zu einem stürmischen Gerede und Gekicher, bei dem ihnen niemand folgen durfte. In jenen Momenten gemeinsamer Ausschweifung schienen sie ein unverletzliches Glück zu genießen. Sie wären einander, so hieß es, in übermäßiger Liebe zugetan. Vielleicht sogar auf inzestuöse Art! Sobald Le Hongre erfährt, daß seine Stéphanie im

Kerker schmachtet, sagte sich Novelli mit jubelndem Herzen, wird ihm seine Anmaßung vergehen und er wird angekrochen kommen, um sich unserem Willen zu unterwerfen. Ich *muß* mit diesem Hitzkopf reden.

Er bat Bruder Lallemand vorauszugehen und an der Klosterpforte auf ihn zu warten, dann nahm er Abschied von seinem Onkel Novelli und versprach ihm, bald wiederzukommen. Der Greis blickte ihn heißhungrig an, mit tränenerfüllten Augen klammerte er sich kraftlos an seine Ärmel und stöhnte: »Adieu, adieu.« An ein Morgen glaubte er nicht mehr. Jacques entwand sich, so sanft er konnte, diesem Blick, diesem Gestammel, diesen Händen, die ihn nicht loslassen wollten, dann entfernte er sich mit großen Schritten und schloß, ohne daß er es gewagt hätte, sich noch einmal umzudrehen, hinter sich die Tür.

Auf der Schwelle des Klosters wurde er geblendet von gleißendem Licht. Sofort fühlte er sich reingewaschen von der bedrückenden Muffigkeit der Kammer, in der sein Oheim dem Tod entgegensiechte, und mit einemmal hungerte ihn nach neuen Ereignissen. Das Ufer lag verlassen da. Alles war reglos, nur die Strömung des Flusses und die Schaufelräder der Mühlen arbeiteten. In der Ferne trieb eine verlassene Barke gemächlich an den blühenden Obstgärten des Faubourg Saint-Cyprien vorüber. Die wohltuende Luft duftete nach Wasser und Gras, nach sonntäglichem Müßiggang, doch Novelli hielt sich nicht damit auf, dies auszukosten: Der träge Trott des Friedens war nicht nach seinem Geschmack, er machte ihn ungeduldig. Den Kopf zwischen die Schultern gepreßt, packte er Bruder Lallemand und zog ihn an einer fahlgelben Lehmmauer entlang nach dem Labyrinth von Gäßchen, die zu den krumm und schief aneinandergeduckten Hütten des Pont Couvert führten.

Der Mönch, den das Schweigen seines Begleiters nicht wenig verwirrte, grummelte ein paar Jammerworte über das Unglück, mit dem sie geschlagen wurden. Er war drauf und dran, sich über den nahenden Tod des Kardinals auszulassen, doch Jacques entgegnete ihm trocken, er sei ein Hasenfuß und verschwende sein Erbarmen. Er hatte geglaubt, der Mann würde über die Judenleichen und die Verwüstung der paar Läden seufzen, denn an den alten Arnaud dachte er schon nicht mehr. Das einzige, was ihn jetzt bewegte, war die jubelnde Lust, in die Debakel, die er witterte, ordnend einzugreifen.

In sonnenbeschienenen Lücken längs der Häuser mit ihren verrammelten Läden begegneten sie nur ein paar wenigen Flüchtenden und überstürzt davongaloppierenden Reitern. Auf dem ersten Platz, zu dem sie gelangten, schlug ihnen inmitten der Hühner und Säue, die im verstreuten Stroh vor den Pferdeställen wühlten, aus der Ferne tosender Stimmenlärm entgegen; schwer und verlockend drang er wie eine Verheißung wilder Ausschweifung an ihre Ohren. Um die Trümmer der Verwüstung und die Klageweiber des Judenviertels zu umgehen, lockte Bruder Lallemand seinen Herrn in ein Gewirr gewundener Gäßchen und finsterer Durchgänge, in denen halbtote Bettler auf Abfallhaufen kauerten. Durch den Umweg verloren sie den Lärm des Aufruhrs einen Moment aus dem Gehör. An diesen Orten herrschte eine giftschwärende Ruhe. Hier hätte Jacques, wäre er allein gewesen, lieber verweilt als in den Wohltaten des Frühlings: Aus der Tiefe des modrigen Dämmerlichts betrachtet, faszinierte ihn das Aufstreben des Himmels über dem hohen Mauerfirst.

Bruder Bernard, der voranschritt, stieß am Ende einer Sackgasse eine niedrige, von Ranken überwucherte Pforte auf, und sie traten auf die Place Baragnon hinaus. Dort, zu Füßen des steinernen Kreuzes, jonglierte ein rotzschniefendes, in Fetzen gehülltes Flittchen mit Stoffkugeln vor ein paar Säufern, die verzückt auf Strohballen lümmelten. Sie waren schweigsam und der Welt entrückt: Sie schienen Ball zu spielen mit Gott. Das Mädchen unterbrach einen Augenblick lang sein Spiel mit den buntscheckigen Elendsknäueln und verfolgte den vorüberschreitenden Groß-Inquisitor mit aufmerksamen Blicken. Die Kleine rief ihm einen anzüglichen Nuttengruß zu, der die lemurenhaften Gestalten um sie herum zum Kichern brachte. Bruder Bernard wollte schon einen Stein nach ihr schmeißen, doch Novelli riß ihn am Ärmel zurück und schob ihn weiter, während er ihn giftig anherrschte, er habe Manieren wie ein Fuhrknecht. Insgeheim freilich war sein Zorn ein freudiger. Diese Hure, vor der er errötend Reißaus nahm, hatte ihm jäh und glühend etwas Steifes in die Lenden gepflanzt. Ein solches Gefühl übermannte ihn zuweilen, wenn sich ein harter Kampf ankündigte.

Am Ende einer Gasse, in der Karren den Weg versperrten und versprengte, kampfesmüde Truppenreste herumlungerten, die von nachrichtengeilen Weibern aus den Lukenfenstern zu sich herangerufen wurden, öffnete sich breit das Licht der Sonne auf der Place Saint-Étienne. Jacques Novelli und sein Begleiter rannten darauf zu und drängten sich in ein Gewühl von bös grinsenden Visagen und hochgehaltenen, mit Plünderungsresten geschmückten Knüppeln. Schilpende Kinderbanden tollten unter der Menge umher, die in schwere Wogen geriet, als sich die Reiter der Stadtwache, unterstützt von einigen besoffenen, mit Krügen bewaffneten Geistlichen, einen schmalen Durchgang zu einer Schar von Männern bahnten. Man konnte nur ihre gekrümmten Rücken und die schützend über den Kopf gehaltenen, blutenden Fäuste sehen, so dicht wurden sie von den Menschenmassen umdrängt. Auf dem Brunnen thronend, inmitten von Piken und Gesängen, brüllte Jean Le Hongre unverständliche Reden. Während seine Hände wild gestikulierten, strahlte sein Gesicht die reinste Freude aus. Jacques Novelli musterte ihn eine geraume Weile aus der Ferne, dabei dachte er bereits an die strengen und gerechten Worte, die er ihm in ein paar Stunden sagen würde, wenn die Erschöpfung ihn wieder ein wenig gemäßigt hätte.

Ein Trupp streitbarer Mönche, die Bruder Bernard zusammengetrommelt hatte, kämpfte ihm eine Gasse zur Kathedrale frei. Als er bis an die Hecke von Soldaten vorgedrungen war, die den Eingang bewachte, öffnete sich das Portal, und er sah einen hochgewachsenen, gebrechlichen Mann in langer weißer Leinenrobe, eingerahmt von zwei Geistlichen, aus dem Schatten heraustreten. Er erkannte ihn sofort: Es war Salomon d'Ondes, ein gelehrter Jude, dem sein Oheim, der Kardinal, mit hoher Achtung begegnete. Der Mann betrachtete die Menge, die ihn erwartete, und schlug die Hände vors Gesicht. Die Geistlichen mußten ihn anschieben, damit er einen Schritt vorwärts tat. Der Mann war jetzt ein Christ. Novelli der Jüngere war sehr zufrieden.

2

Als Novelli Bischof Guis Kammer betrat, fand er diesen vor dem hohen Feuer seines Kamins in leidenschaftlichem Gespräch mit dem katalanischen Architekten, den er gerade in seine Dienste gestellt hatte und den er wie einen neuen Propheten verehrte. Die beiden Männer waren viel zu sehr damit beschäftigt, imaginäre Gewölbebögen und Rundungen von Fensterrosen mit liebevoll-zärtlichen Handbewegungen in die Luft zu malen, um auf das diskrete Herangleiten seiner Pantinen zu achten. So trat Jacques näher, ohne daß sich jemand um ihn kümmerte, dann blieb er einen Moment schweigend stehen. Niederträchtig leuchtete sein Auge, denn er war höchst zufrieden, seinen bischöflichen Kollegen in flagranti beim Delikt von Baumeisterträumen ertappt zu haben, während die Herde seiner Schäflein draußen unter seinen Fenstern über die Stränge schlug und sein Prestige mit Füßen trat. Als der Bischof ihn schließlich mitten im Zimmer stehend gewahrte, begrüßte er ihn ohne Freude. Jacques beschrieb ihm, wobei er seine Schilderung noch ein wenig dramatisierte, die Exzesse, die die Pastoureaux in der Stadt anrichteten, und machte ihm versteckte Vorwürfe, wie wenig ihn dies kümmerte.

»Es ist wahr, das Gelärme des Aufruhrs dringt nur sehr gedämpft in diesen Palast, wo es dir beliebt, gütigst deine Zeit zu vergeuden«, meinte er, während er sanft über die dicken Wandbehänge strich, die die Mauern bedeckten.

Gui de l'Isle zog eine Grimasse, die sein schweres Gesicht noch schwammiger machte, und seine Augen verschleierten sich mit einer besorgten Unschuldsmiene. Er wollte sich zur Wehr setzen, wandte sich aber fast sogleich mit einem zornigen Brummen ab, denn er war außerstande, gegenüber dem boshaften, sarkastischen Auftreten eines Jacques Novelli eine reglose Kälte zu wahren. Dieser Bäckerssohn flößte ihm auf eine unerklärliche Weise Furcht ein, und dies, obwohl Monseigneur Gui de l'Isle mit ganz anderer Gelehrsamkeit und Goldespracht aufwarten konnte als dieser stocksteife, trockene Wicht, der sich mit einem solchen Stolz über ihn lustig machte. Gewöhnlich trug er seine behagliche Korpulenz mit beträchtlicher Würde, die ein gewaltiger Pelzmantel, den er, so mild das Wetter auch sein mochte, vor Ostern niemals abzulegen pflegte, noch majestätischer machte. Warum also fühlte er sich in Gegenwart dieses baumlangen Schwarzkopfs so unsicher und so wenig wohl in seiner Haut? Er nahm sich vor, ihm an einem der nächsten Tage seine Überheblichkeit einmal tüchtig aus dem Leib zu beuteln. Für diesmal beschränkte er sich darauf, die Pergamente mit einem Ärmelschlag vom Tisch zu fegen und seinen Architekten barsch zur Tür zu weisen.

Novelli grinste. Es machte ihm großes Vergnügen, diesen Mann zu reizen, den er von Kindesbeinen an kannte und den er zu hassen glaubte, da er ihn zu unnachsichtig liebte. In Wahrheit empfanden sie seit der Zeit, als sie bei den Mönchen in Pamiers gemeinsam Latein und im purpurnen Rauschen des nämlichen Kollegiums zu Rom Theologie studiert hatten, eine kühle und schroffe, doch treue Freundschaft füreinander.

»Mir ist durchaus nicht entgangen«, sagte Bischof Gui, »daß heute morgen an die hundert Juden von dieser normannischen Schäferbande massakriert wurden, die uns die Königin von Frankreich ins Land schickt. Wie's scheint, hat sie sie eigens gesegnet, denn auf einmal getrauen sich weder der Stadtvogt noch die Capitouls, unsere ehrenwerten Ratsherrn, noch der Seneschall auch nur das kleinste Stückchen Eisen über ihren Häuptern zu schwingen. Doch der Papst wird sich, Gott sei's gelobt, in Bälde darum kümmern, daß dieses räudige Pack hinter Schloß und Riegel kommt. Gerade habe ich ihm einen Brief geschrieben, der so alarmierend ist, daß ihm die Hand zittern wird, wenn er ihn liest. Der Bote ist soeben aufgebrochen. Und nun sag mir: Wie steht's um deinen Oheim Arnaud?«

»Er geht so heilig seinem Sterben entgegen, wie er gelebt hat«, antwortete Novelli.

Gui de l'Isle nickte mit einem leisen Glucksen, das seine Kinnsäcke zum Zittern brachte. Er wußte zwar, daß der alte Kardinal ein ausschweifender Lüstling war, doch er liebte ihn ob seiner wissenden Güte. Jacques errötete, setzte sich nieder und entrollte auf seinen Knien die Pläne jener grandiosen Arbeiten, die der Bischof in seiner Kathedrale auszuführen gedachte. Da Gui die Momente trügerisch lässigen Schweigens bei seinem Amtskollegen fürchtete, begann er, ihm mit einer leicht verkrampften Fröhlichkeit von der Anmut der gotischen Prachtornamente und dem strahlenden Glanz des *jaune argenté* vorzuschwärmen, jener Goldbronze, die man jüngst entdeckt hatte und die die Mosaikfenster so wundergleich einfärbte, daß das Licht in den neuen Kirchen wie zu einem Gebet der Sonne wurde. Novelli tat, als würde er sich für all diese Figuren und Geometrien interessieren, von denen er in Wirklichkeit nichts begriff, dann meinte er, ohne aufzublicken:

»Wir halten übrigens die Schwester von Jean Le Hongre im Château Narbonnais gefangen. Es scheint, als wären die beiden jungen Leute einander in unmäßig heftiger Liebe zugetan.«

»Es wäre besser, man ließe sie frei«, entgegnete Gui de l'Isle. »Sonst wäre dieser krätzige Kerl samt seiner Bande durchaus imstand, sich zu erzürnen, uns wie Schmeißfliegen zu belästigen und die Stadt übel zu versauen.«

»Nein. Man muß die Kleine dazu benutzen, ihres Bruders Hochmut zu dämpfen und ihn unserer Autorität zu unterwerfen.«

Novelli schob die Pergamente von sich und hielt dem Blick des Bischofs stand, der mit einemmal ängstlich wurde, als er, über die aufziehenden Unwetterwolken grübelnd, brummte:

»Was liegt uns eigentlich daran, diesen Le Hongre in die Knie zu zwingen? Mir wär's lieber, ich säh ihn auf den Beinen und im Galopp zum Teufel reiten.«

»Weißt du auch, daß er uns in aller Öffentlichkeit beschuldigt hat, wir ließen eine schändliche Güte gegenüber den Leuten des Judenviertels walten? Wir müssen verhindern, daß er noch länger seine Sudelhymnen singt, freilich ohne ihn zu vernichten, denn der verdammte Vagabund versteht die Massen aufzuwiegeln, ihnen zu schmeicheln, wie er nur kann, daß sie kreischen vor Vergnügen. Er ist wie eine züngelnde Flamme, wenn er spricht. Gui, mein guter Bruder, wir müssen ihn dazu überreden, seine Eloquenz und seine Truppe in den Dienst der Kirche zu stellen. Das nenn ich nützlich handeln. Gleich nimmst du deinen Hirtenstab und deine Mitra, und dann werden wir auf den Platz hinaustreten. Wir werden dieses Vieh in die Kathedrale führen und im Beisein des Volks vor uns niederknien lassen. So schlagen wir zwei Fliegen mit einer Patsche: Le Hongre wird uns als seine Herrn und Meister anerkennen, und die Leute werden nicht mehr daran denken, uns zu beschimpfen, wenn sie sehn, daß wir imstande sind, auch unserm schlimmsten Viehzeug einen Maulkorb zu verpassen.«

Er schob den Vorhang vom Fenster zur Seite und blieb einen Moment lang, die eine Hälfte des Gesichts in der Sonne, die andere im Halbdunkel, träumend daran stehen. Dann fuhr er fort:

»Die günstige Stunde naht. Die Stimmen werden allmählich heiser, der Staub beginnt sich zu legen und der letzte getaufte Jude rennt zum hehren Steinkreuz der Place de la Croix-Baragnon. Nur ein paar Kinder, einige Krüppel auf Krücken und nur wenige Steine verfolgen sie noch. Die Menge ist erschöpft. Das Fest ist vorbei.«

Er lächelte, doch er rührte sich nicht von der Stelle, als er hinter sich eine vertraute Stimme wiehern hörte: Grazide, Guis Dienstmagd, war mit einem Tablett mit Keksen und Wein in die Kammer eingetreten. Überrascht kreischte sie auf, als sie Jacques Novelli erblickte, doch ihr Staunen war nur geheuchelt, denn sie hatte jedes Wort ihrer Unterhaltung mitgehört: Prompt mußte die alte Drossel natürlich singen, denn kaum hatte sie ihr Tablett abgestellt, da deutete sie mit dem Zeigefinger auf des Inquisitors Rücken und befahl dem Bischof, ihrem Beinahesohn, in aufbrausendem Ton, er möge sich doch nicht länger die Extravaganzen dieses Rüpels anhören, der sich nicht mal zu einem Umweg über die Küche bequemt habe, um ihr einen Kuß zu geben. Jacques fuhr herum und schloß sie begrüßend in die Arme.

»Kümmert Euch nicht um die Politik, Jungfer Grazide«, sprach er zu ihr. »Das ist eine zu vulgäre Kunst. Dabei macht Ihr Euch nur schmutzig.«

»Allein schon der Gedanke, daß ich die gleiche Luft atme wie dieser Le Hongre, verpestet mir die Lungen«, meinte Gui de l'Isle düster. »Nein, die Haut seiner Dreckspfoten werde ich nie und nimmer berühren, nicht mal mit dem Schürhaken. Viele Juden haben heute ihr Leben gelassen. Manche waren Gelehrte, sprachen sogar Alt-Griechisch. Alle zahlten der Kirche einen stattlichen Tribut. Sie waren unseren Werken dienlicher als die menschenmordenden Frömmler, die diesem Lumpen hinterherlaufen, um den du soviel Wirbel machst. Ich will, daß er von dannen zieht, denn ich habe nicht die Macht, ihn aufzuhängen. Und ich werde diese Kammer nur verlassen, um in einer Prozession durch die Gassen Gott zu danken, daß er uns von seiner Gegenwart erlöst hat. So kann ich vielleicht die Kaufleute, die im Judenviertel noch übrig sind, beruhigen, und sie werden davon absehn, die Stadt zu verlassen.«

»Es mangelt dir an Seele, Monseigneur Gui«, entgegnete Novelli. »Den Hals in deinen Kropf geduckt, hockst du da und brütest über Träumen wie ein Huhn im Nest. Gut, dann bleib in deinem Daunenbett, und ich geh allein ans Werk, da dich bereits das kleinste Lüftchen schreckt.«

»Ich liebe den Frieden, Jacques, den schönen, guten Frieden, den du nie zu genießen wußtest, verdammter Teufel. Ich bin zwar ängstlich, und du weißt sehr wohl, daß mich das in Rage bringt. Doch sieh dir meine Hände an: Jeden Morgen laß ich mir die Nägel stutzen und meine Ringe polieren, denn meine Hände sind zum Segnen da und nicht, um tollwütige Bestien zu bezwingen. Hunde zu dressieren, das ist die Arbeit von Dienern.«

Er ließ ein befriedigtes Kichern vernehmen, dann verfiel er sogleich wieder in seine verdrossene Miene und tat, als vertiefe er sich in das Studium seiner Pergamente.

»Diener? Ich *bin* ein Diener«, antwortete Jacques Novelli mit zitternder Bissigkeit. »Diener unsres Herrn Jesus Christus und seiner Kirche. Ja, Diener, *monsieur l'évêque*! Verzeiht mir, aber ich bin nicht von Adel. Ich habe weder Untertanen noch Vasallen, noch Pelze, noch fette Hängebacken.«

Wutschnaubend richtete sich Gui de l'Isle empor und ruderte mit seinen ausladenden Ärmeln durch die Luft; auch Dame Grazide kam händeringend herbeigelaufen, um ihren Herrn zu besänftigen. Doch es gelang ihr nicht, und so beeilte sie sich, den Wein zu kredenzen.

»Der Hochmut frißt dich auf«, meinte der Bischof. »Er verheert dich. Gefriert dich zu Eis. Sieh ihn dir an, Grazide. Was ragt auf hinter seiner Stirn? Eine Pfeilspitze. Seit ich diesen langen Spargel kenne, hab ich noch nie gesehn, daß er sich in einem Mädchenschoß ergötzt, mit gutem Appetit gegessen oder auch nur mit entspanntem Rükken in einem Sessel gesessen hätte. Schon als er noch in seine Windeln pißte, hat er sich in der steifen Strenge der Richter geübt. Novelli, ich hasse dich.«

Solche Dispute war die alte Magd gewohnt. Sowie ihre Männer beisammen steckten, tat sie, als hätte sie woanders etwas zu tun, doch ihr scharfes

Auge überwachte sie auch aus der Ferne wie die Milch auf dem Feuer. Wenn Gefahr bestand, daß der Zorn der beiden überkochte, schob sie sich mit ihren Rundungen, ihrer Geschäftigkeit, ihrem scheinbar unbedeutenden Geschwätz und ihrem unpassenden Lachen zwischen sie und fiel damit abichtlich so lange zur Last, bis sie den Zorn des Bischofs auf ihr Haupt ableitete. Dann verstummte Novelli und betrachtete sie mit sanfter Ironie. Manchmal suchte sie Schutz in seinem Blick. Denn nicht immer herrschte Kälte darin. Auch diesmal tat sie wie gewöhnlich, kleckerte Wein auf ihr Tischtuch, ließ ihre Kekse fallen. Doch Jacques blieb hartnäckig bei seiner verbiesterten Miene, und das beunruhigte sie. Die Amme spielend, trat sie an ihn heran und beschwichtigte ihn:

»Du bist ein guter Bub, ich weiß es. Freilich sieht man's kaum, das ist wahr: Du bist so liebenswürdig wie eines Messers Schneide. Aber Gui ist weniger beherzt als du. Und doch hab ich diesen Schafskopf so lieb, daß ich schon sterbe, wenn er nur das kleinste Fieber hat.«

Sie lachte mit lebenslustigen Augen. Zärtlich umfaßte Novelli ihre Schultern, ein ganzer Kloß von Worten staute sich ihm in der Kehle. Sein mageres Gesicht war rot wie eine Flammenlohe. Wäre dieser Gui de l'Isle nicht dagewesen und vor allem er selbst imstande, seinen Nacken zu beugen und sich in seinen Gesten ein wenig zu entkrampfen, er hätte sich in diesem Augenblick womöglich einfach an Grazides mächtigen Busen sinken lassen. Vor Gott, ja, da brachte er das fertig. Doch vor dieser alten Frau, die ihm ihren gütigen Blick anbot, fühlte er sich beengt wie in einer Rüstung. Er brachte nur einen tiefen Seufzer zuwege. Sie streichelte mit der Wange über seine Hände und küßte sie.

»Gui hat recht«, sagte er. »Ich habe nicht gelernt, die Seligkeiten der Welt zu genießen. Ich fürchte, ich werde es niemals lernen. Meine Altvordern haben mir nur einen dürftigen Geist vererbt, der gerade mal fähig ist, sich zu bemühen, und zu mehr nicht. Ich bemüh mich also, so zu leben, wie ich muß, und Gott zu dienen, so gut ich kann. Ist das denn Hochmut, Dame Grazide?«

»Über solche Dinge verstehn die Frauen kein Urteil abzugeben«, erwiderte die Amme. »Geist haben sie nur im Bauch, wo das Leben wächst, in den Brüsten, in die die Milch einschießt, und nur manchmal in ihrem Kopf, wenn die Männer weinen. Gui hat mir erzählt, du hättest neulich auf der Place Saint-Georges geweint. Vergiß nie, mein Sohn: Unsre Tränen und unser Lachen sind das Beste, was wir haben.«

Plötzlich schien sie beunruhigt, sie könnte unbedacht geplaudert und diesen strengen und doch verwundbaren jungen Mann verletzt haben, der ihr seit der Zeit der Kindheit, wo er mit Gui in den Gärten von Pamiers um einen Platz auf ihrem Schoß gekämpft hatte, an Leib und Seele über den Kopf gewachsen ist. Jacques starrte zu Gui hin, der sich wieder in seine Pergamente vergraben hatte. Der schamlose Fettsack hatte also gepetzt. Er war empört.

An jenem Tag hatte der Inquisitor Novelli über einen Ketzer zu Gericht gesessen, einen Mann mit hohen, bleichen Zügen, dabei von einer schier heiligmäßigen Güte und einer so liebenden, naiven Redekraft, daß er sich von geradezu verzweifelter Zuneigung für ihn ergriffen fühlte. Inständig hatte er ihn angefleht, seinem Irrglauben abzuschwören, doch der sanftmütige Unglückliche hatte nicht gewollt. Also hatte Novelli ihn schuldig gesprochen und trotz des großen Mitleids, das ihm das Herz durchbohrte, zum Scheiterhaufen geführt. Wie zwei Brüder hielten sie einander tränenschniefend um die Schultern gefaßt und jeder hatte die Gnade seines Gottes auf den andren herabgefleht, während sie der Richtstätte auf der Place Saint-Georges entgegenschritten.

Jacques malte sich aus, wie der fette Gui am Abend nach dieser herzzerreißenden Szene in seinen Pelzen bei Tisch vor seinem reichen Fressen hockte und sich zwischen zwei vertraulichen Worten zu seiner Aufwärterin die Finger schleckte. Ein ungemein finsteres Feuer trat in seine Augen. Der Bischof geriet in diesen Blick, regte sich unwohl in seinem Sessel und machte ein tief zerknirschtes Gesicht. Die obskuren Leiden seines Amtskollegen quälten ihn mehr als seine niederträchtigen Bemerkungen.

»Jacques«, sagte er, »laß uns Frieden schließen. Wenn Jean Le Hongre morgen früh die Stadt noch nicht verlassen hat, gehen wir ihn in seinem Lager holen, wir werden ihn in die Kathedrale führen und in Gegenwart des Volks ein Wörtchen mit ihm reden. Davon versprech ich mir zwar keinerlei Gewinn, aber deinem Willen wird damit entsprochen sein. Bist du nun zufrieden?«

Novelli nahm eine steife Haltung an, um ihm zu antworten, verzichtete aber plötzlich darauf, kehrte ihm den Rücken und verließ mit großen Schritten die Kammer. Der Bischof rief ihn zurück, jedoch ohne Hoffnung, daß er ihn hören würde. Grazide trottete bis zur Schwelle hinter ihm her, schlug sich die Hände vor den Mund und ließ ihn, Segnungen stammelnd, sich in die langen Korridore des Palastes entfernen. Da befiel Gui de l'Isle mit einemmal große Angst, er könnte seinen einzigen Freund verlieren. Wenn es tatsächlich zu diesem

Unglück käme, dachte er, wäre er vielleicht gar selbst verloren.

*

Bruder Bernard Lallemand erwartete Novelli vor der Kathedrale. Als er ihn auf der obersten Stufe auftauchen sah, kam er ihm eilig entgegen. Um den Brunnen und vor dem Eingang zum Friedhof Notre-Dame unter der Ulme, deren Laub von den letzten Feuern des Tages vergoldet wurden, lungerten in Grüppchen noch ein paar Leute herum und kommentierten das wilde Treiben des Tages. Ab und an flackerte Gelächter und mütterliches Geschimpfe aus dem Schatten der Arkaden rings um den Platz, wo die Türen der Häuser bereits wieder offenstanden. Das Wetter hatte sich beruhigt und die Stimmen fanden ihre gewohnte Lautstärke wieder. Der ganze Aufruhr hatte nur ein vages Staunen in der Luft hinterlassen, hie und da ein von Hunden verpißtes Karrengeripp und im Staub herumliegende, zerbrochene Knüppel und Fetzen von Kleidern.

Bruder Bernard meldete seinem Herrn, daß Le Hongre mit seiner Truppe abgezogen sei und sein Lager im Faubourg Saint-Cyprien aufgeschlagen habe. Hoch aufgerichtet auf den Stufen des mächtigen Bischofssitzes, dankte ihm Novelli mit einem flüchtigen Brummen, während er mit einem Blick, der an wütende Enttäuschung grenzte, unverwandt die milde Abendstimmung betrachtete. In Wirklichkeit empörte ihn die angerichtete Unordnung weniger als die Unbekümmertheit dieses frühlingshaften Volks, dessen Geschwätz bereits wieder in seine gewohnte Trägheit verfiel. Viel lieber hätte er sich am Fuße der Stufen unter begeisterte Leute gemischt, die nach glühenden Wahrheiten dürsteten und bereit waren, zur Suche nach selbst den hirnlosesten Verblendungen aufzubrechen. Warum hatten die eben noch entfachten Leidenschaften die Stadt nicht bis in ihre Grundfesten erschüttert? Warum, zum Teufel, ging das Volk in seinen Stürmen nie bis ans Ende und jenseits davon tapfer und tollkühn bis zur Entdeckung eines anderen Himmels, eines anderen Lebens? Aber nein: Am Abend nach seinem Aufmucken kehrte es stets zurück zum faden Aufklaren des Himmels. Jean Le Hongre gehörte zumindest nicht zu diesen Taugenichtsen, die die Glut einfach ausgehen ließen. Wer weiß, vielleicht wirkt dieser Irre insgeheim auf das Nahen der großen Apokalypse hin, sagte sich Novelli. Vielleicht sind wir, er und ich, von der nämlichen Familie. Nichts als ihre Risse hält uns noch mit der Welt verbunden. Nur glaubt er nicht an die Liebe Gottes.

Plötzlich wurde er von der tiefstehenden, die Dächer berührenden Sonne geblendet. Er fuhr sich mit den Händen vor das Gesicht, als würde er von einem Schwarm Bienen angegriffen, und jäh stürzte er davon. Ein paar Männer, die sich gerade über Le Hongre und seine Pastoureaux ausließen, verfielen in Schweigen, während der Groß-Inquisitor Novelli vorüberschritt. Bruder Bernard, der seinen Herrn in tiefen Gedanken versunken sah, folgte ihm ängstlich in sicherem Abstand und wartete, bis er ihn rief, um neben ihm herzutraben. Jacques bat ihn, sich nach Salomon d'Ondes, jenem gelehrten Juden, zu erkundigen, den er tief gedemütigt von der Taufe hatte kommen sehen.

»Er ist ein Freund meines Oheims Arnaud«, betonte er. »Wenn er verletzt ist, dann kümmere dich um seine Wunden. Laß es ihm an nichts fehlen und sorg dafür, daß er nicht die Stadt verläßt.«

Dann entließ er den Mönch mit einer schroffen Geste und machte einen Umweg über das Kloster der Predigenden Brüder, wo er sein Logis hatte. Dort kleidete er sich in weltliche Gewänder und begab sich durch die mondhellen Gäßchen zur Vorstadt, dem Faubourg Saint-Cyprien.

*

Er mußte unbedingt Le Hongre treffen, von Mann zu Mann mit ihm sprechen, also ohne die Gegenwart seiner Leute, sich mit ihm messen, er mußte ihn unbedingt unvorbereitet überraschen und sehen, was für ein Gesicht und welche Augen er machen würde, wenn er ihm sagte, daß seine Schwester Stéphanie im Kerker säße. Dann würde er klar erkennen, ob die Liebe, die ihn mit ihr verband, rein oder sündhaft war und ob er wirklich der miese Vagabund war, der nur hohe Töne spuckte, als den er ihn sich vorstellte. Und doch: Was erhoffte er sich eigentlich unterm Strich von diesem Mann? Die Argumente, die er eben noch dem Bischof aufgetischt hatte, kamen ihm nun recht dürftig und aufgesetzt vor. Gui hatte recht: Jean Le Hongre konnte der Kirche von keinerlei Nutzen sein. Schon bald würde er elend wie ein Hund mit gespaltenem Schädel sterben, um den Zorn des Papstes zu besänftigen. Doch was soll's, dachte Novelli, ich muß herausfinden, welche Dämonen in allem Staub und Blut seines Weges seinem Pferd die Sporen geben, welche Engel ihn verlocken und zu welchem Ziel. Ich will den Stoff seiner Seele mit den Händen fühlen. Wissen ist *meine* Art zu lieben!

Neue Kraft durchströmte ihn, er beschleunigte seinen Schritt, achtete nicht auf die streunenden Hunde, die auf den Firsten der verfallenen Mauern den Mond anheulten, überquerte den Pré au Comte und trat in das schier undurchdringliche Dunkel der Rue Comtale. In der Ferne gewahrte er Häuserfassaden, die von Fackeln der Nachtwache erhellt wurden. Über scheppernden Unrat stolpernd, begann er zu rennen, um noch vor den Soldaten zum nächsten Platz zu gelangen, denn er hatte wenig Lust, ihnen Rede und Antwort stehen zu müssen und sich ihren Fragen und ihren grellen Leuchten auszusetzen. Er tauchte in die Rue du Puits-Creux. Diese Gäßchen, die sich nach Einbruch der Nacht mit flüchtigen Berührungen, Traumgesichten, Schrekken und fast körperlosen Kreaturen bevölkerten, waren ihm vertraut. Oft begab er sich dorthin und irrte viele Stunden auf der Suche nach unverhofften Begegnungen umher. Heimlich angetroffene, von der Nacht zuweilen bis auf die Schlichtheit des Unbeichtbaren entblößte Unbekannte, die dumpfen Hufschläge in den Ställen, das Quietschen von Laden- und Wirtshausschildern, das Fauchen von Katzen in unerreichbaren Winkeln, all dies rief in ihm andere, sich regende Wesenheiten wach, die seine Sinne aufwühlten.

Plötzlich vernahm er Schritte und Stimmen. Irgendwelche Gestalten huschten durch den Schein einer auf dem Sims einer schmalen Fensterluke gestellten Funzel. Hier befand sich eine Taverne, die er noch nie betreten hatte. Es war schon vorgekommen, daß er auf ihrer Schwelle dieser oder jener angetrunkenen Nachtfee aufgelauert und dabei am ganzen Leibe gezittert hatte, wenn auch gewiß nicht vor Hoffnung, mit ihr seine Fleischeslust zu befriedigen, sondern um durch einen schmalen Spalt ein paar Momente aus ihrem Leben zu erhaschen oder ihnen, wenn sie allein wieder von dannen zogen, vielleicht zu helfen, auf die Morgendämmerung zu warten. Aus Furcht vor ihrem Gespött hatte er es jedoch nie gewagt, sich direkt an sie heranzumachen.

Er blieb unter dem Bogen eines Stalltors stehen, damit er von den Herannahenden nicht gesehen wurde. Drei Männer folgten einer Frau, von der er nur die stolze Haltung und das Branden der Röcke erkennen konnte. Sie bewegte sich mit sicherem Schritt wie am hellichten Tag und lachte jedesmal spöttisch schallend auf, wenn die anderen hinter ihr ins Straucheln gerieten und die Dunkelheit verfluchten. Es war, wie wenn dieses nachtwandelnde Mädchen Blinde zu irgendeinem dringenden Stelldichein führte, dessen Ort nur der Führerin bekannt war. Treibt sie wirklich der Hunger nach ihr, fragte sich Novelli, oder berauschen sie sich nur daran, von ihr zu irgendeinem Wunder, irgendeinem übernatürlichen Fest geleitet zu werden? Aber zu welchem? Ein frisches, lebhaftes Lachen in der Ferne gab ihm die Antwort. Da erschien ihm in diesem schmalen Gäßchen, zwischen den krumm und schief verschachtelten Häusern der Rue du Puits-Creux, die Nacht plötzlich verhext von unüberwindlichem Zauber und Blendwerk.

Den Blick weit von seinen Sandalen fort in die Ferne gerichtet und bewegt von Träumen, die seine Stirn überstiegen, über und über erfüllt von markigen Worten, von runden, unvergleichlich unbeschwerten, schönen Reden, entfernte er sich zur Garonne. Mit der fröhlichen Derbheit eines guten Herrn würde er Jean Le Hongre ansprechen. Der Kerl würde ihm die Hände küssen. Dann würde er ihn mit einem Kreuzeszeichen segnen. Mächtig heiß um die Seele, überkam ihn ein Verlangen, alles zu tun, um diesen Mann vor dem Tod, der ihm verheißen war, zu erretten. Durch ein niedriges

Schlupftor in der Stadtmauer trat er ins Freie und lief durch das Gras der Böschung den Mauerring entlang bis zum Pont Vieux. Lange Nebelschwaden trieben über den Fluß und verwischten fast die Konturen der Mühlen. Nur die beiden Vierecktürme, die die Brücke auf der Seite der Vorstadt abschlossen, ragten noch wuchtig heraus im Schein des großen Feuers, das die Soldaten der Wache vor ihnen entzündet hatten. Novelli zwang sich, mit festem, deutlich hallendem Schritt auf sie zuzugehen. Er gab sich zu erkennen und nannte sein Begehr. Die Pastoureaux, so hieß es, lagerten hinter dem Spital Saint-Jacques. An der Ecke des Gebäudes konnte er den Schein von Feuern und Rauch erkennen. Einer der Wachschergen erbot sich, ihn zu begleiten. Novelli lehnte ab, und ohne sich die Vorsichtsratschläge des hühnenhaften Simpels anzuhören, der mit rotleuchtendem Gesicht vor seiner Feuerglut aufgepflanzt stand, entfernte er sich unter dem endlos schwarzen Himmel.

Das Lager Le Hongres kam ihm ausgedehnter und volkreicher vor, als er es sich ausgemalt hatte. Überall in der Wiese verstreut schliefen Männer um fast erloschene Feuer. Einige weißgeschminkte Mädchen streunten von Gruppe zu Gruppe, versuchten Leben in diese Lumpenhaufen zu bringen, indem sie sie mit der Fußspitze anstießen und ihre Röcke lüfteten, und kreischten jedesmal wie gerupftes Geflügel auf, wenn ein Kerl sie an der Fessel packte und sich, umhüllt von bockscharfem Gestank, auf sie wälzte. Am Ende des Lagers bemerkte Novelli unter den Bäumen Fackeln, die sich bewegten. Er ging auf sie zu und erkundigte sich bei einem Jüngling, den das Gezeter der Nutten aus dem Schlaf geschreckt hatte, nach Le Hongre. Doch der andere war mit leuchtenden Augen damit beschäftigt, sich durch das Dunkel zu tasten, wo er die Mädchen witterte, und antwortete ihm nur mit einer vagen Geste in die Tiefe der Nacht, wo sich längs der Pilgerstraße nach Santiago de Compostela schemenhafte Feuer verloren. Plötzlich packte ihn ein im Gras liegender Mann am Mantelsaum und fragte, wer er sei. Er wollte davonstürzen, um sich loszureißen, doch der Faustgriff war zu kräftig.

»Ich bin der Groß-Inquisitor von Toulouse«, sagte er so streng, wie er konnte.

Sein Titel klang ärmlich unter diesen Leuten, die nun flackernde Flammen über seinen Kopf hielten und ihn völlig ungerührt betrachteten, weder mit Haß noch mit Respekt, mit nichts als Kälte, so kalt wie der Himmel, in ihren Blicken betrachteten. Ein mageres Weib mit kralligen Fingern packte ihn am Arm und zerrte ihn fort. Mit Müh und Not sein Zittern niederhaltend, gegen schlafende Leiber stoßend und von Händen geschoben, die aus der Nacht auftauchten und um seine Schultern und vor seinem Gesicht herumfuchtelten, ließ er sich führen. Er hatte das Gefühl, als würden ihm und der Megäre, die sich an seinen Arm krallte, ganze Scharen von Gespenstern folgen, doch er wagte sich nicht umzudrehen. Fast im Laufschritt stiegen sie einen Abhang hinunter bis zu einem Weg, auf dem mit Piken bewaffnete Männer Wache hielten. Das Weib fragte sie, ob Jean Le Hongre in seinem Zelt sei. Man antwortete ihr, daß er in die Stadt zurückgekehrt sei, um dem Inquisitor Novelli einen Besuch abzustatten. Jacques zeigte keinerlei Regung, doch in seinem Innern fühlte er einen gewaltigen Jubel aufsteigen. Also hätte er vor wenigen Augenblicken Le Hongre auf irgendeinem Platz über den Weg laufen können. Von Angesicht zu Angesicht, mit nichts als dem Hauch ihres Atems zwischen sich, hätten sie miteinander sprechen können. Sie hätten sich Dinge anvertrauen können, die tiefer waren als sie selbst, vielleicht sogar Geheimnisse, die sie später, vor dem Volk, zwar geleugnet, die sie aber auf ewig vereint hätten.

Mit herablassendem Zorn nannte er den Männern, die ihn dicht umringten, seinen Namen und erneut seinen Titel. Es entstand eine Pause von unschlüssigem Hin und Her, dann trat ein paar Schritte weit abseits eine Gruppe zusammen. Er hörte sie leise miteinander tuscheln. Nach einer Weile pflanzte sich die Frau wieder allein vor ihm auf, stieß ihn mit dem Ende ihres Knüppels und sagte:

»Geh nach Haus und warte dort auf ihn. Er wird gewiß noch vor Morgengrauen erscheinen.«

Sie trat ihm dicht unter das Gesicht und fügte, ihren Knüppel schwingend, grotesk und fanatisch hinzu:

»Er kommt entweder mit seinem dreinschlagenden Blitz oder mit seiner Güte, je nachdem, wie dein Herz gesonnen ist.«

Dann wurde er von Gespenstern mit bösen Visagen und energischen Gesten davongejagt, in denen jedoch nicht mehr Haß lag, als wie wenn sie einen streunenden Hund verscheuchen wollten.

Schwankenden Sinnes gelangte Novelli wieder zurück in die Stadt. Ihm war, als hätten sich ihm seit dem Morgen dieses Tages Stück um Stück die Stützen seines Lebens entzogen, als täte sich nun die Welt zu grenzenlosen Räumen auf und als führten seine wohlvertrauten Wege nur noch ins Leere. Er dachte an die Nachtwanderin, der er in der Rue du Puits-Creux begegnet war. Er fühlte sich genauso wie die Männer, die ihr folgten: unwissend und blind. Ängstlich rief er nach einer unsichtbaren

Führerin für seine Seele, doch er schreckte davor zurück, sich ihr Gesicht vorzustellen, und mit einer mächtigen Schwermut sagte er sich, daß er in Wahrheit nichts zu fürchten und nichts zu hoffen hatte. Morgen würde ihn die Ausübung seines Richteramts wieder auf einen festen und sicheren Weg versetzen. Ohne jeden Zweifel würde er wieder sein Wissen zurückerlangen, an dem nicht zu rütteln war.

Seine Schritte führten ihn, ohne daß er es klar beabsichtigt hätte, zur Porte du Bazacle. Dort lebte eine Klausnerin, ein heiligmäßiges Mädchen, das sich in einem Winkel der Stadtbefestigung hatte einmauern lassen, um nur noch mit Gott zu verkehren und nur noch mit Ihm zu sprechen. Die Frau lebte von den wenigen Speisen, die ihr die Reisenden über eine Durchreiche im Tausch gegen ihre Gebete anboten. Von der Welt sah sie nur noch diese vorübergehenden Hände der Vorsehung. Novelli hatte sie früher einmal kennengelernt. Häufig suchte er sie auf und redete mit ihr, die Wange an die Mauer gepreßt und den Mund an das finstere Loch gehalten, durch das die Luft und die Geräusche von draußen sie erreichten. Er betete mit ihr, sprach ihr von den alltäglichen Dingen, brachte ihr auch Nachricht von ihrer Mutter und dem Sohn, den sie als Fünfzehnjährige von einer Vergewaltigung bekommen hatte. Er half ihr, inmitten der Exkremente ihres Verschlags den Himmel zu suchen. Nie antwortete sie auf sein Reden, stellte keine einzige Frage, aber er wußte, daß nur die Dicke der Mauer ihn von ihr trennte. Manchmal vernahm er, wenn er schwieg, ihren Atem und Gemurmel von Psalmen. Er kniete unter dem hohen Spitzbogengewölbe nieder und begann mit gedämpfter Stimme den ersten Vers aus dem Johannes-Evangelium zu sprechen, wie er es gewöhnlich zu tun pflegte, um sie zu sich heranzurufen. Dann erzählte er ihr von den Wegen und Gängen seines Tages, und sprach ihr mit unendlichem Vertrauen ausgiebig von seiner Seele und ihren Irrungen. Er bat sie, ihm ihre Liebe zu geben, nicht indem sie für sein Heil betete, sondern indem sie ihn so in ihrem Geist aufnähme, wie er begehrte, daß sie in seinem wohne. In seiner Inbrunst ging er so weit, daß er sie anflehte, ihm zu Hilfe zu kommen, ohne daß er gewußt hätte, wie sie dies tun könnte. Bevor er schließlich befriedigt verstummte, sagte er ihr noch:

»Laß auch nur deine Hand an der Luke erscheinen, damit ich wissen werde, daß du mich verstanden hast.«

Plötzlich fühlte er eine Hand auf seiner Schulter. Es war ein Soldat der Nachtwache, dessen nahende Schritte im Rauschen des Windes untergegangen waren. Der Mann teilte ihm mit, die Klausnerin sei gestorben. Am Vortag habe man sie auf dem Leichenanger von Notre-Dame begraben. Der Raum hinter der Wand war leer.

3

Novelli verbrachte die ganze Nacht an der Porte du Bazacle: In einem Winkel des hohen Portals auf dem Straßenpflaster kniend, betete er für die Seele der Klausnerin und weinte heimlich vor sich hin. Als seine Tränen erschöpft waren, überkam ihn ein neuer Friede mit dem übermächtig süßen Gefühl, dieses arme Mädchen, dessen Gesicht er vergessen hatte, werde von nun an nie mehr seinen Geist verlassen und auf ewig seine unverbrüchliche Geliebte sein. Einen flüchtigen Moment lang, für die Dauer einer morgendämmernden Stille zwischen zwei Vogelliedern, hatte er die Gewißheit, daß es so sein würde.

Plötzlich rüttelte ein galoppierendes Gepolter die Gasse aus dem Schlaf. Er preßte die Stirn an die Mauer, bedeckte sich das Gesicht mit den Händen und duckte sich in den Schatten. Ein Steigbügel streifte seine Schultern, er fühlte den kräftigen Luftzug eines Mannes auf einem mächtigen Roß vorüberstreichen. Er wandte sich nicht um. Er wußte, er war sicher, daß es Jean Le Hongre war, der zu seinem Lager zurückkehrte, nachdem er ihn überall gesucht hatte. Er wartete ab, bis der vorbeijagende Hufschlag die Porte du Bazacle hinter sich gelassen hatte. Erst dann hob er den Kopf und öffnete die Augen. Nachdem sich der Lärm im Ufergras abgedämpft hatte, stieg er zum Fluß hinunter und sah in der Ferne im ersten Dämmerlicht den Schatten des Reiters nach Saint-Cyprien reiten. Jetzt bedeutete ihm der Mann kaum mehr etwas. Er fand es gut, daß er sich auf diese Art entfernte, und wähnte sich für immer von ihm befreit. Wie eine Last fiel ihm die Nacht von den Schultern, er seufzte tief auf und fühlte sich leicht unter den würzigen Düften des frühen Morgens.

Die Pastoureaux verließen Toulouse über die Garonne. Noch trieben Nebelschwaden dicht über dem Wasser, aber es lag bereits Gold in der Luft, das von den erwachenden Vögeln begrüßt würde. Am Bug des ersten Kahns saß Le Hongre starr auf seinem Ackergaul und hielt sein Schwert hoch erhoben wie den Schaft eines Banners: An der Spitze der Klinge flatterte der Fetzen eines Hemdes mit aufgesticktem Kreuz. So sah ihn Novelli langsam vorüberziehen, die Stirn zum Himmel gewandt, getragen von der Strömung des Flusses, und hinter sich auf den Flachkähnen kauernd, seine Truppe. Die Leute schienen erschöpft von den Bluträuschen des vergangenen Tags und mochten sich nur schwer von der Nacht zu lösen. Niemand sang, kein Kirchenlied, kein geiler Gassenhauer war zu hören. Scharren von Stöcken und Stiefeln gegen die Bordseiten der Barkassen, fernes Krächzen von Krähen in den Verheißungen der Sonne war die einzige Musik.

Allmählich kam Leben in die Mühlen. Köpfe in den Fenstern, fröstelnde Knechte, die Pferde zur Tränke führten, begafften das Defilee dieses Kreuzzugs von Verlorenen mit einer Neugier, in der Neid mitzuschwingen schien. Einige Mädchen begannen am Ufer entlangzurennen und begleiteten eine Weile die Tücher, die an ausgestreckten Armen zum Zeichen des Abschieds durch den Nebel geschwenkt wurden und langsam auf dem Wasser entschwanden. Sobald sie außer Sicht waren, wandten sie sich ab von diesen Männern, die sich vielleicht an ihrer Haut gerieben hatten, und ein anderes Leuchten trat in ihren Blick. Als sie zurückkehrten, waren ihre Sinne wieder mit den alltäglichen Verrichtungen beschäftigt.

Novelli liebte diese Leute, die dem Ufer treu blieben trotz der Versuchung der Schiffe. Er grüßte sie, während er seinen Weg zum Pont Couvert und zum Kloster Daurade fortsetzte. Letzteres konnte er bereits von ferne in der Flußbiegung erkennen mit seinem sonnenbeschienenen Ziegeldach und den laubüberwucherten Mauern seines Gartens. Einigen Frauen, die gerade Wasser schöpften, und einigen Männern, die auf dem Weg zu den Obstgärten waren, rief er ein gütiges »Gott behüte euch« zu. Dabei ging ihm durch den Sinn, daß Gott sie ja tatsächlich im Schutz der Mauern hielt, damit das Werk des Lebens und die Weisheit der Jahreszeiten ihren Fortgang nähmen. Ohne Furcht oder Hochachtung erwiderte man seinen Gruß in der Unschuld des Morgens.

Er mußte unbedingt wissen, wie es um seinen Oheim, den Kardinal, stand. Durch eine besorgte, aufdringliche Liebe fühlte er sich dazu verpflichtet, und doch wußte er, daß er es eilig haben würde, wieder aufzubrechen, sobald er die Schwelle seiner Kammer übertreten hätte. Eine beständige Ungeduld drängte ihn unablässig, den Frieden und die Vergnügungen des Tags zu fliehen. Während er kräftig ausschritt und sein Geist sich wieder verschloß gegen das Gelärm des erwachenden Flusses und der erwachenden Stadt, fragte er sich, warum dem so war. Wonach suchte er? Sogar seine gewöhnlichen Gebete hatten etwas Hechelndes, Gehetztes. Einmal hatte man ihn gar tadelnd darauf hingewiesen. Er hatte sich bemüht, seine Zunge im Zaum zu halten, aber dadurch kam ihm sein inbrünstiges Feuer abhanden. Was ihn in Wahrheit entnervte, waren die Langsamkeiten der Zeit. Alle Augenblicke wünschte er, seine Stirn risse auf und der Himmel träte in sie ein. Nur dies erwartete er, und das Warten erregte seinen Zorn. Wer weiß, vielleicht zerstörte er sein Leben, indem er es mit zuviel Hoffnung verstellte?

Als der alte Novelli ihn in weltlichen Gewändern, mit eingefallenen Wangen und von seiner durchwachten Nacht fiebernden Augen eintreten sah, überkam ihn ein boshaftes Grinsen, das seinen Neffen in rasende Verwirrung stürzte. Ganz offensichtlich glaubte der Kardinal, sein Jacques sei eben gerade dem Strohlager eines Mädchens entstiegen. Er erwähnte dies mit keinem Wort, doch er nutzte dessen Verlegenheit, um sein Gesicht zu beschnuppern. Novelli riß sich mit einer brüsken Geste von ihm los, setzte sich an sein Bett und und zwang sich zu einem Lächeln. Allein, es gelang ihm so schlecht, daß er sich rasch abwandte. So verharrten sie einen Moment in Schweigen, der eine mit gesenktem Kopf, der andere ihn scheinheilig musternd. Arnaud sah nur zu gut, daß Jacques beleidigt war. Das stimmte ihn traurig, doch auf dem Grunde seiner sanften Betrübtheit strahlte noch immer jenes Leuchten seliger Blödigkeit, die dem jungen Novelli so sehr auf die Nerven ging. Verzeih, schien des Onkels Blick zu sagen, verzeih, daß mich armen Narren, der der Asche entgegengeht, der Kitzel des Lebens noch immer amüsiert. Was kümmert's uns, aus welchem Hurenhaus du gerade kommst, es hat dich nicht beschmutzt, mein Sohn; hab keine Angst, hab' keine Scham, du bist glatt und sauber, du bist ein guter Mensch und siehst, wie sehr ich dich liebe, weil du mir deine Gegenwart gewährst. Seine lange Hand mit ihren hervortretenden Adern tastete am Bettrand nach der von Jacques und hob sie auf die Decke, um sie zu streicheln.

»Du plagst dich zu arg, mein Sohn. Wie ich sehe, bist du ganz schön erschöpft.«

»Werter Oheim, das bin ich auch«, antwortete Novelli. »Ich bin die ganze Nacht hindurch Schatten und Chimären nachgejagt. Sie hielten mich bis zum Morgendämmer wach, bevor sie entfleuchten.«

Dann fügte er mit gesenktem Kopf, das Kinn an die Brust gepreßt, flüsternd hinzu:

»Aber mit Weibern habe ich mich nicht gewälzt.«

Der Kardinal lächelte kaum und küßte seinem Neffen die Hand. Da erzählte ihm Jacques von seinem Herumirren durch Jean Le Hongres Lager und seinem Besuch bei der toten Klausnerin. Der alte Novelli hörte sich seinen Bericht mit sehr besorgtem Mitleid an. Am Ende fragte er ihn:

»Herr des Himmels! Was wolltest du denn nur bei diesen Leuten?«

»Ich weiß es nicht. Vielleicht ihnen irgendein unerklärliches Glücksgefühl nehmen und zugleich geben.«

»Solche Gelüste kannte ich«, meinte der Kardinal.

Er verharrte einen Moment in Gedanken, dann belebte eine Erinnerung seine Augen. Stumm begann er zu lächeln, zuerst ganz sanft, dann immer strahlender, bis ihm die Tränen kamen.

»In deinem Alter, Novelli, rannte auch ich durch die Nacht«, sagte er. »Aber ich habe mich nie in ihr verlaufen, weil ich dort nie den Himmel suchte. Ich war wie ein Hund, der nach Trüffeln lechzt, nach nächtlichen Früchten, Festen des Dunkels. Ich machte delektable Bekanntschaften, die meinem Beichtvater, Gott sei's gedankt, immer verborgen blieben, und ich trieb allerlei Torheiten, um die du mich beneiden würdest, wenn ich sie dir erzählte. Solche Dinge wirst du dir niemals leisten, denn du verstehst es nicht, dich an der Lust zu ergeilen, ohne dich zu schämen. Mein armer Sohn! Du bist wie ein Wolf, der den Adler mimen will. Du hältst beim Gehen die Schnauze in die Wolken gerichtet, siehst nicht, daß deine Pfoten kühn und tapfer ins Unterholz tauchen, und schon hast du dich verfangen und jaulst auf, machst einen langen Hals, dein Kopf hängt verheddert in den Ranken, und doch kommst du nicht los von deinem Verlangen nach den Sternen! He, verdammter Herzgeliebter, nur wenn man im Humus schnüffelt, findet man seinen Weg!«

»Und auch die Trüffeln, verehrter Vater Novelli«, fügte Jacques lachenden Auges hinzu.

Der alte Novelli strahlte und machte ein durchtriebenes Gesicht.

»Jawohl, auch die Trüffeln«, bestätigte er. »Ich wünsch dir welche, die gut im Fleisch sind, mein Sohn, herrlich duften und dich kräftig berauschen.«

Novelli der Jüngere ließ sich, nun auch selbst von einer sanften Freude erfaßt, in die Knie sinken, legte seinen Kopf auf das Kissen und seine Stirn an die des Onkels.

»Jacques, mein Jacques«, sagte der Kardinal, »wie freu ich mich, daß ich dich endlich mal über deine Miseren lachen seh! Gib mir einen Kuß und dann verschwinde, mir geht's schon besser. Bald werde ich heraustreten aus dieser Schwäche, die mich derzeit niederhält. Das Leben erwartet mich, ich spüre, wie ungeduldig es zappelt. Ja, bald werde ich heraustreten, ich werde dich begleiten, wohin du auch gehst, und werde mit den Füßen nach oben über den Himmelsgrund wandeln, damit ich mit dem Kopf näher bei dir bin.«

Im Moment, wo sie sich trennten, der eine auf der Schwelle der Kammer, der andere fast nicht zu erkennen im Dämmerlicht, blickten die beiden Novellis einander lange an und winkten sich den gleichen Abschiedsgruß zu.

*

Am Mittag begab sich Jacques Novelli, in die schwarzweiße Robe der Predigenden Brüder gekleidet, aufs Château Narbonnais. Der weite, gepflasterte Burghof, umgeben von alten Ziegeltürmen und ockerfarbenem Morast, kam ihm an diesem Tag einladender vor, vielleicht deshalb, weil er ihn gemeinsam mit dem alten Novelli betrat, der sich bereits umgekehrt zur Welt und den Menschen bewegte und mit dem Kopf nach unten, Stirn an Stirn, im gleichen Schritt mit ihm einherging. Gewöhnlich fand er diesen Ort bedrückend. Kaum hatte er das eiserne Tor passiert, da war ihm, als verließe er den Lauf der Tage und beträte düstere Schattenreiche außerhalb des Lebens. Niemand redete oder verhielt sich innerhalb dieser Mauern so wie sonst im munteren Getreibe der Gassen.

Einst hatten hier die Grafen von Toulouse gelebt. Von ihrem Niedergang hing noch eine vornehme Tristesse in der Luft, und Runzeln und Zeichen unheilbarer Erschöpfung hingen in dem Mauern. Soldaten und Conciergen wachten über die Eingeweide der Türme, in denen sich eine Masse entsetzlich verkommener Häftlinge regte, deren übler Geruch nach Tod und Kot ans Tageslicht heraufdrang, sobald man die niedrigen Pforten öffnete, um ihnen etwas zum Fraß hinzuwerfen. An manchen feuchtschwülen Sommerabenden verbreiteten sich diese Ausdünstungen bis in die Säle des angrenzenden Gerichtshofs und der Stadtwache. Dann wurde der Gestank so unerträglich, daß der Stadtvogt und die Notabeln seines Gefolges darauf verzichteten, ihres Amtes zu walten, sich ins Badehaus begaben und ihre unermüdlichen Beamten, Gerichtsschreiber, Sekretäre und Kanzlisten ihrer Wühlarbeit in den hallenden Verhandlungsräumen und Korridoren überließen. Diese staubigen Amtspersonen mit ihren tintigen Fingern brüsteten sich nur zu gern mit einer Wichtigkeit, die sie nicht besaßen, und sie taten, als wären sie des Lateinischen mächtig, als hörten sie nichts von den Schreien, die zuweilen bis in die hohen Gänge hinauf ihr Ohr streiften, und als dächten sie niemals an die zuckenden Leichengruben, deren Buchhalter sie waren. Novelli haßte ihre vulgäre Höflichkeit, ihr rechthaberisches Geschwätz unter den Rundbögen der Türen. Diese lästigen Wichtigtuer waren ihm so verhaßt wie Ärzte im Haus eines Sterbenden: rings umgeben von Schmerzen und dennoch selig und zufrieden mit ihrem Wissen.

Mit fliegenden Rockschößen durchquerte er eine Wolke von hastig entgegengelächelten Höflichkeiten und begab sich, dem Wehrgang längs der Mauer folgend, direkt zur Tour Gaillarde, dem Gefängnisturm. Dort hieß er zwei Wachsoldaten Stéphanie holen und sie zur Gräflichen Kapelle führen, wo er sie zu verhören wünschte. Man gehorchte ihm mit schleppenden Schritten, ohne den geringsten Kommentar; kein unterwürfiges, kein widerspenstiges Wort kam den Waffenknechten über die Lippen; sie machten Gesichter wie schläfriges, mißmutiges Vieh. Bestimmt kamen sie mit dem Leiden der Gefangenen tagtäglich zu nah in Berührung, dachte Novelli: Gewiß hatte deren Dreck auf ihre Seelen abgefärbt, und daher haßten sie Gott und die Welt. Als er sah, wie die zwei Schergen sich bückten, um durch die Pforte in den Turm zu gelangen, durchwehte ein Hauch von Mitgefühl sein Herz. Er warf ihnen zwei kupferne Sous zu, doch er tat dies so verstohlen und unbeholfen, daß die Münzen in den Staub rollten und die Männer nichts davon bemerkten. Tief verbarg er die Hände in seinen Ärmeln und entfernte sich wie ein Übeltäter.

Die Kapelle war kaum gepflegt worden, seit die Herrschaft der Grafen von Toulouse erloschen war, doch sie duftete nach welkem Weihrauch, Schweigen und sonnigem Staub. Novelli kniete vor dem Altar auf einer Betbank nieder, die ein Ächzen von sich gab wie prasselndes Feuer. Die Gelassenheit eines betagten romanischen Friedens lag über dem Ort. Sofort erschienen ihm die Schmerzen und die Betriebsamkeit, die rings um diese Mauern herrschten, noch entrückter und unerreichbarer als verflogene Jahreszeiten. Er betete nicht, aber einen langen Moment ließ er sich von den herrlich leuchtenden Bahnen in fahlem Gold erfüllen, das durch die schmalen Mosaikfenster hereinfiel. Plötzlich weckte ihn das Schlagen eines Türschlosses aus seiner Träumerei. Die Pforte öffnete sich einen Spalt weit, schloß sich wieder, dann näherten sich Sandalenschritte in seinem Rücken und blieben dicht hinter ihm stehen. Er wandte sich um.

Zuerst sah er nur Stéphanies Elend, ihr Gewand aus alten sackleinenen Fetzen, ihre von einem Seil umgürteten Hüften und ihre in morastige Lumpen geschnürten Füße. Sie stank, doch sie war schön. Novelli fühlte sein Herz sich wunderlich zusammenkrampfen, als er ihrem Blick begegnete, der so schwarz und lebhaft war wie der seine. Diese Verwandtheit machte ihn ergriffen. In den Augen dieses glatten Gesichts unter dem Dreck zuckte das nämliche Leuchten wie in seinen umtriebigen Nächten. Er suchte sich darin und fand sich. Die Gedanken entglitten ihm. Einen flüchtigen Moment lang wurde er von Angst gepackt, dann faßte er sich wieder. Plötzlich schien das Mädchen beunruhigt von dem Schweigen dieses Mannes, der es mit strengem Blick betrachtete. Wie er mit seinem Strahl Sonne auf der Schulter im Halbdunkel dastand, entdeckte es an ihm die Schönheit eines bösen Engels.

»Dein Bruder ist fort«, sagte er. »Ein Glück für dich: Er wird bald sterben, denn er ist von Tollheit besessen. Du aber wirst leben, wenn du gewillt bist, mir zu gehorchen.«

Ob dieser Neuigkeit füllten sich Stéphanies Augen mit Tränen und ihr Mund bebte, doch sie blieb aufrecht stehen, die Hände vor dem Leib gefaltet und fest zusammengepreßt, damit sie nicht zitterten. Novelli sah, wie sie sich in Gedanken auf der Garonne entfernte, um Le Hongre nachzueilen, und den geflohenen Bruder mit Umarmungen, herzzerreißenden Abschiedsworten, stummen Segnungen umhüllte. Das erzürnte ihn.

»Hoffe auf sein Heil, wenn du willst«, sagte er gereizt, »aber laß ihn ziehen, wohin er ziehen muß. Löse dich von ihm, zum Teufel, das Leben will uns als liebende, aber freie Menschen. Ich sagte dir, er wird sterben. Vielleicht aber auch nicht. Vielleicht will Gott ihn lebend ergreifen und zu weniger niederen Werken verwenden als denen, worin er sich verirrt. Ich bin in der Lage, ihm zu helfen und auch dir zu helfen. Du hast nicht das Gesicht eines schlechten Weibs.«

»Ich brauch keine Hilfe«, erwiderte Stéphanie, »aber seid gesegnet, wenn Ihr Erbarmen mit meinem Bruder habt. Zur Stunde wähnt er sich noch unverwundbar, denn er ist, wie Männer eben sind: Aufschneider und Prahlhänse, wenn ein unsichtbares Leiden sie packt. Er glaubt, sein Schmerz sei nur von kurzer Dauer, doch ich weiß genau, daß er jetzt, da ich nicht mehr bei ihm bin, ernsthaft krank ist. Bald wird er vom Pferd stürzen zu seiner Linken, wo ich nicht mehr bin. Seine Hände werden in der Luft nach mir tasten, seine Stirn wird sich an Steinen entzweischlagen, sein Mund wird Erde fressen, und er wird auf der linken Seite liegend, da, wo ich nicht mehr bin, sein Leben verhauchen.«

Sie redete wie eine junge Mutter in großer Sorge, mit gehetzter Stimme, doch mit einer Spur von Allwissenheit in ihrem Blick, die unauslöschlich schien. Sofort begehrte Novelli, dieses allzu durchsichtige Mädchen, das ihm schamlos das Herz aushöhlte, in seiner Sicherheit zu erschüttern. Das Luder ist verliebt, sagte er sich. Aus Angst, sie könnte ahnen, an welchen Gedanken er brütete, wandte er sich ab. Lust überkam ihn, sie zu unterwerfen, sie zumindest zur vollen Beichte ihrer Gefühle zu bringen. Dann könnte er sich dazu herbeilassen, die rätselhafte Sanftmut, von der er sich beeinträchtigt fühlte, über ihr Haupt auszugießen.

»Dein Bruder ist ein hirnverbrannter Kerl«, sagte er. »Ihn treibt ein Wahnsinn, der nicht von Gott erleuchtet ist.«

»Sein Geist ist einfältig. Ich weiß, daß sein Licht nicht das des Verstandes ist. Und doch ist es ein schönes Licht.«

»Gewiß mag er imstande sein, den Glauben der Blöden zu begeistern, doch er ist unerreichbar für die Weisheit. Ich weiß es wohl: Er ist ein Spötter.«

»Er will die Erde reinwaschen von dem, was ihn unrein dünkt. Soweit es in seinen Kräften steht, macht er die Erde sauber.«

Das sagte sie mit einer so schmerzhaften Kraft, daß ihr die Augen überquollen von Tränen. Sie senkte den Kopf, um sich die Wangen zu wischen. Als sie ihn wieder hob, zeigte sie erneut eine kämpferische Miene.

»Du glaubst nicht an die Heiligkeit seines Unterfangens«, bemerkte Novelli mit niederträchtiger Befriedigung. »Du bist nicht tot genug, meine Tochter, zu heiß schlägt dein Herz. Frauen von deiner Sorte vermögen ihre Seele in den übelsten Dunghaufen zu finden, doch nie suchen sie ihr Heil im Wirken der Messer. Du bist deinem Bruder gefolgt, da du ihn ohne dich verloren wähntest, das ist alles.«

Einen Moment lang verharrten sie in wilder Herausforderung einander gegenüber, dann ließ sich Stéphanie, ohne ihre Augen von Novellis Blicken abzuwenden, allmählich von einer so ergreifenden und stolzen Verzweiflung erfassen, daß Jacques sich erneut in ein ausschweifendes Mitgefühl versinken fühlte. Er konnte sich gerade noch zurückhalten, näher an sie heranzutreten. Sie sah es, und ihre Züge erstarrten.

»Es ist wahr, hoher Herr Inquisitor«, sagte sie schließlich, »ich bin das Gewicht, das Jean Le Hongre am Leben hält. Seine Seele ist leer. Vielleicht walten deshalb Himmel und Hölle so frei in ihm. Er ist schön, wenn er redet und wenn er lacht, weil er niemals Erbarmen oder Zweifel empfunden hat. Ich bin in der Tat nicht so tot, daß ich das Entsetzliche an dem, was er anrichtet, nicht sähe. Wenn er die Judenviertel verwüstet, so geschieht es zu seiner Verdammnis. Er sagt, im Traum wäre ihm ein Engel erschienen und hätte ihm befohlen, dies zu tun. Es ist nicht wahr, doch er glaubt es. Ja, er wird in Schanden sterben, und ich muß ihm wohl ins Jenseits folgen, um über seine Seele zu wachen, denn ich bin das einzig Gute, das er hat, und wenn ich mich am Tag des Jüngsten Gerichts nicht an seiner Seite hielte, was würde Gott dann über ihn sagen?«

Mit einem schwarzen Grinsen und einer großen Wirrsal von Gedanken im Kopf blickte Novelli sie lange an. Stéphanie ahnte etwas von jenem Verdacht inzestuöser Fleischeslust zwischen den beiden, den er seit dem Vortag mit sich herumschleppte. Auch sie überkam ein Grinsen.

»Nein«, sagte sie, »mein Bruder hat nie mit seinen Händen meinen Körper berührt. Aber ich habe alle Abend sein Gesicht gestreichelt, damit er in Frieden einschlief.«

Jacques schien plötzlich aus einem Traum zu erwachen. Eben erst hatte ihn Kardinal Novelli zu einer ähnlichen Antwort gezwungen. Ich bin genauso verachtenswert wie dieser alte geile Bock, sagte er sich, aber sie ist nicht so verletzt, wie ich es war. Die Nächte des Herzens machen ihr keine Angst.

Trotz ihrer Tränen war sie jetzt voller Spott. Doch es empörte ihn nicht, im Gegenteil: Es gab ihm sogar ein Gefühl der Zufriedenheit, daß er sie nicht weiter zu verdächtigen brauchte. Er sagte ihr, er werde noch an diesem Tag dafür Sorge tragen, daß sie das Gefängnis verlassen könne, denn er habe keinen Grund, sie noch länger dort festzuhalten – sie sei ja gottlob weder eine Verbrecherin noch eine Ketzerin. Er verbot ihr jedoch, Toulouse zu verlassen, denn er wünschte sie noch über die Geistesverirrung Le Hongres und die elende Aventüre der Pastoureaux zu verhören. Als sie ihm zu verstehen gab, daß sie in dieser Stadt kein Haus wisse, an das sie sich um ein Obdach wenden könne, machte er ihr mit pochendem Herzen den Vorschlag, sie fürs erste in seinem Kloster der Predigenden Brüder aufzunehmen. Dort brauche man eine Dienstmagd. Sie werde im Speicher logieren, wo zuweilen ausgeraubte Reisende nächtigten, die die Brüder auf den Stufen der Kirche aufläsen.

Sie wollte wissen, was mit den Gefährten geschähe, die mit ihr im Kerker saßen.

»Die wird das gleiche Los wie ihren Herrn und Meister ereilen«, meinte er. »Sie werden auf freien Fuß gesetzt, wenn dein Bruder reumütige Buße tut und wenn Seine Heiligkeit, der Papst, ihm Vergebung gewährt. Wenn er jedoch unbeugsam in seinem Wahnsinn verharrt, werden sie im Kerker verbleiben.«

»Ich bin nicht minder elend an Herz und Leib als diese Armen«, entgegnete Stéphanie. »Auch sie sind meine Brüder. Warum mich also von ihnen trennen?«

»Es ist wahr, du starrst vor Dreck, meine Tochter. Doch diese Vagabunden sind nicht deines Stammes. Sie fanden Vergnügen darin, die Ordnung zu stören. Du hingegen nicht: Du bist Le Hongre in dem alleinigen Wunsch gefolgt, ihn vom Teufel zu entfernen. Das hast du mir selbst gesagt.«

»Wenn Ihr der Meinung seid, sie hätten der Welt Böses zugefügt, hoher Herr Inquisitor, dann sind sie bereits vor der Zeit gerichtet.«

»Nein, meine Tochter. Niemand vermag über ihr Schicksal zu befinden, bevor man nicht weiß, ob sie aus bösem Ansinnen oder aus falsch gewirkter Frömmigkeit gehandelt haben.«

»Oder aufgrund von schwerem Leiden. Gott weiß es.«

»Er wird uns erleuchten.«

»Er wird Euch sagen, daß man ihnen vergeben muß, denn es sind Kinder.«

Ihre Miene rührte Novelli zutiefst. Dieses Mädchen hatte noch viel von ihm zu erhoffen. Insgeheim jubelnd ging er die Wachen rufen und befahl ihnen, Stéphanie in sein Kloster zu führen. Er wollte gerade über die Schwelle treten, da hörte er sie aus der Ferne unter dem Gewölbe der Kapelle rufen:

»Um ohne Fehl zu richten, hoher Herr Inquisitor, darf man nicht die Macht besitzen zu verdammen.«

Diese Worte kamen ihm widersinnig vor. Er zuckte mit den Schultern, vergaß sie sofort wieder und verließ, während er mit knapper Geste und einem beinah freundlichen Lächeln die Sekretäre und Soldaten grüßte, die ihm über den Weg liefen, die Gräfliche Burg. Geduldig sich seinen Weg bahnend durch das Geschiebe der Fuhrwerke und das Gewühl der Lastträger und tratschenden Weiber an den Brunnen der Plätze, entfernte er sich aus der Stadt. Die Sonne in den Gassen erschien ihm köstlich angenehm und die Leute würdig aller Güte der Welt.

*

Am Abend des nämlichen Tages erhielt Jacques Novelli in der Bibliothek des Klosters, wo er den ganzen Nachmittag über verbissen gearbeitet hatte, ohne daß es ihm so recht gelingen wollte, Besuch von Bruder Bernard Lallemand. Er empfing ihn mit einem knurrenden Gruß, und doch fühlte er sich erleichtert, daß er endlich seinen Geist von den kaum zu entziffernden Litaneien von Geständnissen, Unschuldsbeteuerungen und wirren Zeugenaussagen ablenken konnte, die ihn mit Übermacht belästigten. Einen Moment lang verharrte er gedankenverloren über dem wildwuchernden Schriftzug der Gerichtsschreiber, dann schob er das dicke Registerbuch fort und tat einen gedehnten Seufzer schweren Erwachens. Über die exzessive Erschöpfung seines Herrn stöhnend, machte sich Bruder Bernard sogleich zwischen dem schweren Geruch alter Kerzen und Pergamente um ihn herum zu schaffen. Eifrig sammelte er Blätter auf, die über die Fliesen verstreut waren, wechselte auf den Leuchtern die fast niedergebrannten Kerzen aus und schürte die Glut im Kamin. Als er damit fertig war, fragte Novelli ihn, wie es um Salomon d'Ondes stünde. Bruder Bernard setzte sich an das wiederbelebte Feuer und gab ihm Bericht von den Drangsalen des unglücklichen Gelehrten, den er ohne große Mühe in den Ruinen des Judenviertels aufgefunden hatte.

»Nachdem er gestern früh unter einem Mordswirrwarr von Knüppeln, Faustschlägen und Beschimpfungen die Place Saint-Étienne verlassen hatte, ist Salomon barhäuptig und im weißen Kleid der Getauften zu sich nach Haus in die Rue Jouzaigues zurückgekehrt; von zwei Soldaten, denen er die herrlichsten Stoffe aus seinem Laden versprochen hatte, wenn sie ihn vor dem Tode schützten, bekam er Geleit. Nun, was soll ich sagen: Ein Gutteil der Häuser in dieser langen Gasse waren ausgeplündert, und Salomon, wie er völlig von Sinnen durch seine verwüstete Behausung tappte, entdeckte, daß seine sämtlichen Kommoden aufgeschlitzt waren und er nicht mehr die mindeste Habe auf Erden besaß. Trotz ihrer Enttäuschung ob des entgangenen Lohns hatten die Soldaten Erbarmen mit ihm: Ohne ihn zu verdreschen, ließen sie ihn stehn. Dann begab sich der Jud zum Stadtvogt, der ihm ein guter Bekannter war – er hatte den mächtigen Mann der Polizei mehrmals sehr nutzreich in undurchsichtigen Handelsgeschäften beraten. Es war um die Mittagsstunde. Unbekümmert von dem Aufruhr, in dem die Stadt fieberte, fand er ihn mit einigen Freunden guten Adels zu Tisch sitzen. Salomon erzählte ihm von seinem Unglück, sagte ihm, daß man ihn selbigen Tags unter Androhung, man schlüge ihn beim geringsten Aufmucken tot, gegen seinen Willen zum Christen gemacht habe, und fragte ihn heulend, ob das katholische Gesetz eine so schändlich erreichte Bekehrung für rechtens halten könne. Der Stadtvogt hat ihm geantwortet, seiner Meinung nach könne man eines Menschen Seele nicht durch Raub an sich reißen, und eine solche Taufe habe keine Gültigkeit. Dann ließ er ihm Beinkleider, einen Rock und einen Mantel von gutem Tuch reichen und begleitete ihn unter vielem Trösten und Bedauern bis vor seine Tür.

Danach begab sich Salomon d'Ondes in die Synagoge, wo er Juden antraf, die genauso ruiniert waren wie er, und andere, die einen Teil ihrer Habe hatten retten können. Gestern abend, sowie ich von Euch ging«, fuhr Bruder Bernard fort, und Novelli hörte ihm düster brütend zu, »machte ich mich schnurstracks auf den Weg dorthin, denn ich dachte mir, da würd ich ihn sicher treffen. Tatsächlich sah ich ihn, wie er gerade in Begleitung eines jungen Rabbiners, Eliezer mit Namen, aus diesem schlimmen Ort herausgeschritten kam. Und da erzählte er mir, was Ihr gerade vernommen habt, Bruder Novelli. Ich sagte ihm, daß Ihr es ihm sicher arg verübeln würdet, wenn Ihr ihn wieder zu seinem Judenglauben zurückkehren sähet, doch er wollte mir nicht glauben. Er behauptete, der Neffe von Monseigneur Arnaud könne kein ungerechter und böswilliger Mann sein, und zog mit Eliezer von dannen. Heute früh hab ich Euch überall gesucht, um Euch zu fragen, was geboten ist, nun zu tun, doch nirgends konnt ich Euch finden.«

»Geboten ist, ihn fest an der Kandare zu halten und ihn nicht im Stich zu lassen«, sagte Novelli. »Geboten ist, ihn davon zu überzeugen, daß ihm großes Leid geschähe, wenn er jetzt, wo er Seine Gnade empfangen hat, Christum ins Gesicht spukken würde. Wenn Gott einen Mann, egal ob freiwillig oder mit Gewalt, in eine Kirche geführt hat, dann ist es geboten, dafür zu sorgen, daß er nicht wieder zurückkehrt zu seinen heidnischen Ränken und Listen.«

Er sprach in einem strengen und gemessenen, lauten Ton, der Bruder Bernards fettes Gesicht zu besorgten Falten aufwühlte, dann begann er wieder wie rasend durch die Pergamente zu blättern, die ihm bis zu dieser Abenddämmerstunde so arg den Geist verwirrt hatten.

»Nur...«, meinte der Mönch sehr zögerlich und furchtsam, »wie kann man ihn zwingen, die Religion seiner Väter zu hassen, wo er sie doch nicht aus freien Stücken verleugnet hat? Dieser Jude ist kein Fanatiker, er ist viel zu sehr mit ruhigem Studieren beschäftigt, als daß er irgendwas auf dieser Welt hassen könnte, ich kenn ihn, er ist ein Philosoph von gutem Ruf. An jenem schlimmen Tag, den wir erleben mußten, hat er seine Habe und den Frieden im Herzen verloren. Bruder Novelli, meint Ihr nicht, er hat genug gelitten, so daß er zumindest verdient hätte, daß man ihm den Rücken zukehrt und ihn in Ruhe läßt?«

»Salomon d'Ondes ist ein Christ, Bernard, vergißt du das? Von nun an ist er dein Bruder. Sag, hast zu jemals zugelassen, daß eines Bruders Seele sich verirrt oder gar zugrunde geht? Bevor er getauft wurde, war er nur die Hoffnung eines Menschen, doch jetzt ist er ein Sohn unserer Mutter Kirche, wie wir es sind, du und ich. Er wird unsere Freundschaft suchen. Er muß, Mönchlein, er muß. Dieser Tage werde ich mit ihm reden. Bist du zumindest sicher, daß er nicht die Absicht hegt, Toulouse zu verlassen?«

»So Gott will, wird er morgen früh nach Cordoba abreisen, wo er einst gelebt hat. Der Rebbe Eliezer hat ihm Geld gegeben und ein altes, klappriges Maultier, ich hab's selbst gesehn: Es wird ihn vielleicht noch bis zum nächsten Gasthof tragen, doch weiter kaum. Zur Stunde dürfte er in den Trümmern seines Hauses gerade seine Bündel schnüren. Er hoffte, wenigstens ein paar Bücher aus dem Schutt zu retten und einen alten Pilgerstab, den er partout wiederfinden wollte, denn den hatte ihm, wie er mir sagte, ein großer blinder Weiser vermacht, der einst sein Meister war.«

Die Ellbogen auf die Knie gestützt, das Gesicht in den Händen vergraben, verharrte Jacques reglos und schweigend, bis Bruder Bernard ein Scheit nachlegte und die ersterbenden Flammen unter mächtigem Knacken und Funkensprühen wieder zum Leben erweckte. Dann hob Novelli der Jüngere den Kopf. Seine Schläfen pochten, sein Mund zitterte und in seinen Augen glühten knochentrockene, harte Gedanken.

»Geh vom Stadtvogt einen Soldaten holen«, sagte er, »und führ ihn zu Salomon d'Ondes. Ich will, daß er diesen armen Mann festnimmt und ins Gefängnis Écarlate bringt, wo ich ihn morgen früh aufsuchen werde.«

»Es ist nicht gerecht, diesen Juden zu verfolgen, Maître Novelli«, entgegnete Bruder Bernard Lallemand und konnte nur mit Mühe ein Schluchzen in seiner Kehle zurückhalten. »Seht, ich, der Sohn eines dicken tumben Kerls und einer Mutter ohne Geist, ich wag Euch zum ersten Mal in meinem

Leben direkt in die Augen zu sehn und Euch zu sagen, daß Ihr unrecht tut, ich spür's.«

»Nach dem Gesetz ist Salomon ein Christ. Er ist als Ketzer zu betrachten, wenn er zurückkehrt zu seinen Sabbatfeiern. Wo ist da mein Vergehen?«

»Ich seh es nicht klarer als Ihr. Ich hab nur einfach Angst. Ich hab Angst, ich könnte Euch in den Abgrund Eures Verstands der hohen Geistlichkeit stürzen sehn. Euer Wissen ist rein, ich weiß es, es stammt aus guter, schöner Quelle. Aber auch im klaren Wasser kann man ersaufen. Und nun befehlt, wie's Euch beliebt, ich werde Euch gehorchen, denn ich liebe Euch genugsam, um Euch trotz der Schmerzen, die Ihr mir zufügt, treu zu dienen.«

*

Bruder Bernard fand Salomon d'Ondes in der Ruine eines Pferdestalls, den Sattel seines Mulis unterm Kopf und sein spärliches Gepäck fest an sich gepreßt, im Stroh liegen.

»Kommt mit mir«, sagte er sanft. »Ich werde Euch unterbringen, wie sich's gehört.«

Vom Schein der Laterne geweckt, richtete sich der Jude auf, wie wenn er nie im Leben geschlafen hätte. Ein schwaches, erbarmungswürdiges Lächeln huschte über seine Züge und er fragte:

»In welches Gefängnis?«

»Ins Écarlate, Maître Salomon. Es ist keines von der schlimmen Sorte und kaum belegt. Ihr werdet nicht lang darin verbleiben.«

Die Stunde der Mitternacht nahte. Jacques Novelli lag wach in seiner Kammer, in der kein Licht mehr brannte. Er dachte an Stéphanie und glaubte, er dächte an nichts.

4

Das Gefängnis Écarlate war ein ausgedehntes uraltes Kellergefild, durchzogen von Gängen und Stollen, so stark gewunden und niedrig, so unwegsam vor lauter schwarzen Wasserlachen und herabgestürzten Mauerbrocken, daß man nicht wußte, ob sie sich in der Nacht der Erde verloren oder ob sie noch über unzählige Umwege und Treppentrümmer vom Palast des Bischofs Gui zur Kathedrale Saint-Étienne führten, die nur eine Gasse voneinander trennte. Niemanden hätte dies bekümmert, wären nicht ein paar Gaukler und böse Ketzerzungen so verstockt gewesen, immer wieder im Wind der öffentlichen Plätze diese tiefen Niederungen und hochedlen Orte mit ihren hassenswerten Bänkelsangparabeln zu besingen. Wollte man jenen Leuten glauben, so florierten die beiden bischöflichen Bauten, die durch ihre Wurzeln unbestreitbar verbunden waren, gemeinsam auf dem Unglück der Verfolgten. Einige Verseschmiede und üble Bilderstecher hatten sich sogar erfrecht, Bischof Gui fett und breit zwischen den kunstvoll gemauerten Türmen seiner Behausungen hockend und die Toulouser als Gefangene in der fleischigen Finsternis seines Hintern darzustellen.

Die lästerlichen Reden, die man über seine Person kolportierte, waren Gui de l'Isle bekannt. In Wahrheit beleidigten ihn die unbeholfenen Züge der Gravüren und die schlecht gedrechselten Verse der Gassenlieder jedoch weit mehr als die Niedertracht der Worte. Mit Sicherheit hätte er sich durch Refrains in wohlgesetzter, glänzender Sprache weniger stark besudelt gefühlt. Er hätte ihre Autoren zwar verachtet, aber er hätte sich gerühmt, sie nicht zu verfolgen. Er besaß jene geheuchelte, ein wenig ängstliche Nachsicht und jenen abergläubischen Respekt, den Männer mit großer Macht zuweilen für Gaukler und Komödianten von feuriger Brillanz empfinden; mit der dissonanten Kunst der Bänkelsänger ging er dagegen grausam hart ins Gericht. Mehrere von ihrer Sorte hatte er wegen des Vergehens der »Poesie-Beleidigung«, wie er es nannte, sowie aus Gründen wohlüberlegter Pädagogik ins Gefängnis Écarlate sperren lassen: Diese Kanaillen sollten am eigenen Leibe erfahren, daß das Elend in diesen tiefen Gründen keineswegs so schändlich war, wie sie behaupteten. Und das stimmte in der Tat.

Zuweilen begab sich der Bischof widerwillig dort hinunter, um das Reinemachen mit reichlich Wasser zu überwachen, während er angeekelt vor sich hin nörgelte, seinen Mantel dicht um die Beine raffte, aus Angst, er könnte durch den Kot und Dreck streifen, und seine Gefangenen anbrüllte, um kein Mitleid mit ihnen in sich hochkommen zu lassen. In diesem Gefängnis saßen keine notorischen Verbrecher oder Ketzer, sondern kleine miese Spitzbuben, einige Verleumder und zweifelhafte Zeugen, die vor das Inquisitionsgericht zitiert worden waren und die man dort einsperrte, um sie ein wenig in der Furcht vor den Richtern schmoren zu lassen. Diese Leute verzehrten ihr Schwarzbrot gemeinsam in einem großen, durch Fensterluken schwach erhellten Saal, dessen hinteres Ende sich in das finstere Labyrinth öffnete, aus dem die Wagemutigen, die sich dort hineintrauten, stets wieder zurückkehrten. Nach ihren Schilderungen führten diese Gänge zu keinerlei Licht, sondern ins Reich der Ratten jenseits von Türen, die zu stark verrostet und zu baufällig waren, als daß man sie noch hätte öffnen oder schließen können und durch deren Spalt man nur weitere Gänge erkennen konnte.

Und doch beschloß Salomon d'Ondes, seine ersten Stunden als schlechter Christ damit auszufüllen, diese unterirdischen Eingeweide zu erforschen. Er nahm sich eine Fackel von der Wand und entfernte sich so heimlich, wie er konnte, von den Gestalten, die unter den unerreichbar hohen Fensterscharten kauerten. Auf der Schwelle in die Schattenwelt fragte ihn ein junger Jahrmarktsgaukler kichernd, ob er sich im Gemeinschaftssaal vielleicht noch nicht genug gefangen fühlte, da er versuche, sein Haupt noch tiefer zu beugen und sich unter noch niedrigeren Gewölben den Buckel aufzuschaben. Salomon erwiderte ihm, daß er sich nichts dabei erhoffe, sondern lediglich gern suche. In der Tat war er ein abenteuerlustiger Mann. Es gab kein Geheimnis, das in ihm nicht die Begeisterung des Herumschnüffelns, eine fast verliebte Lust, im Dunkeln zu tasten, erweckte.

Die elende Lage, in der er sich befand, hatte seine Lust, die Dinge zu verstehen, noch fieberhafter gemacht. Sogar noch am Tag vor einem Unglück hatte er sich über die Eintönigkeit des Alltags beklagt. Seit er in Toulouse ansässig war, hatte er seine Bücher durch ständiges Wiederlesen unheilbar verschlissen, und wenn er sich ihnen unaufhörlich zugewandt hatte, so deshalb, um von dem Wissen über alles, was da kreucht und fleucht, vom Aufsteigen der Säfte, von der entrückten Ironie der Gestirne nicht nur zu träumen. Doch selbst diese Träumereien hatten mit der Zeit ihre Würze verloren, und so wurde in ihm der Wunsch nach einem kräftigen Windstoß geboren, der die Tore seines Geistes aufreißen und ihm unbekannte Wege öffnen würde. In jenen letzten Tagen hatte er es gewagt, mit einer ganz neuen Inbrunst zu beten, ein unerwartetes Ereignis auf sein Haupt herabzurufen, Gott zu beuteln, um ihn wachzurütteln, wenn auch ohne wahrhaftige Hoffnung, denn in jenen Momenten kam ihm sein Leben so geruhsam vorgezeichnet vor, daß aller Logik nach nichts dergleichen eintreten konnte. Und nun, während er die tiefen Stollen von Écarlate erforschte, kostete er das bittere Glücksgefühl, er sei erhört worden. Er hatte auf ein Abenteuer gehofft, und nun lag es erschreckend vor ihm. Schmerzlich verspottete er sich ob seiner Torheit, es herbeigesehnt zu haben, und doch entzückte es ihn, daß Gott eine so wilde Eile an den Tag gelegt hatte, um ihm zu willfahren. In Wahrheit schöpfte er aus der Finsternis, in die er seine Fackel hineintrug, ebensoviel Schrecken wie Fragen und Gelüste, immer noch weiter vorzudringen.

An der Schwelle eines Haufens herabgestürzter Steine, der den Stollen halb versperrte, machte er halt und hielt sein rauchendes Licht, so weit er konnte, durch eine Bresche und suchte zwischen den huschenden Schatten der Steine nach einem Zeichen für ein gutes Ende seiner Ängste. Da vernahm er ein Geräusch von Schritten, die sich ihm zu nähern schienen, doch fast sogleich vergaß er sein

Warten auf ein Wunder und dachte, daß dies nur eine Illusion sein konnte. Er wandte sich um und sah unter dem Gewölbe die lachende Gestalt des Gauklers näherkommen. Der Junge meldete ihm, daß Bischof Gui und der Groß-Inquisitor Novelli ihn im Gemeinschaftssaal erwarteten. Und kräftig mit seinem Struwwelkopf nickend fügte er hinzu:

»Ihr empfangt ja hohe Persönlichkeiten, Maître Salomon. Ihr seid weißgott kein gewöhnlicher Gefangener.«

Diese Worte taten ihm wohl. Er war in der Tat ein hochgeachteter Jude. Man konnte ihn nicht wie einen Gauner behandeln. Er sagte sich, daß Novelli gewiß seine Strenge bedauerte und ihn nun wieder herausholen würde. Er malte sich aus, wie er, umringt von Entschuldigungen, das Gefängnis verlassen würde. Er fühlte seine Lebensgeister wieder ein wenig erwachen, schüttelte dem jungen Mann die Hand und murmelte ein paar Worte der Dankbarkeit. Der andere begriff nicht, weshalb, doch es schien ihn glücklich zu machen, daß er ihm mit solchem Wohlwollen begegnete. Er musterte den Mann mit sprachlosem Grinsen und einer jähen Lust, sich ihn zum Freund zu machen.

Dieser Gaukler war für gewöhnlich ein unverschämtes Lästermaul, doch in seiner gegenwärtigen Lage – aus reinem Pech an diesen üblen Ort verschlagen, wo niemand sich um ihn sorgte und er ohne Hoffnung war, je wieder herauszukommen, es sei denn, irgendeine glückliche Fügung käme ihn holen – konnte eine solche Verbindung ein Geschenk des Himmels sein und war es wert, daß man ein wenig buckelte. Und so nahm er Salomon die Fackel aus den Händen und führte ihn mit übertriebenen Aufmerksamkeiten den Gang entlang zurück.

»Bald werdet Ihr frei sein«, sagte er zu ihm. »Eben hab ich durch's Gitter aufgeschnappt, wie Gui de l'Isle Euretwegen mit dem Inquisitor Novelli disputierte. Der Bischof schien höchst besorgt und erbost, Salomon d'Ondes in seinem Gefängnis sitzen zu haben. Bedauerlicherweise gilt dasselbe aber nicht für mich. Die Richter von Toulouse haben vergessen, daß es mich gibt, und Monseigneur Gui kam nie mein Name zu Ohren. Man nennt mich Vitalis. Mitunter sagt man auch ›Le Troué‹, das meint: der Löchrige, durch den so frei der Wind fährt wie durch meine löchrigen Hosen. Ich bin Versemacher von kleinen bösen Zoten und bei Gelegenheit leer ich auch mal ein paar Gaffern, die fast so arme Schlucker sind wie ich, die löchrigen Beutel. Hätt ich dagegen einen reichen Sack beklaut, so hätt man mich, Gott bewahr, längstens aufgeknüpft. Dann hätt ich zur Stunde einen Raben auf der Schulter und nicht Eure gütige Hand. Maître Salomon, wenn Ihr beim Bischof, der Euch sehr zu schätzen scheint, ein gutes Wörtlein für mich einlegen wollt, dann schwör ich, daß ich bis an mein Lebensende Euer Diener sein will, und nur mehr Liebesliedchen schreibe.«

Die letzten Worte setzte der Gaukler flüsternd hinzu, denn sie hatten die Schwelle zum Gemeinschaftssaal erreicht. Salomon d'Ondes war so gerührt, daß ihm Tränen in die Augen stiegen. Von einem Menschen um Hilfe gebeten zu werden, wenn man sich selbst für einen Aussätzigen hält, sagte er sich, das ist eine der süßesten Wohltaten Gottes. Er klopfte sich den Staub von den Kleidern, bevor er würdevoll auf die Männer zuschritt, die ihn erwarteten. Die längs der Mauern hockenden Gefangenen begleiteten ihn mit neiderfüllten Blicken. Dann wurde vor ihm das Gitter geöffnet. Als er in den Vorraum trat, fühlte er sich bereits mehr als zur Hälfte vom Untergang errettet. Aber das zähe Pech dieses Kellerlochs klebte noch an seinem Rücken. Er dachte bei sich, daß er gerade von der Bitternis und dem Honig jener Lektionen gekostet hatte, die einem allein das Elend der Finsternis erteilen. Unter einem Seufzen gelobte er sich hoch und heilig, über diesen langen schwarzen Moment wie über einem großen tiefsinnigen Buch zu meditieren.

Mit einem Wink entließ der Bischof die Wachsoldaten und bat ihn sehr höflich, vor sich und seinem Collega, dem Inquisitor, Platz zu nehmen.

»Maître Salomon«, ergriff Novelli das Wort, »ich überbringe Euch den Gruß meines Oheims Arnaud, den ich gerade in seiner Kammer, wo er im Sterben liegt, besucht habe. Er liebt Euch und hat mich gebeten, Euch zu sagen, wie groß seine Hoffnung ist, daß Ihr die Freundschaft Gottes annehmen werdet.«

»Monseigneur Arnaud ist ein Mann von edlem Wissen und großer Güte, Friede sei mit ihm«, antwortete Salomon. »Sagt ihm, sobald Ihr ihn wiederseht, daß ich mich mit Dankbarkeit jener Sommertage auf der Kapellenwiese erinnere, wo er mich die Wissenschaft der alten Philosophen von Alexandria und andere gute Dinge lehrte, die mich noch heute nähren. Er war ein nachsichtiger Lehrer von profundem Wissen, denn er verstand einem den Geschmack am Leben zu vermitteln. Wäre er nicht krank gewesen, so hätte ich bei ihm Zuflucht gesucht in dem Unglück, in das ich durch jenen Blitz hineingestürzt wurde, der mich getroffen hat. Ich bin sicher, er hätte mir seine helfende Hand und sein gutes Lächeln nicht verwehrt. Er hätte mich zur Ruhe inmitten seiner Bücher verdammt, aber nicht zu dieser neuen Buße, die Ihr mir auferlegt.«

»Ich ließ Euch hierher bringen, um Euch zu schützen vor einer großen Gefahr«, entgegnete Novelli. »Ihr wolltet Toulouse verlassen und zu Euerm alten Leben zurückkehren. Doch das darf nicht sein. Die Taufe hat Euch zu einem neuen Menschen gemacht.«

»Muß ich dies so verstehen, Maître Novelli, daß Ihr mir nicht erlaubt, auf Frieden zu hoffen nach der mehr denn ungerechten Gewalt, mit der man sich an mir vergangen hat? Seit gestern hat Euch also kein Fünkchen Mitleid übermannt?«

»Eure Leiden und Euer Ruin betrüben uns zutiefst, Maître Salomon. Aber dafür seid Ihr in unsre Familie eingetreten. Nun sind die Tore hinter Euch verschlossen. Von nun an müßt Ihr in unsrer Gesellschaft Eurer Wege gehn.«

Langsam wandte sich Salomon d'Ondes von Novelli ab, mit einem großen, verwunderten Schmerz sah er den Bischof an und rief in der neuerlichen Falle, in die er sich geraten fühlte, mit seinen Augen nach irgendeiner Hilfe, doch er sah ihn nur wutschnaubend und besiegt am Ende von Novellis Blick wie auf der Spitze eines Messers stecken und mit gesenktem Haupt auf seinen Knien am Pelzbesatz seines Mantels zupfen. Da hob er die Hände und legte sie, während sein Nacken sich beugte und sein Rücken sich zum Buckel krümmte, weit gespreizt auf seinen Kopf. So verharrte er eine Weile niedergeschlagen, als warte er, daß sich zu seinen Füßen die schwarze Erde auftäte, so daß er sich weit weg von diesen hohen Herren und tief in ruhige, unerreichbare Finsternis stürzen könnte. Gui de l'Isle neigte sich an sein Ohr. Salomon haßte seinen nassen, heißen Atem, er rückte von ihm ab und richtete sich auf.

»Wenn Ihr auf Eurem Verleugnen beharrt«, meinte der Bischof leise zu ihm, »dann wird er Euch als einen Ketzer betrachten, und Ihr riskiert's, für lange Zeit im Kerker zu schmachten.«

Salomon entgegnete ihm:

»Nun trag ich schon zweiundvierzig Jahre diese Judenhaut, in der Ihr mich seht. In ihr stecken ganze Jahrhunderte altvorderer Ahnen. Ich selbst bin nur ein winziger Hauch der langen Wanderung meiner Familie auf dieser Erde. Nur für die Dauer eines Atemzugs, eines schlichten Lebens, trag ich ihre Gesetze, ihr Elend, ihre Gedanken und Glückseligkeiten. Kann ich mich denn von all dem losreißen, ohne daß ich sterb?«

Er war bleich, ein Zorn auf dem Rande seiner Lippen, den er weder aus sich herausspeien, noch in sich hineinfressen konnte, ließ ihn am ganzen Leibe zittern. Ohne Hoffnung auf Erbarmen schlug sein Blick gegen die Mauern, gegen die Gesichter, die er vor sich hatte. Er bemerkte, daß Novelli ihn wie ein Jäger auf der Lauer beobachtete und nach einer Stelle suchte, wo er zustoßen konnte. Da richtete er sich wieder auf.

»So macht schon, unterwerft Euch von ganzem Herzen«, rief der Bischof ungeduldig stöhnend. »Wir sind doch keine Menschenfresser. Vergeßt Eure Sippe, und wir nehmen Euch in unsrer Kirche wie den Gründervater einer neuen Familie auf. Ist das nicht sehr ruhmesvoll?«

Plötzlich hörten sie, wie hinter ihnen wie wild an den Gittern gerüttelt wurde. Vitalis, der Gaukler, begann, die Stirn zwischen zwei Gitterstäbe gepreßt, mit volltönender Stimme zu schreien:

»Unterwerft Euch, Maître Salomon, das wird Euch großen Vorteil bringen, und wer wird Euch denn schon hindern, zu Haus im stillen Kämmerlein in Eurer Mundart mit Gott zu parlieren? Zum Teufel, Ihr Herrn, wenn Ihr von mir, Vitalis Le Troué, verlangen würdet, Namen, Haut und Seel' zu ändern, um aus diesem Kerker rauszukommen, dann würd ich Euch aus freiem Herzen sagen: Zieht mir das Fell ab nach Belieben, macht mich leicht, und dann soll mich der Wind verwehn! Ihr seid zu gelahrt, Maître Salomon. Eure Seele hat einen Bauch bekommen, sie ist Euch hinderlich im Weg. Ob reich an Wissen oder reich an Wanst, die einen wie die andern befällt Geheul und Zähneklappern, sobald das Leben ihnen etwas stärker ins Gesicht bläst, denn das Gold des Geistes macht so schwer wie die irdischen Güter, bei aller Weisheit! Macht Euch also arm, Messire, laßt Euch los, und schon die geringste Brise wird Euch in die Freiheit pusten. Seht mich an: Ich wiege nichts, das ist meine Gnade. Will man, daß ich den Hanswursten spiele? Zu Euern Diensten, meine Herrn! Wollt Ihr, daß ich am Fuß des Kreuzes heule? Hier sind meine Tränen, noch dicker, noch fetter und saftiger als betuchte Tränen. Wollt Ihr, hochedler, exzellenter Bischof, mich dazu anstellen, daß ich jeden Morgen die Kacke aus Euern Kübeln leer? Ich werd es tun und dabei fromme Kirchenlieder singen und Euch die Hände küssen für dieses Amt, wenn Ihr mir's bietet. Schreibt mir auf die Stirn, was immer Euch gefällt. Dahinter steht nichts im Weg, denn da steckt das hohle Hirn des Armen. Schaut nur aus genügend hoher Höhe auf mich herab, damit Ihr Euch nicht drum sorgen müßt, was in meinem Geist so ein und aus geht. Es ist wahr, ich geb's zu, ich hab Euch auf einigen öffentlichen Plätzen geschmäht. Doch was macht das schon? Schmäh von armen Schluckern, nicht der Rede wert! Laßt uns beide also Frieden schließen. Ich schwör's Euch, wenn ich Euch noch weiter hasse, so werd ich's nicht mehr laut verkünden, und wenn die Armen nur Ruhe geben, wenn die Mächtigen sie vor Verachtung nicht beachten, dann seid so gut und verachtet mich getreulich weiter. Kurzum, ich werde Euch jeden Dienst erweisen, alle guten Worte widmen, die Ihr wollt, wenn ich dafür in Freiheit durch Toulousens Gassen streifen und die Leute nach dem Wetter fragen darf. Was meint Ihr dazu, Monseigneur Gui?«

Bei den ersten Tönen dieser Rede war Gui de l'Isle in einer mächtigen Aufwallung von Zorn aufgefahren, doch die Grimassen, Fratzen und Pirouetten des Gauklers verblüfften ihn so sehr, daß er zunächst um Atem rang, aber dann in ein empört aufmeckerndes Lachen verfiel, daß er den Mund nicht mehr zubrachte und sich mit beiden Händen den Bauch halten mußte. Novelli hörte Vitalis mit dem distanzierten Vergnügen eines Edelmanns gegenüber einem Jahrmarktspossenspiel zu, dann streckte er den Kopf zur Treppe hinauf und rief nach den Schergen der Wache, denn aus allen Winkeln des Kerkers erhob sich nun unruhiges Murren, und abgehackte Wortfetzen, verstohlene Sticheleien und heftiges Gekicher flogen dem Gaukler wie dem Bischof entgegen.

»Wer ist dieser Spaßvogel?«, wollte Gui de l'Isle wissen.

»Euer künftiger Diener, wenn ich der guten Laune trauen darf, die Euch die Wangen rötet«, antwortete Salomon.

»He, ich überlaß ihn Euch. Er ist zu durchtrieben. Ich hätte kein ruhiges Leben, wenn ich wüßte, daß dieser üble Kobold seine faunische Freude durch die Gänge meines Palastes sät. Wenn Ihr tut, was vonnöten ist, um hier herauszukommen, und wenn Ihr für ihn bürgt, könnt Ihr ihn mit Euch nehmen.«

»Mein verehrter Herr«, brüllte Vitalis, »seid Ihr etwa so verrückt, daß Ihr Euch weigert, dieses Dreckloch gegen zwei Paradiese einzutauschen? Man verlangt von Euch nichts weiter als Paternoster, brave Bücklinge und ehrenwerte Gefühle. Spielt nur ein wenig Seiltanz – habt Erbarmen! Das Seil ist gut gespannt, drum tanzt, mein Meister, tanzt!«

Die herbeigerufenen Soldaten öffneten die Gitter, brachen mit lauten, eisenklirrenden Schritten in das Dunkel des Gemeinschaftssaals und drängten unter dumpfen Schlägen ihrer Pikenschäfte und Schlüsselbunde das aufsässige Genörgel, Murren und Fluchen gegen die Wände zurück. Reglos und starr, als wollte er mit Stirn und Blick den Waffenknechten helfen, wartete Novelli, bis der letzte Lärm erlosch, dann nahm er wieder seinen Platz gegenüber Salomon ein.

»Ihr tappt noch herum wie ein Blinder«, meinte er zu ihm. »Jetzt ist es an der Zeit, daß Euch die Schuppen von den Augen fallen. Es stimmt zwar, daß Euch gar üble Bestien gezwungen haben, unsere Kathedrale zu betreten; allein, ich kann unmöglich zu der Ansicht gelangen, daß dies zu Eurem Unglück geschah. Die aufrührerischen Umstände, die Euch zu uns geführt haben, sind nur dem Schein nach zufällig. Man darf nicht an den Zufall glauben. In Wahrheit war es Gott, der Euch erwählte unter Eurem Volk, das könnt Ihr nicht leugnen. Er war es, der Euch zu den Stufen des Altars gestoßen hat, brutal zwar, gewiß, doch so verfährt Er zuweilen mit seinen liebsten Kindern. Trachtet nicht danach, Seine Ratschlüsse zu durchschauen, damit macht Ihr Eure Blindheit nur noch ärger. Fügt Euch Seinem offensichtlichen Wunsch, Euch katholisch zu sehen. Hebt Euer Haupt und seht uns brüderlich in die

Augen. Der Allmächtige steht nun hinter Euch, zwischen Eurem alten Leben und dem jetzigen, in dem ich zu Euch spreche. Habt Ihr gesagt, Ihr würdet lieber sterben, als Euch von Euren hebräischen Lumpenkleidern zu trennen? Fürchtet noch viel mehr, den Verstand zu verlieren, wenn Ihr Euch Ihm entgegenstellt, Ihm, der über unser aller Leben herrscht.«

»Ich gehorche den mosaischen Gesetzen, weil ich durch sie mit der Welt verbunden bin«, entgegnete Salomon. »Ich weiß jedoch, daß ich, selbst wenn meiner Haut und meines Namens beraubt, überleben würde, wenn ich's müßte. Selbst in einem Haus, worin nicht mehr der Geist meiner Väter waltet, würde ich nicht erfrieren, denn in mir wohnen auch noch unaussprechliche Dinge, die mein Leben außerhalb der Synagogen, im schlichten Willen der Zeit, ernähren können. Meine Frömmigkeit ist nicht so wild wie die Eure, Maître Novelli. Wenn ich denn zwischen dem Kerker und der Kirche wählen muß, so werde ich in die Kirche eintreten. Aber Ihr werdet von mir vor Euren Kreuzen und Euren Kerzen nur die Grimassen eines Heuchlers erhalten. Wollt Ihr das?«

»Ihr habt nicht das Gesicht von einem, der die Lust nur mimt wie ein Affe, und ich bin nicht der Mann, den eine Hure befriedigt – ich liebe zu sehr. Ihr und ich, wir leben beide vom wahren Feuer. Ihr haßt die falschen Töne, und mein einziger Wunsch ist es, Euch zu meinem Bruder zu machen, denn dies ist Gottes Wille.«

»Euer Wunsch ist absurd. Euer Glaube hat nirgends eine Stelle, wo ich mich in meinem Geist anhängen könnte. Das katholische Gesetz ist mir gänzlich unbekannt.«

»Wollt Ihr, daß ich Euch unterrichte? Gebt mir Eure Hand, Maître Salomon, und sagt mir: Wenn ich Euch durch unsere gemeinsame Heilige Schrift beweise, daß die Tugenden unserer Kirche heilsam sind und würdig aller Liebe der Welt, werdet Ihr dann bereit sein, mit Leib und Seele ihren Gesetzen zu gehorchen?«

»Höchstwahrscheinlich…«, antwortete Salomon sehr zögernd und verunsichert. »Aber wenn's Euch nicht gelingt, was wird mir dann geschehen?«

»Es wird mir gelingen, denn Ihr seid ein Mann von gutem Glauben. Wir werden uns so lange unterhalten, wie es nötig sein wird. Die Hoffnung, Euch zu überzeugen, macht mich zutiefst ergriffen. Seht, wie ich zittere.«

»Oh, welch liebliche Gefühle«, sagte Gui de l'Isle und kreuzte seine beringten Hände vor seinem Gesicht, das plötzlich wieder heiter war. »Die Osterzeit ist die süßeste des Jahres und die denkbar beste, um zu philosophieren. Die Sache ist beschlossen: Ich werde Euch alle in den Gärten meines Palasts empfangen. Was meinst du dazu, Jacques? Der Gesang der Vöglein schließt so lieblich den Geist für die himmlischen Wahrheiten auf.«

»Spiel nicht den Affen, du Fettwanst«, knurrte Novelli verächtlich. »Dein kokettes Gegurre ist grotesk. Man könnte meinen, wir wären nicht vom selben Fleisch. Schon der geringste Satz kommt wie ein Damensträußchen aus deinem Mund. Ich hasse alle Schnörkel. Sie behindern. Und sie lügen.«

»Bei dir kommen die Worte bewaffnet daher, sie verletzen«, erwiderte Gui de l'Isle. Er sah Jacques von oben herab an, bemüht, eine stolze Miene in seinen Blick zu legen. Sein übermäßig lebhafter Bruder warf den Kopf hin und her, wie um den jähen Zorn abzuschütteln, der ihm die Röte ins Gesicht trieb.

»Verzeih mir«, sagte er, »aber du hast mir weh getan mit deinem Gehabe einer edlen alten Jungfer. Worte, die nicht aus tiefster Brust entspringen, machen mich rasend. Sie leben nicht, sind nicht durch das Feuer der Seele gegangen, verstehst du? Mir klingen sie wie Beleidigungen im Ohr.«

In einer scheinbar zufälligen Bewegung streifte seine Schulter die von Gui und blieb einen Moment lang an ihr lehnen. Früher, im Collegium zu Rom, hielten sie sich zuweilen auf diese Art leidenschaftlich aneinandergeschmiegt, um gegen den Schmerz des Exils anzukämpfen, und seitdem hatten sie ihre undurchsichtige Brüderlichkeit nie anders auszudrücken vermocht. Gui de l'Isle rückte nicht von ihm ab. Man hat mir also verziehen, dachte Novelli. Dann wandte er sich wieder dem Juden zu, der mit einem halb besorgten, halb amüsierten Flackern im Auge ihren kurzen Disput verfolgt hatte.

»Maître Salomon«, sagte er, »wenn Ihr mir versprecht, Toulouse nicht zu verlassen, werdet Ihr hier herauskommen, wann es Euch beliebt.«

»Toulouse verlassen? Wie könnte ich das schaffen? Eure Soldaten hätten meine alte Mähre im Nu eingeholt. Ich bleibe weiter in Eurer Gewalt, Maître Novelli. Da Ihr es so beschlossen habt, werde ich Euch zuhören und Euch antworten, was das Feuer der Seele, wie Ihr sagt, mir eingeben wird. Euren Haß auf die Lüge kann ich nicht teilen. Ich bin eher geneigt, mich über die Listen und Ränke der Wahrheit zu entzücken, die mir unerschöpflich scheinen, doch ich verspreche, ich werde Euch nicht belügen. Also könnte es unterm Strich durchaus sein, daß ich außerstande bin, guten Glaubens vor Euch die Waffen zu strecken. Was werdet Ihr dann tun? Könnt Ihr mir wiederum versprechen, daß auch Ihr

Euch dann in Eure Niederlage fügt und mich in Freiheit ziehen laßt?«

Novelli antwortete nicht. Er musterte Salomon mit halb geschlossenen Augen und lächelte herausfordernd. Da meinte Gui de l'Isle, aufs neue jubelnd, während er seinem Mitbruder mit kleinen Schlägen den steifen Hals tätschelte:

»Das ist wahrlich ein Gegner nach deinem Maß, mein Jacques. Er ist genauso stur wie du. Ich wette, er wird felsenfest auf seinem Judentum beharren, und du wirst ihn zu lebenslangem Kerker verurteilen müssen. Aber verzweifelt nicht, Maître Salomon. Wenn Ihr ihn genügend erregt, ist dieser Hund von Predigendem Bruder durchaus imstande, Euch nicht aus der Klaue zu lassen und sich mit Euch zusammen in den Kerker zu sperren, um so lange über das Heil der Seele und des Himmels Güte fortzudebattieren, bis Ratten und Gewürm dafür sorgen, daß Ihr beide zu Staub zerfallt.«

»Wenn ich dies täte, wäre ich ein Heiliger«, murmelte Novelli vor sich hin, während seine Stirn sich mit Falten durchzog und sein Blick durch das von Soldaten und armen Teufeln bevölkerte Dunkel jenseits der Gitter irrte.

Der Jude hatte ihn nicht aus den Augen gelassen und suchte begierig seine Gedanken, seine Schwächen, seine Zweifel zu erahnen. Da sah ihm Novelli plötzlich direkt in die Augen und murmelte mit einer rauhen Stimme:

»Maître Salomon, wollt Ihr, daß ich mich verpflichte, Euch zu folgen, wie dieses fette Schwein gesagt hat, wenn es mir nicht gelingt, Euch zu bekehren?«

»Nein«, antwortete Salomon, »denn Eure Gegenwart wird mir unerträglich sein.«

Er maß Novelli mit melancholischem, spöttischem Stolz. Der andere machte ein Gesicht wie ein gereizter Gockel und richtete sich zur gleichen Höhe auf. Einen Augenblick lang verharrten sie in schöner Eintracht von Feinden, einander von Angesicht zu Angesicht fixierend, während Gui de l'Isle sich unter gewaltigem Gelächter erhob, an das Gitter am Ende des Saals trat, an den Stäben rüttelte und den Soldaten befahl, man möge ihm jenen Vitalis Le Troué vorführen. Aus der Tiefe des Gefängnisses erschollen jämmerliche Schreie und atemlose »Erbarmen!«-Rufe, ausgezehrte Fratzen und Arme reckten sich zwischen den gepanzerten Schultern der Waffenknechte. Während man ihm das Tor aufsperrte, grüßte Vitalis die ausgehungerten Schreihälse mit einer komödiantisch tiefen Verbeugung und tat, als fege er mit einem imaginären Federbusch den Boden.

Jacques Novelli bestellte Salomon d'Ondes für den nächsten Tag nach dem Angelus in die Bibliothek des Klosters der Predigenden Brüder. Wenn er nicht wisse, wohin er sich wenden sollte, könne er auch schon an diesem Abend bei den Fratres nächtigen. Salomon erwiderte, er habe einige katholische Freunde in Toulouse und würde ohne Mühe eine Bleibe finden. Dann grüßten sie einander in steifer Förmlichkeit, und Novelli entfernte sich.

Vitalis wartete oben auf der Treppe, bis die Tür ins Schloß gefallen war, dann warf er sich vor seinem neuen Herrn auf die Knie und küßte ihm die Hände. Dabei führte er sich auf wie ein Hanswurst, heulte wie ein Tier und erging sich in pathetischen Demonstrationen der Zuneigung, die Salomon ungemein verlegen machten. Er hatte große Mühe, ihn wieder loszuwerden. Der Bischof amüsierte sich köstlich über seine verärgerte Miene, dann nahm er ihn an der Schulter und riet ihm mit gedämpfter Stimme, doch besser wieder ins Judenviertel zurückzukehren. Niemand würde ihm das zum Vorwurf machen, vorausgesetzt, er vergäße nicht, jedem, der es hören wollte, zu sagen, daß man ihn gut behandelt habe und daß die Juden in Zukunft von seiten der kirchlichen und weltlichen Obrigkeiten nichts zu befürchten hätten, auch dann nicht, wenn diejenigen von ihnen, die es am ärgsten getroffen hatte, den nächsten Zehnten nicht zur Gänze entrichten könnten.

Gemeinsam stiegen sie wieder ins staubige Sonnenlicht hinauf. Gui de l'Isle, der es haßte, außerhalb der Prozessionen und großen Messen mit dem Volk in Berührung zu kommen, entfernte sich eiligst, um sich wieder in seinem Bischofssitz einzuschließen. Dann gingen Salomon und Vitalis, noch schattenbehaftet, strauchelnd und trunken vom Mittagslicht durch das Gewühl der Karren, Lastenträger und keifenden Matronen, um sich an den beiden Wasserstrahlen des Griffoul-Brunnens mitten auf dem Platz ausgiebig das Gesicht zu bespritzen und ihren Durst zu stillen. Danach drückte Vitalis Le Troué, das Gesicht noch triefend von Wasser und Freudentränen, den Juden fest in seine Arme.

»Ich wußte, Ihr würdet mich retten«, sagte er. »Sobald ich Euch sah, habe ich gewittert, wer Ihr seid: Ihr rocht nach Freiheit. Wenn Ihr fliehen wollt, müßt Ihr noch diese Stunde aufbrechen: Dann habt Ihr einen ganzen Tag Vorsprung. Ich kann Euch ein Paar gute Pferde stehlen. Ich schenk sie Euch. Auf diese Weise werden wir quitt sein.«

Salomon lächelte ihn mit tiefer Zuneigung an, und der Gaukler begriff, daß er nicht die Absicht hatte, die Stadt zu verlassen.

»Ich seh, Ihr liebt die Kämpfe des Geistes«, sagte er. »Ihr habt wohl noch nicht genug gelitten. Die Leute von niederem Stand wie meine Wenigkeit, die wissen, daß es hirnverbrannt ist, das Wort zu halten, das man einem Inquisitor gab. Die Mächtigen zu verraten, ist die Pflicht der Armen, wenn sie in Würden leben wollen.«

»Jedem seine Waffen«, entgegnete Salomon. »Wir sind von verschiedener Natur, guter Mann, wenn auch nicht so sehr, wie du glaubst.«

Er machte ein drolliges, naiv durchtriebenes Gesicht.

»Gedenkt Ihr wirklich, den großen Novelli zu knacken?«, fragte der Gaukler ungläubig.

Der andere antwortete ihm mit einem kräftig zustimmenden Nicken, worauf beide herzlich lachen mußten.

»Ich bleib so lang in Eurer Gesellschaft, wie Ihr's von mir wünscht«, sagte Vitalis.

Dann warf er sich das Gepäck seines neuen Herrn über die Schulter und zog ihn mit sich dem Judenviertel zu, während er gnädig wie ein Fürst auf Parade die Frauen und Kinder, die Esel, die offenen Fenster und die quer über die Gassen fallenden Sonnenstrahlen grüßte.

*

Am Abend traf Novelli Stéphanie im Kloster wieder. Sie hatte ihre Dienstmagdsarbeit beendet und wollte gerade in ihren Dachboden hinaufsteigen. Auf der Schwelle zur Stiege hielt er sie zurück. Sie war in saubere Gewänder gekleidet, ihre Hüfte gut umgürtet, und ihre Füße steckten in Holzpantinen. Sie erschien ihm von so schlichter und reiner Schönheit, daß er ihrem Blick nicht standzuhalten vermochte. Er sagte ihr, daß er ihr noch wichtige Fragen über die Ermutigungen zu stellen wünsche, die Jean Le Hongre womöglich von der Königin von Frankreich erhalten habe, doch dann beschloß er fast im selben Moment, daß er müde sei, und verschob die Unterredung auf den nächsten Tag. Stéphanie hörte ihm reglos zu, wie er sich in seinen widersprüchlichen Absichten verfing, doch sie sagte kein Wort, und kein Zittern trübte den Glanz ihrer schwarzen Augen. Novelli wünschte ihr eine gute Nacht, machte Anstalten, sie auf die Stirn zu küssen, aber er traute sich nicht. Er errötete und entfernte sich beinah im Laufschritt. Als er am Ende des Ganges in die Bibliothek trat, stand Stéphanie immer noch am Fuß der Stufen und blickte ihm nach.

5

Am folgenden Morgen begab sich der Inquisitor Novelli mißmutig zum Château Narbonnais, wo das geistliche Gericht einen obskuren Mann verhören sollte, der angeklagt war, zu wiederholten Malen der Sünde der Sodomie im Bett einiger Herrn des Adels erlegen zu sein. Bruder Guillaume Pélisson hatte in seinem Prozeß die Ermittlung übernommen, und, wie es seiner Gewohnheit entsprach, mehrere Seiten des Registerbuchs mit übertrieben umständlichen Schilderungen und nutzlosen Zeugenaussagen angefüllt. Ganz zweifellos verdiente dieser Arnaud de Vergnes, so der Name des Sodomiten, mitnichten die kleinliche Mühe, mit der man ein Inventar seines gesamten Lebens aufgestellt hatte: Der Kerl war ein Verbrecher von mäßigen, wenn auch äußerst schändlichen Graden. Als Novelli den Verhandlungsraum der Stadtvogtei betrat, war er daher von vornherein empört, daß er über etwas so Geringfügiges zu richten hatte, und daher fest entschlossen, sich mit den lächerlichen Nöten dieses perversen Tölpels nicht allzulange den Geist zu belasten. Er grüßte die Runde seiner Leute, reichte einem Mönch seinen Mantel, der noch ganz durchdrungen war von der frischen Luft draußen, brachte durch ein paar pechschwarze Blicke das Geschwatze zum Schweigen und schritt energisch und bereits in Eile, die Sache hinter sich zu bringen, auf die lange, auf Böcken ruhende Tischplatte zu, an der nur noch sein Katheder frei war. Zwei Gerichtsschreiber eilten herbei, ihm seinen Sitz heranzuschieben, und waren ihm behilflich, sich bequem darauf niederzulassen. Er setzte sich, wedelte gereizt gegen einen Sonnenstrahl an, der ihm voll ins Gesicht fiel, und befahl, einen Vorhang vor das Fenster zu ziehen, während Bruder Pélisson, der zu seiner Rechten saß, mit einem mageren Willkommenslächeln das aufgeschlagene Registerbuch vor ihn hin schob. Als Novelli die Blätter, die der andere ihm mit dem Finger anzeigte, obwohl er sie längst gelesen hatte, noch einmal geistesabwesend überflog, fragte er sich, wie dieser zarte, bereits ergraute Bruder so schüchtern sein und auf dem Pergament mit einemmal in einer so krassen und blumigen Überschwenglichkeit geschwätzig werden konnte. Als er seufzend und hie und da ein Satzbruchstück vor sich hin brummelnd die Seiten umblätterte, neigte sich Bruder Bertrand de Pomiès zu seiner Linken an sein Ohr und machte ihm in einem liebevoll sarkastischen Ton Vorhaltungen wegen seiner Verspätung. Auch wenn er sich freundschaftlich geben wollte, konnte es sich dieser junge und doch schon gebeugte Mann einfach nicht verkneifen, einen knirschenden Mißton anklingen zu lassen. Jacques, der dieses Gehabe haßte, antwortete ihm mit übertriebener Höflichkeit, er habe, bevor er hergekommen sei, Salomon d'Ondes in den Trümmern seines Ladens, wo der Jude beschlossen hätte, zu logieren, noch einen Besuch abgestattet.

»Nehmt Euch in acht vor ihm, Monseigneur, der ist ein schlauer Kerl«, flüsterte der andere vertraulich.

Novelli zuckte mit den Schultern, zog eine verächtliche Grimasse, und während er so tat, als wollte er sich wieder in seine Lektüre versenken, sagte er:

»Glaubt Ihr, ich wäre naiv, Bruder Bertrand? Laßt Euch gesagt sein, daß ich ihn an einer sehr kurzen Leine fest in der Hand halte und daß ich ihn führen werde, wohin es mir beliebt, sofern mir diese Prozesse von Kavaliersdelikten noch ein wenig Muße dazu lassen.«

Mit den Fingern auf den Tisch trommelnd, hieß er die Anwesenden beten, während ein Mönch und zwei Soldaten Arnaud de Vergnes holen gingen.

Als dieser, von den Söldnern vorangestoßen, eintrat, hob Novelli, der, die Hände vor der Stirn gefaltet, devot vor sich hin betete, nicht sogleich den Kopf. Seine Leute aus halb geschlossenen Augenwinkeln überwachend, wartete er ab, bis sich das Scharren der Schritte auf den Fliesen gelegt hatte und jene Art gnadenloser Konzentration eintrat, die zuweilen genügte, um die Angeklagten dazu zu bringen, daß sie verwirrt und schluchzend auf die Knie sanken. Einen Augenblick dachte er daran, was er Salomon sagen sollte, wenn er ihn das nächste Mal sehen würde, und fühlte sich überschäumen vor überzeugenden Worten. Dann machte er seinem Ärger darüber, daß er die flammende Rede, die ihm durch den Kopf ging, vorläufig vergessen mußte, mit einen langen Seufzer Luft, ließ seine gefalteten Hände auf den Tisch sinken und betrachte sich Arnaud de Vergnes.

Der Mann hatte der Probe des Schweigens gut widerstanden. Er wirkte nicht einmal verängstigt: Mit vager Neugier musterte er um sich her die

Leute und die Fenster. Als sein Blick dem Novellis begegnete, reagierte er mit einem flüchtig grüßenden Nicken und einem beeilt höflichen Lächeln, als würde er an irgendeinem öffentlichem Ort einer ihm bekannten, hochgestellten Persönlichkeit begegnen. Das gab Jacques einen Stich bis ins Innerste, und während er den Spitzbuben mit einem schelmischen Interesse betrachtete, hieß er einen Mönch durch Handzeichen mit dem Buch der Vier Evangelien vortreten. Dann verlas Bruder Bertrand de Pomiès die übliche Eidesformel, die Wahrheit, nichts als die Wahrheit und die ganze Wahrheit zu sagen. Während er die Rechte auf den ehrwürdigen Folianten legte, sprach der Angeklagte sie ihm ohne Anmaßung oder Unterwürfigkeit nach, dann bekreuzigte er sich in einer priesterhaften Bedächtigkeit, wobei er die Herren des Gerichts mit einem ordinär anzüglichen Funkeln im Blick musterte und darauf achtete, daß auch alle seinen schönen, mit einem schwarzen Stein verzierten Ring bemerkten, den er am Finger trug.

Novelli hob die Brauen, und ein flüchtiges Schmunzeln huschte über sein Gesicht. Das stolze Getu' dieses Kerls ist albern, dachte er bei sich, aber immerhin ist es stolz. Sicher ist er genauso mutig wie lachhaft und verachtenswert, es sei denn, er ist die Laster und Verworfenheiten dieser Welt bereits so sehr gewohnt, daß ihn nichts mehr zu rühren vermag. Er zwang sich, eine strenge Haltung zu wahren, richtete in vornehmer Geste seinen Rücken auf und sprach in einem barschen Ton:

»Ihr seid des Verbrechens der Sodomie angeklagt. Ich frage Euch vor Gott: Seid Ihr schuldig?«

»Das bin ich, ja«, antwortete Arnaud.

»Unter welchen Umständen seid Ihr in diese Sünde gestürzt?«

Arnaud de Vergnes schien hocherfreut, daß ihm endlich das Wort erteilt wurde. Er blähte seine Brust, suchte einen festen Stand in seinen Stiefeln, hüstelte einmal kurz und nervös in seine Faust, und als sich Novelli bereits ungeduldig auf seinem Katheder hin und her bewegte, da er nun das Losbrechen eines endlosen und allzu selbstgefälligen Palavers befürchtete, hob er schließlich an:

»Vor ungefähr zwei Jahren, als ich Student der Grammatik war, nahm mich der Domherr von Saint-Sernin, der an unserer Schule lehrte, eines Tages, als ich aus der Studierstube trat, am Arm, nannte mich, obwohl ich ihn zu jener Zeit kaum kannte, seinen lieben Sohn und machte mir den Vorschlag, in seine Dienste zu treten.«

Er hielt inne, um Atem zu schöpfen, wie Schwätzer es zu tun pflegen, wenn sie die allgemeine Neugier entfachen wollen. Novelli fragte ihn, ob es jener Kirchenmann gewesen sei, der ihn vom Pfad der Tugend abgebracht habe.

»Ja, Monseigneur«, antwortete der andere. »Ich habe in seinem Haus einige Monate sehr gelehrsamen und behaglichen Glücks verbracht. Abgesehen von jenen Verrichtungen, wovon ich zur damaligen Zeit noch nicht wußte, daß sie sträflicher Natur sind, machte er mich mit den schönsten lateinischen Werken bekannt. Fünf Wochen vor den letzten Ostern verstarb er jedoch zu meinem Unglück, und da ich nun einmal Geschmack am guten Leben und an gut geschnittnen Kleidern gefunden hatte, machte ich mich auf die Suche nach anderen Gönnern. Ihrer hatte ich eine ganze Menge. Aber nicht einer, Gott ist mein Zeuge, war so gütig wie dieser Kanonikus. Sofern ich mich ihrer erinnern kann, bin ich gern bereit, sie Euch anzuzeigen, Monseigneur, falls Euch das vonnöten scheint.«

Arnaud de Vergnes verstummte. Mit einem Wink forderte Novelli ihn auf, fortzufahren, und während er sich noch einmal einige Bruchstücke der Erklärungen jener drei Schildknappen des Seneschalls durchlas, die gegen ihn ausgesagt hatten, hörte er, wie der Angeklagte verschiedene Namen adliger Herren, die ihm persönlich bekannt waren, sowie den eines Mitbruders aus seinem eigenen Orden nannte. Mit einem flüchtigen Blick nach dem hintersten Ende des Tisches vergewisserte er sich, daß die über ihre Pulte gebeugten Gerichtsschreiber peinlich genau die einzelnen Namen aufzeichneten, dann wiederholte er sie noch einmal mit einer düsteren, von einem Anflug von Zorn durchwehten Stimme und wartete, bis de Vergnes seine Erinnerungen aus Schlafkammern und finsteren Vorhallenwinkeln mit versunkener Miene an den Fingern bis zu Ende aufgezählt hatte. So sehr es ihn auch abstieß, wie der Mann seine Sammlung verdorbenen Fleisches zu Markte trug, fand er ihn mit einemmal doch weniger verachtenswert als jene hohen Herrn, die mit der Tugend prahlten, während sie im verborgenen den Schwanz des Teufels schüttelten. Diese waren in zweifacher Weise verbrecherisch: Sie betrogen das Volk, das sie für ehrenwert hielt, und zugleich auch Gott, der sie reich gemacht hatte, auf daß sie sich um nichts anderes sorgten als um die Ehre der Welt und der Menschen. Diese elenden Dreckschweine verdienen eine Strafe so hoch wie ihr Hochmut und die Verachtung, mit der sie der rechten Tugend begegnen, dachte er, während sein Gesicht purpurrot anlief. Das Feuer des Himmels soll ihnen den Sack verbrennen, gottverwichst…!

»Wir haben genug vernommen«, knurrte er und schlug das Registerbuch zu.

Bruder Guillaume Pélisson neigte sich an sein Ohr, hob den Zeigefinger und raunte mit durchtriebener Miene:

»Dieser Bandit hat sich auch auch noch als Priester ausgegeben.«

Arnaud de Vergnes starrte Novelli an, verräterischer Schweiß glänzte auf seiner Stirn, und plötzlich zitterten seine Lippen, als er stammelte:

»Aber die Messe hab ich nie gelesen, Monseigneur!«

Bruder Pélisson nahm das große Buch, blätterte einen Moment darin, dann beugte er sich mit genüßlicher Miene über den unteren Teil einer Seite und las, die Zeilen mit den Fingern begleitend, vor:

»Anno domini 1321, am Zwölften des Monats März, erschien Guillemette Rous, Müllerin am Pont du Bazacle, laut eigener Angabe 18 Jahre alt und ein wenig darüber, vor Bruder Guillaume Pélisson – meiner Wenigkeit – in der Kapelle des Château Narbonnais, schwor auf Gottes Vier Heilige Evangelien, die reine und ganze Wahrheit zu sagen betreffs Anklage wegen Ketzerei und Sodomie, gerichtet an obgenannten Arnaud de Vergnes. Nach Ablegung des Eides sagte sie und gab folgendes zu Protokoll…«

Novelli, der Arnaud aufmerksam musterte, fühlte sich von einem obskuren Mitleid angerührt. Sieh da, auf einmal ist der Wurm von wahrer Angst gepackt, sagte er sich. Ob er sich an diese Guillemette erinnert? Ja, er erinnert sich. Vielleicht hatte er einiges Gelüst nach ihr, trotz seiner Vorliebe für die Männer. Plötzlich kam ihm Stéphanie in den Sinn. Mächtig heiß schoß ihm das Blut ins Gesicht, während Pélisson seinen Finger beleckte, die Seite umschlug und sich mit angespanntem Hals ans Weiterlesen machte:

»Ich, Guillemette Rous, erkläre, daß in diesem Jahr zu Beginn der Fastenzeit, als ich eines Sonntags zwischen Mittag und den Nonen gerade in der Karmeliter-Kirche weilte, Arnaud de Vergnes an mich herantrat und mich fragte, ob ich nicht beichten wolle. Ich sagte ihm, ich wüßte nicht, daß er Priester wäre. Darauf entgegnete er, ich wüßte vieles nicht, und zog mich hinter den Chor in einen dunklen Winkel, schimpfte mich und befahl mir, keine Zeit mit törichten Fragen zu vertun, denn er habe noch eine Menge Leute nach mir anzuhören.«

»Gewiß, Monseigneur, das habe ich getan, ich gesteh's. Das und nichts weiter. Den Altar freilich habe ich nicht entweiht«, sagte Arnaud.

Er war sehr erschrocken, aber er stöhnte nicht vor Angst, er wand sich gequält, doch bereit zu kämpfen. Während Novelli auf die winzigsten Risse, die geringsten Anzeichen von Zusammenbruch in seiner Miene lauerte, überkam ihn plötzlich eine große Lust herauszufinden, welch absonderliches Vergnügen es diesem Mann gemacht haben könnte, den Leuten in der Beichte zuzuhören. Einen Moment lang vergaß er die Schwere des Vergehens und beobachtete Arnaud, als sei dieser Wirrkopf im Besitz eines ausgefallenen und doch begehrenswerten Geheimnisses.

Wieder schob Bruder Pélisson ihm das Registerbuch unter die Augen. Er überflog den weiteren Verlauf der Zeugenaussage, fand nichts, was ihm Aufklärung hätte geben können, und hob den Kopf. Arnaud de Vergnes sah ihn nun mit einer Miene hoffender, ungemein elender und kindlicher Liebe an. Jacques durchfuhr ein angeekeltes Zittern, aber er dachte, daß dieser Unglückliche sich wohl kaum sträuben würde, ihm seine Seele zu offenbaren, wenn er ihm nur einen Funken jenes verdammten

Mitgefühls zeigte, das die Verbrecher nicht selten dazu brachte, Rotz und Wasser zu heulen.

»Mein Bruder, mein Bruder«, sagte er sanft, »warum habt Ihr Euch nur solcherart aufgeführt?«

»Gewiß nicht aus Begier oder Lästerung, Monseigneur,« antwortete Arnaud mit aufrichtiger Hingabe. »Ich bin ein eifriger Katholik, sowohl in den Messen als auch in den Prozessionen, wo man mich häufig unter die Träger der heiligen Statuen wählt. Mein Glaube ist fest, aber er ist vermengt von unerklärlichen Gelüsten.«

Die Worte, die er sagen wollte, blieben ihm in der Kehle stecken, unwohl seufzte er auf. Novelli ermutigte ihn, so gut er konnte, mit seinem Blick, indem er die Stirn runzelte, als zerbräche er sich gleichfalls den Kopf auf der Suche nach den störrischen Sätzen.

»Es macht mir einfach Spaß, intimen Vertraulichkeiten zu lauschen«, brachte Arnaud de Vergnes schließlich heraus. »Jene Geschichten, die man einem für gewöhnlich nur mit gedämpfter Stimme im Dunkeln anzuvertrauen wagt, bringen mich bis ins Innerste zum Beben. Sie sind meine Nahrung. Vielleicht verhindern sie an gewissen Abenden, wenn die Einsamkeit gar zu schwer auf mir lastet, daß sie mich erschlägt. Versteht Ihr, Monseigneur, ich weiß für die Leute nur eine Art Liebe zu empfinden, die dem Hunger, dem Durst gleichkommt. Mich treibt nicht die Sorge, den Leuten Gutes zu tun, doch mich regt eine mächtige Lust, wenn ich mich mit ihnen an jenen dunklen Orten ihrer Seele bade, wo sie sich alleine wähnen. Ist das ein Verbrechen? Ich weiß es nicht. Nie habe ich jemanden verraten. Nie habe ich weitererzählt, was mir im köstlichen Dunkel der Kirchen zu Ohren kam. Und doch weiß ich Dinge, die mir einige Säcke guten

Gelds einbrächten, wenn ich drohte, sie in der Öffentlichkeit zu enthüllen. Doch davor behüt mich Gott, denn dann verlör ich ja die heiße Brunst der Geheimnisse. Wenn ich einem von jenen ehrenwerten Herrn auf den Gassen begegne, deren Laster, Verirrungen, arme Ängste nur mir bekannt sind, so könnt Ihr Euch nicht vorstellen, mit wieviel Süße ich sie verehre und beklage, da ich weiß, daß sie genauso frevelhaft, genauso undurchschaubar sind wie ich. Dies ist meine Art, brüderlich zu sein, Monseigneur. Es gibt gewiß weit nützlichere Arten, aber, so glaub ich, auch weit schlimmere.«

Er hatte mit hocherhobenem Haupt gesprochen, hatte sich mit schmerzhaftem Stolz den Worten gestellt, die ihm über die Lippen kamen, und dabei unablässig Novelli angeblickt, der mehrmals die Augen niederschlug und wahllos im Registerbuch blätterte. Dieser Vergnes verwirrte ihn wahrhaftig ebensosehr, wie er ihn faszinierte. Er wandte sich seinem Kollegen Pélisson zu und begann lauthals zu lachen, um den giftigen Zauber abzuschütteln, von dem er sich ergriffen fühlte, und um vor seinen Brüdern Inquisitoren das leicht schandhafte Interesse zu verbergen, das ihn dazu drängte, immer weiter zu fragen.

»Der Mann ist unbegreiflich«, meinte er.

»Und doch müßtet gerade Ihr mich besser als jeder andere begreifen, Monseigneur«, entgegnete Arnaud mit jäher Frechheit. »Es ist unmöglich, daß Euch niemals die nämlichen Gefühle wie mich überkamen, wo Ihr doch im Rufe steht, die Leute mit besonders gewandter Sorgfalt zum Beichten zu bringen.«

Jacques fuhr mit einem so heftigen Ruck auf, daß sein Sitz hinter ihm umstürzte. Bebend vor Zorn brüllte er ihn an:

»Mir kommt's nicht dabei, verdammter Wichser, mir kommt's nicht, Herr des Himmels!«

»Gemach, Bruder Novelli, gemach!«, rief Bertrand de Pomiès mit einem verstohlenen Lächeln. »Wozu gebt Ihr Euch Mühe, Euch vor diesem Subjekt zu rechtfertigen? Ihr seht doch, daß er vom Teufel gepackt ist.«

Jacques knurrte noch weiter und starrte Arnaud wutschnaubend an, während er Pomiès, der ihn besänftigen wollte, und den Mönch, der herbeigestürzt kam, um seinen Katheder aufzurichten, heftig zurückstieß. Dann nahm er wieder Platz und zwang sich zur Ruhe.

»Ob rein oder unrein, was zählt, ist allein die Absicht, die die Handlungen regiert. Gott bewahre mich davor, daß ich jemals fleischliche Lust empfinde, wenn ich in der Seele eines Bußfertigen lote. Du bist ein Ausbund der Schande, Arnaud.«

Plötzlich hatte er Lust, aus diesem düsteren Saal, von dieser allzu beschwerlichen Arbeit zu flüchten, und begann, alles um sich herum zu hassen, diese Pfaffen, diese Soldaten, die ängstlich gesenkten Hauptes dastanden, um seinem rasenden Blick nicht begegnen zu müssen, und diesen Arnaud de Vergnes, der es immer noch wagte, ihm zu trotzen und ihn mit einer Beharrlichkeit zu beobachten, die ihn höchst verlegen machte. Er grinste bissig, denn plötzlich mußte er an diese Leute der hochgeschwemmten Hautevolee denken, die ihn an so manchem Abend in ihren lieblichen Palästen ob seiner Strenge verspotteten und ihn dennoch um sein Amt beneideten. Diese feinen Fürze hatten keinen Schimmer davon, mit wieviel Schmerz das Richten verbunden sein konnte, oder mit wieviel Bedrükkung man zuweilen für das Privileg bezahlte, mit wahren Monstern in Berührung zu kommen. Er verharrte eine Weile in Schweigen und träumte, das Kinn auf die Brust gestützt, von irgendeiner wunderlichen Befreiung. Plötzlich legte sich eine Hand auf seine Schulter. Er fuhr zusammen. Bruder Pélisson neigte sich an sein Ohr und fragte ihn mit ängstlichem Mitgefühl:

»Ist Euch wohl?«

»Sorgt Euch nicht um mich, Guillaume, und fahrt endlich fort mit dem Verhör. Schließlich ist dieser Mann der Eure.«

Der Mönch murmelte einen verwirrten Dank, machte sich eifrig ans Werk, und seine eintönige Stimme hüllte Novelli allmählich in Schwermut. Er hörte, wie die fahle Musik seiner Sätze in der Luft des Saals den Antworten aus Arnauds Mund begegnete, dann wieder zum Registerbuch zurückkehrte und sich folgsam nach dem Kratzen der Federkiele auf den Schreibpulten stimmte. Mach zu, Guillaume, meine brave Geiß, sinnierte er vollends sarkastisch hinter der Fassade seines Gesichts, du bist ein guter Inquisitor, unbekümmert um das Elend und kaum interessiert an den Seelen, wie es sich gehört. In mir ist zuviel Glut, mein Gott, in mir ist zuviel Glut.

Plötzlich herrschte Stille. Er hob den Kopf. Bruder Pélisson blickte ihn mit Wangen, die vor lauter Reden rosig erglüht waren, höchst zufrieden an.

»Was meint Ihr dazu, Bruder Novelli?« fragte er. »Meines Erachtens liegt Grund vor, den Mann zu strengem Kerker zu verurteilen.«

»Er stammt aus gutem Hause«, entgegnete Bertrand de Pomiès. »Ich bin der Meinung, man sollte ihm gegenüber ein wenig Gnade walten lassen.«

In seinem Blick schimmerte sein ewiges Leuchten niederträchtigen Spotts, und doch, sagte sich Novelli, was seh ich? Er ist gar noch weniger streng als mein sanfter Guillaume. Wie kann man auf den

Grund der Herzen schauen? Wer weiß, vielleicht ist er ein guter Mensch und wagt's nur nicht zu zeigen. Vielleicht liebt am Ende auch er hinter seinem Rattengesicht die elende Welt? Er lächelte ihm zu. Der andere, der die sanfte Art nicht gewohnt war, errötete und sagte, während er verächtlich mit dem Kinn auf Arnaud de Vergnes deutete:

»Der da ist kein Ketzer. Er ist nichts weiter als verrückt.«

Pomiès war tatsächlich ganz so, wie er wirkte: intelligent und ohne Mitleid. Novelli seufzte und warf Arnaud einen Blick wütender Verachtung zu. Er war die einzige Partei an diesem Ort, die seiner Glut würdig war. Der andere faltete die Hände vor seinem Bauch, richtete sich auf, als würde er den Tod erwarten, und begann mit leiser Stimme zu beten.

»Er sei verbannt aus dieser Stadt und man nähe die Kreuze der Entehrung auf seine Gewänder«, sagte Jacques. »Schreiber, fertigt ordnungsgemäß das Urteil aus. Anschließend laßt es zu mir ins Kloster bringen.«

Der Urteilsspruch hätte nicht milder ausfallen können. Arnaud de Vergnes betrachtete mit einem grinsenden, wenn auch von Tränen benetzten Erstaunen die Geistlichen um sich her, und als Novelli Anstalten machte, den Tisch zu verlassen, trat er einen Schritt vor und sagte mit einem unerträglich komplizenhaften, anerkennenden Blick:

»Danke, Bruder.«

»Ich bin nicht dein Bruder, du Dreck«, knurrte der andere und rauschte in großer zorniger Hast an ihm vorüber.

Er packte seinen Mantel, den ein Mönch ihm reichte, und verließ den Saal.

*

Zwischen Hobelspänen, Sägemehl und Hammerschlägen eilte er durch die Rue des Fustiers zur Place des Salins. Hier, inmitten der lärmenden Fröhlichkeit des Volks im Marktgewühl, wurde ihm schon deutlich leichter ums Herz. Mit einemmal fühlte er sich beherzt genug, um noch einmal Salomon d'Ondes zu behelligen, denn er wollte ihn unter keinen Umständen in seinem Judenviertel allein lassen.

Die lange Rue Jouzaigues war beherrscht von Schreinern, die damit beschäftigt waren, neue Auslagen zu zimmern, von Maurern, die die Fassaden mit sauberem Mörtel verputzten und laut auflachten, wenn sie die Röcke der jungen vorlauten Tratschweiber am Fuße der Leitern mit Lehm bespritzten. Schon von fern sah Novelli den hochgewachsenen Juden an einem alten Erkertürmchen an der Ecke eines sonnigen Platzes im Gespräch mit Rabbi Eliezer und noch zwei anderen Ungläubigen beisammenstehen. Die letzten beiden kannte er nicht, doch ihr vernachlässigtes Gewand und die flinken Hände vor ihren Mündern wiesen sie eindeutig als Philosophen aus. Das behagte ihm ganz und gar nicht. Ganz offensichtlich versuchten diese Teufel von Gelehrten Salomon händeringend vor dem christlichen Glauben zu warnen.

Er beschleunigte seine Schritte und bemühte sich, die Gruppe über die Hindernisse seines Weges hinweg im Auge zu behalten, während ihm mit großer Besorgnis der Gedanke kam, sein Mann schwebe in der Gefahr, sich zu vernichten, wenn er von diesem Gesindel solcherart ins Gebet genommen wurde.

Der Rabbi gewahrte als erster den Inquisitor Novelli, tuschelte Salomon etwas ins Ohr, worauf dieser sich nach der Gasse umwandte, aus der er nahte, und ihm eilig entgegenlief, während die beiden anderen sich leidenschaftlich palavernd entfernten.

»Haben Eure Freunde etwa Angst vor mir?« fragte Jacques mit einem sauren Lächeln, sobald er in Hörweite war. »Ihr hättet nicht zulassen dürfen, daß sie so einfach entwischen. Wir hätten uns alle gemeinsam unterhalten.«

Ohne Wärme schüttelte er dem Juden die Hände und hielt sie einen Moment in den seinen, während er in der Ferne hochmütig Rabbi Eliezer betrachtete, der wie angewurzelt mitten auf dem Platz stand und sie beobachtete.

»Vergebt ihnen«, antwortete Salomon, ebenfalls lächelnd. »Sie schätzen es wenig, mit Leuten von Euresgleichen Umgang zu pflegen.«

»Es ist mir zuwider, Furcht zu verbreiten«, sagte Novelli.

Er schüttelte den Kopf, wie um eine Last abzuwerfen, dann blickte er wieder auf und fragte:

»Haben sie Euch viel Schlechtes über mich gesagt?«

»Nein, sie haben mir Gutes über meine Väter gesagt.«

Gemach setzten sie sich in Richtung des Ladens in Bewegung, während Jacques mit gerunzelter Stirn vor sich hin brütete und Salomon ihn heimlich beobachtete.

»Sie sind besorgt, man könnte mir ein Leid zufügen«, meinte er schließlich. »Auch Euch, Maître Novelli, scheint ein Kummer zu drücken.«

»Laßt nur, es geht nicht an, daß ich Euch mit meinen Sorgen belade.«

»Warum nicht? Wenn Ihr wollt, daß wir Brüder sein sollen, wie Ihr gesagt habt, dürft Ihr keine Angst haben, Euch mir anzuvertrauen.«

Novelli blieb mitten auf der Gasse stehen, verschränkte die Arme, blickte den Juden mit einem listigen Schmunzeln an und sagte:

»Armer Mann, glaubt Ihr wirklich, ich sei so töricht, daß ich in solche plumpen Fallen hineintappe? Sagt mir doch: Was würdet Ihr mit meinen Kümmernissen anfangen, wenn ich sie Euch preisgäbe?«

Salomon hielt mit leicht zur Seite geneigtem Kopf und einem Leuchten versteckten Spotts in den Augen seinem Blick stand und gab keine Antwort. Da packte Jacques ihn am Arm und zog ihn müßig spazierenden Schrittes weiter mit sich fort.

»Gewiß«, sagte er, »werde ich zuweilen von übertrieben hitziger Leidenschaft übermannt, und ich kann Euch durchaus gestehen, daß ich alle Tage zu Gott bete, er möge mich gerechter und geradliniger machen, als ich bin, und dies allein zeigt zur Genüge, daß ich mich wenig schätze. Seht her: Ich treibe kein listiges Spiel mit Euch. Ich kenne meine Schwächen, und sie verpflichten mich zu großer Demut. Unterschätzt mich aber nicht: So werdet Ihr Euch gar manches Leid ersparen. Rechnet nicht damit, daß ich Euch aus Überdruß Euren gelehrten Freunden überlasse oder daß es Euch eines Tages gelingt, mich bei einem Fehler zu überraschen und dieser Faust, die Euch festhält, zu entwischen. Und versteift Euch nicht darauf, mich zu hassen, das ist nutzlos. Es ist die volle Wahrheit, daß ich Euch zu meinem Bruder machen möchte. Eines Tages werdet Ihr es sein. Ich habe stets vollbracht, was ich beschlossen hatte. Drum vergeßt Eure Berechnungen eines schlechten Strategen, sie werden Euch von keinerlei Hilfe sein.«

»Nur Gott allein lenkt die Geschicke«, antwortete Salomon und krümmte plötzlich seinen Rücken. »Ob freiwillig oder mit Gewalt, Monseigneur, ich werde nur Seinem Willen gehorchen.«

Da sie vor dem Laden angelangt waren, löste Jacques sein Gebetbuch von seinem Gürtel, reichte es dem Juden und empfahl es ihm zur Lektüre und Meditation. Dann sagte er abrupt:

»Friede sei mit Euch, guter Mann.«

Salomon blickte ihm nach, wie er sich entfernte, bis das grelle Licht ihn auf dem fernen Platz erfaßte. Da erschien Vitalis Le Troué, der gerade Bauschutt aufkehrte, auf der Schwelle des Hauses, und als er seinen Herrn ganz sprachlos und nachdenklich mitten auf der Gasse stehen sah, fragte er ihn, ob ihn der Inquisitor Novelli bedroht habe.

»Nein, nein«, antwortete Salomon d'Ondes friedlich. »Er hat mich nur fest am Arm gepackt und gesagt, er würde mich nicht auslassen. Aber Gott sei Dank hat seine Faust dabei ein wenig gezittert.«

*

Als Jacques zum Kloster zurückgekehrt war, begab er sich geradewegs in die Kapelle, in der nur Bruder Guillaume Pélisson weilte, der sich dort nach jeder Sitzung des Inquisitionsgerichts von den Miasmen der Ketzerei zu reinigen pflegte. Er kniete sich an seine Seite ins Dämmerlicht. Der andere löste sich kaum aus der Sammlung seiner Andacht, um ihm ein Lächeln zuzuwerfen, doch dann überraschte ihn das Gesicht, das sein Mitbruder machte: Er fand ihn so aufgewühlt, daß dies sein Gebet beeinträchtigte. Bis zum letzten Seufzer seines Gemurmels beobachtete er ihn mit schrägem Blick von der Seite und bekreuzigte sich. Dann legte ihm Novelli, der mit steifem Rücken und zusammengebissenen Zähnen dakniete und den Blick starr auf das Kreuz richtete, die Hand auf die Schulter und sagte:

»Ich glaube, ich habe gegenüber Arnaud de Vergnes sündhafte Nachsicht walten lassen.«

»Aber nein, Monseigneur«, murmelte Pélisson. »Der Mann war nur ein harmloser Verbrecher, Bruder Pomiès hatte recht, und Ihr tatet gut daran, Euch seiner Ansicht anzuschließen.«

»Ist es Euch schon einmal passiert, daß Ihr so etwas wie Liebeslust verspürt habt, wenn Ihr Weibern die Beichte abnahmt, Bruder Guillaume?«

»Nein, Monseigneur. Ich gesteh, ich höre ihrem Geschwätz kaum zu. Sie gleichen sich allesamt wie ein Ei dem andern und langweilen mich ungemein.«

»Ich dagegen liebe die Menschen so sehr, daß mich zuweilen die Lust überkommt, sie in meine Arme zu schließen, nachdem ich ihnen die Absolution erteilt habe.«

»Ihr seid jung und voller Glut, Monseigneur. Möge Gott Euch noch lange so bewahren.«

»Betet lieber darum, daß er mir Eure Weisheit verleihe, Bruder Guillaume. Die Worte dieses Vergnes haben mich ungeheuer erschüttert. Als ich seinen Abenteuern als falscher Priester zuhörte, hatte ich das Gefühl, ich sei um kein Gran reiner als er. Vorhin kam mir, ich weiß nicht aus welch närrischer Laune, das Verlangen, mich Salomon d'Ondes, der mich verachtet, mit der nämlichen Hingabe anzuvertrauen wie Euch.«

»Laßt Euch von jenen Zweifeln und Verwirrungen nicht erschrecken, Bruder Novelli. Zuweilen ist es schmerzlich, so sehr zu lieben, wie Ihr es tut, doch Eure Leidenschaften sind schön, und ich bin sicher, daß Gott Euch darum schätzt. Eines Tages werdet Ihr ein heiliger Mann sein.«

»Es wohnen schreckliche Geheimnisse in unseren Herzen, Bruder Guillaume, schreckliche Geheimnisse.«

Pélisson senkte sein Haupt, faltete die Hände vor der Stirn, und Novelli nahm die gleiche betende Haltung ein, da er dachte, dies würde den alten Mann glücklich machen. Seine Lippen freilich blieben geschlossen, und in seinem Geist erschienen nur Gestalten von Männern und Frauen, die er in letzter Zeit verurteilt hatte und die das Urteil nicht überlebten. Einen Moment lang war alles wie in einem Traum: Jene Seelen, von denen er hoffte, er habe sie gerettet, blickten ihn kalt und ungerührt an, dann kehrten sie sich ab von ihm und ließen ihn allein vor einer Nacht voll bewegter Schatten, in der sich ein Weg verlor. Da wurde ihm klar, daß er schon bald auf diese Finsternis zugehen mußte – und ohne jede Hilfe von Gott.

6

Kurz vor dem Morgengrauen, zur Stunde, wo die Mönche die Matinen sangen, pochte ein großer rothaariger Kerl erschöpft an die Pforte des Klosters in der Ruelle du Colombier und verlangte den Inquisitor Novelli zu sehen. Der Mann, Palhat mit Namen, kam direkt von einer beschwerlichen Reise zurück: Jacques hatte ihn ausgeschickt, sich an Le Hongres Fersen zu heften, um ihn auszuspionieren, nachdem dieser mystische Galgenvogel Toulouse mit seiner Truppe verlassen hatte. Mißmutig nörgelnd ließ ihn der Bruder Pförtner in den Garten ein. Dort mußte Palhat eine geraume Weile unter einem Baum warten. Ängstlich lauschte er den Stimmen der Mönche, die in einem kaum erst erbleichenden Dunkel aus der Kapelle heraufgestiegen kamen, und hielt sich eine Laterne vor das Gesicht, damit sein Herr ihn erkannte, wenn er vom Früh-Offizium zurückkäme. Er war sterbenshungrig und schlotterte jämmerlich, denn er war die ganze Nacht lang abseits der Landstraße durch den weißen Frost der Hügel und Waldestiefen gerannt, um dem Inquisitor von den Ereignissen zu berichten, die in Castelsarrasin vorgefallen waren, wo die Pastoureaux seit dem Vortag kampierten.

Von düsterem Nebel umgeben, erschien Novelli als erster unter dem hohen Rundbogenportal der Kapelle. Mit gesenktem Haupt, die Hände fröstelnd in die Ärmel vergraben und im Geist noch verwirrt von Psalmen und bösen Träumen, wäre er beinah an dem Rothaarigen mit seinem hell erleuchteten Gesicht vorübergegangen, ohne ihn zu sehen. Doch der andere berührte ihn an der Schulter. Jacques schrak verdutzt zusammen und gab ihm einen Wink, ihm in die Bibliothek zu folgen.

Dort trafen sie Stéphanie. Sie machte sich vor dem Feuer zu schaffen, das bereits kräftig prasselnd fauchte und die auf dem langen Tisch gestapelten Handschriften mit ihren fahlroten Einbänden erhellte. Ohne sie auch nur eines Blickes zu würdigen, befahl ihr Novelli, heiße Milch und eine kräftige Brotzeit für den Weitgereisten zu holen. Stéphanie gehorchte eilfertig, und als sie an ihm vorbeihuschte, streifte sie ihn wie aus Versehen an der Schulter. Das freche Ding macht sich lustig über mich, dachte er bei sich. Kaum blieb ihm Zeit, ihren Duft zu wittern, den Lufthauch ihrer Röcke zu spüren und die in roten Wollsocken steckenden Fersen in ihren Holzschuhen zu bemerken, so rasch war sie durch die Tür verschwunden. Aber als sie mit einem dampfenden Krug und einem Brotlaib in einem Leintuch zurückkehrte, erschien sie wie eine nährende Jungfrau auf der Schwelle, die aus jenen Dunkeln auftaucht, wo sich die Träume Gottes brauen. Sie hatte die Ärmel ihres Hemdes bis zu den Ellbogen hochgekrempelt und schritt kerzengerade und langsam, aus Furcht, die Milch könnte überschwappen, auf den Kamin zu. Im Schein des Feuers glich ihr Gesicht einer reinen Opfergabe, ihr

Blick war in das lebhafte Licht eines sonnigen Mittags getaucht, und Palhat wurde sprachlos wie angesichts eines Wunders. Er bekreuzigte sich beinah, wirre Furchen traten auf seine Stirn und überstürzt sprang er auf, um ihr behilflich zu sein. Sie sah seine Verwirrung, beachtete sie aber nicht weiter. Mit einer Geste, wie sie eine Gemahlin getan hätte und mit einer in langen Jahren der Liebe geschliffenen Natürlichkeit reichte sie ihm das Brot.

Da wurde Novelli, der sich in das Halbdunkel zurückgezogen hatte, um sie mit Muße betrachten zu können, und vielleicht auch, um sich vor ihr zu schützen, so mächtig von diesem Gesicht angezogen, daß ihn ein Schwindel befiel und er sein Herz in seinen Schläfen pochen hörte. Sofort faßte er sich jedoch wieder und dachte: Die will keine Hexe sein? Aber sie ist eine! Er hieß sie in ihrer Gesellschaft bleiben, denn dieser Mann, so erklärte er und deutete auf Palhat, der angefangen hatte, mit mächtigen Bissen schlechter Zähne in sich hineinzuschlingen, sei soeben mit Neuigkeiten über ihren Taugenichts von Bruder, den Gott verfluchen möge, aus Castelsarrasin eingetroffen.

Sie setzte sich auf einen Schemel, faltete, plötzlich sehr besorgt, die Hände zwischen ihren Knien und beugte sich zu dem Rothaarigen hin, der schwerfällig in ein langsames Wiederkäuen versunken war. Da löste sich Novellis Spannung und er betrachtete sie voller Zuneigung. Er hatte sie wieder fest in der Hand, gefangen in einer Liebesqual, die ihr alle Kraft lähmte, alle Hintergedanken überschattete. Und siehe, auf einmal dachte sie nicht mehr daran, die Stolze zu spielen. Ihm entfuhr ein leises, trockenes Kichern und still und heimlich genoß er die diffuse Lust eines Jägers, der bereit ist, als sanftmütiger Sieger das gesträubte Fell seiner

Beute zu streicheln. Auch Palhat befand sich in seiner Macht, seit er dessen Weib nach ein paar Wochen verschärften Kerkers wegen des Delikts minderer Ketzerei in Freiheit setzen ließ. Er hatte sie ihm zurückgegeben im Tausch gegen das hoch und heilige Versprechen, schon beim geringsten Wink herbeizueilen und ohne Fragen jede Erledigung auszuführen, die man ihm auftragen würde. Palhat war seiner jungen Angetrauten heiß und innig zugetan, hatte nie sein Wort gebrochen und bewies dem Retter seiner Liebe, wann immer er sich in seiner Gegenwart befand, die Verbundenheit eines naiven und durchtriebenen Kerls, die Novelli ein ungemein sicheres Vertrauen einflößte.

Es verschaffte ihm in der Tat ein sonderbares Glücksgefühl, die Seelen zu drücken, sie heiß und zuckend in seiner Hand zu spüren. Ihn trieb ein solcher Hunger nach dieser amourösen Macht, daß er häufig davon träumte, eines Tages in der bewundernswerten Nacktheit der Heiligen zu leben, um die Welt noch sicherer ergriffen zu machen und an sich zu binden. Besonders in seinen Stunden großer Verachtung für die Macht des Goldes und den Ruhm und Einfluß jener aufgedunsenen Fettsäcke des Adels, die sich daran befriedigten, über Grimassen, ängstliche Lügen und prostituierte Kniefälle zu herrschen, betete er zu Gott, daß er ihm die nötige Kraft für jene Entblößung verleihen möge. Er, Novelli, wollte bis auf den Grund der Herzen gelangen, dorthin, wo die Geheimnisse ruhen, und dieses Verlangen peinigte ihn so hart, daß er danach dürstete wie ein Verdammter.

Nachdem Palhat seine Brotzeit beendet hatte, wandte er sich zu Novelli und berichtete ihm, daß Jean Le Hongre und seine Truppe vergangenen Tages ein weiteres Gemetzel an Juden in der Vorstadt von Castelsarrasin angerichtet hatten. Wenn er aber die ganze Nacht hindurch gerannt sei, daß ihm schier das Herz im Leibe platzte, dann habe er es gewiß nicht getan, um dem Inquisitor just von einem so absehbaren Ereignis zu berichten. Der Mann sah deutlich, daß Novelli in der Tat schwerwiegendere Enthüllungen von ihm erwartete. Daher trank er erst einmal seine Milch, schleckte sich ausgiebig die Mundwinkel und genoß noch ein wenig das dürftige Vergnügen, seinen Herrn auf die Folter zu spannen. Aber der andere, dem dieses Spiel mißfiel, nahm ihm den Krug aus den Händen und forderte ihn mit einem schroffen Wink auf, gefälligst fortzufahren.

»Zur Stunde, da ich die Stadt verließ«, fuhr Palhat, wieder demütig geworden, fort, »es war kurz nach dem Abenddämmer, wütete eine große Feuersbrunst im Judenviertel, und die Pastoureaux hatten sich in der Kirche eingeschlossen, wo sie den Pastor und den Stadtvogt jener armen Gemeinde gefangenhielten.«

Nach diesen Worten hielt er inne, denn er hatte noch ungeheuere Dinge zu berichten und wünschte seine Exzellenz, den Inquisitor, so recht ins Staunen zu versetzen, aber er wußte nicht, von welcher Seite er die Sache anpacken sollte. Novelli stampfte höchst ungeduldig mit dem Absatz auf die Dielen. Palhat erschrak und duckte sich, als fürchtete er, man würde ihn schlagen. Stéphanie sah seine verwirrte Miene und ergriff mit großen Fragen in den Augen seine Hände. Da brach es auf einen Schlag in ihm los, und er begann in einem überschäumenden Sturzbach ergriffenen Gestammels zu reden.

*

Nach den Morden und der hastigen Bekehrung einiger Juden, sagte er, mit jedem Atemzug in bodenlose Sätze stürzend, sei Jean Le Hongre in gestrecktem Galopp auf seinem Roß, das er mit den Sporen stachelte, als säße ihm ein ganzes Heer von Teufeln auf den Fersen, in die Kirche von Castelsarrasin hineingestürmt. Als er aber die Stufen zum Altar erreichte, habe er sein Tier mit einer so festen Faust zum Einhalt gebracht und es so geschickt an Kruppe und Hals getätschelt, daß es vor dem Heiligen Tabernakel in die Knie gegangen sei und den Kopf gewiegt habe, wie um Gott seine Ehre zu erweisen. Le Hongres Truppe habe dieses Wunder mit Vivat-Rufen, fanatischen Gesängen und solchen Pikenstößen begrüßt, daß dabei die Fresken an den Wänden zu Schaden gekommen und einige Heiligenfiguren zu Bruch gegangen seien.

»Bis dahin hatte der Priester noch versucht, die Menge zu beschwichtigen, doch als er sah, wie sein Gotteshaus solcherart profaniert wurde, hat er sich ungeheuer empört. Er wollte den Gaul nach draußen drängen, doch er konnte nicht mal erreichen, daß das Vieh auch nur mit der Wimper zuckte. Darauf haben viele Großmäuler ihn ob seiner Ohnmacht verspottet. Da hat er sich das Seil von der Hüfte losgeknotet, fest mit der Hand gepackt, unter Gebrüll von Verwünschungen ein paarmal über seinem Haupt geschwungen und dann angefangen, wie wild auf das dakniende Tier einzudreschen, das darauf sofort mit einem so kräftigen Satz aufsprang, daß Jean Le Hongre, der es am Zügel hielt, seinen Leuten kopfüber vor die Füße purzelte. Dieser Aufstand samt Fall wurde mit höllischem Gekreisch begrüßt, das den mächtigen Gaul wiederum in Panik versetzte. Mit einem ausschlagenden Huf hätte er dem Pastor beinah den Schädel zertrümmert, und da das Drunter und Drüber, das Waffengeklirr und Gefluche immer stärker wurden, hat er sich mit fliegender Mähne aufgebäumt und, die geblähten Nüstern gegen das besternte Deckengewölb gerichtet, mit seinen Hufen durch die Luft geschlagen. Hinter ihm brach aus tausend Mäulern ein immenses Gebrüll. Auf den Luftzug dieses Lärms, so laut wie der Angriff einer Schlacht, reagierte er mit einem schauderhaften Wiehern und stürmte los. Er sprang auf den Altar zu, stürzte ihn um, vom Altar in das edle Chorgestühl, das er zertrümmerte, vom Chorgestühl hinein in die entsetzte Menge, wo er begann, wie ein Roß der Apokalypse, das seinen Acker von Verdammten pflügt, auf die von Rauch und Fackeln umringten Schatten einzutrampeln. Da kämpfte sich Jean Le Hongre einen Weg durch die erschlagenen Leiber, ausgestreckten Hände und brüllenden Münder und baute sich ohne Furcht vor seinen Hufen oder schäumenden Lefzen vor ihm auf. Dann öffnete er die Arme und bot sich wahnwitzig seinem Rasen als Zielscheibe dar. In dem Moment jedoch, da das Tier ihn umzureißen drohte, hängte er sich an seinen Hals und hielt es, die Wange fest an sein Ohr gepreßt, umfangen. Unter Zureden und Tätscheln zerrte er es mit aller Kraft, derer er mächtig war, zum Portal. Andere sprangen hinzu und trieben es mit Pikenstößen, und so gelang es ihnen, das Pferd auf den Platz hinauszuführen, der erfüllt war von Weibern, die, die Arme gegen die Wolken des Abendrots erhoben, kreischend umherrannten.

In der Kirche war alles zertrümmert bis auf das hohe, am hintersten Ende des Schiffs auf der Erde stehende Kreuz. Leichen mit gebrochnen Gliedern und gespaltnem Schädel lagen kreuz und quer auf den Pflastersteinen des Bodens. Aus dem Schatten der Nischen drang Gewimmer, und die Gesichter vieler Überlebender, die in einem mächtigen, gelähmten Rumoren hie und da umherirrten, waren besudelt von Blut. Der Priester, immer noch bewaffnet mit seiner um die Faust gewundenen Kordel, wollte sich gerade auf eine Empore schwingen, um vor jener unglückseligen Schar eine Rede zu halten, als ein paar Männer hinzusprangen, ihn daran hinderten und ihn bezichtigten, er hätte dieses Blutbad verursacht, und als er Widerstand leistete, befahl Jean Le Hongre, der vom Platz draußen, wohin er sein Pferd geführt hatte, wieder zurückgekehrt war, man solle ihn ergreifen und an das Kreuz binden.

In diesem gar ungünstigen Moment kam der Stadtvogt daher und wollte Hilfe anfordern, um die Feuersbrunst im Judenviertel zu bekämpfen, die nun auch christliche Häuser bedrohte. Da er jedoch schon auf der Schwelle sah, welche Gewalt man dem Priester antat, eilte er mit festem Schritt hinzu, um ihn zu befreien, und schrie nach der Wache. Sofort rückten ihm ein paar von Le Hongres Hirten, die Gesichter verzerrt von bedrohlichen Räuschen, mit vorgehaltenen Knüppeln zu Leibe. Sie begannen ihn zu beschimpfen und ihm ins Gesicht zu spucken. Während er sie, Flüche schnauzend, mit Faust und Stiefel zurückdrängte, rannten andere Pastoureaux zwischen den Toten, die man gerade in den Mittelgang zerrte, vor zum Portal und verrammelten es mit zwiefachem Riegel, damit die Wachen nicht eintreten konnten. Das Dunkel wurde noch dichter, und der Stadtvogt, plötzlich schier erblindet inmitten der Verwüstung der Kirche, geriet über den Trümmern der Holzgestühle, Täfelungen und Statuen, die in wüstem Durcheinander den Boden bedeckten, ins Straucheln und fand sich im Nu umringt von gesichtslosem Geschrei und behagelt von unsichtbaren Pikenstößen. Er war ein hochgewachsener, breitschultriger Mann, sein Gesicht von blutunterlaufener Farbe. Wie Windmühlenräder ließ er die Arme kreisen, um den huschenden Gespenstern um sich her Furcht einzujagen. Die Knüppel, die ihn umzingelten, wurden nervöser. Heimlich stellte ihm jemand ein Bein, damit er stürzte. Im Schein einer Fackel, die plötzlich vor seiner Nase gezückt wurde, sah man in seiner Faust den Blitz seines Degens aufleuchten. Doch bevor er einen der Kerle, die ihn zu Fall brachten, noch treffen konnte, schug die Feuerlohe mit solcher Wucht auf sein Haupt nieder, daß eine Flamme mitten auf seiner Stirn wie ein Horn haftenblieb und das siedende Harz ihm in die Augen rann. Er sank in die Knie, schlug sich die Hände vors Gesicht und brüllte auf. Sofort packten ihn Fäuste an den Schultern und schleiften ihn gekrümmt in seinem Schmerz und Geschrei bis an den Fuß des Kreuzes, wo der Priester bereits angefesselt war, und band sie beide Rücken an Rücken aneinander.

Dann ließ Jean Le Hongre den Altar, den sein Pferd zuschanden getreten hatte, wieder aufrichten und schwang sich auf den heiligen Tisch. Man reichte ihm zwei Fackeln herauf. Er nahm eine in jede Hand, breitete die Arme aus wie ein Gekreuzigter und blieb reglos und starr aufgerichtet stehn, bis unter seinem Volk von Schatten vor ihm Stille einkehrte. Groß war er«, sagte Palhat und er bebte immer noch von einer sonderbaren Liebe, »groß und schön wie eine lebendige Statue erleuchtete er das Gewölb, und doch war er ein Häuflein Elend, er ließ Schluchzer von zärtlichem Jammer aus seiner Kehle aufsteigen wie ein tapfres Menschenkind bei der Rückkehr aus dem Krieg, mit seinem gelockten

Haar, seinen überhellen Augen, seiner mageren Brust, die durch die Risse in seiner Mönchskutte blickte, und seinem Schwert ohne Scheide, das an der Kordel zerrte, die er um die Hüfte trug. Auch erschreckend war er: Alle Augenblicke glich er einem von der Hölle gestreiften Christus, denn in seinem Gesicht rang die Nacht mit dem unablässig bewegten Leuchten der Flammen zwischen seinen hochgehaltenen Feuern.

Als das letzte Krachen von Knüppeln und Scharren von Stiefeln im Dunkel der Kirche erstorben war, hob er an zu reden. Zuerst war er zögerlich und ohne Kraft wie ein verlorener Verirrter, der eine unaussprechliche Liebe beichten möchte. Aber dann kam er in Hitze, seine Stimme wurde fester, sanfte und schwermütige Worte traten ihm über die Lippen, und man sah, wie sich Mal um Mal seine Seele von aller Rüstung, allem Zierat, allem Dunst entkleidete. Da erschien seine Schönheit noch erhabener, und viele Leute betrachteten ihn versunken unter mächtigen Seufzern und verzückten Gesichtern, als sei der Mann, der da vor ihnen sprach, geformt von Licht und nicht mehr aus Fleisch.

Nun verstummte er einen Augenblick. Dann rief er plötzlich mit so schlichten Worten und so alltäglicher Vertrautheit Gott an, daß die Weiber kicherten und sich die Augen rieben und daß Gott wahrhaftig erschien: Ein jeder sah ihn in Le Hongres Blick. Er sprach kein einziges Gebet. Er bat lediglich den Schöpfer, ihn aufzunehmen, nicht wie einen, der um Sein Erbarmen bettelt, sondern wie einen liebenden Sohn, der danach begehrt, den mächtigen, tröstlichen Leib seines Vaters zu umarmen, seine Wange an seinen Bart zu drücken, um neuen Mut zu fassen. Ganz ruhig legte er Rechenschaft ab über das vergossene Blut, die neu gewonnenen Seelen, die unterwegs gesammelten Mühsale und Revolten. Dann berichtete er jenem göttlichen Schatten, den er zu sehen schien, von der Verwüstung, die sein Roß soeben in der Kirche angerichtet hatte. Unter mächtig jauchzendem und herzzerreißendem Gelächter warf er ihm seine Gleichgültigkeit gegenüber diesem Unglück vor. Dies tat er mit solcher Gewalt und so sicherem Selbstvertrauen, daß die Versammelten stöhnend die Rücken duckten, so fest waren sie überzeugt, daß Gott, unser Herr, zwischen den Fackeln, die über ihren Häuptern loderten, unter dem Gewölbe leibhaftig und aufmerksam lauschend zugegen war. Schließlich sprach er dem himmlischen Vater von der nächsten anstehenden Arbeit, den ferneren Lieblichkeiten und gegenwärtigen Missetaten, und sagte ihm, daß es den Pastoureaux so sehr an Hoffnung wie an Brot gebräche, aber daß Er sich nicht um ihr Elend zu kümmern brauche, denn sie liebten Ihn zu sehr, als daß sie Ihn in Sorge sehen wollten.

Gerührt von seiner Verzweiflung und der Schönheit seiner Rede, begannen viele Männer und Frauen zu weinen, und bald schwoll ihr Klagen zu einer so stürmisch gequälten Brandung an, daß sie Jean Le Hongre auf seinem Altar zum Schweigen zwang. Plötzlich fielen ihm die Fackeln aus den Händen, und man sah nur noch seinen dunklen Leib, den die flackernden Lichter einiger Männer zu seinen Füßen bis ins Deckengewölbe hinauf vergrößerten. So blieb er einen Moment lang riesengroß und reglos stehen, dann umarmte er mit einer zärtlichen Geste das endlose Dunkel, wie um ein imaginäres Kind in seinen Armen zu beruhigen. Wieder kehrte Stille ein. Da hörten die Leute den, der sie solcherart wiegte, ein sanftes Lied anstimmen. Sie begannen mit ihm mitzusummen, und die Luft ward erfüllt von einer wunderlichen Güte. Es entstand ein gebrechlicher Moment, wo alle Schmerzen vergessen, aller Haß leer und nichtig und die ruhige Liebe der Welt am Ende möglich schienen.

Doch das währte nicht lange. Als Le Hongre nämlich sah, daß sein Volk ihm zum Frieden hin entglitt, ließ er seine Stimme verlöschen, wandte, immer noch die Nacht in seinen Armen wiegend, sein Haupt nach hinten und begann mit abgehackten, unflätigen Worten gewaltig gegen die beiden armen ans Kreuz gebundenen Männer im Hintergrund des Kirchenschiffs zu wettern. Dies erhitzte den Gesang in der Kirche. Er schwoll an, wurde dröhnend, zornerfüllt, durchrissen von Schreien. Plötzlich brüllte Jean Le Hongre, man soll ihm seine Schwester zurückgeben, er heulte, man soll aus Erbarmen seine geliebte Stéphanie freilassen, sonst werde er jenen noblen Amtspersonen dort – die jämmerliche Versuche machten, ihre Handgelenke von dem leuchtenden Pfahl loszureißen, und sich wanden, als würden sie auf dem Feuer geröstet – die Gurgel durchschneiden. Er befahl, Gui de l'Isle und dem Inquisitor wörtlich auszurichten: Wenn man binnen dreier Tage seinem Befehl nicht gehorcht habe, werde er dem Bischof von Toulouse die Köpfe des Pfaffen und des Stadtvogts am Hals eines Ochsen baumelnd überbringen lassen.

Er redete noch weiter, doch seine Stimme wurde von einer entfesselten Woge von Hallelujas, Verwünschungen und Pikentänzen ertränkt. In diesem Augenblick waren die Hitze und der Gestank in der Kirche nicht länger auszuhalten. Man mußte das Portal öffnen. Eine Rotte Männer ging den auf dem Platz postierten Soldaten berichten, daß ihr Wachhauptmann festgenommen sei und daß sie sich nach

Hause scheren sollten. Da die gezückten Fackeln ihren Gesichtern bedrohlich nahe kamen und die Wachmänner von geringer Zahl waren, verstreuten sie sich in die Nacht…

»In dem Moment«, schloß Palhat, »habe ich mich verzogen. Wißt, Monseigneur Novelli, daß drei Burschen, noch ganz jung an Jahren, auf dem Wege sind, die gleichen Nachrichten auch unserm Bischof zu überbringen. Ich habe gesehn, wie Le Hongre sie für diesen Auftrag bestimmte. Sie werden sich als Büchertrödler ausgeben, obwohl sie fast noch Kinder sind, aus Angst, man werde sie verhaften, wenn sie sich als Pastoureaux zu erkennen geben. Wißt weiter, daß Jean Le Hongre mit seiner Truppe und seinen Gefangenen noch vor kommender Nacht aus Castelsarrasin abziehen und nach ich weiß nicht welcher Stadt aufbrechen wird. Ohne Zweifel werdet Ihr, Monseigneur, diesen Mann für sehr schädlich halten. Für mein Gefühl ist er aber vielleicht ein Heiliger, wenn auch ein unheilvoller. Stünd ich nicht in Euren Diensten, so glaube ich, daß ich mich ihm angeschlossen hätte, denn er weiß denen, die Umgang mit ihm pflegen, ein so gewaltiges Verlangen nach Gott, ein so liebevolles Mitleid einzuflößen, daß es mir schier das Herz bricht, wenn ich an den elenden Tod denk, der ihn bald ereilen wird, wenn er nicht andere Wege einschlägt.«

Als Palhat zu Ende geredet hatte, schien Novelli, der, die Stirn in seine Hände gestützt, vor seinem Pult saß, wie aus einem bösen Schlaf zu erwachen. Er hob den Kopf, traute sich aber nicht, Stéphanie anzusehen, die in die Flammen im Kamin starrte und arg an sich halten mußte, um nicht in Tränen auszubrechen. Die graue Dämmerung, die durchs Fenster hereindrang, vermengte sich nun mit dem Schein des Feuers, Schritte hallten über ihnen, und draußen auf dem Gang wurden Stimmen laut. Palhat schlürfte wieder in langen, geräuschvollen Schlucken an der Milch. Nachdem er seinen Durst gestillt hatte, horchte er nach all diesen Geräuschen, die ihm unvertraut waren, und stierte ängstlich auf die glattpolierten Möbel in der Schwermut des kaum erblühenden Tages, auf all die Bücher, jene unerreichbaren Wortebrunnen, und in die Morastpfützen auf den sauberen Fliesen zwischen seinen Stiefeln. Ihn packte eine große Lust, aufzubrechen. Er erhob sich und streckte schüchtern seine Hand nach der Tür aus. Sein Herr gab ihm ein Zeichen, er könne verschwinden. Behutsam, wie man die Kammer eines Sterbenden verläßt, entfernte er sich.

Stéphanie drängte ihn mit ihrem Blick hinaus, dann wandte sie sich Novelli zu, und in dem strahlenden Dunkel ihrer Augen lag so etwas wie entfesselte Verzweiflung und Zuversicht. Dies trieb ihm eine mächtige Hitze in die Stirn, er fühlte, wie er errötete, doch er schlug die Augen nicht nieder. Das strenge, bleiche Tageslicht, das sie voneinander trennte, erlosch, die nämliche Traurigkeit, die nämliche Güte kam in ihnen auf und vereinte sie. Sie entdeckten, daß sie beide für Jean Le Hongre die Zuneigung eines Vaters und einer Mutter für einen Sohn empfanden, der verrückt, verachtenswert, zu Abscheulichem fähig war und doch rein von tödlicher Versündigung, wie es auch die schlimmsten Kinder in den Augen derer sind, die ihnen einst das Leben schenkten. Eine Weile verharrten sie so, während jeder sich im anderen entdeckte, sich verlor und im Geiste ihn in Lust genoß. Solcherart ihrem unschuldigen Fieber hingegeben, sahen sie nicht, daß ihre Seelen bereits beieinander lagen. Als sie fühlten, daß sie nackt waren, da war es zu spät: Längst waren sie dabei, sich in gegenseitige Liebe zu stürzen wie in einen Abgrund, während sie, von Angesicht zu Angesicht einander gegenüber, mit zitternden Lippen bodenlose Schluchzer bekämpften. Stéphanie erstarrte zu Stein, wagte sich nicht zu rühren aus Angst, sie würde das Licht, in dem sie badete, zerbrechen. Ganz ähnlich verblüfft, griff sich auch Novelli an den Kragen, wie um sich zurückzureißen vor seinem Sturz, und stammelte:

»Weib, Weib, sieh mich nicht so an, du tust mir weh. Heilige Mutter Gottes, willst du mich töten?«

Sie wurde von einem zärtlichen Erschrecken durchströmt und entgegnete, daß sie ihm alles Wohl der Welt wünsche. Wieder vereinten sich ihre Geister im nämlichen atemlosen Durst, doch beinah im selben Moment faßte er sich wieder, verweigerte sich dem Verströmen, senkte schamrot den Kopf, und in Stéphanies Augen leuchtete jene böse Befriedigung der Hexe, die er vorhin so sehr gehaßt hatte. Er hatte das vage Gefühl, sie verachte ihn, und bekam Lust, loszuheulen vor Zorn. Er, Novelli, besaß nicht jene Leichtigkeit, mit der sich die Frauen zu Gefühlen hinreißen ließen. Gewiß, er wollte sich nicht mehr gegen sie wehren, aber warum konnte sie nicht begreifen, welche unüberwindliche Angst er hatte, den sündhaften und verwirrenden Rausch einzugestehen, in dem er sich befand? Konnte sie denn kein Erbarmen mit ihm haben und es unterlassen, von ihm zu verlangen, daß er sich sofort in Vernichtung stürzte? Konnte sie nicht warten, bis sein Entsetzen sich wieder gelegt hatte, bevor sie ihre Hände der Falle bot, in die er so sehr hineinzustürzen begehrte?

Plötzlich stieß sie einen langen Seufzer aus, stützte ihre Ellbogen auf die Knie und verbarg ihr Gesicht in den Händen. Da war er derjenige, der es nicht ertragen konnte, mit anzusehen, wie sie der

Mut verließ. Er richtete sich auf, verlangend wie ein Ausgehungerter, der gerade den Überfluß des Schlaraffenlandes entdeckt hat und nicht mehr davon lassen kann, trat er an sie heran und wollte sie an den Schultern packen, damit sie ihm weiter in die Augen blickte, aber sie stieß ihn kraftlos zurück, und als sie erneut zu ihm aufblickte, fand er die Liebe in ihr von Nebeln verhangen und verstellt von Zweifeln und schwer zu sagenden Worten. Sie war zurückgekehrt in die Dürre der Welt.

»Ich muß fort, Monseigneur«, sagte sie. »Für das armselige Pläsier, mich bei Euch zu halten, dürft Ihr nicht zulassen, daß man zwei Männern die Kehle durchschneidet.«

Das Zittern ihrer Stimme beruhigte Novelli. Also schmerzte sie der Gedanke, sich von ihm zu trennen. Großer Gott, wie schön und gut war dieser Schmerz! Er entrang sich ein unbeholfenes Lächeln. Er konnte seine gewohnten Gesten nicht mehr finden, wußte nicht, wohin mit seinen Händen, die Worte zögerten auf seinen Lippen, aber er war selig und zufrieden. Nun wollte er mit Freuden vom Wege irren, sich gerne vernichten. Er machte ein so anrührend törichtes Gesicht, daß Stéphanie zärtlich aufschluchzte und den Kopf senkte, um aufzuschniefen und sich mit dem Handrücken die Augen zu wischen.

»Ich brauche dich dringend in diesem Kloster«, sagte er. »Weine nicht, ich werde diese Männer schon retten, die dein Bruder umbringen will.«

»Wie wollt Ihr das beginnen, Jacques Novelli, jetzt, wo Ihr ein arm Kind seid mit dieser Liebe um mich, die Euch gefangenhält?«

Sie schrie beinahe, floh aus der Reichweite der tröstenden Hand, die sich nach ihr ausstreckte, und blickte ihn heftig an, das Gesicht voller Tränen. Jähes Entsetzen befiel ihn. Wenn sie jemand auf dem Gang oder im Stockwerk über ihnen, wo Schritte hin und her schlurften, gehört hatten, war er verloren. Er würde sein Elend, daß man ihn solcherart in flagranti bei einer sündhaften Leidenschaft überraschte, nicht ertragen. Der Tadel und der Vorwurf der Mönche würde ihn erdrücken. Er stellte sich die Verachtung vor, mit der Bruder Bernard Lallemand ihm begegnen würde, der ihn doch mit solcher Hingabe bediente, die sarkastische Nachsicht, die Gui de l'Isle an den Tag legen würde, und ihm kam das Verlangen, wie ein Aussätziger, das Gesicht in einen Mauerwinkel verkrochen, zu sterben, damit er diese vertrauten Gesichter nicht mehr sehen müßte, die plötzlich in unbarmherzige Fratzen des Jüngsten Gerichts verwandelt waren. Durch den Fehltritt dieser Frau befand er sich in schrecklicher Gefahr, und doch fühlte er inmitten seines Entsetzens in seiner Brust eine neue, lebhafte Freude auflodern: Er liebte, und die Hölle war schön. Er wurde geliebt, und das war eine noch verblüffendere, noch kostbarere Gnade als die ausschweifendsten Träume nach Heiligkeit.

Diese wahnwitzigen Reden, von denen er immer noch ganz aufgewühlt war, hatte niemand gehört, denn sonst hätte bereits jemand an die Tür geklopft. Jedermann im Kloster ging seinen häuslichen Pflichten nach, und Novelli war jetzt verärgert, daß er sich als einen mit Skandal Befleckten entdecken mußte, während ihn insgeheim seine eigene Schande wiederum amüsierte. Er betrachtete Stéphanie und hielt sich dabei ebensosehr davor zurück, sie für die Angst, die sie ihm eingejagt hatte, zu schlagen, wie davor, sie für das, was sie sich zu sagen getraut hatte, in die Arme zu schließen. Diese so wilden wie gegensätzlichen Gelüste las sie in seinen Augen. Kerzengerade stand sie da, mit nicht zu entwurzelnder Sanftmut gewappnet für den Sturm, aber nicht für die Umarmung. Sie sagte schlicht und so leise, daß er die Worte mehr auf ihren Lippen ahnte, als daß er sie hörte:

»Ich muß fort.«

Sie war einfach zu schön. Plötzlich fühlte er sich sehr arm an Herz und Gestalt, doch was soll's, wenn er ihr gegenüber nur ein grober Klotz ohne Anmut war, so besaß er doch immerhin die Macht, sie zu zwingen. Diese Vorwitzige glaubte also, sie dürfe tun und lassen, was ihr beliebte? Dachte sie wirklich daran, ihn zu verlassen, ihn in der Glut seines Herzens sitzenzulassen? Dieses Biest! Er richtete sich auf und zwang sich, die Lippen zusammenzupressen und wieder zu seiner hochmütigen Strenge des Richters zurückzukehren.

»Wenn ich dich gehen ließe«, sagte er, »dann würde Le Hongre überall damit prahlen, er hätte mich in die Knie gezwungen. Dadurch verlöre ich alle Autorität. Vergiß nicht, meine Tochter, daß ich mein Amt des Inquisitors vom Papst erhalten habe. Ich kann nicht zulassen, daß es von einem Banditen besudelt wird, der die Leute aufhetzt und die Kirchen verwüstet.«

Sie sah ihn mit einer Miene von so verliebter Nachsicht an, daß er sich verletzt fühlte. Lüg nicht! sagte das schelmische Leuchten in ihren Augen. Was bedeuten dir deine politischen Eitelkeiten? Du willst mich behalten, das ist alles! Und sie genoß es zu wissen, daß man ihre Gegenwart auf so unbeholfene Art begehrte. Sie hatte große Lust, sein Gesicht zu streicheln, doch sie berührte kaum den Winkel seiner Lippen. Zornig ergriff er ihre Hand.

»In Wahrheit«, sagte er, »müßte ich dich wieder in den Kerker zurückbringen und dem Unglück, das dein Bruder zusammenbraut, seinen Lauf lassen.

Das würde sein Ende noch schneller herbeiführen. Der Adel und die Geistlichkeit hassen ihn. Sie halten ihren Haß lediglich zurück und wenden sich mit zugehaltenen Nasen und Ohren von ihm ab, weil sie sich nicht trauen, offen für die Juden Partei zu ergreifen. Wenn er dagegen einen Priester und einen Stadtvogt töten würde – das wär ein gefundenes Fressen! Dann könnten sie diesem Narren ohne weitere Zurückhaltung ihre Meinung sagen und ihm ihre schlimmsten Hunde auf den Hals hetzen. Man würde Le Hongre ergreifen und hängen. Und außer seiner Schwester und jenem Verirrten, der ich bin, hätte niemand auf Erden Mitleid mit ihm.«

»Ich kenne die Verirrten«, entgegnete Stéphanie, »und ich sehe wohl, daß Ihr nicht zu ihrer Zunft gehört. Von ihrer Sorte habe ich mehr als einen getröstet im Gras, wo immer die Truppe gerade Rast machte. Da ist's vorgekommen, daß ich mit ihrer Lust auf mich auch ihre Tränen schluckte. Darauf bin ich weder stolz, noch schäm ich mich – war ich doch einen kurzen Augenblick ihre Hoffnung auf Erlösung –, und doch konnte ich nicht einen retten. Diese Männer sind toll wie Hunde. Sie marschieren, als wollten sie lebend ihren Körpern entrinnen. Armer Mönch! Ihr seid zu vergeistigt, um ihre schlimmen Nöte zu begreifen. Eure Irrwege sind nur kurze Ausflüge, von denen Ihr stets ohne größere Befleckung zurückkehren könnt, sofern die Leute Eures Hauses nichts von Euren Abwesenheiten bemerken. Ihr werdet gottlob nie und nimmer das Leid der Verirrten noch das Unglück meines Bruders kennenlernen, den eingebildete Dämonen in die wahrhaftigste aller Höllen geführt haben. Er ist verloren, ich weiß es. Drum laßt mich mit ihm zugrunde gehen und die beiden Männer retten, die er töten will.«

Drohend hob er die Hand über ihren Kopf und rief, nun ebenfalls beinah schreiend, ohne Rücksicht, ob die Fratres ihn hören könnten:

»Also bist du eine Hure und du liebst mich nicht.«

Sie zuckte nicht mit der Wimper und antwortete mit einem so ruhigen Stolz, daß er sogleich entwaffnet war wie ein ertapptes Kind:

»Wißt, daß ich Euch über mein Leben hinaus lieben und auf Euch warten werde, wo immer der Herrgott es wünscht. Der Tod wird meine Geduld nicht schwächen, das weiß ich gewiß, und um Euch in mir auszulöschen, müßte mir die Seele aus dem Leib gerissen sein, und das kann nicht geschehn.«

Und da er sich nicht rührte und nur wirr vor sich hin starrte, fügte sie, nun selbst mit mächtigem Verlangen, ihn zu umarmen, rasend und herrlich hinzu:

»Drum drück mich fest an deinen Leib und sag mir endlich adieu.«

Armselig, auf dem Sprung zur Flucht, schüttelte er den Kopf. Sie sah, wie sich seine Lippen zu einem Wort der Liebe bewegten, aber sie verstand es nicht. Er wollte nicht, daß sie fortging, und doch konnte er diesen Körper, der ihn hart und fest gefangenhielt, nicht berühren. Sie sah ihn in so großer Qual, daß sie seine Hand ergriff und küßte. Da brach er in Schluchzen aus, stammelte verliebte Worte, schwor, daß er verloren sei und um sie sterben wolle. Schließlich sagte er mit so viel Kraft, wie er vermochte:

»Bevor drei Tage um sind, wird dein Bruder nichts anrichten, was sich nicht wiedergutmachen ließe. Wenn du bereit bist, dich zu gedulden, dann warte hier drei Tage, bis eine Tür gefunden ist, die uns aus diesem Wahnsinn herausführt.«

»Ja, Novelli, ja«, antwortete sie.

Dann kehrte sie ihm den Rücken zu, wickelte die Reste von Palhats Brotzeit in ein Tuch und entfernte sich.

*

Den ganzen Tag über ließ Novelli sie nicht aus den Augen, inmitten der Arbeiten und Unterredungen ersann er Vorwände, um durch die Räume zu gehen, in denen sie sich gerade befand, und um sich an ihrem Anblick wie beiläufig ein wenig seinen Geist zu beleben. Zur festgesetzten Stunde kam Salomon d'Ondes ihn besuchen. Er hielt ihm eine schwungvolle Predigt, die von Bruder Bernard Lallemand unterbrochen wurde, als sie gerade in schönstem Gang war. Wie ein alter stinkender Köter und triefend vom Frühlingsregen trat der beleibte Mönch in die Bibliothek. Er machte ein Gesicht, als käme er gerade aus einem schweren, nassen Schlaf, ein Zeichen, daß eine große Traurigkeit seine Seele bedrückte. Er verkündete seinem Herrn, daß für den Kardinal Arnaud das letzte Stündlein nahe und daß er ihn zu sehen wünsche.

7

Nach dem Angelus-Beten ließ Jacques Novelli Bruder Bernard und Salomon d'Ondes in ihrer betrübten Unterhaltung auf den Stufen des Klosterportals zurück und eilte, sich die Kutte in den Pfützen bespritzend, mit einer Hand die von den Böen aufgeblähte Kapuze haltend, mit der andern seinen Mantel fest um den Kragen raffend, durch die erfrischende, stürmische Nacht dem Ableben seines Oheims entgegen. Bis zum Abenddämmer hatte es geregnet, und die Straßenpflaster, die Zunftzeichen an den Häuserfassaden, die bemalten Tore an den Plätzen glänzten jedesmal auf, wenn zwischen zwei wolkenreichen Windstößen voll und rein der Mond erschien.

An der Place des Salins tauchte er unter das schützende Dach der an die Häuser gelehnten Arkaden und machte Rast, um zu verschnaufen. Wild pfiffen die Windböen durch die Ziegel des Dachvorsprungs, doch in Kopfhöhe längs der Mauern und verschlossenen Haustüren war nicht der mindeste Windhauch zu spüren. In einer scharf nach Pisse stinkenden Türnische lauschte er in die Nacht um ihn her und versuchte sich in seinem Schmerz eines guten Sohns zu festigen, worin er sich nur wenig verankert fühlte. Zwei Schritte weit von ihm entfernt stöberte eine Ratte in Resten des vergangenen Marktes, altem Gemüse, Wäschefetzen und Scherben von Töpfen. Er stieß mit dem Fuß in den Abfall, um sie zu verscheuchen, eine Garbe Mondlicht fegte über den Platz, strich über das quietschende Eisenzeug des Brunnens, über Karren und streunende Hunde, bis sie sich auf der Place des Tavernes verlor.

Gerade wollte sich Novelli wieder auf den Weg machen, als über seinem Kopf ein langes Aufstöhnen geiler Lust aus einem schlecht geschlossenen Fensterladen drang. Sein Herz verkrampfte sich in schmerzhaft heftiger Wonne, und er stürzte davon wie ein ertappter Dieb. Am Ende der Rue Fonderie erfaßte ihn der Wind erneut von der Seite. Mit mächtigen Schritten hastete er durch die Mitte der buckligen und gewundenen Gäßchen auf die Porte de Comminges und das Haus an der Place de la Daurade zu, wo der alte Kardinal, umgeben von knienden Mönchen, seine letzten Atemzüge tat. Doch der Reigen der Wolken über der Stadt, das Klatschen seiner Mantelschöße hinter ihm und der berauschende Kampf seines Körpers gegen den Sturm entfernten ihn unendlich weit von dem entkörpert sonnigen Strahlen, in dem er nun seinen Onkel Arnaud wähnte, den nichts mehr auf Erden hielt.

Durch die Rue du Port-Saint-Antoine, wo die einstigen Bordelle, seit langer Zeit verlassen, über den Horden von Nachtgetier einzustürzen drohten, das durch die geborstenen Türen und grasüberwucherten Fenstersimse in den Morast hinaus huschte, erreichte er das Ufer der Garonne. Von einem Mondspalt bis hinein in die Finsternis des anderen Ufers erleuchtet, tauchte vor ihm der Pont Couvert auf, die alte, mit Hütten überdachte Brücke. Plötzlich entschloß er sich, das Kloster Daurade durch die kleine Gartenpforte und nicht durch das gewöhnliche Eingangsportal zu betreten, wo ihn gewiß der Prior erwartete, denn so könnte er vielleicht in die Kammer hinaufgelangen, ohne daß ihn jemand sah. Geschützt zwischen zwei Gartenmauern ging er außen um das Kloster herum; von einer frischen, kräftigen Frühlingsluft umweht, sorgte er sich nicht länger, die Glut seines Schmerzes zu nähren, und dachte mit dem Furor des Kerngesunden: So ist nun mal das Leben – undurchschaubar, stürmisch, saftig, schlecht und gemein. Gott, so sagte er sich, haßt den Frieden. Sogar der Saft bedarf des Hasses, um im Stamm der Bäume hochzusteigen. Die Schlechtigkeit, die ich in mir spüre, ist die des Lebens, in dem ich bade. Das Leben, jenes schöne und schreckliche Tier, will nichts wissen von der trocknen Sonne, in die mein Oheim, mit so wenig Fleisch auf den Knochen wie von Wahrheit bekleidet, entschwindet. Arnaud, Arnaud, das Jenseits, in das Ihr eingeht, liegt jenseits jeder Gefahr. Es ist schlicht und heiter. Ich dagegen wandle in der Welt und ihrem saftigen, stinkenden Fleisch, und beides liebe ich ohne Maßen.

So sprach er, gebeugt gegen den Wind, am Rande des Lochs, das der Sterbende in seinem Geist hinterließ, und auf einmal sah er das Lachen seines Onkels in der Ferne wie eine Sonne strahlen. Eine jähe, verzückte Freude ergriff ihn. Irgendeine große Güte hält uns zusammen, dachte er, eine Güte, die nicht von mir ist, die nicht von ihm ist. Und er rannte wieder los, auf diese niedrige Tür zu, die er am Ende der Gasse schlagen hörte.

Dicht neben der kleinen Pforte hockte eine Frau an der schartigen und buckligen Mauer. Sie war in

Säckefetzen gekleidet, auf ihrem Schoß hielt sie ein Lumpenbündel umklammert, in dem ein Säugling schlief. Als Novelli nähertrat, konnte er von ihrem dreckverschmierten Gesicht zwischen den fettigen Haarsträhnen, die beiderseits herabfielen, nur die weit aufgerissenen, starren Augen erkennen. Als er über ihren halb liegenden, fast bis zur Mitte der Gasse ausgestreckten Körper wegschritt, raffte sie mit der Geste einer armen Bettelhure die Fetzen auf ihren Beinen hoch und entblößte sie bis zu den mit Geschwüren bedeckten, mageren und milchigen Schenkeln. Nicht einmal einen Blick hatte sie für den Mann übrig, dem sie auf diese Art und ohne Hoffnung, daß man es begehrte, das ungeheure Elend ihres Fleisches darbot. Novelli hatte ein so tiefes Mitleid mit ihr, daß er niederkniete, ihr mit seinem Umhang die Schultern bedeckte und ihr die Hände küßte. Dann sah er, daß das Kind, das sie wiegte, tot war. Zärtlich sagte er zu ihr, sie müsse ihm ins Kloster folgen, wo Mönche sich um sie sorgen würden, aber die Frau schien ihn nicht zu hören oder konnte sich vielleicht nicht bewegen. Er nahm sie in seine Arme und half ihr auf die Beine. Sie ließ den Kopf an seine Brust sinken, verlor einen Pantoffel, als sie die Gartenpforte passierte, und Novelli schleppte sich, beladen mit ihr und ihrem toten Kind, durch das mächtige Rauschen der Bäume unter dem nassen Wind der Nacht weiter.

Mit einem Fußtritt öffnete er die Tür zum Empfangssaal und trat ein.

Die Windstöße des Regenschauers brachten die Vorhänge der Fenster in ein kaum merkliches Zittern. Das Halbdunkel des Raums, in dem nur eine einzelne Kerze auf der Tischplatte und ein fast erloschenes Feuer in der Tiefe des Kamins brannte, erschien ihm nach dem stürmischen Aufruhr draußen wie ein friedlicher und sicherer Zufluchtsort vor den schrecklichen Launen der Welt, wo Gott mit Leben und Tod wie ein Jongleur mit Bällen zu spielen schien, ohne sich um das Taumeln der Menschen zu sorgen. Im Stockwerk über ihnen, wo der Kardinal im Sterben lag, knarrte der Boden, und dumpf hallte das Gebetemurmeln der Trauernden zu ihnen herab. Novelli wollte die Frau auf den Dielen ablegen, um Hilfe zu holen, doch sie klammerte sich unter Stöhnen an seinen Hals. Da preßte er sie an sich wie ein kostbares Gut, beruhigte sie mit väterlichen Worten und stieg die Treppe hinauf. Auf der obersten Stufe angelangt, pochte er mit der Stiefelspitze an die Tür. Ein Mönch kam ihm öffnen und blieb sprachlos stehen, als er sein strenges Gesicht ohne die Spur eines Schmerzes und in seinen Armen diese Elende in Lumpen erblickte, die so streng nach feuchtem Keller roch.

Novelli rempelte ihn aus dem Weg, trat ein und trug steifbeinig seine Last des Elends bis in die Mitte der Kammer. Sofort verstummten die Gebete, und die knienden Mönche blickten sich durch die weihrauchgeschwängerte Luft mit verwunderter Besorgnis nach ihm um. An jeder Ecke der Bettstatt brannte eine Kerze. Der alte Arnaud atmete noch mit sanftem, langgezogenem Röcheln. Der Klosterprior beugte sich zu seinem Gesicht herab, meldete ihm mit leiser und gepreßter Stimme, daß sein Neffe, der Inquisitor, eingetroffen sei, aber er schien ihn nicht zu hören. Dann trat der Ordensmann hastig und wie ein Hofmeister gestikulierend auf Novelli zu und wollte ihn wieder auf den Gang hinausdrängen, um ihn von dieser störenden Bettlerin und von dem kleinen Toten auf ihrem eingefallenen Schoß zu befreien, als bedeute ihre Gegenwart an diesem Ort eine schwere Beleidigung für die edle

Ordnung des Dahinscheidens und seine eigene, vor frommer Traurigkeit triefende Person. Novelli befahl ihm in lautem Ton, er solle ihn gefälligst in Frieden lassen, so daß der andere stammelnd und zutiefst entsetzt stehenblieb. Dann führte er die Arme zu einem Hocker an dem Tischchen neben dem Bett, um sie abzusetzen, und während er sie an den Schultern stützte, da sie wie gelähmt war und schwach vor sich hin stöhnte wie in einem bösen Traum, wandte er sich halb nach den Mönchen um und rief:

»Los, richtet eine Kammer und Heiltees und saubere Handtücher für diese Unglückliche her. Macht auch eine Wanne Wasser heiß. Ihre Beine und Füße sind voller Krankheit, sie müssen gewaschen werden. Für meinen Oheim werde ich die nötigen Gebete sprechen. Sorgt euch nicht mehr um ihn, denn er hat keine Sorge mehr um euch, falls er je eine hatte.«

Er wartete, bis das verängstigte Geschlurfe auf den Dielen verklungen war und die Tür sich ohne einen Laut geschlossen hatte. Als er allein war, begann er die Frau in seinen Armen zu wiegen, um das alptraumhafte Entsetzen zu besänftigen, mit dem sie rang. Zärtlich wie ein Liebender streichelte er ihr Gesicht und wärmte sie an seiner Brust. Als er den Kopf hob, um ein wenig von ihrem Gestank abzurücken und Atem zu schöpfen, sah er, daß sich das Gesicht des alten Novelli auf dem Kopfkissen ihm zugewendet hatte. Seine Augen waren immer noch geschlossen, aber er schien zu lächeln. Novelli der Jüngere beugte sich zu ihm nieder, sein Blut begann hart gegen seine Schläfen zu pochen. So lauerte er eine Weile auf ein Zeichen, ein Wort, doch der andere rührte sich nicht. Da fragte er mit gedämpfter Stimme:

»Onkel, könnt Ihr mich hören?«

Die Lider des Kardinals öffneten sich einen winzigen Spalt, ein glänzender, blasser Strich erschien, und zwischen seinen Lippen, die sich langsam voneinander lösten, erschöpfte sich ein Röcheln. Ich muß ihm sagen, dachte Jacques, jetzt muß ich ihm unbedingt sagen, was ich sagen muß. Er nahm sich mit aller Kraft zusammen, um das Zittern niederzuhalten, das ihn übermannte, und begann zu sprechen, ohne daß er wußte, ob die Worte ihm auch wirklich über die Lippen kamen, denn mit jedem Herzschlag verließ ihn immer mehr sein Geist.

»Onkel, lieber Oheim«, sagte er, »ich bin mit einer armen Bettelhure und einem toten Kind gekommen, die ich beide vor der Klosterpforte fand. Starker Wind herrscht draußen und die Nacht ist herrlich. Als ich die beiden sah, da kam mir die Idee, daß sie dort in der Gasse vielleicht auf Eure Seele warteten, um sie, ich weiß nicht wohin zu führen. Mir war, als gäbe es zwischen euch eine heimliche Verwandtschaft oder ein altes Versprechen der Freundschaft. Jetzt sehe ich, daß ihre Gegenwart hier glücklicher und richtiger ist als die des Klostervorstehers und seiner Mönche. Vielleicht habe ich mich in erbärmliche Träumereien verirrt, doch so ist mein Gefühl in dieser Stunde der Trennung, in der ich zitternd vor Euch stehe. Glaubt mir, Onkel Arnaud, Euer Leben war gut. Gesegnet seien Eure Weiber, Eure unschuldigen Eitelkeiten und all die liebenswerte Wissenschaft, mit der Ihr Euren Geist genährt habt. Aber Güte allein macht einen Mann noch nicht zur Gänze vollkommen, das wißt Ihr. Dazu bedarf es auch jenes abstoßenden Elends, das uns am Sinn unseres Lebens zweifeln läßt. Und dieses bring ich Euch, mein Oheim. Hier ist der niederste Schmerz der Welt, vermählt Euch mit ihm, und vertraut Euch künftig ihm allein an. Ich lege dieses tote Kind in seinen verschissenen Lumpen auf Euer sauberes Kissen, es ist das unbegreifliche Leid, es ist das Unrecht, es ist der Verrat von seiten des Vaters. Möge Euer letzter Atemzug der Liebe zu diesem Kind und niemand anderem gelten. Nehmt dieses Kind als Euren innigsten Bruder auf. Dann werdet Ihr das grauenhafte Dunkel Gottes mit der ganzen Zuversicht derer betreten können, die zu lieben wissen. Friede sei mit Euch, Oheim, Friede mit Euch.«

Dann verstummte er, denn er schluchzte und wurde blind von den Tränen, die ihm über das Gesicht rannen. Er wischte sich die Augen. Da sah er, daß der graue Kopf des kleinen Toten auf das Kissen gesunken war und daß sein Mund die Stirn des Greises berührte. Fasziniert von diesem schrecklichen, wunderlichen Kuß, beugte er sich über die beiden. Die Hand des Kindes lag am Saum des Lakens fest gedrückt in der des Kardinals Arnaud Novelli. Noch immer schwebte zwischen seinen kaum geöffneten Lidern jener vage Schimmer von Morgengrauen, doch er atmete nicht mehr.

Jacques verharrte noch lange an seinem Lager, er saß zu Füßen der Bettlerin auf dem Boden in einer Erschöpfung, die ihn so jäh, so schwer überkam, daß sich jeder Gedanke, jeder Schmerz zu einem einzigen Dunst auflöste und sein Geist erlosch; den Kopf hatte er auf das Bettlaken sinken lassen. Eine geraume Weile fühlte er sich nur durch die Geräusche am Leben, die ihn ohne jeden Widerhall in der Seele durchdrangen: der Wind draußen, ab und an das Knacken des Feuers und das monotone Raunen der Mönche, die unten im Empfangssaal erneut zu beten begonnen hatten. Dann richtete er sich wieder auf und betrachtete die Kammer, die er nicht mehr betreten würde, die im Dämmer liegenden Wände, den glänzenden Schrank, worin die Habe seines Oheims lag. All diesen Dingen, die in seinem Herzen nun allmählich wieder zum Leben zurückkehrten, sagte er Lebewohl und wagte nicht, die beiden Toten auf dem Bett anzusehen, während er der Frau half, aufzustehen und sich wie eine Verletzte zur Tür zu schleppen. Sie hatte wieder einige armselige Kräfte gesammelt und ihr Gesicht verzerrte sich unter der schmerzhaften Mühe, mit der sie versuchte, einen Schritt vor den anderen zu setzen. Besorgt stellte Jacques fest, daß sie irgendwie von einer wilden Ungeduld getrieben wurde, auf schnellstem Weg diesen allzu fremden, zu ruhigen und reichen Ort zu verlassen, wo sie ihr Kind zurückließ und wo unbegreifliche Männer ihr eine Rechnung vorlegen könnten, die sie nicht zu begleichen wüßte.

»Die Mönche werden Euch pflegen, gute Frau«, sagte er.

Sie knurrte etwas und wollte die Hände dieses Mannes abschütteln, der sie stützte, doch dazu reichten ihr kaum die Kräfte. Er drückte sie noch fester an sich. Als sie mit großer Mühe die Treppe zur Hälfte herabgestiegen waren, gewahrte sie unten im schwachen Licht der Kerzen eine Versammlung unbekannter Gesichter, die sich anschickte, ihr mit ausgebreiteten Armen zu Hilfe zu kommen. Sie fuhr zurück wie ein umstelltes Wild, ein mächtiger Schauder durchzuckte sie, und plötzlich brüllte sie auf und krallte sich an Novellis Gewänder, als würde sie von Ungeheuern bedroht. Mit einem entsetzten Geistesblitz wurde ihm klar, daß sie wahnsinnig war, daß keinerlei Zureden sie beruhigen konnte und daß ihre Krallen ihm das Fleisch von den Schultern reißen würden, wenn er versuchte, sich aus ihrer

Klammer zu lösen. Wenige Stufen unter ihnen wagten die Mönche, die mit aufgerissenen Mäulern dastanden, nicht mehr den mindesten Schritt, nicht mehr die mindeste Geste.

Eine jähe Eingebung erleuchtete Novellis Gesicht. Rasend und donnernd wie ein Prophet im Getümmel schrie er den in ihrer Verzagtheit versteinerten Männern entgegen:

»Seht her, gute Leute, seht, wie sehr Gott seine Geschöpfe liebt!«

Mit beiden Händen packte er den Kopf der Bettlerin und küßte mit der Wildheit eines gierigen Liebhabers ihren Mund, ihr Gesicht, ihre Haare, und umfing sie mit den Armen, packte sie am Nacken, an der Hüfte und an den Lenden unter ihren zerrissenen Kleidern. Und die Frau stieß röhrend ihren Leib gegen den Leib des Mannes, und der Mann gab ihr keuchend und stöhnend mit mächtigen Stößen ihre rohe Liebe zurück. Dann küßte er wieder ihr abstoßendes Gesicht, umarmte sie, hielt sich eng an ihren Körper gepreßt und vereinte sich mit all seinen Kräften mit dem Wahnsinn, und allmählich erschöpfte sich der Wahnsinn in sanften Schluchzern. Da wiegte er sie, streichelte sie und murmelte ihr gütige Worte zu. Sie löste ihre Starre, gab sich ihm hin. Er bettete sie in seine Arme und stieg herunter zwischen den Mönchen, die sich bekreuzigten und vor ihm zurückwichen. Sein Gewand war zerrissen, seine Lippen bluteten, und in seinem Blick brannte ein schrecklich triumphierendes Feuer. Er trug sie bis auf die Schwelle des Empfangssaals, setzte sie ab und öffnete das Portal. Frisch und naß stürzte der Wind der Nacht ins Haus. Wie ein freigelassenes Tier rannte sie strauchelnd und gebückt unter den großen zerzausten Bäumen davon.

Sofort stemmte ein kleiner aufgeregter Novize die schwere Pforte gegen die Windbö zu und schob mit zwei trockenen Schlägen die Riegel vor. Ein Schwaden Qualm wehte aus dem Kamin, und die Mönche verscheuchten ihn sogleich mit mächtig auffahrenden Ärmelbewegungen. Andere machten sich daran, in das verrauchte Feuer zu blasen, während die Alten zwischen den Schemeln mit gesenkten Blicken und unter dem Kinn gefalteten Händen, wie wenn sie beten würden, leise miteinander tuschelten. So trieben sie sich eine geraume Weile ungeordnet beschäftigt herum, damit sie Novelli nicht ansehen mußten, um dessentwillen sie sich zutiefst schämten. Starr aufgerichtet vor dem Tisch, auf dem nun drei kupferne Kerzenhalter leuchteten, wartete der Prior, bis sich das Hin und Her beruhigt hatte, dann fügte er sich in sein Schicksal und trat mit einer schmerzlichen Miene, als schritte er zu seiner Hinrichtung, an den Inquisitor heran. In mitfühlendem Ton fragte er ihn, wie sein Oheim, der Kardinal, gestorben sei, doch Jacques konnte deutlich erkennen, daß ihn der arme Arnaud nicht im geringsten beschäftigte. In den Augen des Ordensbruders stand nichts als Empörung und Verstörtheit. Ohne zu antworten kehrte Novelli ihm den Rücken, trat an den Tisch und forderte die Mönche auf, um ihn herum Platz zu nehmen. Als alle Blicke auf ihn gerichtet waren, sagte er:

»Liebe Brüder, Monseigneur Arnaud ist von uns gegangen. Es ist sein höchst frommer Wille, zusammen mit dem Kind dieser armen Verwirrten bestattet zu werden, die vorhin an der Pforte eures Kloster um Hilfe bettelte und die ihr nicht zu hören vermochtet. Er hat mich gebeten, eigens darüber zu wachen, daß dies zum Heil seiner Seele und als Dienst an Jesus Christus geschehe. Als ich mich darüber empörte und ihm zu bedenken gab, daß es sich für einen Prälaten nicht schicke, so beharrlich mit den Niederungen der Menschheit zu verkehren, hat er mir geantwortet, die Armen seien die gesegneten Söhne der Kirche und ein Kardinal könne kein guter Diener Gottes sein, wenn es ihn abstieße, den Bettler, den er auf seinem Wege angetroffen, mit sich in den Himmel zu führen. Diesen bewundernswerten Gründen habe ich mich gefügt. Daher wasche man das Kind, kleide es in weiße Gewänder und bette es an das Herz des Kardinals Novelli. Zusätzlich zu diesem heiligen Werk betraue ich euch mit der Sorge, diese Nachricht öffentlich zu verbreiten und auch Bischof Gui sowie die hohen Herren der Stadt davon in Kenntnis zu setzen. Eine Mannschaft guter Soldaten und Mönche halte sich bereit, um schon morgen bei Tagesanbruch mit dem Brief aufzubrechen, den ich sogleich für seine Heiligkeit den Papst verfassen werde. Brüder, ich werde euch eure Güte nicht vergessen und werde euch Dank wissen für die Sorge, die ihr meinem Onkel während seiner Krankheit gewidmet habt, wenn ihr zu gehorchen und in Demut zu schweigen versteht, wie es eurem Stande gebührt. Für das Volk genügt es, zu wissen, daß das Kind dem Sterbenden durch die göttliche Vorsehung gebracht wurde, der ich lediglich als Werkzeug diente.«

Dann schlug er über den Kerzenleuchtern ein Kreuzzeichen und trat durch das große Portal, das er hinter sich offenließ, ins Freie. Im wiedergefundenen Sturmwehen dachte er mit einem sonderbaren Gefühl der Erlösung, daß er soeben zum ersten Mal in seinem Leben unschuldige Mönche schwer belogen hatte. Der Gedanke, dies zu beichten, kam ihm übertrieben vor. Er hatte wider allen Verstand, wider alle Regel und alles Schamgefühl gehandelt. Er fühlte sich, als sei sein Geist ein völlig neuer, befreit von einer unerträglichen Schale. Die Nacht war stürmisch und voller Pracht. Der alte Novelli trabte heiter und lebendig an seiner Seite. Er zog ihn mit sich durch Gäßchen, über kirchenlose Plätze und stellte sich genüßlich vor, wie Stéphanie jetzt mit offenen Augen in der Finsternis des Dachbodens saß, wo sie ihre Kammer hatte, und sich große Sorgen um ihn machte.

*

In vollem Ornat und edler Haltung auf seinem Rappen hinter einem Mönch reitend, der ihm ein hoch in den reingewaschenen Himmel ragendes Goldkreuz voraustrug, begab sich Bischof Gui am nächsten Morgen durch die volkreichen Gassen, wo die öffentliche Trauer, die man bereits bei Tagesanbruch ausgerufen hatte, wie der Lichtblick einer Feier inmitten der Alltagsarbeit aufgenommen wurde, zum Kloster an der Place de la Daurade: Kein Karrengerumpel, kein Handwerkslärm, die Lastenträger standen mit unbeschwertem Rücken gaffend herum, die Frauen verweilten in den Fenstern und Türen und hielten die aufgeregten Kinder unter ihren Röcken zurück, während die Prozession vorüberzog. Die Nachricht vom Tod des Kardinals hatte in Wahrheit niemanden erschüttert, doch man redete in einem fort und die Worte ausgiebig genießend über den Wunsch des heiligen Mannes, gemeinsam mit dem Sohn eines Bettelweibs bestattet zu werden. Die Matronen, die, ihre Arme unter den schweren Brüsten verschränkt, um die Brunnen standen, verzückte er so sehr, daß ihnen die Tränen kamen, und die Männer, die in Grüppchen auf der Schwelle von Schmieden mit erloschenen Essen und unter den Bäumen der Plätze beisammenstanden, kommentierten ihn mit ernster Miene und wohlgesetzten, bewundernden Worten.

Über die ganze Länge seines Weges ließ sich Gui de l'Isle hoch zu Roß jenes fromme Fieber mit der Zufriedenheit eines Schlemmers genüßlich durch die Nase streichen. Er hatte Kardinal Novelli ob seines großen Wissens stets bewundert und hatte sich darin gefallen, ihn um seine deftig wollüstige Güte wie ein nachsichtiger und wohl auch neidischer Sohn zu lieben, doch mit dem langsamen Ermatten des alten Mannes hatte sich sein Schmerz, ihn verlieren zu müssen, abgenutzt und gemildert. So dachte er denn nur an seinen erschütternden Verstoß gegen die Sittsamkeit, den er sich noch auf der Schwelle des Todes geleistet hatte. War es möglich, daß diesen wunderlichen Greis mit einemmal die Heiligkeit befallen hatte? Das Volk jedenfalls glaubte es – ein schöner Streich, fürwahr! –, und während Bischof Gui überall in der Stadt diesen Wohlgeruch neubelebten Glaubens einatmete, ging ihm schier das Herz über vor innig empfundener Melancholie. Und doch verschlug ihm die Sache nicht minder die Sprache. Arnaud Novelli hatte für die göttlichen Zeichen und Wunder nie mehr als spöttische Wertschätzung und für die Armen eine zwar sichere, aber distanzierte Zuneigung empfunden. Wie hatte die Idee zu dieser Torheit in seinem absterbenden Hirn nur keimen können? Gui wälzte diese Frage einen Moment lang in seinem Kopf, doch er fand keine Antwort. Er konnte sich Novelli den Älteren nur vorstellen, wie er sich nun aus der Höhe des Himmels zu ihm herabneigte und über seine Verlegenheit lachte, und er kam sich vor wie ein von seinem Meister verspotteter Schüler. Während er die Menge, die ihm zujubelte, segnete, kam ihm sein Leben auf einmal glanzlos und irgendwie beschämend vor.

Als er inmitten der hinderlichen Versammlung von Mönchen und des Qualms der Weihrauchbecken stand, da fand er, daß der Verblichene mit seinem ganz in Weiß gekleideten Bettlerinnenbankert, den er an sein Herz drückte, ein anmutiges Bild eines zärtlichen Ahnen abgab. Er schniefte einige Tränen hoch, dann kniete er an seinem Lager nieder und betete ohne rechte Überzeugung, während er mehrmals verstohlen den Kopf hob, um das friedliche Antlitz des Kardinals auf dem Kissen zu betrachten, als hoffte er, darin ein schelmisches Blinzeln zu entdecken. Lange freilich verweilte er nicht. Es drängte ihn, sich von Novelli dem Jüngeren das letzte Stündlein seines Oheims schildern zu lassen, das er als einziger Zeuge miterlebt hatte. Gewiß würde Jacques unglücklich und spröde sein wie ein Bündel Dornen, denn so war er immer, wenn er über irgendeinem Schmerz brütete. Er wird mich zum Teufel jagen, sagte sich Gui de l'Isle. Doch was soll's. Seit einiger Zeit machte ihm sein Mitbruder große Sorgen. Er schien ihm weniger steif als früher, kein Zweifel, begeisterter, zuweilen nachgerade feurig, daß einem angst und bange werden konnte. Mit einem jähen Anflug von Angst dachte Gui, sein einziger Bruder auf Erden brüte womöglich an einer schweren Krankheit der Seele. Er überließ seinen Bischofsornat den Fratres und ritt in gestrecktem Galopp durch das unbekümmerte Volk an der Garonne entlang zum Kloster der Predigenden Brüder.

Er fand Jacques Novelli in Gesellschaft von Stéphanie in der Bibliothek. Die beiden waren in ein sehr hitziges Gespräch vertieft und unterbrachen es, als der dicke Gui völlig außer Atem auf der Türschwelle erschien. Jacques starrte ihn so sprachlos an, als habe man ihn bei einem Vergehen überrascht, doch als er ihn so völlig ohne Haltung dastehen sah, machte er sofort eine gereizte Handbewegung und kehrte ihm wieder den Rücken zu. Der andere trat mit wägenden, beunruhigten Schritten in den Raum und wußte nicht, was er sagen sollte. Ganz verängstigt, nutzte Stéphanie die Gelegenheit, in das Dunkel des Flurs zu enteilen. Und als Gui sich, von ihrer überstürzten Flucht verwirrt, mit verwunderter Miene nach ihr umdrehte, begrüßte sie ihn mit einer Art Kniefall und schloß die Tür. Er glaubte, Novelli habe ihr gerade von den Verbrechen berichtet, die sich Jean Le Hongre in Castelsarrasin geleistet hatte, daß er gegen diesen Halunken äußerst entzürnt war und daß er seiner Gewohnheit gemäß wohl wieder einmal zu übertriebenen Entscheidungen gegriffen hatte. Warum, zum Teufel, liebte er ihn nur mit soviel Besorgnis, trotz all der Grobheiten, die er von ihm erdulden mußte?

»Jacques«, sagte er, »im Angesicht des Schmerzes ist es mit meinem Mut nicht weit her, du kennst mich gut genug, um das zu wissen. Ich komme soeben vom Kloster Daurade mit dem schlichten Verlangen, dich in meine Arme zu schließen, das ist alles, mein guter Bruder. Der Tod deines Oheims schmerzt mich, und sein letzter Wille, sich mit dem Kind eines armen Weibs beerdigen zu lassen, wühlt mir schrecklich den Geist auf. Ehrlich gesagt, unser alter Arnaud macht mir angst, seit ich weiß, daß er im Himmel ist, im Frieden der Glückseligen lebt und aufmerksam unser Tun verfolgt. Gewiß kann er jetzt unsere Gedanken lesen, und ich finde uns beide, dich wie mich, seines Blickes ganz und gar nicht würdig.«

»Hab keine Angst«, grinste Novelli und tat, als würde er sich in die Pergamente vertiefen, die sein

Schreibpult bedeckten. »Und nerv mich nicht damit, mir von Ruhm und Herrlichkeit deines heiligen Arnaud die Ohren vollzusingen. Das Ganze ist auf meinem Mist gewachsen. Als ich ihm das Kind auf sein Kissen legte, konnte der Gottlose schon längst nichts mehr hören und sehen.«

Er begann in den Seiten eines Inquisitionsregisters zu blättern, und als Gui nichts antwortete, hob er die Brauen und warf ihm einen kurzen Blick zu. Sein Mitbruder stand mit hängenden Armen und offenem Mund blöde in der Mitte des Zimmers und schien wie versteinert in einem maßlos empörten Erstaunen, doch unter seiner gerunzelten Stirn konnte Jacques so etwas wie ein Leuchten der Erleichterung und Zufriedenheit nach einem kühnen Abenteuer erahnen. Sein Herz begann mit feurigem Pochen zu schlagen.

»Warum ich das getan habe, ist mir ein Rätsel«, sagte er. »Gestern wußte ich's noch, heute weiß ich es nicht mehr.«

»Was für eine Torheit«, stammelte Gui de l'Isle, während er endlich sein schweres Haupt schüttelte, »großer Gott, was für eine elende Torheit hast du da angerichtet!«

Sie blickten einander an wie zwei Brüder, die etwas ausgefressen haben, und als Jacques noch immer jenen unterschwelligen Jubel im Blick des Bischofs sah, schlug er die Augen nieder, um das heftige Strahlen zu verbergen, das auch er in sich aufkommen fühlte. Überschwenglich und aufseufzend trat Gui an ihn heran und umarmte ihn, dann verharrten sie einen Moment lang von Angesicht zu Angesicht einander an den Schultern haltend, und Jacques betrachtete mit leicht entrückter Nachsicht das vor Liebe ganz verwirrte Gesicht seines Gefährten, während Gui in der verschämten Glut dieses großen, düsteren und zitternden Mannes, dem er schon immer einmal in unvorstellbaren Abenteuern seinen Schutz und sein Verständnis und vielleicht gar seine Dienste anbieten wollte, endlich etwas fand, woran er sein Herz wärmen konnte. Plötzlich sagte er:

»Bist du ganz sicher, daß die Mönche von Daurade keinen Verdacht schöpfen?«

»Und wenn schon! Niemand wird sich zu reden trauen, dazu sind wir zu mächtig«, antwortete Novelli mit einem gezwungenen Lächeln.

»Das ist wahr.«

Gui de l'Isle platzte los und krümmte sich vor Lachen, dann richtete er seine massige Gestalt wieder auf, und Jacques fühlte in sich wieder seinen ständigen Zorn gegen diesen Rüpel mit seinen unschicklichen Manieren erwachen, der so rasch bereit war, sich mit Eitelkeiten zu mästen. Gott hat mir wahrhaftig einen treuen Freund geschenkt, dachte er unter einem Seufzen. Bedauerlicherweise ist er eine Last und ein Narr. Dann tauchte er wieder in sein Registerbuch, blätterte mit dem Daumen die Seiten um, ohne daß er auch nur so tat, als würde er sie lesen, und begann voller Ungeduld, endlich sein Blut in Wallung zu bringen, und fest entschlossen, das selige Vertrauen zu stören, das Guis Gesicht erleuchtete, von den jüngsten Missetaten Jean Le Hongres zu reden. Mit provozierend nachsichtigem Verständnis schilderte er, was in Castelsarrasin geschehen war, wobei er die edle Kühnheit des mystischen Banditen, seine ergreifende Wortgewalt und die Liebe, mit der er seine Truppe inspirierte, besonders hervorhob.

Es gelang ihm jedoch nicht, den Bischof so stark aus der Fassung zu bringen, wie er es gerne gewollt hätte. Während er redete, hatte sich Gui in den

Winkel ans Feuer gesetzt. Mit schmerzlicher Miene betrachtete er Novelli, während er vernahm, wie dieser das abscheuliche Großmaul Jean Le Hongre als einen Erzengel Michael hinstellte, doch er erhob keinen Einspruch. Im Grunde fragte er sich nur, weshalb sein Jacques ihn nun wieder so arg wie in den schlimmsten Tagen traktierte, nachdem sie doch gerade Frieden geschlossen und sich brüderlich umarmt hatten. Raffiniert mit seinem scheinbar plumpen Gehabe spielend, begann er ihn aufmerksam zu mustern, und allmählich witterte er in Novellis vergifteter Begeisterung, in dem als niederträchtiges Kichern getarnten Zittern seiner Stimme irgendein unsagbares Geheimnis.

Mit einemmal kam ihm wieder die schuldertappte Miene in den Sinn, mit der ihn sein Mitbruder angeblickt hatte, als er ihn auf der Schwelle zur Bibliothek auftauchen sah. Er erinnerte sich, wie verlegen er war, während Le Hongres Schwester wie eine gescholtene Dienstmagd die Flucht ergriff. In dem Moment, als er gerade eintrat, hatte er sie laut und sehr böse reden gehört. Was sie sagte, hatte er nicht verstehen können, doch mit Sicherheit hatte es noch nie zuvor eine Frau gewagt, in diesem Ton dem Inquisitor Novelli zu antworten. Die beiden Geschöpfe mußten sich in einem ungestehbaren, zerreißenden Krieg miteinander befinden. Und welcher Krieg konnte dies sein, wenn nicht jener der Liebe? Solche Stürme hatte Gui niemals durchfahren. Zuweilen malte er sich in niedlich unschuldigen und heimlichen Träumereien herrliche Liebespassionen aus, doch außer jenen Momenten der Ausschweifung erhoffte er sich nichts von den Frauen, denn er wähnte sich ohne jede Anmut. Sein alltäglicher Umgang mit dem weiblichen Geschlecht bestand aus unterwürfigen Wäscherinnen und großen unausgesprochenen Gefühlen. Während er an diese melancholischen Gärten in seinem Innern dachte, hörte er Jacques zu ihm sagen, daß er Jean Le Hongre retten und Stéphanie in diesem Kloster behalten wolle. Seine Stimme versagte und sein Blick schien verzweifelt. Gui entgegnete ihm, daß er etwas Unmögliches wünsche, aber er werde ihm helfen, soweit es in seiner Macht stehe.

»Ich hasse diesen Le Hongre zwar«, sagte er, »und am liebsten säh ich ihn hängen. Aber viel wichtiger als sein Untergang ist mir dein Leben und die Erhabenheit der Gefühle, die dich bewegen.«

Da sah sich Novelli vollends entwaffnet vor diesem Mann, dem er stets mit hochmütiger Herablassung begegnet war, da er geglaubt hatte, er sei von trägem und schwerfälligem Verstand. Gui de l'Isle wußte, und das war an seiner Miene abzulesen, daß er von Liebe zu Stéphanie ergriffen war. Er machte ihm keine Vorhaltungen und bestürmte ihn nicht mit schamlosen Fragen. Er war unendlich viel besser als er selbst, viel mitfühlender, dem wahren Adel viel näher, als er selbst es jemals sein könnte. Wenn's um die wesentlichen Pflichten ging, erwies er sich als absolut verläßlich. Und ich, brütete Novelli, ich, der ich es liebe, meinen Namen wie einen mächtigen Flügelschlag ertönen zu lassen, wer bin ich in Wahrheit? Ein anmaßender Richter, ein hochmütiger, undurchschaubarer Geist, auf eine lächerliche Art verstrickt in unentwirrbare Leiden, in denen sich selbst der blödeste unter den Novizen niemals verfangen hätte. Kerzengerade stand er vor dem Kamin, starrte mit der Lust, sich in sie hineinzustürzen, in die Flammen, und während Gui de l'Isle seinen hilflos dastehenden Gefährten so liebevoll wie ein braves Rindvieh betrachtete, da sagte er sich, daß er nun endlich wußte, weshalb er diesen

Tölpel so sehr liebte: weil er besessen darum kämpfte, auch noch in jenen Winkeln der Seele, bis zu denen er selbst sich niemals vorwagen würde, unauffindbare Antworten zu finden. Nach einem langen Moment des Schweigens erhob er sich und sagte, mit den Armen durch die Luft rudernd:

»Soweit es in meiner Macht steht, werde ich dir helfen, deine Lasten zu tragen, Jacques, ja, das werde ich. Doch fürs erste habe ich einen Bärenhunger. Komm, gehn wir in meinem Bischofspalast zu Mittag speisen. Mutter Grazide wird überglücklich sein, dich zu sehen. Ich würde dir gern ein paar Pläne meines Architekten zeigen, die das Licht besonders hoch vom Himmel holen. Verstehst du, ich spüre in mir die Seele eines Bogenschützen Gottes: Was ich schaffen muß, ist, die Turmspitze einer Kathedrale wie einen Pfeil in die Wolken zu jagen. Steig endlich wieder herauf aus deiner Hölle, verdammter Hund! Ich komme mir so nutzlos vor wie ein dämliches Gör, wenn du mich anstarrst mit deinen Augen, so trüb wie Christus am Kreuz. Komm, wir müssen uns auch um die Beisetzung deines Onkels kümmern.«

Wieder machte er zu viele Worte. Novelli wollte lächeln, aber er grinste nur, da er nichts Besseres zuwege brachte. Ich muß mich an Gui halten, um nicht den Boden unter den Füßen zu verlieren, dachte er bei sich, und muß mich anstrengen, damit die Kirche Eingang findet in Salomon d'Ondes' Geist. Es ist höchste Zeit, mich wohlgemut ans Werk zu machen.

Als er bald nach der Stunde des Vesper-Gebets vom Palast des Bischofs zurückkehrte, teilte ihm der Bruder Pförtner mit, daß Stéphanie seit vielen Stunden mit Kleidern unterm Arm das Kloster verlassen habe. Er habe geglaubt, sie ginge zum Waschhaus, doch sie sei nicht wieder zurückgekommen.

8

Mit mächtigen, hallenden Schritten betrat Novelli das Kloster, stieß mit Gewalt die Türen auf, brachte unterwegs durch die Windungen der Gänge mit der Schulter die Flammen der Leuchter zum Flackern und rempelte die Mönche um, ohne sie zu bemerken, so hoch trug er seinen zornlodernden Kopf. Er erklomm die Sprossen zum Speicher, wo Stéphanie ihr Logis hatte. Oben auf der Leiter angekommen, schob er die Luke hoch und rief nach ihr durch den Spalt, wie wenn er hoffte, er würde sie auftauchen sehen. Als er seinen Fuß auf den schwankenden Dachboden setzte, schrie er wieder ihren Namen, dann schritt er mit fest auftretender Ferse durch die Spinnweben, daß der Boden erbebte und in den dünnen Sonnenstrahlen, die durch die Dachschräge fielen, der Staub aufschrak.

Bevor Stéphanie aufgebrochen war, hatte sie ihren Verschlag am Ende des Speichers im niedrigen Winkel der Mauer naß ausgewischt und sauber aufgeräumt. Ihr zerlumptes Vagabundengewand lag nicht mehr da, die Dielen waren noch feucht und rochen nach frischem Wasser, die Zudecke lag zusammengefaltet auf dem Dachlukensims, und eine neue Kerze stand auf dem Hocker am Kopf des Strohlagers. Gebückt unter dem Gebälk stehend betrachtete Novelli in tiefer Verbitterung und mit schrecklichen Flüchen im Kopf diese Gegenstände. Sie war also leichten Herzens davongegangen! Oder denkt man vielleicht daran, die Kerzen zu erneuern, wenn die Seele von hoher Leidenschaft ergriffen ist? Nein! Gewiß hatte sie einen ähnlichen Hausputz auch in ihrem Geist vorgenommen, sie hatte sich mit nicht größerem Schmerz von ihm gelöst als jenem, der vonnöten ist, um eine Kammer aufzuwischen. Seelenruhig war sie in ihren Landstreicherinnenfetzen den Weg des Windes weitergezogen, nachdem sie, wohl gar noch mit einem geilen Marketenderinnenliedchen auf den Lippen, die Spuren ihrer Rast beseitigt hatte. Denn dieses Kloster war nichts weiter als eine simple Rast auf ihrem Weg. Im übrigen hatte sie es ja selbst gesagt: Ihre einzige Lust war die, mit ihrer Bande von Halunken durch die Lande zu ziehen und sich hin und wieder im tiefen Gras von einem armen Verirrten bespringen zu lassen. Großer Gott, für jene Königin der Gosse war er, Jacques Novelli, Groß-Inquisitor dieser verhaßten Stadt, nur noch eine üble weggewaschene Erinnerung. Dieses elende, verhurte Stück!

Er stellte sich vor, wie sie lachte und auf seine kochenden Sturzbäche des Herzens leichthin antwortete: »Wie? Hab ich beim Abstauben vielleicht eine Ecke vergessen? Sagt's mir: War ich etwa keine nützliche Passantin? Was habt Ihr mir also vorzuwerfen?« Mit beiden Händen mußte er sich an einem schrägen Balken festhalten, um nicht schluchzend auf das Strohlager zu sinken, so erniedrigt, so wutrasend, so verloren und gefangen wie ein Wolf in seiner Höhle kam er sich vor.

Und doch hatte er geglaubt, er hätte sie fest in der Hand. Noch an diesem Morgen hatte sie ihn angefleht, er möge sie fortgehen lassen. Er hatte sie klug und ruhig gebeten, ihm zu vertrauen und sich nicht zu sorgen um diese verdammten Esel, denen Le Hongre die Kehle durchzuschneiden drohte. Er hatte ein geschicktes Spiel gespielt, indem er seine Macht rühmte, die ihn zum Herrn selbst über das »miese Adelspack« mache – so bezeichnete er die höchsten Amtspersonen der Gegend –, und indem er sie am Ende rachsüchtig und mißgelaunt bezichtigte, sie wolle vor ihm fliehen. Darauf hatte sie ihm entsetzliche Liebesprovokationen ins Gesicht geworfen. Als Gui de l'Isle die Bibliothek betrat, war er gerade drauf und dran, sie an den Handgelenken zu packen und ihr mit gleichem Feuer zu antworten. Wäre sie in der gewaltigen Aufgewühltheit geflohen, in der er sie zurückgelassen hatte, dann hätte er sich in Sicherheit wiegen und ohne allzu große Furcht abwarten können, bis sie wieder gesenkten Hauptes zurückkäme, denn er war überzeugt, daß die Heulsusen nie weit davonrennen. Aber nein: Sie hatte sich gar noch die Zeit genommen, in diesen Verschlag hinaufzuklettern, ihn offensichtlich für den nächsten Reisenden gastlich herzurichten, sich das Gesicht zu waschen und ihre Fetzen anzulegen, bevor sie zu ihrem Teufelskerl von Bruder rannte. Er würde sie nie mehr wiedersehen. Und Jean Le Hongre könnte sich in Bälde brüsten wie ein Pfau und sich mit seiner Schwester über den Groß-Inquisitor Novelli, diesen so hübsch geleimten Einfaltspinsel, ins Fäustchen lachen.

Da hörte er, wie unten, wo die Mönche ihren Arbeiten nachgingen, zwischen Türenschlagen nach ihm gerufen wurde. Dieser Frieden, dessen Laute gedämpft an sein Ohr drangen, kam ihm plötzlich unendlich fremd vor. In welcher Welt herrschte er eigentlich? Für welche Menschen? Er begann diese braven, glaubensfesten Brüder zu hassen, die ihn mit Aufmerksamkeiten erdrückten, weil sie glaubten, ihm sei einer jener geistlichen Stühle verheißen, vor denen sich die fürstlichen Nacken beugen. Er stellte sich vor, wie sie ihn jetzt mit ihren blöde strahlenden Visagen in seiner Niederlage beglotzen würden. Ihn überkam eine gewaltige Lust nach Mord und Totschlag. Diese Arschkriecher wußten in den Gärten ihres Herzens nur mickriges Gemüse, nur Kastratenfreuden zu züchten. Ab und an ließen sie sich von irgendwelchen Fadheiten verbittern, daß es einen rührte, aber gegenüber den wirklichen Donnern Gottes, der niederwalzenden Musik der Leidenschaften, der sündigen Größe der Apokalypsen schienen sie für alle Zeiten taub zu sein. Ja, taub und blind: Diese verdammten Glückseligen sahen nicht einmal, daß sie in ihrem Obstgarten einen schwarzen Baum, genannt Novelli, besaßen, riesengroß, vom Blitz gespalten, einsam und unerreichbar für ihre kleinen Schrecken, ihr hündisches Gewinsel und ihr Hühnerhofgegacker. Ich bin vom Wahnsinn geschlagen, sagte er sich, und sofort erfüllte es ihn mit Stolz, daß er es war. Dann bemerkte er, daß er unerträglich gebückt unter der Dachschräge stand, und zog sich mit einem rasenden Verlangen, aufrecht durchzuatmen, leise wie ein Dieb in die Mitte des Speichers zurück. Er tauchte die Stirn bis in die hohen Spinnweben, schloß die Augen, ballte die Fäuste so fest, daß ihm die Knöchel erbleichten, und dachte: In meinem Kopf steckt ein Schwert und hält mir den Nacken steif. Eine geflohene Frau hat ihre Waffe in mir steckenlassen. Von nun an will ich mit meinem stolzen Schmerz des Verwundeten leben, von dem niemand etwas ahnen wird, und werde weder Gott noch Teufel fürchten. Einem abgestorbenen Baum können auch die schlimmsten Blitze nichts anhaben.

Er schrak zusammen, denn plötzlich hörte er jemanden ganz in seiner Nähe rufen. Er sah den rotglühenden Kopf von Bruder Bernard Lallemand im Loch der Bodenluke erscheinen.

»Man sucht Euch überall, Monseigneur«, sagte der Mönch mit runden Augen. Maître Salomon d'Ondes wartet schon eine ganze Weile auf Euch. Was habt Ihr nur auf diesem Speicher getrieben?«

Jacques mußte ganze Fluten von Verwünschungen, Gelächter und Weinen unterdrücken, öffnete seine schmerzverkrampften Hände, lächelte verzagt und antwortete:

»Ich habe gebetet.«

Bruder Bernard, der seinen Herrn so sehr verehrte, daß er bereits seine geringsten Stimmungen witterte, betrachtete ihn kopfschüttelnd und beunruhigt von oben bis unten. Es fiel ihm nicht schwer, aus dem Beben seines Gesichts und dem Glänzen seines Blicks den schweren Kummer abzulesen, der an ihm nagte. Er glaubte, Novelli habe sich an diesen Ort geflüchtet, um sich fern von allen Mitgefühlen der Schicklichkeit dem Schmerz über den Verlust seines Oheims hinzugeben. Er schniefte geräuschvoll auf.

»Bruder Novelli, grämt Euch nicht zu stark«, sagte er. »Ganz sachte leiden, das ist lieben, wie sich's schickt, aber sich zu bitterlich zu quälen ist Mangel an Gottvertrauen. Euer Anverwandter war ein Mann von glücklicher Natur. Drum macht, daß sein gütiges Antlitz Euch wie eine Sonne im Herzen steht und Euch Trost und Stärkung bei Eurem Wirken als Lebender gibt. Ihr seid jung und von Glauben gut durchwachsen, ich weiß es. Herrliche Werke erwarten Euch und auch große Freuden, sofern Ihr dieser quälenden Einsamkeit entsagt, in der Ihr Euch zu oft gefallt, und wenn Ihr lernt zu lächeln, denn das versteht Ihr nicht: Alles, was Ihr könnt, ist, die Nase zu verziehn, und ich hab in Euren Augen niemals was von jenen stillen Gütigkeiten gesehn, die die Leute bestärken. Kommt, es ist höchste Zeit, daß Ihr diesen Staub verlaßt. Verzeiht mir, daß ich so zu Euch geredet habe, ich schäme mich ein wenig, doch ich glaube sicher, daß mir unser seliger Kardinal, der mir seit seinem Tod immerzu durch den Kopf geht, diese Worte in den Mund gelegt hat.«

Er kletterte über die Leiter hinunter, und Jacques folgte ihm, tief gerührt vor Liebe zu diesem naiven Dicken, der keinen Augenblick etwas von dem Liebesdesaster geahnt hatte, an dem er litt. Das tröstete ihn: Sein Schmerz war also gut vergraben und unverletzlich. Mit einemmal fühlte er sich wieder imstande, den Blicken seiner Mitmenschen mit seiner gewohnten Selbstsicherheit zu begegnen, zumal Bruder Bernards Worte sie wieder aufgerichtet hatten. Während er mit dem guten Mönch an seiner Seite, der schwer schnaufend mit ihm Schritt zu halten suchte, sich ob seiner schrecklichen Miene beunruhigte und sich kein Wort zu sagen traute, mit hochmütiger und leidender Miene durch die Gänge schritt, war er drauf und dran, sich über seine Zurechtweisung zu empören. Doch in Wahrheit übersäte sich die schwere Nacht seines Geistes bei jedem Schritt immer funkelnder mit Sternen. Dieser Esel hat recht, dachte er. Ich gräme mich zu sehr und vertraue nicht genug dem großen Wind, der mich lenkt und der mich gewiß eines nicht mehr fernen Tages zu Stéphanie führen wird, denn ich kann sie unmöglich für alle Zeiten verloren haben. Tausend Teufel, sie ist die Schwester meines Feuers.

Gott weiß, daß wir vom selben Blitz aneinandergenagelt wurden. Oh, wie quält mich dieses Weib! Wenn sich ihre Lumpenbande in alle Winde zerstreut hat, wozu es unvermeidlich kommen muß, dann kehrt sie zu mir zurück, das spüre ich. Wenn nicht, dann werde ich sie mitten auf dem Schlachtfeld suchen gehen, wohin ihr Bruder sie in Kürze führen wird, vom Kadaver dieses Gossenmystikus werde ich sie losreißen, bei den Haaren werde ich sie, wenn's sein muß, durch den Kot der Toten schleifen, aber ich werde sie hierher zurückbringen, und wir werden beisammen leben, wie es uns bestimmt ist. Hörst du, Onkel Arnaud? Ich werde Gott aus meinen Diensten entlassen, wie du's getan hast, für die Liebe dieser Frau. Bist du mit mir zufrieden?

An der Pforte zum Klostergarten blieb Bruder Bernard stehen und trug seinem Herrn, auf das goldene Abendlicht deutend, umständlich stammelnd seine Absicht vor, ihn hier allein zu lassen. Durch den Spalt der halb geöffneten Pforte sah Novelli unter einem ausladenden Laubdach einen Mann, der mit der Spitze eines Messers irgend etwas in einen Baumstamm schnitzte. Er erkannte Vitalis, Salomon d'Ondes' neuen Diener. Er hielt Bruder Bernard am Ärmel zurück und fragte ihn in einem barschen Ton, was der räudige Hund dort treibe. Der andere antwortete:

»Wir sind gute Freunde. Wir lieben es, gemeinsam über die göttlichen Dinge und über Freud und Leid des Lebens zu konversieren, wie Ihr es mit dem Juden tut. Manchmal spricht er wie im Schlaf. Er bringt mich stets zum Lachen: Er behauptet, Gott sei der Traum der Armen und der Teufel die Narretei der Mächtigen. Ich versuch ihn zu überzeugen, daß er sich irrt, doch er ist ein gewandter

Redekünstler. Er bringt mir auch Lieder und Gaukelstückchen bei, und ich les ihm die Gleichnisse aus den Evangelien vor. Wir unterhalten uns vortrefflich.«

Als Vitalis die beiden Männer auf der Schwelle bemerkt hatte, war er lässig auf sie zugetreten. Er begrüßte den Inquisitor mit großem Respekt und dem gewohnten frechen Spott in seinem Blick. Als er in übertrieben langer Verbeugung vor ihm verharrte, packte Novelli ihn an den Haaren und fragte, ob Salomon wieder in die Synagoge zurückgekehrt sei, seitdem man ihn aus dem Kerker entlassen habe.

»Gott bewahre, nein«, sagte Vitalis. »Er ist auf der Hut.«

Bruder Bernard beäugte seinen Herrn, stellte fest, daß er mit seiner Antwort zufrieden war, dann deutete er auf den Gaukler und schmunzelte naiv bis über beide Ohren, als wollte er sagen: »Seht selbst, ist er nicht ein guter Gesell?« Aber Novelli schob seinen lästigen Mitbruder zur Seite, legte dem jungen Mann die Hand auf die Schulter und wollte ganz im Vertrauen wissen, ob er nicht just per Zufall gehört habe, wie der Jude irgendeinem Bekannten seine Gedanken, seine wahren Wünsche, seine Zweifel anvertraut habe. Darauf antwortete Vitalis mit durchtriebener Miene:

»Nein, Monseigneur, er ist auf der Hut, ich sag's Euch doch.«

»Hat er Angst vor mir? Lüg mich nicht an, übler Kauz«, knurrte Novelli und mußte seinen Zorn niederhalten, der ihm zu Kopf stieg.

Sofort lief er rot an, das Lachen des Schelms hatte ihn bis ins Herz getroffen.

»Nein, Monseigneur, nein, und dies ist ein gutes Omen, denn wenn Messire Salomon d'Ondes ängstlich wäre, dann wär seine Seele wohl ein schlechter Garten, glaubt Ihr nicht? Im Grunde ist er mit Euch zufrieden. Vor kurzem hörte ich ihn mit gar väterlicher Liebe von seinem Freund, dem Inquisitor Novelli, sprechen. Er findet Euch glutvoll und verwundbar, das sind seine eignen Worte. Ich glaube, er ist darum besorgt, Euch keinen Kummer zu bereiten.«

Es folgte ein Moment erdrückenden Schweigens, dann konnte sich Bruder Bernard nicht mehr halten und unter Rippenpüffen trieb er Vitalis zu den Bäumen des Gartens zurück und gab ihm ein paar Ohrfeigen dafür, daß er es gewagt habe, den furchteinflößenden Blick seines Jacques zu erweichen, was ihn unerhört kränke.

»Wo ist er nun, der gütige Gevatter?« fragte Novelli endlich und verzog dabei den Mund, als würde er Galle schlucken.

Bruder Bernard antwortete, er warte im Empfangssaal, dann wetzte er schwerfällig Vitalis hinterdrein. Sie entfernten sich auf dem Fußpfad zur Kapelle und zerrten und rempelten sich dabei wie zwei Possenreißer auf der Bühne.

Also wagte es dieser Furz von einem Juden, sich über den Groß-Inquisitor von Toulouse, einen verwundbaren Narrkopf, dem er gnädig zu gehorchen geruhte, aber der ihm nicht mehr Furcht einflößte als ein Vogelküken, in nachsichtigen Bemitleidungen auszulassen. Also verachtete ihn dieser hinterlistige Fuchs. Novelli grinste ätzend wie eine Megäre, während er daran dachte, mit wieviel Güte er diesem falschen Freund seines Onkels begegnet war. Er hatte sich erweichen lassen. In verschärftem Kerker, wie einen Ketzer, die Hände in Ketten, hätte er ihn schmachten lassen sollen. Hätte er den stolzen Mann gespielt, wenn der Inquisitor Novelli sich nicht seiner erbarmt hätte? Hätte er die Stirn gehabt, die Lehren der Kirche schlecht zu machen, wie er es, das Gesicht verzerrt zu verächtlichen arabischen Philosophenschnuten, in Gesellschaft finsterer Komplizen und im Qualm seiner stinkenden Funzeln sicher tat? Gott verdamm mich, wie konnte dieser alte Narr Arnaud nur einen solchen Heuchler lieben?

Bevor er den Empfangssaal betrat, sammelte er sich einen Moment lang im Schatten der Schwelle und bemühte sich, die Haltung eines würdevollen Mannes anzunehmen. Glutvoll, gut, das war er. Aber nicht verwundbar, gottverdammt. Als er seinen Zorn hinuntergeschluckt hatte, stieß er die Tür auf und trat mit gut gefestigtem Schritt in den weiten Raum. Salomon d'Ondes saß, im Licht einer Kerze in einem Psalmenbuch lesend, am hintersten Ende des Tisches. Als er den Inquisitor herantreten sah, setzte er ein gütiges Lächeln auf, dann beugte er sich wieder über die Pergamentblätter und sagte mit erhobenem Zeigefinger:

»Hört Euch dies schöne Wort an, das mir just im Moment unter die Augen kam: ›Ich wache und bin wie ein einsam Vöglein auf dem Dache.‹ Psalm einhundertzwei. Der Friede sei mit Euch, Monseigneur, der Friede sei mit Euch.«

Er erhob sich, um Novelli die Hände zu schütteln, dann nahm er unter einem Seufzen wieder Platz und fuhr fort:

»Ich fühl mich wie jener, der so spricht. Ich wache, ich denke nach, ich meditiere, und je weiter ich in diese Weisheit vordringe, die uns beide beschäftigt, desto fremder wird mir die Welt. Ich liebe das Volk auf den Gassen, Maître Novelli, ich lieb es heiß und innig, und wie fern ist es mir doch! Wißt Ihr, daß mich häufig gelüstet, mich unter das

Palaver in den Türen zu mischen, mit den Weibern zu keifen, zu lachen und töricht zu schwatzen, wie sie es tun? Allein, die Worte, derer ich bedarf, um einen Augenblick glücklich zu sein mit ihnen, kommen mir nicht in den Sinn, und so geh ich wortlos vorüber und sag keinen Ton. Einsamkeit des Vogels, Monseigneur, Schwermut derer, welche in den Büchern lesen!«

Als er Novellis schrecklich verschlossene Miene sah, verstummte er und reichte ihm mit wohlwollender Miene, wie man einem ein Stück Brot anbietet, das Buch herüber. Der andere ließ weiter seine Hände auf dem Tisch ruhen und meinte, auf seine Fingerspitzen starrend:

»Maître Salomon, jene vulgäre Art der Straßenecken, die Euch so sehr zu gefallen scheinen, goutiere ich kaum, Ihr mögt mir verzeihen. Was mich beschäftigt, ist allein die dringliche Notwendigkeit, Eure Seele zu nähren und Eure unbekümmerte Person vor dem harten Kerker zu retten, der Euch in Bälde droht, wenn Ihr darauf beharrt, den Vogel zu spielen.«

»Ihr scheint mich auf einmal zu hassen, Monseigneur«, entgegnete Salomon mit einer ängstlichen Sanftheit. »Weshalb? Hab ich Euch irgendein Leid angetan?«

Novelli rutschte verlegen auf seinem Schemel hin und her und fegte mit dem Handrücken durch die Luft.

»Was bedeuten Euch meine Launen? Ich glaube zu wissen, daß Ihr sie nicht fürchtet. Und doch ist es besser, sie nicht aufzustacheln. Reden wir lieber von Gott, wenn's Euch beliebt.«

»Gut, reden wir von Gott, Maître Novelli. Suchen wir gemeinsam die Früchte seiner Güte, dann weht vielleicht ein anderer Wind.«

Er lächelte versöhnlich. Novelli senkte die Augen und dachte bei sich: Der Nichtswürdige will mich verführen. Er glaubt mich so töricht, daß ich ihm auf den Leim gehen werde. Dann blickte er wieder zu Salomon auf. Der Mann sah nicht nach dem aus, was der Gaukler über ihn gesagt hatte. Sollte ihn Vitalis vorhin aus reiner Bosheit genasführt, ihm etwas vorgelogen haben?

»Maître Salomon«, fragte er zögernd und mit einer geheuchelt gleichgültigen Miene, »glaubt Ihr, daß ich verwundbar bin?«

»Ja, das seid Ihr, Maître Novelli. Obwohl Ihr Euch wie ein mächtiger Dolch gebärdet, seid Ihr das, und darum schätz ich Euch. Ihr scheint mir wenig vernünftig, und das ist ein Glück, denn die Vernunft ist eine Rüstung, durch die die göttlichen Dinge nicht einzudringen vermögen. Ja, Ihr seid verwundbar, wie auch ich es lange war und noch zuweilen bin.«

Sie hüllten sich eine Weile in Schweigen, Salomon d'Ondes meditierte, während er bei den Gedanken, die ihm in den Sinn kamen, flüchtig lächelte, und Novelli beobachtete ihn mit gesenktem Kopf wie ein listiger Schüler. Er fühlte sich wieder eingesetzt in seinen bequemen Stolz, aber er hatte noch nicht vollends die Waffen abgelegt, denn die Blicke des Juden strahlten ein Wohlwollen aus, das ein wenig zu spöttisch wirkte. In Wahrheit war dieser Mann mitnichten guten Willens. Die Prüfungen der letzten Tage hatten ihn magerer gemacht, zermürbt, aber er trug seine Zermürbtheit wie eine Bürde unendlicher Träume auf die schlichte Weise derer, die sich nichts erhoffen. Wie bring ich dieses Gesicht nur zum Erzittern, dachte Novelli bei sich und suchte nach einer Bresche, durch die er sein Feuer einschleusen konnte. Wie kann ich diese Augen entflammen, in diesem Leib das Beben, die heilige Woge erwecken, die einen neuen Bruder zum Altar treibt und dazu bringt, daß er besiegt, in großer vertrauender Hingabe, in der Gewißheit der Wahrheit auf die Knie sinkt?

Salomon schien, in seinem heimlichen Glauben verschlossen, vor sich hin zu schnurren und friedlich seine Träumereien zu genießen. Jacques fühlte in sich einen neuen, heilsamen Zorn aufsteigen. Hoch erhob er sein Haupt, sicherte seine Ellbogen auf dem Tisch und eröffnete den Disput mit wachsamer Vorsicht, – denn das Tier konnte zu unvorhersehbaren Finten greifen. Man durfte es nicht verschrecken.

»Mein guter Freund, ich habe Euch in den letzten Tagen von der wahren Doktrin unserer heiligen Kirche gesprochen. Ihr habt mir zwar mit gnädiger Aufmerksamkeit zugehört, aber ich weiß immer noch nicht, welche Gefühle meine Worte in Euch erweckten.«

Der Jude faltete die Hände, senkte die Augen und schickte sich an, seine Worte im Geiste zu wägen. Plötzlich hatte er nicht mehr jene durchtriebene Miene, die Novelli so verlegen machte. Lange verharrte er mit gebeugtem Haupt, dann richtete er sich auf. Seine Schultern schienen sich zu verbreitern, und der Schein der Kerze, der seine Stirn erleuchtete, fiel ihm in die Augen. Er sagte:

»In Wahrheit habe ich Eure Argumente nicht verstanden, denn zwischen uns steht ein Hindernis, das uns zur Trennung verdammt. Meine Lippen zittern, wenn ich so zu Euch spreche, Monseigneur, doch ich kann mich nicht verstellen, denn wenn Eure Worte mich auch nicht erreichten, so haben doch die Glut und die Aufrichtigkeit, die Ihr an den Tag gelegt, um mich zu Eurem Bruder zu machen, seit wir zusammen nach einer gemeinsamen Wahrheit suchen, mein Herz zutiefst gerührt und verbieten mir nun, Euch zu belügen. Drum hört mich an: Maître Novelli, ich glaube, die Doktrinen sind ohne Gewicht. Anderes lenkt unser Tun und unser Denken: die Seele der Worte vielleicht. Vielleicht ist Gott dies: die Seele der Worte. Wenn Er uns einander zuführt oder voneinander fernhält oder uns zu sich ruft, so geschieht dies nicht mit dem Lärm von Phrasen, sondern mit einem ganz gelinden Wehen, dem man gleichwohl nicht widerstehen kann. Wenn ich dereinst in Eure Kirche kommen muß, dann werde ich nicht von einer Lehre in trefflicher und klarer Sprache dorthin getrieben werden, sondern von jener sanften Brise, von jenem Wind des Wunders, den man zuweilen zwischen zwei Redeschwüngen spürt. Zur Stunde, ich hab es Euch gesagt, kämpfen wir, der eine wie der andere, gegen eine Mauer an, die uns daran hindert, daß wir zusammenfinden.«

»Eine Mauer, Maître Salomon? Welche wäre das? Nennt Sie mir ohne Furcht, und ich will sie niederreißen«, antwortete Novelli.

Plötzlich war er begeistert, voller Freude, in der Hoffnung auf den nahen Sieg: Kaum ein kleines Mißverstehen trennte sie, während er dagegen befürchtet hatte, ein langer Weg beschwerlicher Reden sei vonnöten, um bis zur Seele dieses Mannes zu gelangen.

»Sie ist eine mächtig hohe Felswand, glaubt mir, Monseigneur. Zwingt mich nicht, mit dem Reden fortzufahren, ich will Euch nicht vernichten.«

»Wer seid Ihr, daß Ihr Euch einbildet, Ihr könntet mich vernichten?« fragte Novelli lachend. »Hier steh ich vor Euch, wie Gott es von mir wollte. Ich besitze weder Reichtum noch Lehen. Und doch fürchten mich der Adel und alle Amts- und Würdenträger von Toulouse und gehorchen mir. Keiner von ihnen hat Macht über mich. Seid Ihr also mächtiger als diese Leute, Herr Jude? Los, dann zaubert mir ein paar Blitze aus Eurem Gauklerhut.«

»Zuweilen reichen schon ein paar Körnchen Staub, um einem Mann die Sicht zu trüben und ihn ins Wanken zu bringen«, meinte Salomon.

Er machte eine besorgte Miene, und doch schien es ihn zu drängen, sich noch ein wenig weiter vorzuwagen.

»Lassen wir diese obskuren Possen«, entgegnete Novelli. »Ihr hofft auf die Gnade Gottes. Sie ist in mir, Maître Salomon, sie ist in diesem Herzen, in diesem Geist, in diesem Mund, der zu Euch spricht, und ich will, daß sie Euch erreicht. Sagt mir also, was Euch sorgt, ich werde diese Wolken zwischen uns zerstreuen, und wir werden endlich glückliche Gefährten sein. Redet also, und ich versprech Euch auf Bälde gutes Wetter.«

»Ihr gelobt recht unbesonnen. Wenn Ihr's so anfangt, daß Gott uns in die Gesichter bläst, dann werdet Ihr genauso waffenlos sein wie ich. Dann sind wir dem gleichen Wind ausgesetzt.«

»Hört auf, in Rätseln zu sprechen, Maître Salomon, sonst dauert's nicht lang, und ich werde Euch hassen, und Ihr werdet ganz sicher wissen, wer hier wen vernichten kann.«

Salomon d'Ondes reichte seine Hände über den Tisch, ergriff die von Novelli und drückte sie wie ein Vater, dem es an der Kraft gebricht, seinen Sohn vom Aufbruch in ein Leben voller Schlammlöcher, Schlägereien und verrufenen Absteigen abzuhalten. Er sagte:

»Ihr macht mir Angst, Monseigneur.«

»Welch schöne Lüge«, entgegnete Novelli, während er seine Hände zurückzog und in seine Ärmel vergrub. »Ich weiß aus guter Quelle, daß dem nicht so ist.«

»Ich bin ein schwacher Mann, der allzu großen Nöten gern entginge. Ihr aber seid ein Jäger, der auf ein Stück Wild aus dem Judenviertel pirscht, und sosehr Ihr auch Euer Haupt hinter der Flamme dieser Kerze hin und her rückt, als hofftet Ihr, Ihr könntet Euch verstecken, seh ich doch genau, daß Euch schrecklich nach dem Braten gelüstet. Also bin ich nun gezwungen, alle Vorsicht abzulegen, was ich niemals tat seit jenem Tage, da mein Vater – der Friede sei mit ihm! – seine Hand auf mein Haupt gelegt und mir Lebewohl gesagt hat. Was uns voneinander trennt, Maître Novelli, das ist Eure Macht. Es ist die Macht, die Ihr besitzt, mich ins Gefängnis zurückzubringen, wenn ich am Ende nicht an Eurer Tafel von jener Speise essen komme, deren Köstlichkeit Ihr mir mit so vielen beredten Worten rühmt. Ich kann nicht von Euren Speisen kosten, wenn man mir mit der Peitsche droht. Eure Macht verdirbt unsre Güte, die meine so gut wie die Eure. Solang sie zwischen Euch und mich gesetzt bleibt, Monseigneur, mögen wir uns noch so sehr schinden und uns als Tischgenossen wünschen, und werden dennoch niemals etwas anderes sein als Gegner, und Gott wird sich verbergen, um zu weinen.«

»Wie? Wollt Ihr also, daß ich gelobe, Euch in die Synagoge zurückkehren zu lassen, wenn's mir nicht gelingt, Euch in die Kirche zu führen?« rief Novelli empört, erschrocken, blöde kichernd. »Oh, wie listig Ihr seid, Maître Salomon. Wenn ich das tu, werdet Ihr mich nicht weiter anhören. Ihr werdet warten, bis ich die Sache leid bin.«

»Ich werde nicht in die Synagoge zurückkehren, Maître Novelli. Ob die Ereignisse dieser letzten Tage mich gebrochen oder wachgerüttelt haben, weiß ich noch nicht, doch ich glaube, der einzige Weg, der mir von nun an offensteht, ist der des ewigen Pilgers.«

»Kommt, Ihr wollt mich täuschen. Ich kenn Eure gar schwere Liebe zu Euren Altvordern, Eure Nachsicht für ihre Irrungen. Wenn ich Euch ziehen lasse, bevor ich Euch vom Schmutz gereinigt habe, dann werdet Ihr zu Euren Freunden zurückkehren. Ihr seid noch äußerst jüdisch, Salomon.«

»Gewiß, das bin ich, doch ich bin viel gewandert. Ich habe mich an diversem anderen Glauben gerieben, habe andere Seelen besucht, habe mit anderen Blicken die Welt beweint und genossen. Wißt Ihr, daß ich einst in Cordoba einen Alchemisten kannte? Er gab mir eine Ahnung von den unsagbarsten Mysterien. Ich habe ihn beneidet um sein Wissen und um die Güte seines Schweigens. Seine Kirche hatte auf einem einzigen Gebetsteppich Platz, durch den man hindurchsah, so sehr war er verschlissen. Langezeit bin ich auf Wegen von Worten und Träumen gewandert mit Leuten wie ich, ohne eine andere Heimat, ohne ein anderes Heim als unseren Geist. Vielleicht kann ich Euch eines Tages meine Abenteuer erzählen. Doch fürs erste wißt so viel: Der Tempel, in den ich mich zuweilen zur Andacht begebe, ist nicht gebaut aus Steinen. Alle Morgen versuch ich Gott zur Welt zu bringen, das ist alles.«

»Ich rufe ihn zu jeder Stunde des Tages an.«

»Und kommt er?«

»Zuweilen flieht er mich, zuweilen quält er mich. Er steht mir wenig bei. Ich bemüh mich, ihm zu dienen. Ich *muß* Euch in unsere Kirche führen, die Seine Wohnstatt ist, Maître Salomon. Wenn ich das nicht erreiche, werde ich am Sinn meines Lebens zweifeln. Dann bin ich nur noch eine leere Schale, erfüllt von Wind und Nacht.«

»Ruft nach Soldaten und laßt mich festnehmen. Ihr habt die Macht dazu. Auf diese Art bekommt Ihr zwar nicht meine Seele, doch Ihr habt zumindest meine Haut.«

»Was bedeutet mir Eure Haut?« brüllte Novelli und hielt mit Müh und Not seine Tränen zurück.

»Dann vertraut allein auf Gott, daß er Euch bis zu mir führt. Laßt ab von allem, was nicht Er ist, von Eurer Macht, von Euren Registerbüchern und von Euren Waffenknechten, auf daß Sein Wille geschehe und nicht der Eure. Wenn ich Gott in Euch noch herrlicher, noch kraftvoller, noch nährender seh, als wie er es in mir ist, dann werde ich mit einer Dankbarkeit zu Eurem Glauben kommen, die Ihr außerstande seid Euch vorzustellen, armer Blinder.«

»Wollt Ihr damit sagen, ich soll auf mein Amt des Inquisitors verzichten, auf mein Werk der Gerechtsamkeit, auf die Wertschätzung der Leute, auf dieses Kloster gar? Vergeßt Ihr, daß mir all dies von Seiner Heiligkeit dem Papst anvertraut wurde, der unter Unsergleichen die Sprache des Himmels spricht?«

»All dies wurde von Eurem Oheim Arnaud erworben, Bruder Novelli. Wäre er nicht Kardinal gewesen und gewandt in Intrigenspielen, dann wärt Ihr heute Bäcker, wie es Eurer Vater war. Ich halte Euch für so rechtschaffen, daß Ihr nicht dem Irrtum verfallt, die Stimme Gottes im Getuschel der Diplomaten zu suchen.«

Jacques Novelli warf den Kopf hoch, fassungslos vor Empörung, innerlich kochend vor Verwünschungen schnappte er nach Luft wie ein Erstickender. Ein unüberwindlicher Schmerz schien ihn zu peinigen, und plötzlich brach er zusammen, ließ die Hände auf den Tisch sinken und starrte nicht mehr Salomon, sein Gegenüber, an, sondern nur noch in die Flamme der erzitternden Kerze. Geraume Weile verharrte er schweigend in diesem Licht, dann drang aus der Ferne die Stimme des Juden an sein Ohr. Er vernahm die Worte:

»Ist die Mauer niedergerissen, Bruder Novelli?«

Er blickte um sich. Sie waren nun beide umgeben von Schatten. Im Kloster herrschte Stille, die Mönche waren zum Abend-Offizium in die Kapelle gegangen. Er bemerkte, daß ihn fröstelte. Dann sagte er:

»Ich hoffe, daß Ihr mich abscheulich täuscht und daß ich morgen, wenn ich erwache, zu guter und schöner Klarheit auferstanden bin. Nun geht, ich habe nachzudenken.«

Salomon d'Ondes betrachtete ihn mit melancholischer Zuneigung, und als Novelli hartnäckig reglos und stumm den Kopf senkte, schob er jenem Bruder, der dringend des Trostes bedurfte, das Psalmenbuch hin. Dann erhob er sich und sagte:

»An einem Sommerabend unter der Kapellenulme hat Euer Oheim Arnaud mir einmal über Euch gesagt: ›Ich glaube, er ist zu allen Torheiten, den schlimmsten Gemeinheiten und den ausschweifendsten Gutheiten fähig‹. Dann ist er in Gelächter ausgebrochen – in ein breites, doch fast schweigendes Lachen; Ihr erinnert Euch an sein Gesicht? –, und weiters hat er zu mir gesagt: ›Am Ende wird er noch ein heiliger Vagabund‹. Er hatte Euch zärtlich lieb, und auch ich liebe Euch, Maître Novelli. Der Friede sei mit Euch.«

Seine hochgewachsene, langsame, leicht gebeugte Gestalt entfernte sich, sein Schatten fiel über die Wände und wurde schließlich mit ihm zusammen von der Finsternis des Ganges verschlungen. Jacques Novelli lauschte, wie seine Schritte verhallten, dann ließ er den Kopf in seine verschränkten Arme fallen und begann mit mächtigen Schluchzern zu weinen. So blieb er, bis die Mönche, vom Offizium zurückgekehrt, im Stockwerk über ihm zu rumoren begannen. Da erhob er sich, entleert von Rotz und Tränen, packte seinen Mantel, der noch quer über dem Tisch lag, wie er ihn hingeworfen hatte, und schwang ihn sich so heftig über die Schulter, daß die Kerze erlosch. Er trat hinaus in die kühle Nacht. Noch nie hatte er sich so sehr von Gott und den Menschen verlassen gefühlt – und noch nie so unsäglich frei.

9

In der Mitte eines brachliegenden Feldes blieb Novelli stehen. Er hielt sich ganz still, ließ ohne Furcht streunende Hunde an sich herankommen und betrachtete die schwarzen, von Sternen umgebenen Kirchtürme in der Ferne und das Dunkel der Gäßchen zwischen den windschiefen, ärmlichen Hütten am Ende des Feldes. Er fand ein bitteres Gefallen an dieser stillen, elenden Weite, die schutzlos der Leere des Himmels dargeboten war. Er verspürte Lust, hier die Nacht zu verbringen, allein, ohne Gott oder Teufel, mit niemandem in seiner Nähe außer diesem obskuren Getier, das aus den verfallenen Gemäuern herabgestiegen kam, um seine kotverdreckten Füße zu beschnüffeln, und den großen Vögeln, die immer wieder mit langsamem Flügelschlag über die hohe Bresche eines mit Schießscharten bewehrten Gemäuers flogen, hinter dem der Mond und die feuchte Luft der Garonne aufstiegen.

Der Wunsch, sich zu verirren, hatte ihn dorthin geführt auf einem Weg über die Brombeerranken, die das Amtshaus der Capitouls umwucherten, und durch Gemüsegärten, die er auf Zehenspitzen und mit eiligen Schritten durchquert hatte, um schnellstens wieder ein Stück Gasse zu erreichen, denn ihn trieb die Angst, sein freiheitstrunkenes Umherirren könnte kläglich unter den Stockschlägen eines Kleingärtners enden. Doch er hatte lediglich einen Hühnerstall aufgeweckt und einen Esel, der zu schreien und mit dem Huf zu stampfen begann, als er an seinem Verschlag vorüberstrich, um einem Kohlbeet auszuweichen. Als er die Flucht ergriff, war sein Herz in mächtiger Verwirrung gewesen. Und nun, in diesem weiten Gefild ruhiger Nacht, wo er wieder ein wenig Atem schöpfte, dachte er, er hätte ums Leben kommen oder zumindest das vulgäre Schicksal eines Hühnerdiebs erleiden können, wenn man ihn gepackt und auf den Dunghaufen geworfen hätte. Dann wären ihm die großen Fragen, die ihn quälten, bei klarer Betrachtung so eitel wie das Gejammer eines kleinen Kindes vorgekommen. Fast bedauerte er, daß die Molosserhunde so träge waren und die Gärtner im Schlaf lagen. Wäre er angegriffen worden, so hätte er sich gemein wie ein Strauchdieb verteidigt, ohne sich im mindesten darum zu scheren, was er hätte tun müssen, um Gott zu gefallen. Mit einer Wildheit, die er sich jetzt, da er außerhalb der Reichweite von Schürhaken und Mistgabeln war, in grandiosen, mörderischen Farben ausmalte, hätte er sich mit Kopf und Fäusten zur Wehr gesetzt. Vielleicht hätte er ein paar Fetzen von seiner Haut auf dem Schlachtfeld zurückgelassen, aber welch grandioses Fest der Freiheit hätte er gefeiert! Wie ein Baum inmitten des Feldes stehend, träumte er davon mit einer solchen Glut, daß er sich bald über und über kochend fühlte von neuem Saft.

Denn was wog in Wahrheit sein Seelenschmerz, sein Streben nach Heiligkeit, seine Macht als Inquisitor, sein Kopfzerbrechen über die Zukunft angesichts dieser unerschütterlichen Nacht? Genausoviel, wie die Träume eines Mannes in der Unermeßlichkeit des Lebens wogen: nichts. Alles war möglich: Wegelagerer konnten aus den Tiefen der Gasse dort hinter dem alten, um einen Arm amputierten Steinkreuz auftauchen und sich, mit dem Dolch am Gürtel, in der Stille des Grases an ihn heranpirschen. Sie konnten ihn niedermeucheln oder um seinen Segen bitten. Was immer sie täten, die Milde des sanften Lüftchens, das ihn umwehte, würde davon nicht gestört. Die Hunde, die seinen Mantel beschnüffelten, konnten ihn beißen oder sich zu seinen Füßen niederlegen. Mächtige Vogelschwingen konnten sein Haupt streifen, ihm die Kapuze vom Kopf reißen, ihm einen unsagbaren Weg weisen oder ihn zu Tode erschrecken. Dadurch verlören die Brombeerbüsche auch nicht eine einzige Beere. Und wenn eine unbekannte Frau aus der Tiefe dieser Finsternis auftauchte, ihn an der Hand nähme und so erlösende Worte sagte, daß er nie mehr an der Richtung seines Weges zweifeln würde?

Nichts erwarten, dachte Novelli, nichts wollen, empfänglich sein für alles, was eintreten kann, wissen, daß Gott gleichgültig ist, und ihm dennoch vertrauen! Ihn packte die Lust, sich vollends loszulassen, sich dem Wohl und Wehe der Tage und Nächte zu öffnen. Er betrachtete die hohe, von den Jahrhunderten und den Kriegen gespaltene Mauer. In der Zeit, wo sie stark war, drang der Himmel nicht durch sie hindurch. Der Frieden war durch ihre Risse eingedrungen, und mit ihm der Himmel, schöner als die Steine, unendlich, unbesiegbar.

Angelockt durch fernes Geheul und Reste freßbarer Abfälle, verzogen sich die Hunde in Richtung der Hütten. Novelli kletterte über das Schuttgeröll zu der breiten Bresche hinauf. Köstlich drang die Kühle der Ebene in ihn ein. Drüben auf dem Ufer des Faubourg Saint-Cyprien sah er Männer sich um das Wachfeuer zwischen den beiden Türmen des Pont Vieux regen. Jenseits davon, hinter der dunklen Masse des Spitals Saint-Jacques, verlor sich das rare Leuchten der Erde in jener Finsternis, aus der der Wind wehte, den er wie einen erregenden Wohlgeruch einatmete. Die Welt muß schön sein für den, der ohne Furcht und ohne Hoffnung wandelt, sagte er sich. Das Segel eines Schiffs blähte sich in seiner Brust, er sah sich, die Faust fest um den Wanderstab geschlossen, das Haupt hoch in die Nacht erhoben, die Mauer passieren und den dunklen Fluß überqueren und mit dem gewaltigen Gelächter eines für alle Zeiten unaufgreifbaren Vagabunden seinen Teufeln ein Lebewohl zurückbrüllen.

Einen langen Moment weilte er im Traum auf herrlich zielloser Fahrt, dann landete senkrecht über seinem Kopf krächzend ein Rabe auf einem Schießschartenfirst und ließ ein paar Mauerkiesel auf seine Schulter rieseln. Er klopfte sich ab, dann kehrte sein Blick wieder zurück zu den Brücken und Mühlen, die auf dem mondigen Wasser schlummerten. Welche Fesseln hielten ihn noch an dieser Stadt? In seinem Geist leuchteten Gesichter auf, traute Familienwärme, glückliche Bibliotheksmomente, lauter kleine Gründe, dürr und tugendsam. All dies war süß, doch entnervend, zu fade. Er dachte an sein Amt des Inquisitors und hörte sich wettern, dann dachte er an Salomon d'Ondes und bekam Lust, ihn so fest zu umarmen, daß ihm die Knochen brachen, und schließlich dachte er an Stéphanie, und das Blut sackte ihm aus dem Herzen wie aus einem geplatzten Weinschlauch.

Schräg unter ihm, in der Biegung der Garonne, längs des dunklen Gehäufs der Stadtmauertürme, der geduckten Häuser und niedrigen Gartenmauern, tauchten einige Laternen auf, die inmitten von Weiberlachen und rohem Säufergegröl an ausgestreckten Armen schwankten. Novelli verbarg sich, plötzlich ganz erregt, in der Dicke der Mauer, damit er nicht gesehen wurde, und reckte den Hals hinaus, um einzelne Worte und Gesichter zu erhaschen. Er hoffte, daß die Leute bis an den Fuß der Böschung herankämen, über der er hockte. Sie näherten sich so weit, daß er deutlich das weißgeschminkte Gesicht einer Dirne und den schlanken Leib einer halbwüchsigen Araberin mit schwerem, glattem Haar erkennen konnte, die beide mit Männern beschäftigt waren. Das Wasser lief ihm im Mund zusammen und in seinem Kopf braute sich ein deftiges Gewitter. Die erste ging voraus, ein Koloß strauchelte ihr dicht an den Rockschößen hinterdrein, sie kreischte und machte Miene, davonzurennen, wenn ihr Kerl, den Henkel der Laterne zwischen den Zähnen, ihr grunzend wie ein Bär ans Gesäß faßte. Die junge Araberin, eher schweigsam, verweilte sich immer wieder und bot ihre Brüste und ihren Mund den begehrlichen Lippen eines baumlangen Gespensts mit schlanken Klosterhänden dar. Sie gingen unter der Mauer vorüber und entfernten sich zum Pont du Bazacle. Novelli sah, wie ihre Lichter den Fluß überquerten, einen Augenblick zum Stillstand kamen und schließlich zwischen Himmel und Wasser entfleuchten. Er lauschte ihren immer ferneren Stimmen, bis sie verklungen waren, dann stieg er zwischen dem Geröll und dem dornigen Gewirr verdörrter Gebüsche auf den Uferweg hinab. Dort sog er die nun wieder reglos stille Luft ein, die noch schwerer an Düften und Dünsten war als auf der

Höhe der in Sternen gebadeten Ruine, von der er gerade kam, dann ging er weiter, an den ans Ufer gezogenen Kähnen entlang, auf die fernen Häuser und Tavernen zu.

Lange wanderte er in der Stille des Flusses und der Erde außerhalb der Mauern des Klosters Daurade, in dem nun nicht mehr der Leichnam seines Onkels weilte: Man hatte ihn mit seinem geküßten Gossenjesuskind in den Armen auf einem hohen, mit Purpursamt drapierten Bischofsstuhl im Chor der Kathedrale Saint-Étienne aufgebahrt. So thronte er seit dem Morgendämmer, umgeben von Kerzen, Weihrauchschwaden, Gold, schweren Stoffen, gepanzerten Soldaten und betenden Mönchen. Das Volk war den ganzen Tag über an jenem Vater, der im Aufbruch zum Palast Gottes begriffen war, vorbeidefiliert, um ihm seine Sorgen und Nöte anzuvertrauen. Unfruchtbare Frauen hatten sich gar mit dem Saum seiner Kardinalsrobe dem Unterleib gerieben, während sie ihm ihren Kinderwunsch in den Schoß weinten. Kaum gestorben, wurde der alte Arnaud bereits angehalten, ans Werk der Heiligen zu schreiten.

Als Novelli unter den Fenstern der Kammer vorüberging, in der der sanfte Gottlose sein Sterbebett gehabt hatte, blieb er einen Augenblick stehen und hob den Kopf, da vielleicht auch er sich ein kleines Wunder, ein Zeichen, einen Flügelschlag am Rand des Dachs erhoffte, doch nichts antwortete seinem stummen Anruf. Er nahm seinen Weg wieder auf und lauschte dem Knirschen seiner wohlgesetzten Schritte auf dem Kies der Uferböschung. Ihm war, als verstehe er jetzt, warum er nie als Vagabund frei durch die Lande ziehen würde. Sein Herz war zu schwer, zu sehr beladen mit zerbrechlichen und zu seinem Leben notwendigen

Gütern, als daß er es unter Sonne und Regen recht weit tragen könnte. Er brauchte die Düfte dieser Stadt, diese Klosterfassade, die Gegenwart seines verstorbenen Verwandten in der wohlvertrauten Luft. Wenn er sich zum ziellosen Wanderer machte, würde seine Seele sich abnützen, sich abwaschen, sich auflösen und bald zu dem Staub der weiten Landstraßen, zu dem der unbehausten Toten sich gesellen. Und doch mußte er von nun an frei und nur Gott ausgeliefert sein. Er mußte seine Machtbefugnisse aufgeben, seine Richterstrenge, seine Rüstung der Registerbücher ablegen und endlich aufhören, den Menschen angst zu machen, wenn er wissen wollte, was sein wahres Gewicht als Mensch auf Erden, was sein genauer Wert im Angesicht der anderen war.

Ohne einer Menschenseele zu begegnen, erreichte er das Hafenviertel des Port Garaud. Der Weg öffnete sich zu einer weiten Esplanade und verlief in ihrem fahlgelben, in Mondlicht getauchten Sand. Einen Augenblick zögerte er, den Platz zu überqueren, dann folgte er seinem langen Schatten bis zur Anlegestelle, wo zwei breite Barkassen vertäut lagen, die sich im schwarzen Wasser aneinander scheuerten. Weiter hinten, dort wo das Gras begann, zeichnete sich die Hütte des Fährmanns, genannt Mathias der Stumme, ab; seine Behausung war die letzte bewohnte vor den Bäumen und dem undurchdringlichen Dunkel der Buschauen. Novelli schritt durch den Schatten der Kate, wagte sich noch ein paar Schritte weiter, blieb am Rand einer von hohem Gras durchwucherten Schlammlache stehen und hielt den Atem an, um die schwachen, nahen Laute, das entfernte Geschrei, das Rauschen des Laubs an diesem Rand der Welt deutlicher hören zu können, als wollte er das Leben bei seinem nächtlichen Treiben in der Abwesenheit der Menschen überraschen.

Angst befiel seine Seele, aber auch freudiger Jubel. Er fühlte, wie sie sich regte, gleichsam wie ein gezähmtes Tier, das nach dem Ruf seiner Geschwister horchte, die körperlos und in freier Wildnis durch unzugängliche Nebel irrten. Er stellte sich vor, diese Wesenheiten zwischen Himmel und Erde würden von einem dunklen Engel, einem Hirten aus Schatten geführt. Er rief nach ihm, bot ihm ohne Furcht seine Freundschaft an. Darauf nahte etwas Unsichtbares, jedoch nicht ein Engel, sondern nur ein Windstoß und ganz nahes Gequake von Laubfröschen, aber das genügte ihm. Er lächelte. Ein kindliches Glück erstrahlte in seinem Kopf und plötzlich kam ihm der Gedanke, er könnte ein Fährmann werden wie Mathias, wenn er sein Amt des Inquisitors abgelegt hatte. Dann wäre er derjenige, der Lebewohl sagt und dennoch bleibt, derjenige, der für den Ankommenden die Süße der Häuser, die Wärme der Küchen, und für den Aufbrechenden das Geheimnis der Wege kennt.

Ganz erfüllt von dieser kraftvollen Finsternis, kehrte er wieder in die Stadt zurück. Rüstigen Schrittes nahm er die sanfte Steigung, die zum Befestigungswall des Château Narbonnais hinaufführte, passierte durch den mächtigen Luftzug der Porte de Comminges die Stadtmauer und bog wie ein Eroberer, der in seine sicheren Mauern zurückkehrt, in die schmale Rue du Port Saint-Antoine ein, wo sich die einstigen Bordelle befanden. Er war nicht weit entfernt vom Judenviertel. Vielleicht war Salomon d'Ondes in seinem von Mobiliar und Büchern entleerten Haus in der Rue Jouzaigues noch wach. Er hatte Lust, die Bretter aufzustoßen, die seinen Laden verschlossen, zwischen den Trümmern ins obere Stockwerk hinaufzusteigen, sich zu ihm auf den Boden zu setzen und ihm zu sagen: »Freut Euch, ich weiß nicht über welchen Sieg, ich bring Euch nichts, weder gute Worte noch Versprechen, doch ich bitt Euch, freut Euch, mich zu sehen, denn ich bin ein zerbrechlicher und neuer Mensch. Ich bin Jacques Novelli, Fährmann am Port Garaud. Den Inquisitor von Toulouse ließ ich an den Ufern in die Nacht witternd zurück, ich weiß nicht, was er sucht, doch er kehrt bald zurück. Schließt mich in Eure Arme, bevor er mich wieder ergreift, und haltet mich fest. Haltet mich fest, habt Erbarmen und beschützt mich vor ihm!«

Er dachte, daß er nur zu einem wahren Freund in diesen Worten sprechen könnte. Aber er hatte noch nie einen besessen. Ja, er war im Bauch so keusch und unberührt wie im Geist, gefürchtet und doch sterbend vor Durst, mächtig und doch starr vor Kälte. Gui de l'Isle war nur sein Milchbruder, der kannte ihn zu gut. Was ihn mit diesem vereinte, war fester als eine Freundschaft, doch weniger schön. Welche Hilfe, welche Wohltat wäre dagegen ein Weggefährte, den ähnliche Hoffnungen beschäftigten wie ihn und der den nämlichen Geheimnissen entgegenstrebte wie er!

Solcherart träumend, gelangte er zum Carrefour des Tavernes, dem Platz der verrufenen Kaschemmen unweit der Place des Salins. Laternen brannten auf den Gesimsen offener Kellerluken dicht über dem Boden. Einen Augenblick blieb er stehen, um den Geräuschen zu lauschen, die aus diesen faszinierenden Niederungen heraufdrangen, nervöses Geschrei, wieherndes Lachen, Klirren von Krügen und Bechern, Fußgestampf betrunkener Tänze. Dann wollte er weitergehen, und als er sich wieder dicht an den Mauern entlangstreifend in Bewegung setzte, hörte er plötzlich aus der Tiefe dieses Lärms eine Frau mit sanfter Stimme triste vulgäre Gassenhauer singen. Nachdem er vorsichtig in die Runde geblickt hatte, trat er näher an die Luke heran, aus der die Stimme kam. Dann bückte er sich, schob die Laterne zur Seite, die seinen Blick behinderte, und beugte sich herab zu diesem Keller, in dem es weniger wild zuging und der weniger überfüllt war als die anderen. Zuerst konnte er nur über Becher gebeugte Rücken erkennen. Die Sängerin war ein langgliedriges, mageres Mädchen mit rußschwarzem Haar. Sie stand, die Hände vor ihrem Leib gefaltet, im Hintergrund an der Wand zwischen zwei Fässern und stieß voller Hingabe, schüchtern und feierlich ihre Klage aus. Alle Männer sahen ihr schweigend zu oder genossen ihre Weise von armer Leute Ach und Weh, während sie auf ihrem Wein das Kerzenlicht spielen ließen. Der Tavernenwirt lauschte ihr, mit seinem Handtuch auf dem Schenkel am Bankende hockend, wie einer Messe, ohne die fette, in Ekstase schwelgende Nutte zu beachten, die die Wange an seine Schulter legte und in ein Tüchlein schniefte. Nur ein einziges Pärchen tuschelte unter dem Stiegengewölbe fieberhaft miteinander. Gewiß eine Dirne, die dabei ist, sich zu verschachern, dachte Novelli. Er wollte ihr Gesicht sehen, aber die Frau verweilte im Schatten. Schließlich bewegte sie sich, trat durch einen Streifen Licht. Da erkannte er sie: Es war Stéphanie.

Er richtete sich auf, suchte mit beiden Händen Halt an der dunklen Mauer, stützte seine Stirn gegen den Stein und rang keuchend um Atem; sein Herz war so aufgewühlt, daß er sich einen Moment lang nicht rühren konnte. Als sich der Schwindel, der ihm in den Ohren dröhnte, ein wenig gelegt hatte, trat er taumelnd an die Tür und öffnete sie so behutsam wie ein Dieb, denn er fürchtete, ihr Knarren könnte verärgerte Köpfe zu ihm herumfahren lassen. Kaum eingetreten, drückte er sich in den Schatten auf der obersten Stufe und suchte mit seinem Blick nach der Frau, deren Name ihm die Kehle zuschnürte und seine Lippen ins Zittern brachte. Er entdeckte sie unterhalb der Fensterluke, sie kehrte ihm den Rücken zu und zupfte am Ärmel eines großen, breitschultrigen Kerls mit kräftiger Statur. Sie wollte ihn nach draußen ziehen, doch der andere verweilte sich seligen Gesichts und setzte sich erst umständlich seine Kappe der Garonne-Schiffer auf den Haarschopf, während er der Halbwüchsigen lauschte, die sich gerade das Ende ihres Gassenhauers aus der Seele schrie. Novelli rang mit der ängstlichen Lust, dort in dem Winkel, wo er stand, zu warten, aber ein noch drängenderes konfuses Verlangen zwang ihn, mit dem Rücken an die Mauer gedrückt die Treppe hinunterzusteigen. Er erreichte die unterste Stufe, als das Mädchen gerade ihr Lied beendet hatte und unter die Versammlung gekrümmter Rücken und schwerer Köpfe vortrat, die allmählich wieder aus ihrer Schwermut auftauchten. Einige Männer glotzten ihn, einander mit dem Ellbogen stoßend, an, und die fette Hure bekreuzigte sich, denn unter dem langen, hochgeschlossenen Mantel ahnte sie die Ordenskutte der Predigenden Brüder. Er ließ sich nicht im geringsten bekümmern. Er sah nur Stéphanie, die sich plötzlich nach ihm umwandte und ihn so entsetzt anstarrte, als träte die Schattengestalt des Großen Sensenmanns auf sie zu. Er packte sie an den Schultern. So blieben sie, einander mit den Gesichtern beinah berührend und ihren Atem vermengend, einen Moment lang reglos stehen, dann ließ sie sich stöhnend an seine Brust sinken, und er preßte sie so fest an sich, als wollte er sie in seinen Körper eindringen lassen, und stöhnte, seine Lippen in ihr aufgelöstes Haar gewühlt, ebenfalls auf.

Eine Hand rüttelte an seiner Schulter. Er fuhr herum und stieß fast mit dem grinsenden Gesicht des Flußschiffers zusammen, der ätzend spöttisch seine Kappe lüftete und sagte:

»Verzeiht, daß ich eine so aufrichtige Liebe stör, guter Mönch, aber diese Schnepfe hat ihre heutige Nacht für fünfzehn Sous an mich verkauft.«

Novelli streckte ihm eine Geldbörse hin und schickte ihn zum Teufel. Der muskulöse Kerl ergriff sie, wog sie in der Hand, äffte ein bischöfliches Segenszeichen über das Geld, dann sackte er es ein, verdrückte sich zwischen die Tische und ließ dabei ein paar Bemerkungen fallen, die die Zechbrüder zum Kichern brachten, doch weder Jacques noch Stéphanie konnten sie verstehen, denn sie lagen sich wieder fest in den Armen. Sie bemerkten nicht einmal, daß sich ein hinkender Greis, von Arschgriffen und Weibsgekicher erhitzt, an sie heranmachte und anfing, verliebte Grimassen mimend ihre Leiber zu umtänzeln und dabei seinen fetten Wanst rammelnd zwischen unsichtbare Schenkel zu schieben. Erst als sie spürten, wie sein Gestank sie umwehte, lösten sie sich voneinander und erkannten, daß die ganze Versammlung sie unter Gelächter und einem höllischen Lärm von auf den Tisch trommelnden Weinbechern begaffte. Stéphanie zitterte vor Wut und Angst und wollte fliehen, doch Novelli ergriff ihr Handgelenk, hielt es fest gepackt und stellte sich vor die Leute.

Plötzlich war er so schlicht und schutzlos ausgeliefert, so entblößt von allem Schamgefühl, und sein Blick schweifte so ruhig über die Gesichter, daß den Leuten ihr Lachen in der Kehle würgte. So blieb er reglos stehen, bis nur noch ein verlegenes Hin- und Herrücken zu vernehmen war, dann reichte er seine andere Hand dem alten lahmenden Witzbold, doch der traute sich nicht, sie zu ergreifen. Da packte er ihn am Arm, zog ihn mit einem rohen Griff an sich heran, daß der andere gegen seine Schulter strauchelte. Solcherart umrahmt von glühender Liebe und geiler Verworfenheit, betrachtete er weiter die im Schein der Kerzen leuchtenden Gesichter. Er war leichenblaß, mußte sich zusammennehmen, um sich gerade zu halten und nicht zu zittern. Er wirkte wie ein sanfter, gebrechlicher Sieger.

»Ich bin ein Mönch, wie ihr seht, und ich liebe diese Frau, die an meiner Seite steht. Wie ein mächtiges Feuer wohnt sie in meinem Leib und meinem Geist. Ich bin nur noch Asche, gute Leute, ob durch ihr Vergehen oder dank ihrer Güte, ich weiß es nicht. Nur noch Asche sind meine kirchlichen Eide. Nur noch Asche ist meine Macht, die ihr vielleicht gefürchtet habt. Seht mich an, habt ihr schon einmal eine nackte Seele gesehen? Die Meine ist es. Im Namen des Mitleids, spottet nicht, denn ich muß euch noch gestehen, daß die schlüpfrigen Grimassen dieses greisen Unholds und seine Rammelstöße in die Luft, die euch gerade so sehr ergötzten, auch in meinem Mönchsleib und in meinem Mönchskopf wohnen. Aber ich sage euch: Das ist kein Übel. Das ist lediglich die Unschuld der Tiere. Und auch dieses Feuer, das mich brennt, ist kein Übel, denn ihr seht wohl, daß es mich zwingt, allen Hochmut abzulegen und vor euch auszuharren durch, ich weiß nicht, welches Wunder. In Wahrheit glaube ich, daß es die Faust Gottes ist, die mich im Nacken hält und die mich zwingt, euch diese Worte zu sagen, die ihr in keiner Messe hören werdet, euch zu sagen, daß ich ein Mann wie ihr bin, daß ich zu lachen, zu weinen und mir die Lenden zu erhitzen weiß wie ihr und daß ich ebenso töricht auf den Himmel hoffe, wie ihr es tut; ja, die Faust Gottes, gute Leute, die mich weiters zwingt, euch zu segnen und um Platz zu bitten in eurer Gesellschaft, trotz der Angst, die ich vor eurem Urteil habe.«

Mit den Kräften am Ende, erstarb seine Stimme. Der hinkende Possenreißer trat auf die Tische zu und begann Leiber und Hocker umzurempeln, um für Novelli den Weg freizumachen, während er ihm mit durchtriebenem Grinsen flüchtige Vogelblicke über seine Schulter zuwarf, aber die Männer begannen sich mißgelaunt zu regen. Sie trauten sich weder, diesen Mönch, der sich gerade so schamlos vor ihnen erniedrigt hatte und der ihnen angst machte, in ihrer Mitte aufzunehmen, noch ihn zu verjagen. Nur die mollige Hure stieß den Tavernenwirt mit ihrer Kruppe zur Seite, fuchtelte mit ihrer schweren, beringten Hand durch die Luft und lud ihn, wie an einer Gassenecke lächelnd, ein, sich neben sie zu setzen. Dann befahl sie, auch einen Hocker für Stéphanie heranzurücken. Als man ihr gehorcht hatte, ergriff sie Novelli am Arm und meinte zu ihm:

»Eure Worte haben mir gutgetan, braver Mönch, sie waren erfüllt von großer Nächstenliebe. Diese Leute wissen nicht, was Liebe ist, sie konnten Euch nicht begreifen, aber ich habe gespürt, wie mir ein Strom von Güte über die Brust geronnen ist, als ich Euch reden hörte, und jetzt fühl ich mich ganz frisch wie eine gut begoß'ne Pflanze. Wenn Euch die Gelüste eines armen Viehs überkommen, dann denkt also an mich, geniert Euch mitnichten, ich werd Euch ein paar hübsche Stunden machen, um Euch zu danken, daß Ihr Euch der Gefühle von unsereins angenommen habt. Oh, ich weiß, daß die

Männer solche niedern Karessen brauchen, die helfen, daß sie sanfter reden, daß sie Geschmack am Frieden finden. Ich kenn Meuchelmörder, die mit den Kindern spielen gehn, nachdem ich ihnen die Eier ausgeschüttelt hab. Mir selbst, versteht Ihr, mir kommt's nicht, nein, nichts gerät mir im Bauch ins Jubeln, doch was soll's, dann eben nicht, aber der Herrgott liebt mich, das weiß ich, weil ich frohen Herzens die Schlechtigkeit der Welt kurier. Ja, der Herrgott liebt mich. Er macht mir richtig schöne Geschenke, müßt Ihr wissen. Er schickt mir Träume, wo ich mich als Königin von Jerusalem seh, zur Seite eines Königs, der mir die Hand hält wie ein Bräutigam, und jedesmal, wo er mich ansieht, da heul ich vor Glück.«

Errötend wandte sie sich ab, während die Leute bis in den hintersten Winkel der Taverne wiehernd auflachten und obzönes Geläster durch den Raum brüllten. Novelli wollte sich mit aller Gewalt noch liebender, noch demütiger vor den Leuten zeigen, als wie er es bereits getan hatte, und so nahm er die Hand der Matrone, die sich in ergriffenes Wimmern verloren hatte, und küßte sie mit überschwenglicher Liebe, dann nahm er die von Stéphanie und hielt sie in der seinen auf dem Tisch inmitten der Becher. Er betrachtete die Männer, die um ihn herum erneut in Schweigen verfallen waren, und lächelte sie, ein Zeichen von Freundschaft erbettelnd, an. Doch er begegnete nur spöttischen oder verschlossenen Gesichtern. Ein rotgesichtiger Müllersknecht ihm gegenüber hielt seinem Blick stand, dann senkte er die Augen, und während er an seinem Weinbecher fingerte, brummte er, es sei wahrlich ein arger Jammer, mit ansehen zu müssen, wie ein Mönch mit soviel frommer Inbrunst auf eine Hurenpfote sabbert. Verstohlen stimmte man ihm zu. Durch dieses Raunen der Verachtung um ihn her erkühnt, begann ein großer, hagerer Kriegsknecht zu prophezeien, wenn die Herrn der Kirche jetzt schon bis in die Tavernen herabstiegen, um Gottes Ruhm und Herrlichkeit zu besudeln, dann würde es nicht mehr lange dauern, bis das Pack der Bettler und Armen in die Paläste hinaufgeklettert käme, und die Welt würde in Bälde Arsch über Kopf in die Apokalypse stürzen. Nach mächtig beifälligen Rippenstößen plusterte er sich wie ein Gockel, blähte selbstsicher die Brust und ließ sich dazu treiben, weitere Parolen zu knurren, die das aufkommende Murren vergifteten.

»Dieser Mönch ist ein Teufel«, behauptete er und stieß mit der Faust in die Luft. »Er taucht Gott in die Scheiße der Kellerlöcher, anstatt den Leuten zu helfen, daß sie in den Himmel kommen.«

Da richtete sich die halbwüchsige Kellersängerin plötzlich aus der Hintergrund der Taverne, wo zwei Schatten von Männern sie unter bedenklicher Zärtelei halb flachgelegt hielten, mit freigenesteltem Brusttuch wie eine Harpye auf und begann durch die rötlichen, unter dem Gewölbe geisternden Qualmschwaden zu schreien:

»Haut bloß ab, verdammter Pfaffenkerl, haut ab, bevor man Euch das Gedärm aus dem Leib reißt! Los, geht die Nacht vor dem Thron des guten Kardinals Novelli beenden, und wenn's dem heiligen Mann gefällt, wird er Euch das wahre Mitleid mit den Armen lehren.«

Von begeistertem Furor erfaßt, sprang Novelli auf und wollte ihr entgegnen, doch er wurde von Bezechten umgerempelt, die herangesprungen waren und ihm unflätige Beschimpfungen in die Ohren brüllten. Er schwang sich auf das schmale Brett der Bank und trat sie mit seinem Schuh zurück. Da sah er, wie Stéphanie unter den Fackeln an der Wand hinter den grimmigen Mäulern die Flucht ergriff. Er brüllte ihren Namen, daß es ihm schier die Kehle aus dem Leib riß, und ohne weiter auf die Leute zu achten, nahm er ihre Verfolgung auf; über Tische und Trunkenbolde hinweg, Kerzen und Becher umwerfend, von zertretenen Weinkrügen zu Trümmern von Tischböcken springend, mit dem Schädel fast das Gewölbe streifend und unter seinem Umhang mit den Armen schlagend wie ein schwarzer Stelzvogel mit seinen Flügeln, stürmte er maßlos, grotesk, panisch entsetzt und in das höllische Getöse eines Fußvolks in schlachtendurstigem Suff getaucht, hinter ihr her. Am Fuß der Treppe stürzte er über ein Faß, das sich auf die Bodenfliesen erbrach. Eine schäumende Flut ergoß sich über ihn. Von üblem Weinfusel triefend, über die gewölbten Faßlatten und verstreuten Ringe stolpernd, strampelte er sich frei. Dann hob er den Kopf. Auf der obersten Treppenstufe stand Stéphanie und sah ihm zu. Sie lachte, daß ihr die Tränen kamen.

Auf allen vieren und nach den Männern tretend, die ihm dicht auf den Fersen waren und seinen naß verklebten Mantel erhaschen wollten, kletterte er hastig zu ihr hinauf. Als er gerade seine Kräfte sammelte, um sich mit voller Wucht gegen die Tür zu werfen, flog diese von selbst weit auf, den Kopf noch zwischen die Schultern gezogen, schoß er ins Freie, seine Stiefel stürmten nur so dahin, bis er in der Mitte des Platzes gegen einen hünenhaften, einarmigen Bettler prallte, dessen Gesicht mit Fetzen einer Kapuze verhüllt war und der ihn am Kragen packte, sein Gesicht beschnüffelte, während er ihn fast vom Boden hochhob und dann mit einem angeekelten Grunzen weit von sich fortschleuderte, bevor er wieder zurück in die Finsternis tauchte. Über das Pflaster taumelnd und gegen die Mauern stoßend, eilte Novelli von dannen. Zuerst hörte er Stéphanie die Leute anschnauzen, die ihm kichernd und Beschimpfungen keifend von der Schwelle der Taverne aus nachgafften, dann spürte er sie ganz dicht in seiner Nähe. Er ließ sich führen wie ein betrunkener Blinder.

Während sie aufs Geratewohl durch die kühle Stille der Gassen schritten, hielt Stéphanie den Arm ihres benommenen Begleiters, der jedesmal, wenn er mit einem Fuß in ein Schattenloch geriet oder über einen buckligen Pflasterstein zu stürzen drohte, die Nacht mit Gift und Galle verwünschte. Er war verdreckt, sein Körper voller Beulen, sein Gewand zerrissen. Er hatte nur noch die Hälfte eines Umhangs auf dem Rücken, seine Mönchskutte war an beiden Knien durchlöchert, hing ihm wie ein Vogelscheuchenrupfen von den Schultern und stank so gemein wie hundert Besoffene. Am Carrefour Baragnon blieb er vor dem hohen Kreuz stehen und starrte es mit grollender Miene an, während er sich mit der Faust die blutende Nase wischte. Stéphanie versuchte ihn von diesem Anblick abzulenken, zog ihn am Mantelsaum an sich heran. Er schleuderte einen vulgären Fluch gegen die Stelle, wo der Christus an der Kreuzung der steinernen Balken fehlte, und trat so wütend gegen einen Kiesel, daß er durch die Luft flog und sich in den verwelkten Blumensträußen verlor, die auf dem Sockel niedergelegt waren. Da packte sie ihn an seinem Gürtel und zerrte ihn wie einen störrischen Esel in Richtung der Place Saint-Étienne fort.

Der weite, arkadenumsäumte Platz vor der Kathedrale lag verlassen und friedlich im Vollmondlicht. Sie gingen bis in seine Mitte, wo der Brunnen aufragte. Er setzte sich auf dem Beckenrand nieder. Sie entfernte sich, um am Strahl des kühlen Wassers ein Tuch naß zu machen, wrang und schüttelte es wie eine Waschfrau aus, dann kam sie zurück und wusch ihm das Gesicht. Er ließ sie widerwillig gewähren, verlor aber bald die Geduld, stieß ihre Hand fort und hieß sie sich setzen. Das Portal der Kathedrale ihnen gegenüber stand weit offen. Aus der Tiefe des dunklen Kirchenschiffs leuchtete ein ungewisser goldener Schein. Eng aneinandergeschmiegt betrachteten sie es einen langen Moment. Dort saß Novelli der Ältere, von Kerzen umgeben, mit seinem toten Kind in den Armen auf seinem Thron, so entrückt wie Sternengefunkel und doch so gegenwärtig, daß er Lust hatte, ihm ein stolzes ›Schau her!‹ entgegenzurufen und ihm die wiedergefundene Stéphanie unter die gebrochenen Augen zu schieben. Aber die Mönche von Daurade hielten sicher vor dem Verstorbenen und seinen heiligen Gerätschaften Wache, um sie vor streunendem Getier zu beschützen, und Novelli der Jüngere dachte, daß man ihn in dem Aufzug, in dem er sich befand, nicht an jenes reglose Gesicht herantreten ließe, das er in seinen Händen gehalten und zärtlich geküßt hatte, als sich noch Leben darinnen regte. Im Dunkeln würde man ihn für einen besoffenen Dieb halten. Man würde ihn fortjagen. Der herbeigeflehte Beistand des greisen Onkels und die letzte Hoffnung auf Hilfe fielen von ihm ab wie tropfendes Wasser zwischen den Fingern. Da fühlte er Stéphanies warmen Atem an seiner Wange und hörte sie flüstern:

»Jacques, Jacques Novelli, Groß-Inquisitor von Toulouse, Sohn einer Bäckerin, der Menschen Elend, Gottes Güte, wo willst du nun hin?«

»Führe mich, ich folge dir. Ich will, daß du mich ganz vernichtest. Ich will, daß niemand mich irgendwo wiederfinden kann.«

»Novelli, ich habe mich für diese Nacht verkauft. Sieh mich an. Berühr mein Gesicht mit deinen Händen. Diese Haut, die du streichelst, habe ich für fünfzehn Sous und das Versprechen, mich zu meinem Bruder zu führen, an einen Garonne-Schiffer verkauft. Jedesmal, wenn ich's tun muß, um mich vor dem Tod oder der Verzweiflung zu retten, werde ich fliehen, werde ich lügen, werde ich stehlen oder mich wieder verkaufen. Das wird so lange weitergehen, wie ich die Kraft besitze, um mein Leben zu erhalten, das ich von Gott habe. Nun sage mir, sag mir: Bin ich deine Gemahlin, Novelli?«

»Das bist du, bei tausend Göttern. Wenn du durch meine Haut hindurch in mein Inneres, in meinen Geist, in meine Kehle, in meine Brust schauen könntest, dann wüßtest du, daß du das einzige bist, was überall dort in mir lebt, wohin das Außen nicht eindringt.«

»Schließ deine Augen. Nun sag mir weiter, Novelli, was in dir ist.«

»Ein Feld von Ruinen. Ein alter toter Mann, brüchig wie ein Pergament, in den Trümmern einer Kirche. Zerschlagene Rüstungen, zerstückelte Leiber. Es herrscht Nacht.«

»Ja, aber die Banner stecken mit der Spitze im Dreck. Die Schlacht ist beendet.«

»Ja, und ich bin am Leben, und du bist am Leben, stehst fest und aufrecht unter dem Himmel.«

Sie blickten sich in die Augen, strahlten, schlossen sich in die Arme, dann sagte sie:

»Du bist in mir wie ein unsichtbarer Mantel. Niemand kann ihn mir nehmen, nichts kann ihn beflecken. Wohin ich auch geh, was ich auch tu, du hältst mich warm, du hältst mich am Leben. Wir sind ein gar wunderliches Paar Vermählter.«

»Ja.«

Eine Weile verharrten sie in ferne Träume verloren, dann sagte er:

»Wenn der Tag anbricht, wird vielleicht nichts mehr geblieben sein von diesen Worten. Und doch sind sie wahr.«

»Komm«, rief sie.

Sie erhob sich, reichte ihm die Hand, er ergriff sie, und sie liefen eilig davon, sie leichtfüßig voran und er hinterdreinhinkend mit schmerzenden Knien und behindert von seiner in Fetzen hängenden Kutte und seinem nur noch halben Mantel. Zwischen der Kathedrale und der Mauer des Friedhofs Notre-Dame tauchten sie in eine enge, feuchte Finsternis, die sich zu einem Platz öffnete, wo ausgediente Scheunen an der Stadtmauer lehnten. Stéphanie entschied sich für eine, die von einer mächtigen Eiche flankiert war. Allein trat sie bis zu ihrer Schwelle und wandte sich nicht um. Novelli folgte ihr aus der Ferne. Als er eintrat, sah er, daß dem Bau ein Stück Dach fehlte. Der Himmel erschien ihm wohlgesonnen. Erwartend stand Stéphanie im Dämmerlicht. Er trat zu ihr. Auch sie zitterte. Dies beruhigte ihn und erfüllte ihn mit wohliger Wärme.

»Versprich mir, daß du nicht mehr entfliehst«, sagte er.

»Gleich werde ich aufbrechen. Aber ich komm wieder. Jetzt bin ich da.«

Sie legte sich in das alte Stroh. Er kniete sich zu ihr, ließ seine Hände um ihr Gesicht, um ihre Schultern irren und litt unerträgliche Wonnen, während er den Augenblick hinauszögerte, wo er sie berühren würde. Als er sich auf sie legte, dachte er unter einem ungeheuer seligen Aufstöhnen, daß er endlich in der Hölle war und daß er nie ein begehrenswerteres Wunder erleben würde. Dann hörte er Stéphanie in einem Atemhauch murmeln:

»Ich liebe.«

Sie sprach es zu den Sternen.

10

Vor dem Hellwerden erhob sich Stéphanie und verließ auf Sandalenspitzen die warme Scheune, wo Jacques, den Kopf an einen Pfeiler gestützt, Arme und Beine ausgebreitet zwischen seinen verstreuten Kleiderfetzen, ermattet, gesättigt und schnarchend schlief. Kaum war sie über die Schwelle getreten, tastete er neben sich nach dem leeren Lager, sprang mit einem Satz auf die Beine, wandte den Kopf nach allen Seiten. Sie hörte ihn im Stroh aufstampfen, dumpf fluchen, nach ihr rufen. Sie war noch kaum weit entfernt, denn sie durchquerte gerade erst den Schatten der großen Eiche auf dem Platz. Mit winzigen Schritten rannte sie bis zu dem engen Dunkel zwischen den Mauern der Kathedrale und des Friedhofs. Dort versteckte sie sich und sah, wie er, sein Gewand im Bündel vor dem Leib, gestiefelt, doch mit nackten Beinen, verängstigt und schlotternd im Mondlicht erschien. Wieder rief er nach ihr. Sie antwortete nicht, aber sie betrachtete ihn einen Moment lang aus dem Winkel, in dem sie kauerte, und füllte sich mit seinem erbärmlichen Anblick, während sie ihren Schal fest um den Hals legte, da sie fröstelte, doch nicht vor Kälte, sondern vor zu heftiger Rührung, dann rannte sie zwischen dem Brombeergerank des dunklen, schmalen Gäßchens, das zur Place Saint-Étienne führte, davon.

Er vernahm ein Rascheln von Gesträuch, glaubte aber, es käme von einem flüchtenden Tier. Er kehrte wieder in die Scheune zurück und fuhr mit solcher Hast in seine Kleider, daß er einen Ärmel seiner Kutte zerriß und in seinen Leibhosen zu Fall kam. Er entfernte sich über den gleichen Weg, während er sich, die Reste seines Mantels wie einen leeren Sack über die Schulter geworfen, noch seinen Gürtel zuknotete. Er war völlig benommen von Schlaf, fassungslos, daß er sich allein wiederfand, auch beunruhigt wegen der Leute, die ihm begegnen könnten, doch allmählich stellte sich in der würzigen Luft so etwas wie ein kräftiger, fleischlicher und neuer Jubel in seinem Herzen ein: Er hatte die Lust mit einer Frau genossen. Die Hände in seinen Nacken gekrallt, den Kopf nach rechts und links rollend, hatte sie unter seinem Leib gestöhnt wie eine Sterbende. Das Ereignis grenzte an ein Wunder. Er fühlte sich durchströmt von blendender Begeisterung und so sehr von demütig dienender Liebe wie von kraftvollem Stolz. Diese durchmischten Gefühle erschienen ihm unübertrefflich und so berauschend, daß er am Rand der menschenleeren Weite der Place Saint-Étienne einen Augenblick innehalten mußte, um sein Blut zu zügeln.

In der Ferne sah er einen langen Zug schweigsamer Mönche, die Köpfe gesenkt unter den Kapuzen, wie büßende Gepenster im ersten Dunst des Morgendämmers in die Kathedrale eintreten. Sie kamen, um Kardinal Arnaud Novelli in den Sarg zu betten und die Ausschmückungen für die Beisetzung herzurichten. Darauf bedacht, nicht gesehen zu werden, wartete Jacques, bis sie einer nach dem andern im Schatten des Portals verschwunden waren, bevor er sich ins Ungeschützte vorwagte. Jetzt war er wie ein erfüllter Einsamer, den nichts auf der Welt mehr zu erschüttern vermag außer den Stürmen und den Wohlklängen seiner Seele. Möbelgeschiebe und Hammerschläge hallten durch das Kirchenschiff. Er blickte nach dem Himmel. Hinter den Dächern rötete sich gerade der Horizont, die Luft roch bereits nach Sonne. Stéphanie würde schönes Wetter zum Reisen haben, dachte er bei sich.

Gewiß, sie war geflohen, sie hatte diesen empörenden Mut besessen, aber sie würde ja bald wieder zurück sein. Während er an den dunklen Fassaden entlangstreifte, nickte er mit dem Kopf und lächelte tapfer, um sich in seiner Überzeugung zu festigen. Ganz sicher würde sie, sobald der Priester und der Stadtvogt von Castelsarrasin frei wären, wieder zu ihm zurückkehren wie ein fröstelndes Weibchen, das es eilig hat, in die wohlige Wärme des Baus heimzufinden. Sie hat sich vor meinen Augen nackt ausgezogen, nun bin ich ihr Haus, nun bin ich ihre Kammer, sagte er sich. Von nun an sind wir vereint durch die herrliche Vertrautheit der Unzucht. Der Pakt, der uns bindet, ist stärker als alle Eide der Welt. Worte, selbst unter Tränen geschworen, sind so zerbrechliche Bande wie die Gebete der Mönche: Sie müssen alle Tage wiederholt werden, damit sie nicht zu Staub zerfallen. Aber zwei Körper, lägen sie auch nur ein einziges Mal beisammen, lösen sich nie mehr ganz voneinander. Sie bleiben verbunden durch eine Art heilige Verzauberung, durch ein unbesiegbares Du, durch eine gemeinsame süße, zarte Krankheit, die weder Revolte, noch Vergessen heilen können.

Mit diesen Gedanken beschäftigt, stapfte er, ohne sie zu sehen, durch die Misthaufen auf den Plätzen, platschte hoch erhobenen Hauptes durch die jauchigen Rinnsale in der Mitte der Gassen. Er fühlte sich beschmutzt und zufrieden, daß er es war, fühlte sich gestärkt, am ganzen Leibe zitternd, vertraut mit den rohen Wohltaten des Lebens.

Ein Pissestrahl schoß aus einem Fenster und bespritzte ihn von oben bis unten. Er beachtete es kaum, wischte sich mit einer flüchtigen Geste die Schulter, und aus allen Poren summend von der Liebesmesse, die er sich vorsang, verfolgte er weiter seinen geraden Weg. Ein paar Schritte später, jenseits einer Gassenkreuzung, an der eine Ulme mit reglosem, vom Gesang einer Amsel erfülltem Laubdach stand, hörte er irgendwo in der ruhigen Luft einen Fensterladen gegen die Mauer schlagen, eine Stalltür quietschen und verschlafene Hufe auf dem Pflaster scharren. Da fuhr ihm der Gedanke durch den Kopf, daß man ihn wohl bald erkennen würde, wenn er weiter so vor sich hinbummelte und sich an feurigen Gedanken berauschte. Er stellte sich vor, wie er, behängt mit Fetzen, die steif geworden waren vom angetrockneten Wein, über und über besudelt von Morast, altem Stroh und frischen Kratzern, inmitten der Leute, die nachtverstrubbelt auf den Türschwellen ständen, frei und unbeschwert in den Morgen träte. Man würde seinen Namen von Fenster zu Fenster schwatzen, würde an den Häuserecken über ihn lachen, würde ihn aus geheucheltem Versehen umrempeln, und kräftige Besenschwünge würden ihm, plötzlich aus dem Schatten der Hauseingänge aufgetaucht, die Asche der Küchen auf die Stiefel fegen. Doch unbeirrbar, strahlend, unerreichbar für das Skandalgetuschel, die Lästereien und heuchlerischen Gemeinheiten, den Blick noch weiter in die Ferne als bis zum fernsten Dach gerichtet, würde er aufrecht wie ein Gaunerkönig zu seiner Krönung weitergehen. Einen Moment lang gefiel er sich darin, von einem Novelli zu träumen, den keinerlei niedriger Gedanke mehr erreichen konnte, der, in allen Wettern heiter und gelassen, endlich Sieger über seine Ängste war. Doch als er von einem noch dunklen Platz her hellwache Stimmen und das Quietschen eines Brunnenblocks vernahm, lief es ihm kalt über den Rücken, und jene erlöste Seele, an der er gerade selbstgefällig formte, entflog ihm wie ein Vogel.

Er war nicht mehr weit von seinem Kloster entfernt. An diesen Häusern und Türmchen, die er nun hastig hinter sich ließ, kam er fast täglich vorüber, und rar waren die Leute, die ihn nicht grüßten. Er stolperte über eine junge Sau, die ein altes Weib, das er kannte, aus einem Stall herausließ, stürzte beinah hin, machte ein paar fluchtartige Schritte, zog sich sein Mantelstück wie eine Kapuze über den Kopf, damit sie sein Gesicht nicht sah, und ließ sich vom Gefälle der abschüssigen Gasse fortreißen, die zu der unbestimmten Helle eines Platzes hinunterführte, auf dem ein alter Christus aus Stein ihn mit offenen Armen auf der Schwelle des Tages zu erwarten schien. Hals über Kopf rannte er, gleichfalls die Arme öffnend, auf ihn zu, denn auf einmal war er bereit zu einer großen Umarmung des Wiedersehns ohne Scham oder Furcht oder Reue, ohne alles, was ihm auf dem Herzen lastete, ja selbst ohne den Glauben, den er so lange getragen hatte.

Als er vor ihm angelangt war, blieb er ganz außer Atem stehen und wußte einen Moment lang nicht, was er anfangen sollte mit der Freude, die er in sich spürte. Er umarmte die verwitterten Beine, küßte die aufeinandergenagelten Füße, dann richtete er den Kopf nach dem hohen Antlitz auf. Kein einziges Gebet kam ihm in den Sinn, keine einzige Frage. Er lächelte einfach über seine eigenen Schwächen und die Unordnung seines Habits und nicht minder in komplizenhafter Liebe für den Gekreuzigten, während er sich verlegen seine jämmerliche Kutte glattstrich. Dann tauchte er in die Rue du Colombier, stieß das Portal zum Kloster der Predigenden Brüder auf, durchquerte den Garten und eilte, ohne seine Schritte zu dämpfen und mit mächtiger Stimme nach Bruder Bernard Lallemand rufend, durch die menschenleeren Gänge.

Er fand ihn im Empfangssaal, wo er gerade mit viel Wasser die Fliesen wischte; dabei halfen ihm zwei Novizen, die er mit donnernder Übellaune herumstieß und zusammenstauchte. Als er, die Hände in seine Ärmelfetzen gesteckt und seine Stiefel zurückhaltend, um nicht den sauberen Boden zu verdrecken, auf der Schwelle erschien, bekreuzigten sich die zwei Jungmönche entsetzt und stammelten »Heiliger Herr Jesus Christus, steh uns bei!«, während Bruder Bernard seinen Besen fallen ließ, und ihm, gegen die Eimer stoßend und seine dicken Hände vorstreckend, entgegeneilte, wie wenn er befürchtete, sein Herr würde, kaum aus dem Krieg heimgekehrt, sogleich wieder aufbrechen, bevor er Zeit gehabt hätte, ihn zurückzuhalten.

»Geh einen Kessel Wasser heiß machen«, war alles, was Novelli sagte. »Los, troll dich und glotz mich nicht so an, verdammter Esel, ich bin doch nicht der Teufel. Siehst du nicht, daß ich mich waschen muß?«

Der andere stammelte einige Gott-im-Himmel, machte ein fassungsloses Gesicht und bekam nasse Augen. Er wollte die Befleckungen dieses großen Körpers, der ihm drohend in die Augen starrte, fachkundig abtasten, strich behutsam darüber, hielt aber seine Finger davor zurück, sie zu berühren, dann kratzte er sich am Schädel und stürzte plötzlich aus dem Saal, während er gegen diese Kanaillen niedersten Gesindels, die es gewagt hatten, seinen Jacques in einen solchen Zustand zu versetzen, immer lauter hallende Verwünschungen durch die Gänge stöhnte. Selig und zufrieden, daß er sich wieder innerhalb seiner bescheidenen, aber starken Mauern befand, folgte Novelli ihm ohne Eile. Er liebte das gute, bucklige Weiß dieses Hauses, in dem sich seine Schritte, seine Gesten, seine Seele ohne Mühe harmonisch in die vertraute Ordnung der Gänge und der Möbel fügte. Die Gerüche nach Mehl, Holz, getrockneten Kräutern und Pergament, das Licht des Tagesanbruchs, das zwischen dem Laub durch die schmalen Rundbogenfenster hereinfiel, kamen ihm mit einemmal unendlich viel gastlicher und mütterlicher vor. Er dachte, daß es ihm großen Schmerz bereiten würde, sie zu verlassen, wenn Gott eines Tages wollte, daß er sie nicht mehr genoß, und er liebte sie an diesem jungen Morgen mit einer tiefgehenden Zärtlichkeit, wie er sie noch nie glaubte empfunden zu haben.

Die meisten Mönche waren zusammen mit denen des Klosters Daurade die Kathedrale dekorieren gegangen, und so war Bruder Bernard in der ganz von dichtem Dampf erfüllten Küche allein. Er hockte vor dem Kamin und blies unter den Dreifuß, wo ein gewaltiges Feuer von Weinstöcken knisterte. Das Wasser im Kessel rauchte bereits. Novelli setzte sich auf einen Hocker und zog sich, wie ein Greis über die Schmerzen in seinen Knochen nörgelnd, die Stiefel aus. Der Mönch stürzte mit purpurrotem Kopf herbei, um ihm zu helfen, und knurrte:

»Eine ganze Nacht lang im verkommenen Elend rumstreunen ohne Eskorte, ohne Begleiter, sogar ohne ein tüchtig schweres Eisenkreuz am Gürtel, das ist wahrhaftig die erschreckendste Torheit, die es gibt! Macht Ihr Euch denn überhaupt keine Sorge um die, die Euch lieben, daß Ihr Euer Leben aufs Spiel setzen geht, indem Ihr die Wölfe und Diebe geradezu anlockt, so schmächtig, wie Ihr seid? Zieht Euch aus, Elender, damit ich Euch den Rücken reibe.«

»Ich bin in einer Taverne gewesen, Bruder Bernard«, sagte Jacques mit einer grinsenden Beichtkindsmiene. »He, sachte, Mann, du striegelst mich ja wie ein Roß.«

»In einer Taverne? Was hattet Ihr denn da zu suchen, großer Gott? Ihr trinkt nur Wasser, Ihr verachtet die Gassenlieder und Ihr haßt die Säufer, das weiß ich genau: Bereits das kleinste Fäßchen Wein unter unseren Strohsäcken bringt Euch dazu, Gift und Galle zu spucken.«

Jacques log, daß sich die Balken bogen, und je mehr Phantastereien ihm in den Sinn kamen, desto genüßlicher zelebrierte er seine Zungenfertigkeit. Er schilderte Bruder Bernard, wie er, in Meditation versunken durch die kühle Nacht wandernd, durch ein Kellerfenster aufgeschnappt habe, wie johlende Schreihälse die Kirche und ihre heiligen Werke schmähten. Sofort habe er sich, von überschäumender Inspiration ergriffen, die Kerle ins Gebet zu nehmen, hinab in die Schlacht gestürzt. Dann habe er zwischen den Tischen zu disputieren begonnen. Doch diese ketzerischen Tagediebe, so behauptete er mit anschwellender Stimme, hätten versucht, ihm das Maul zu verbieten, und ihn mit ungeheuren Beleidigungen überschüttet. Dagegen habe er sich jedoch gewehrt und diesen gottlosen Visagen mit der Faust geantwortet. Da seien ihm einige gut katholische Zecher und gottesfürchtige Dirnen zur Seite gesprungen und hätten es, sosehr sie auch lallten vor Suff und so schwach sie auf den Beinen standen, derart tapfer mit diesen Teufeln aufgenommen, daß dabei sein hin und her gezerrter Habit schließlich zerrissen worden sei. Darauf sei ein ohrenbetäubender Schwarm von Krügen, Hockern, Fässern und Fackeln durch die Luft geflogen und habe die gotteslästerlichen Schwätzer in die Flucht geschlagen. Am Ende sei er, Novelli, mit weintriefendem Hintern in einer Wiege aus krummen Faßdauben hockend, aus einem Schlummer erwacht, in den ihn ein auf seinem Schädel zertrümmerter Krug entführt hätte. Die Nutten der Absteige, ungemein barmherzige Schwestern der Nächstenliebe – ihre Namen, arg gekünstelte, süßliche, erfand er aufs Geratewohl –, hätten ihm das Gesicht gewaschen und seien eifrig bemüht gewesen, ihm unter großem Respekt vor seiner Person Trost zu spenden. Erst am Rande der Morgendämmerung und nachdem er sie gesegnet habe, hätte er jene Unglücklichen verlassen können.

Während Bruder Bernard mit sprachlos offenem Mund den Ammenmärchen seines Ordensbruders zuhörte, stieß er zwischen dessen saftigen Phrasen leise verblüffte Schreie aus und hielt, wenn Novelli verstummte, mit beiden Händen eine Schale kochend heißer Milch vor sein fettes, gespanntes Gesicht, blies mit gespitzten Lippen darüber, um sie abzukühlen, und reichte sie ihm dann mit den vorsichtigen Gesten einer Großmutter zum Trinken. Eingehüllt in heiße Handtücher, schlürfte Novelli sie in wohligen kleinen Schlucken, während er den Mönch weiter im Auge behielt. Plötzlich fühlte er sich ganz angerührt von seiner zärtlichen Bosheit. Welch ein Genuß war es für ihn, zu sehen, wie blauäugig der seine Lügen schluckte! Er hatte Lust, ihn in seine Arme zu drücken, so gut tat er ihm.

Lügen ist ein herrliches Vergnügen, sagte er sich, wenn der, den man nasführt, rein und voller Anteilnahme ist. Und das ist Bernard: So rein und anteilnahmevoll, daß ich nun über uns beide so zufrieden bin wie nach guten Worten, denen man gut zugehört hat. In Wahrheit habe nicht ich ihn geleimt, sondern er ist derjenige, der mich in seinen seligen Augen, in seinen offenen Mund gefangen hat, und das war gut für alle beide. Ich muß ein arger Lump sein, wenn ich derlei törichte Gedanken habe. Warum macht mir Gott nicht den geringsten Vorwurf? Er lauschte den Wohlklängen, in denen sein Herz badete. Der Christus aus altem Stein, dem er vorhin auf dem Platz begegnet war, kam ihm in den Sinn, wieder sah er sein verwittertes Antlitz und seine hohlen Augen, die ihn aus der Ferne anblickten. Wieder sagte er sich: Gott ficht all dies nicht an. Melancholisch seufzte er auf. Bernard war inzwischen dabei, unter flinkem Wienern mit der Speckschwarte und kräftigem Nachreiben mit dem Wolltuch eifrig die Stiefel seines Herrn einzufetten. Während er mit ausgestrecktem Arm die Spiegelungen des Feuers auf dem Leder bewunderte, meinte er:

»Auch ich liebe die Nacht. Da fühlst du dich frei. Du kannst mitten auf der Gasse vor dich hin laufen, Selbstgespräche führen, dabei den mächtigsten Tanz aufführen und vor dich hin furzen ohne die leiseste Scham. Die Leute, die dir begegnen, gleiten an dir vorbei wie die Fische im Fluß. Die Weiber, die dich streifen, zermartern dir das Herz und machen dich heiß in den Lenden. 's ist eine gute Zeit.«

»Ja, 's ist eine gute Zeit«, meinte Jacques verträumt und faul in seinen Tüchern.

Als Bruder Bernard ihm eine saubere, nach Schrankkräutern duftende Kutte reichte, tat er dies mit einem demütigen, jedoch leicht spöttischen, leicht gezwungenen Lächeln, das plötzlich Novellis Mißtrauen erweckte. Er fühlte seine Lügen ins Wanken geraten, und linkisch, weil gereizt durch diesen vor liebevoller Tumbheit zerfließenden, doch allzu bohrenden Blick, kleidete er sich an. Als Bernard sah, daß sein Herr wieder streng wurde, beeilte er sich, ihm behilflich zu sein, strich ihm die Schultern glatt und sagte:

»Ich bin Euretwegen sehr beunruhigt gewesen, Bruder Novelli. Als ich sah, daß Ihr zur Stunde des ersten Offiziums nicht in unsrer Mitte wart, hab ich befürchtet, Euch wär ein Unglück geschehn. Die andern Mönche glaubten, Ihr hättet die Nacht in der Kathedrale verbracht, bei Euerm Oheim. Nachdem sie aus der Kapelle herauskamen, haben sie sich mit den herrlichen Wandbehängen, die wir gestern den ganzen Tag über abgestaubt haben, gleich dorthin begeben. Aber ich, der Euch gut kennt, wollte lieber in unserm Haus auf Euch warten und dabei meine Hände beschäftigen, um meine Sorge zu täuschen. Jacques, Ihr habt eine Seele wie ein tollwütiger Hund. Ihr irrt durch die Gassen und Orte des Lasters wie ein heiliger Ritter auf der Suche nach dem Lindwurm. Überall müßt Ihr den Teufel herausfordern, ihn treiben, ihn anstacheln unter Gefahr Eures Lebens. Und was wär, wenn man Euch eines Morgens von Dolchen durchbohrt auf dem Grund eines tiefen Lochs wiederfände? Habt Ihr einmal daran gedacht? Gott behüte, dann würd ich die Welt verlassen, würd mich zum Einsiedler oder Straßenräuber machen vor Schmerz. Ihr wißt sehr wohl, daß ich Euch ob Eurer Tollheiten wie einen älteren Bruder liebe, obwohl ich älter an Jahren bin als Ihr, und doch ängstigen sie mich, Jacques, sie ängstigen mich sehr. Geb der

Himmel, daß eines Tages ein Gran Weisheit Euer Haupt beschwert. Kommt, beugt Euch nieder, ich muß Euch das Gesicht ein wenig mit Mandelöl salben, denn Ihr stinkt noch nach Wein.«

Novelli blieb steif und ließ sich naserümpfend parfümieren. Als er den Mönch einen neuen Mantel ausbürsten sah, übermannte ihn der Drang zu einem schwierigen Geständnis, und eine mächtige Bluthitze schoß ihm ins Gesicht, als er sagte:

»Bernard, ich will nicht mehr Inquisitor sein. Ich will ein Bettelmönch werden.«

Bruder Bernard zuckte bestürzt zusammen, dann brach er in Gelächter aus, fegte mit den Händen durch die Luft, als würde er Fliegen verscheuchen, und brummte:

»Nu, nu, spielt nicht das kleine Kind. Ihr habt eine große Bestimmung zu erfüllen, und wenn's sein muß, dann fühl' ich mich, verdammt noch mal, durchaus imstande, Euch mit Knüppelschlägen zu den Ehren zu treiben, die Euch verheißen sind. Laßt also ab von diesen grotesken Grillen. Nun seid Ihr bereits der Prior der Abtei zu Fontfroide, die Euer Oheim sein Leben lang komfortabel bereichert hat. Bald werdet Ihr Bischof sein, so lang, bis Euer Kardinalshabit geschneidert ist. Das ist Euer Weg, Bruder Novelli. Er ist glorreich, schnurgerade. Gleich werdet Ihr in der Kathedrale im ersten Rang der Geistlichkeit den Begräbniskondukt von Monseigneur Arnaud anführen. Der gesamte Adel wird vor Euch ein Knie zur Erde beugen und Euch die Hand küssen. Der Tag, der gerade anbricht, ist so sehr ein Tag der Gnade wie der Trauer, und nun seid Ihr fein genug herausgeputzt, um Euern Rang zu vertreten, wie sich's gebührt.«

»Bernard, hör mich an. Wenn einer unserer Mitbrüder dir in den Kopf setzen wollte, daß ich eine

Frau liebe, daß ich von meinem Weg abirre, daß ich der Ausschweifung fröne, daß ich meine Pflichten versäume, um mich an ihrem Leib zu reiben, sag, würdest du ihm glauben?«

»Ihr, Bruder Novelli? Nein«, entgegnete der Mönch beinahe flüsternd und unsicher. »Ihr seid zu schüchtern und so streng, so erhaben! Selbst in der Tiefe der Kaschemmen, selbst wenn Ihr nächtelang herumstreunt wie ein Spitzbub, werdet Ihr noch eine höhere Luft atmen als unsereins, nämlich in den Wüsten Gottes über den Wolken.«

Er schwieg einen Moment, glotzte verwirrt und begann schließlich, mehr und mehr errötend und immer herzlicher zu lachen:

»Nein, wahrhaftig, nein, Euch kann ich mir nicht ausmalen, wie Ihr mit Weibertitten turtelt und Euch in einem Bett wälzt wie das liebe Vieh. Also warum stellt Ihr mir so närrische Fragen? Glaubt Ihr, Ich kenn Euch nicht? Eher wärt Ihr imstande, die Marter zu erdulden, als einer lieblichen Sünde zu erliegen, Ihr Armer.«

Novelli senkte die Stirn und ging, ein wenig schweren Geistes zwar, doch beruhigt, von dannen.

Auf der Schwelle des Portals erleuchtete der blendende Tag sein Gesicht, und er mußte die Augen zukneifen. Er wandte den Kopf zur Seite nach dem noch feuchten Schatten. Dort, in der Gasse, erwartete ihn eine Eskorte der Stadtwache mit einem gesattelten Maulesel, der bis zu den Fesseln von einer mit goldenen Arabesken und Kreuzen bestickten schwarzen Schabracke bedeckt war. Ein Sergeant sprang zu Boden, um ihm den Steigbügel zu präsentieren. Sein kurzer scharlachfarbener Umhang duftete nach Waschhaus und war noch von der Steifheit sauberer Wäsche, sein rotes Gesicht hatte das Feuer des Barbiers zu spüren bekommen.

Novelli durchströmte eine flüchtige, freudige Rührung, eine Anwandlung von Freundschaft für das feierlich linkische Gebaren des Mannes. Vertraulich stützte er sich auf seine Schulter, warf ihm ein Lächeln zu und schwang sich in den Sattel. Der andere zog sich wie ein eitler Geck die Handschuhe zurecht und verteilte seine Reiter um das Roß des Inquisitors. Die Kruppe der Pferde, das Lederzeug, die Eisenbeschläge funkelten einen Moment zwischen Streifen von Halbschatten und Durchbrüchen von Sonne, während die Tiere ungeduldig mit den Hufen scharrten. Jacques fühlte sich ganz heiter und ausgelassen inmitten dieser Männer, die gestelzt mitleidige Mienen zur Schau trugen, außer zwei jungen Kerlen, die hinter dem Kragen ihres Umhangs kicherten und in gedämpftem Ton miteinander schwatzten. Er schlug für die frechen Bengel sowie für die anderen ein Kreuzzeichen in die Luft, wobei er das Gefühl hatte, er würde auch sich und seine bescheidene Familie von Bäckersleuten segnen, dann setzte er sich, edel im Sattel und mit hoch erhobenen Zügeln, an der Spitze des Zuges in Trab.

Bruder Bernards zuneigungsvolle Illusionen waren ihm noch nicht aus dem Kopf gegangen – und auch nicht das sündhafte Glück seiner eigenen Lügen. Eine Weile hatte er nun alle Muße, sie zu genießen und das Maß ihrer Niedertracht zu wägen. Und dies tat er mit genüßlicher Hingabe. Allmählich gefiel er sich darin, diese Wonnen mit den Erinnerungen aus seiner chaotischen Nacht zu vermischen, und bald regten sich die kraftvollen Wahrheiten seiner Seele mit seinen prachtvollen Erfindungen, seine ungestehbaren Demütigungen mit seinen Hoffnungen auf Ruhm, seine lautersten Worte mit seinen heimlichen Wirrsalen so innig miteinander vereint wie Körper während der Liebe. Und während er sich von dieser herrlichen Brandung forttragen ließ, da wurde ihm mit einemmal klar, daß seine Lebenskraft, die ihm nun ein leises Lachen in die Kehle trieb, nicht aus jenen Schatten und jenem Licht gemacht war, die einander schmerzlich entgegengesetzt und doch in einer rasenden, unermeßlich jubelnden, vielleicht heiligen Ehe einander vermählt waren. Gott und der Teufel ficken einander, um uns das Blut zu erhitzen, sagte er sich. Das ist das einzige Werk der Wahrheit, das es zu ehren gilt! Während er der Beisetzung des Arnaud Novelli entgegenritt, jenes glückseligen Sünders, Philosophen und Ungläubigen, der ein so großer Kenner der Liebe war, sah Novelli nicht mehr das Volk, das sich längs der Gassen, an den Fenstern, in den Türen, auf den mit Trauerbannern behängten Plätzen drängte, noch die Kinderscharen, die vor dem Geleitzug herliefen, noch das vor den Hufen seines Maultiers aufflatternde Geflügel, sondern er sah nur noch Stéphanie, herrlich nackt und schamlos, daß er vor Freude hätte weinen wollen, glorienumschienen wie eine Notre-Dame im Donner des Pferdegetrappels und der Glocken, die wie Herzschläge der Sonne hallten.

Am Carrefour de la Croix-Baragnon sprang er aus dem Sattel, mitten hinein in ein großes Durcheinander von Soldaten in Waffen, entgegenlaufenden Mönchen und Gaffern von jeglicher Sorte, die zu dicht herangetreten waren, um sich am Anblick der heiligen Berühmtheiten zu weiden, und mit kräftigen Ellbogenstößen zurückgedrängt wurden. Man öffnete ihm einen Durchgang durch das Geschrei der Menge bis hin zu den zwei Rängen von Soldaten, die mit Blick zueinander über die gesamte Länge der weiten Place Saint-Étienne postiert waren. Er entfernte sich in der Mitte der Gasse, die ihm diese

Männer bahnten, deren Gesichter unter schweren Kettenhauben glänzten und die doch so unbewegt blieben wie Holzfiguren, so steif und starr wie ihre Piken, die sie Faust an Faust vor ihre Brustpanzer hielten. Schaulustige schoben und stießen sich hinter ihren Schultern wie zwischen Palisadenpfählen, zeigten einander mit gierigem Finger den Groß-Inquisitor von Toulouse und betrachteten andächtig die Prozession von *Miserere* singenden Mönchen, die ihm unter dem langsamen und dröhnenden Läuten der Glocken folgten. Während sie vorüberzogen, wurde ihr heiliger Gesang von Frauenstimmen aufgegriffen und verbreitete sich, weitergetragen von Gesichtern, die in der staubigen Luft nicht zu unterscheiden waren, einen Moment lang unter dem Volk. Die Massen drängten sich bis an die Ziegel der niedrigen Arkaden rings um den Domplatz, auf denen Kinder thronten und der Menge mit lebhaftem Gefuchtel zuwinkten. Novelli bemerkte sie in der Ferne, befürchtete, sie könnten herunterstürzen, und beschimpfte sie in seinem Herzen. Wie zerbrechlich und ungestüm sie wirkten! In dem allgemeinen Lärm hörte er Rufe von Müttern, die sie, drohend mit den Armen über ihren Hauben rudernd, ausschimpften. Das beruhigte ihn, und so genoß er die festliche Ausgelassenheit, die er hinter den Rüstungen und dem Gefunkel der Lanzenspitzen spürte, dann sah er große Vögel langsam über der Fassade der Kathedrale kreisen, vor der trauerfarbene Behänge, vom Dachrand bis zum Boden entrollt, im Wind klatschten. Nur noch wenige Schritte war er vom Portal entfernt. Während er mit steifer Haltung auf diesen hohen klaffenden Rachen zuschritt, witterte er plötzlich etwas Böses, Unheimliches in der Luft, was ihm das Herz ausdörrte. Und doch war die Sonne voller Güte und durchduftet von Erinnerungen an warmes Stroh. Mit einem tiefen, genüßlichen Seufzer sog er diesen Wohlgeruch in sich ein, bevor er in den berauschenden Weihrauchduft der gewaltigen Höhle eintauchte.

Von dem mit Sternen bemalten Deckengewölbe hingen am Ende dicker Ketten eiserne Räder, besteckt mit zahllosen Kerzen, deren wogende Flammen bis in die hintersten Tiefen des Kirchenschiffs erschlagende Prachten mit schwerem Gold illuminierten. Das hohe Schiff hallte von einem düsteren Raunen wider. Mit gefalteten Händen und gesenkten Hauptes schritt Novelli auf dem purpurnen Teppich zwischen den mit Standarten geschmückten Pfeilern voran. An jenem Ende der Kirche standen, zu einer ernsten Schar gedrängt, in Paradeornat gekleidet, das Haupt bedeckt mit Flitterzier und in vorteilhafter Haltung auf ihren übermäßig hohen Absätzen, die Notabeln der Stadt versammelt.

Während er sich mit langsamen Schritten auf das Gestühl der Vornehmen zubewegte, wo sein Platz war, hörte er beim Vorüberschreiten Brokate erzittern und Münder tuscheln, sah Köpfe sich zu benachbarten Ohren neigen und fühlte, wie er von dieser Versammlung gerissener Möchtegernmächtiger – die je nach Stimmung der Kandelaber und Schatten der gockelhaften Gewandung undurchdringlich dick oder boshaft spitz, hochmütig oder vorsichtig wirkten – schamlos gemustert, umschmeichelt, mit den Augen beleckt, beneidet und wie ein Stück Fleisch in der Auslage gewogen wurde. Er war der Mann, den man sich künftig gefügig machen mußte. Man rühmte sich mit komplizenhaften Mienen, ihn gut zu kennen, man mutmaßte flüsternd über die neuen Machtbefugnisse, die der Papst nicht versäumen würde, ihm zu verleihen (der, wie jedermann wußte, seine Wahl den Machenschaften des alten Arnaud Novelli zu verdanken hatte), und man fragte sich unter vorgehaltener Hand, welche Reichtümer, Ländereien und Abteien der Kardinal diesem einzigen Erben wohl hinterlassen hatte. Jacques fühlte sich von diesem Geschwätz hohler Seelen und diesen meuchelmörderischen Untertänigkeiten so schwer verletzt, daß ihm allmählich ein furchtbarer Geist der Revolte aus den Eingeweiden aufstieg und ihm das Hirn in Brand steckte. Er hüstelte um Atem ringend in seine gefalteten Fäuste und tat einen Seufzer, als würde er beten: Möge die Apokalypse hereinbrechen, o Herr, möge noch in diesem Augenblick der Fluch des Himmels herabstürzen auf diesen Hühnerhof abscheulicher Galgenvisagen! Ihn überkam die Lust, vor das Getuschel dieser aufgeblähten Säcke hinzutreten und ihnen einen solchen Sturm von Haß ins Gesicht zu schleudern, daß es ihnen die Kappen von den Köpfen wehte, daß die Pelze und bestickten Wämse auf ihrer Brust in Fetzen flogen und diese Visagen in die samtenen Finsternisse zerstoben, die die Wände bedeckten. Oheim, mein Oheim Arnaud, sagte er sich weiter, wie kannst du nur ein solches Aasgeschmeiß in unserer Gesellschaft dulden? Erlöse mich von diesem Volk, es verheert mir die Liebesgüte, die ich dir bringe, es leert mir das Herz. Hab Erbarmen und jag sie zum Teufel, damit wir in Ruhe einander gedenken!

Während er solcherart in seinem Innern die Leute verwünschte, erreichte er die Stelle unter den Lüstern, wo die Robentragenden standen, und er sah sie alle – Äbte, Priore, Fratres, Dekane und Chorherren – ihre Rücken beugen, als er an ihnen vorüberkam, und sich demonstrativ in ihre Paternoster versenken. Auch sie stellten sich ihn nun, während sie ihre Gebete herunterleierten, in Purpur, Gold und Gloria vor und küßten ihm schon im voraus mit scheelem Blick und die Hände unter dem Kinn gefaltet die beneidenswerten Ringe. Er wurde schier erdrückt von all dem Gehabe, fühlte sich fremd in dieser Versammlung, wo sein Geist nicht weilte, wo sein Glauben sich verlor, wo die einfachsten Hoffnungen, die er in Gott setzte, mit jedem Schritt sich verflüchtigten. Ihm war, als hätte er diese Leute, die ihm so wohlvertraut waren, nie gekannt.

Er betrachtete die Sträuße von Kerzen, die den Chor schmückten. Am Ende des Mittelgangs strotzte, auf eine schwarze, zwischen die Säulen gespannte Tapisserie gemalt, ein überdimensionales Kreuz. Vor ihm tauchten Kandelaber den spitzenbesetzten Hauptaltar in blendendes Licht. Am Fuße dieser heiligen Tafel stand, auf Böcken ruhend, umhüllt vom Qualm der Kerzen, die von Mönchen in der Hand gehalten wurden, der Sarg des greisen Toten. Jacques fand ihn bescheiden, zerbrechlich, voller Anmut. Für ihn sah er ergreifend aus wie ein Schlechtgekleideter, der sich unter zu prächtige Lichter verirrt hatte, und mit einemmal hatte er das Gefühl, als befände sich dort unter diesem glattpolierten Brett die einzige Wärme einer Seele in dieser Kathedrale – und vielleicht der einzige wahrhaft Lebendige. Überall sonst gab es unter der Schar der Mächtigen nur Geschwollenheiten, Eitelkeiten und zwischen ihre schwammigen Hängebacken eingezogene, heuchlerisch ernste Fressen. Er nahm im Chorgestühl Platz, ohne das geschraubte Gegrüße des Seneschalls von Toulouse und des Grafen von Foix zu beachten, der allein für sich zwei Plätze einnahm, so ausladend waren seine Pelze und seine gespreizten Schenkel unter seinem Wanst. Geliebter Oheim Arnaud, flehte er unter mächtigen, jähzornigen Schluchzern, schütze mich vor diesen Bestien, schütze mich davor, jemals von deren Zunft zu sein, schütze mich davor, jener Krankheit der Macht zu verfallen, die die Seele aus den Blicken löscht und mir noch ärger angst macht als ein Lepraleiden. Ich will ein Lebender bleiben, Gott im Himmel, ich will ein Lebender bleiben!

Die Adligkeiten an seiner Seite sahen ihn mit steifem Rücken auf seinem Sitz und mit ungerührter Miene weinen, und man wisperte einander zu, daß der Sohnesschmerz des jungen Mannes ja sehr ergreifend, der Würde eines künftigen Prälaten aber schwerlich angemessen sei.

Plötzlich erschien ihm durch einen Nebel von Tränen Gui de l'Isle zwischen den Kandelabern des Altars. Als der dicke Bischof die Arme öffnete, um die Messe zu zelebrieren, senkte Novelli den Kopf und wollte ihn nicht mehr ansehen. So verharrte er während der gesamten Dauer des Totenamtes reglos und stumm, die Fäuste geschlossen über seinen Knien und den Schädel erfüllt vom Singen der anderen, ihrem profunden *Amen*-Gemurmel und dem entfesselten Rauschen ihrer Kniefälle. Am Ende des Offiziums hielt Gui eine langsame, lauthallende Eloge auf den Kardinal. Heuchlerisch ergoß er sich über die Frömmigkeit des Verstorbenen und seine Liebe für die Elenden, hielt zwischen den Phrasen inne, um dem Donnerhall seiner schönen Stimme unter dem Deckengewölbe zu lauschen, und ließ sich nur über seine Sittlichkeit recht zurückhaltend aus, um nicht Jacques' Haß auf sich zu ziehen.

Dann wurde Arnaud Novelli hinter dem Chor unter einer schmucklosen Bodenplatte, wie er es gewünscht hatte, bestattet. Sein Neffe blieb vor ihr knien, während die Leute die Kirche verließen, denn sie wagten es nicht, ihn zu stören. Allem Anschein nach war er in tiefes Gebet versunken. In Wahrheit wünschte er jedoch niemanden zu sprechen, und hinter den vor sein Gesicht gehaltenen Händen tat er nichts anderes, als sich immer wieder seinen Haß auf die Mächtigen vorzubeten. Mit der Stille überkam ihn allmählich wieder Frieden, und er war imstande, sich ruhig zu sagen, daß er in seiner Karriere eines hohen kirchlichen Würdenträgers keinen Schritt weiter gehen würde, daß der Weg seines Ruhms hier, in der dämmrigen Tiefe des Kirchenschiffs hinter der hohen Tapisserie, die den Schein der jetzt nutzlosen Altarlichter abdämpfte, zu Ende war. Er stellte sich all die Dinge vor, die ihm noch zu tun blieben. Der Gedanke daran erschöpfte ihn bereits im voraus. Gleich würde er in die Sonne hinaustreten müssen, sich in die Menge begeben, seinen Mönchen mitteilen, daß er sie in Bälde verlassen würde, dem Papst schreiben, um ihn zu bitten, er möge ihm die Erlaubnis erteilen, nur mehr ein Armer zu sein. Danach würde er versuchen, über Wege, die er noch nie allein gegangen war, wieder zu Stéphanie zurückzufinden. Doch für welche Zukunft? Sein Geist verlor sich in einer mächtigen Wirrnis von Bildern und Worten.

Plötzlich fühlte er sich von einem Mantel gestreift. Es war Gui de l'Isle. Der Bischof hockte sich neben ihm nieder, packte ihn am Hals und sagte:

»Sieh mal, wer gekommen ist, um deinem Oheim seinen Gruß zu entbieten.«

Er hob den Kopf und sah, sich gegenüber auf der anderen Seite der Grabplatte, die große, leicht gebeugte Gestalt des Salomon d'Ondes. Zitternd, lächelnd, die Augen erneut voller Tränen, richtete sich Novelli auf, trat auf ihn zu, wollte ihm die Hände drücken. Aber als er ihn beinahe berührte, wurde er von einer mächtigen Gefühlswallung getrieben und auf einmal schloß er den Juden mit all seinen Kräften in die Arme und schluchzte:

»Seid gesegnet, seid gesegnet, Ihr seid der beste Mensch, den es auf Erden gibt.«

Salomon d'Ondes hielt ihn mit ausgestreckten Armen an den Schultern und schüttelte mit einer Miene tiefer, trauriger Zuneigung den Kopf.

»In Wahrheit, Maître Novelli, weiß ich nicht so recht, weshalb ich hier bin. Ich hatte vor der Kathedrale auf Euch gewartet, und als ich Euch nicht herauskommen sah, fühlte ich mich von einer Stimme gerufen, jedoch nicht von Eurem Gott, sondern von der Vorahnung eines Schmerzes, den ich mit Euch teilen oder zu lindern versuchen sollte. Ich habe Euch nichts anderes anzubieten als die Pulsschläge meines Herzens. Was sie wert sind, weiß ich nicht, doch wenn ich Euch genehm bin, will ich gern in Eurer Gesellschaft niederknien und nach Euch die Gebete wiederholen, die Ihr sprechen werdet. So, scheint mir, müssen wahre Freunde sein: Der eine muß des andern Kummer teilen, wenn er ihn denn nicht zu trösten vermag, und gemeinsam mit ihm hoffen auf bessere Tage.«

»Erspart Euch diese Mühe, Salomon«, sagte Novelli. »Alles ist gut. Vergebt mir, doch ich kann hier nicht länger atmen. In Bälde sehen wir uns wieder.«

Plötzlich kehrte er ihm den Rücken und rannte auf das sonnenbeschienene Portal am fernen Ende des Kirchenschiffs zu. Gui de l'Isle rief ihn zurück, doch er antwortete nicht, sondern hob nur, ohne sich umzudrehen, den Arm zu einem Zeichen, das offenließ, ob es Lebwohl oder Aufwiedersehn bedeutete.

»Jetzt ist er närrisch«, stammelte der Bischof.

»Nein«, entgegnete Salomon d'Ondes, »er ist zerbrochen.«

11

Als Novelli gegen Mittag in das Kloster der Predigenden Brüder zurückkehrte, begab er sich mit großer Hast und dem sehnlichen Wunsch, keiner Menschenseele auf den Gängen zu begegnen, geradewegs in die Bibliothek, so sehr fürchtete er bei dem Zustand, in dem er sich befand, die Blicke des Mitgefühls und die Worte, die es zu reden gäbe. Nachdem er unbehelligt seine Kammer erreicht hatte, schob er mit der Erleichterung eines Gejagten, der sich endlich in Sicherheit weiß, hinter sich den Riegel vor, dann trat er tiefer in das vertraute Halbdunkel ein und ließ den Kopf in seine Arme auf dem Kaminsims sinken. Nun mußte er seinen Geist wieder zusammenflicken, der durch die Verletzungen, die er während der Beisetzung seines Onkels erlitten hatte, und nicht minder durch Salomon d'Ondes' herzzerreißende Freundschaft, die ihm dieser auf wunderliche Weise ausgerechnet im schwärzesten Moment seiner Niederlage anbot, restlos aus den Fugen geraten war. Denn die Emotion, die ihn angesichts der Worte des Juden ergriffen hatte, war im Grunde ein so starker Alkohol wie sein Zorn auf die Adligen. Sie berauschte ihn nicht weniger und stürzte ihn zweifellos in tiefere und dauerhaftere Aufgewühltheit als die Grimassen jener vor Großspurigkeit und Gallsucht geblähten Herren, die ihm seinen Vormittag besudelt hatten. Diese kamen ihm bereits wie alte, abgelegte Gewänder vor, die nicht mehr der Rede wert waren: Das erste Lüftchen nach dem Sturm, der noch in ihm tobte, würde sie bald verweht haben. Doch wie ließ sich dieser Anfall von Verbrüderung zügeln, den Salomon d'Ondes in ihm entfesselt hatte? Der Gedanke machte ihn zittern, daß ihm schier das Herz zersprang. Er ertappte sich bei dem Wunsch, eines Tages in irgendeiner heldenhaften Schlacht für diesen Mann sterben zu dürfen. Meiner Lebtag hat mir noch nie jemand so gütig, so schlicht und einfach die Hand gereicht, sagte er sich. Das entzückte ihn, doch zugleich erschreckte ihn der Gedanke, er könne eines solchen Geschenks nicht würdig sein. Und jedesmal, wenn er versuchte, wieder auf den Weg der Vernunft zurückzukehren, trieben ihn die Zuckungen seines Herzens erneut zu kindlichem Träumen.

Und doch mußte er aufhören, solcherart abzuschweifen. Er schwor sich, alles daranzusetzen, Salomon der katholischen Religion zuzuführen. Dafür würde er beten, bis ihm die Stimme schwand, dafür würde er fasten, bis ihm die Knochen durch die Haut schienen, aber er würde seinen einzigen wahren Freund nicht außerhalb der Liebe Gottes stehenlassen. Dieser felsenfest erneuerte Entschluß beruhigte ihn. Er ging die beiden Kerzen an den Ecken des Lesepults anzünden und ließ einen langen Moment die Hände auf dem Einband des Inquisitionsregisters ruhen, das so viele arme Lebensschicksale, so viele Ängste, Irrtümer und Irrwege, so viel harte Gerechtigkeit und so wenig Erbarmen enthielt. Er hatte seine Arbeit während der letzten

Tage arg vernachlässigt. Sein Amt des geistlichen Richters lastetete jetzt nur noch wenig schwer auf ihm, so fest war er entschlossen, sich seiner Bürde zu entledigen, aber er konnte sich nicht verhalten wie einer, der einfach die Flucht ergriff. Die laufenden Prozesse mußten bis zu ihrem Abschluß geführt werden. Er wollte sich also zum Aktenstudium zwingen und begann, durch die Protokolle der Verhöre zu blättern, denen er in vergangenen Zeiten irgendwelche Pechvögel ohne Gewicht unterzogen hatte. In vergangenen Zeiten? Er las auf der angefangenen Seite in der Mitte des Folianten das von Bruder Pélisson mit fetter Feder notierte und mit dem Lineal unterstrichene Datum: »*Anno Domini 1321, den 9ten des Monats April.*« Das war weniger als drei Wochen her. Damals ging ihm beim Namen Stéphanie noch nicht das Herz durch, Salomon d'Ondes verkaufte in der Rue Jouzaigues noch seine Tuchware, Arnaud lebte noch und er selbst begab sich jeden Tag zum Château Narbonnais, um ein paar verschreckte Missetäter zu verurteilen, ohne sich dabei viele Gedanken zu machen. Achtzehn Tage waren seither vergangen, kaum so viel Zeit, wie die Knospen der Bäume brauchten, um zu ergrünen. Laut las er die letzte Frage, die er einem gewissen Jean de la Borde gestellt hatte, einem armen Viehhirten, der der manichäischen Ketzerei angeklagt war. Der Satz klang wie ein leerer Weinschlauch in seinen Ohren. Mit lauterer, durchdringender Stimme las er ihn noch einmal. Ihn überkam die Lust zu einem gallebitteren Lachen. Was für ein Mensch war er in jenem bereits fernen Leben gewesen, wo er hart arbeitete und sich nie zu Träumen hinreißen ließ? Er erinnerte sich an seinen großen mageren Körper, der bereits bei einem Nichts erzitterte, an seinen Geist, der sich unablässig über die

Tölpel und Furchtsamen erregte, die nicht in der Lage waren, sich klar und deutlich auszudrücken, sofort bereit, sich über Verstöße gegen die frommen Regeln zu empören, besessen fest verankert in der strengsten Logik, bis zur Zerknirschung darum besorgt, sich nicht die Hände oder die Kleider zu beschmutzen, und ohne irgendeine Form von Liebe außer für den unerbittlichen Gott der Herrlichkeit, der ihn an der Leine führte. Welcher Blitzschlag hat diesen Menschen, der ich war, zu Asche verbrannt, und durch welches Wunder bin ich noch fleischlich, leidend, freudig am Leben? fragte er sich, während er durch die Seiten des Registers blätterte und hie und da Bruchstücken seiner alten, geschwätzigen und trocken hallenden Haut begegnete. Wie konnte ich so nur leben? In Wahrheit bin ich gestorben und wieder auferstanden. Doch woher ward mir dieses neue Leben beschieden, das ich in diesem verwüsteten Herzen, in diesem verwüsteten Haupt spüre? Der Richter Novelli verbarg seine Leiden so gut, daß er sich in seinem Glauben unverwundbar wähnen konnte. Meine Seele ist zerschunden, sie blutet, und ich bin mir in nichts mehr sicher. Der Richter Novelli war ein schrecklicher Verfolger der Abtrünnigen und Renegaten. Ich bin ein liebestoller Mann des Fleisches. Der Richter Novelli wollte gerecht und konsequent sein. Ich dagegen hoffe, gut zu sein. Er wollte sich die verheißenen Ehren verdienen. Ich habe entdeckt, daß sie hassenswert sind. Bin ich glücklicher als er? Nein. Aber Gott ist mein Zeuge: Lieber würde ich wie ein Wolf durch die Wälder streifen, bis ich vor Hunger und Elend krepiere, als mich in der Schale des Richters Novelli dereinst als Papst zu sehen.

Er schlug den Folianten zu, trat an den Kamin und stieß mit dem Fuß gegen die halb niedergebrannten Scheite. Mit jähem Fauchen loderte das Feuer wieder auf. Dann betrachtete er lange und erneut ins Träumen geraten die Flammen und sagte immer wieder »das Leben, das Leben…« vor sich hin, mit jedem Atemzug immer nur diese Worte, und in ihrer schlichten Musik suchte er die Würze eines Sinns, der sich nicht in Worte fassen ließ.

Geräusche, ganz nah auf dem Gang, brachten ihn jäh wieder in die Welt zurück. Er hörte, wie man nach ihm rief, erkannte die Stimme von Bruder Bernard Lallemand und öffnete den Mund, um ihn zu bitten, man möge ihn in Frieden lassen, aber noch ehe er ein Wort sagen konnte, meldete der andere mit jener falschen Fröhlichkeit, mit der man zuweilen einem Kranken zur Last fällt, daß Maître Salomon d'Ondes da sei und ihn zu einem Spaziergang zur Kapellenulme einladen wolle. Sofort stürzte er wild pochenden Herzens zur Tür, öffnete sie einen Spalt weit und schob, den so teuren Freund mit den Augen suchend, zaghaft seinen Kopf hindurch. Er machte ein Gesicht wie jemand, den man gerade aus dem Schlaf gerissen hat.

»Vergebt mir«, sagte Salomon verlegen und mit dem Anflug eines Lächelns, »wenn Ihr wünscht, allein zu bleiben, dann kommen wir später wieder.«

»Nein, nein«, rief Novelli rasch. »Oh, Vitalis, Ihr seid auch da?«

Der Gaukler nickte mit heiterem Nachdruck, und Bruder Bernard tat über seiner Schulter ein gleiches, während er ihn mit dem Ellbogen anstupste. Den beiden Kumpanen und dem Juden im Dämmerlicht des Flurs stand eine leicht ängstliche Wärme ergreifender Freundschaft in den Augen. Als Novelli sie so verlegen dastehen sah, wurde er von einem leisen, strahlenden Schluchzen übermannt, und mit ausgestreckten Armen trat er auf sie zu. Da lösten sich die anderen plötzlich beruhigt und wollten alle gleichzeitig das Wort ergreifen.

»Ich geh in der Küche geschwind etwas Brot und Käse holen«, sagte Bruder Bernard, »und vielleicht ein Fäßchen Wein, wenn Ihr's erlaubt, mein Jacques. Es wird guttun, unter der Ulme was zu essen und zu trinken. Wartet auf mich«, rief er, während er bereits durch die Gänge davonrannte.

»Ich bin nie mehr auf der Kapellenwiese gewesen seit der Zeit, wo ich Monseigneur Arnaud dorthin zu begleiten pflegte«, meinte Salomon. »Eben hat mich die Lust angewandelt, in Eurer Gesellschaft wieder einmal dort hinzugehen. Ist das nicht eine gute Idee? Was Euch dringend nottut, Maître Novelli, ist etwas gute blöde Sonne, kühler Wein und Palavern ohne Arg. Ich habe früher einmal die Heilkunst erlernt, und ich kenn die probaten Mittel für Leute in Eurem Zustand.«

Vitalis schlüpfte zwischen ihnen hindurch und schloß mit übertrieben vorsichtigen Gesten eines Possenmimen die Tür der Bibliothek.

»Eure Philosophien dürfen nicht von dort entwischen«, erklärte er, mit dem Zeigefinger vor seinen Lippen, »sonst werden sie uns folgen und verderben uns den Spaß.«

Novelli und Salomon d'Ondes mußten beide gleichermaßen lachen, und ihr Gelächter hallte so fröhlich durch die Gänge, daß Bruder Bernard Lallemand, der mit einem Bündel Wegzehrung von der Speisekammer zurückkehrte, allein aufgrund der guten Laune seiner Gefährten auch zu lachen anfing.

Einander rempelnd wie vier übermütige, zu Streichen aufgelegte Schüler, verließen sie das Kloster. Jenes Glück eines freigelassenen Vogels, das er mit einemmal in ihrer Mitte verspürte, hatte Jacques nie gekannt. Bruder Bernard, der an seiner Seite durch die Gassen spazierte und zum ersten Mal in seinem Leben diesen so sehr bewunderten Mann auf gleicher Höhe mit seiner einfältigen Seele fand, betrachtete ihn, wie er die staubige Luft atmete, hörte zu, wie er mit den anderen törichtes Zeug schwatzte, und bekam große Lust, vor Freude aufzubrüllen und aller Welt seinen Herrn und Meister wie einen wunderlich Geheilten vorzuführen. Was für ein tapferer Narr, sagte er sich jedesmal, wenn Novelli ein hübsches Mädchen streifte und so tat, als würde er es nicht beachten, und was für ein gesegneter Tag! Durch die Poterne des Pénitents Blancs, das Schlupftor der Weißen Büßer, verließen sie die Stadt, spazierten eine Weile an der Stadtmauer entlang und entfernten sich durch einen strahlend blühenden Obstgarten. Als die Wiese in Sicht kam, begann Vitalis in mächtigen Sätzen wie ein junger Hund auf den alten Steinbrunnen und das ausladende Blätterdach der Ulme zuzurennen. Jacques folgte ihm, sich an Wind und Sonne berauschend und ebenfalls im Laufschritt, und der dicke Mönch schnaufte lachend und schreiend, den Saum seiner Kutte bis über die Knie gerafft, mit wiegendem Bäuchlein und seinem wippenden Bündel auf dem Rücken, hinterdrein. Als sie keuchend und mit strahlenden Gesichtern den Schatten der Äste erreicht hatten, betrachteten sie die ockergelbe Stadtmauer in der Ferne, die abschüssigen Weinberge, die blühenden Bäume und Salomon mit seinem schönen, geruhsamen Schritt eines Patriarchen, der die langen Wege gewohnt ist. Bruder Bernard hockte sich nieder, um das Tuch aufzuknoten, worin der Proviant verpackt war. Unter dem Rauschen des Laubs in der Brise zog er den Spund aus dem Fäßchen, reichte es Novelli und sagte mit einer Miene schallender Frechheit:

»Da, trink.«

Zum ersten Mal traute er sich, ihm Wein anzubieten, und ebenfalls zum ersten Mal, ihn zu duzen. Jacques überkam in seinem Innern ein schelmisches Lachen, doch er bemühte sich, nach außen hin diese neuen Manieren nicht zu bemerken, trank ein paar Schlucke direkt aus dem Spundloch und so unbeholfen, daß ihm der Mund überlief. Streifen roter Rinnsale liefen ihm über das Gesicht, er würgte, hustete und rülpste, dann reichte er dem Mönch sein Fäßchen zurück und dankte ihm mit ersterbender, doch würdevoller Stimme. Bevor der andere seinerseits trank, hob er mit freudestrahlendem Gesicht das kleine Faß mit beiden Händen über seinen Kopf, wie wenn er dem Himmel zuprosten wollte, wobei er ein wohlvertrautes *Benedicite* murmelte. Vitalis Le Troué trat an Novelli heran, ließ Münzen in seiner Hand klimpern und fragte:

»Habt Ihr nicht Lust zu einem Spiel mit mir, Monseigneur?«

Als der andere ratlos vor Verwirrung gestand, daß er in seinem Leben noch nie Würfel oder Karten angerührt hätte, sagte der Gaukler, plötzlich von kleinen silbernen Sonnen umkreist, die er mit dem Daumen in die Luft schnippte:

»Mein Spiel ist kein Hasardspiel. Jeder von uns jongliert mit vier Sous. Laßt Ihr einen fallen, so gehört er mir, doch ich muß ihn wiederum aufs Spiel setzen und jonglier also mit fünf Sous und Ihr mit dreien. Laßt Ihr wieder einen fallen, gehört er wieder mir, und ich werf sechs und Ihr nur zwei. Dann ist's Euch ein leichtes, nicht mehr zu verlieren, und ich, der nun mit sechsen jongliert, hab die größte Müh, meinen Gewinn zu halten. Ihr wartet, bis ich einen Fehler mach, und gewinnt in Bälde einen Sou, dann einen weiteren zurück. Das ist ein redliches Vergnügen und unendlich reich an Sinn. Je mehr man's übt, desto mehr lehrt es einen.«

»Hört nicht auf ihn, er schummelt«, warnte Salomon, der nun auch die Ulme erreicht hatte.

Der Jude lächelte durchtrieben, setzte sich ins Gras, trank ein paar kleine, vorsichtige Schlucke aus dem Fäßchen, wobei er darauf achtete, daß er auch nicht einen Tropfen verlor, korkte es wieder sorgfältig zu und schnitt sich eine Scheibe Graubrot ab.

»Erster Grad der Weisheit«, antwortete Vitalis, der gewandt wie ein Meister seiner Zunft bereits mit acht Sous jonglierte. »Wenn Ihr verliert, gewinn ich und gewinne weiter. Dann kommt der Moment, wo ich zu reich bin. Das Übermaß an Hab und Gut läßt mich in Armut kippen. Das ist das Gesetz des Himmels: Am höchsten Punkt des Tags beginnt die Nacht. Zweiter Grad der Weisheit: Weil Ihr verloren habt, seid Ihr nun am Gewinnen. Die Mittellosigkeit läßt Euch wieder zum Reichtum steigen. Das ist das nämliche Gesetz des Himmels: Der Tag beginnt um Mitternacht, im tiefsten Schwarz der Finsternis. Es gibt Tausende von Graden zu erklimmen. Ganz allmählich gewinnt man einen kleinen Einblick in die Brücken zwischen den konträren Gefühlen, sonderbare Wahrheiten über die Höhen und die Tiefen, das Leben und den Tod, und man ahnt: Wenn man die höchste Weisheit des Spiels erreichen könnte, würden die Sous von ganz allein bis in den Himmel tanzen. Dann bräuchten wir nichts anderes zu tun, als sie sinnierend zu betrachten. Hier, Maître Novelli, ich geb sie Euch zurück. Ich will doch keinen Inquisitor beklaun, der Wein trinkt und gütig den Jonglierkunststückchen eines Gauklers zusieht.«

Er streckte seine Hand voller Münzen aus, und Novelli stellte verblüfft errötend und amüsiert fest, daß die Geldbörse an seinem Gürtel geöffnet und leer war.

»Er spricht gut, nicht wahr?« meinte Bruder Bernard, die Wangen vom Kauen gebläht und die Augen erfüllt von Wundern. »Aber so schön du auch redest, Vitalis«, fügte er hinzu, nachdem er sich einen Schluck genehmigt hatte, »dein Gleichnis ist schief. Ich hab auf dieser Welt noch nie einen Adligen gesehn, der aus Übermaß an Reichtum in das Elend eines Leibeigenen stürzte, noch einen leibeigenen Knecht, der wegen Übermaß an Armut geadelt wurde.«

Schon halb betrunken, prustete er vor Lachen und schüttelte Novelli mit einer Tracht schwerer Rippenstöße. Der andere wies ihn barsch in die Schranken. Da sackten dem Mönch in jäher, reumütiger Zerknirschung die Augen nieder und er beeilte sich, seinem Herrn eine Scheibe Brot, belegt mit Käse, anzubieten.

»Ich sprech nicht für diese Welt«, sagte Vitalis mit plärrender Jahrmarktsstimme. »Was mich betrifft, ich verachte ihre Gesetze, ich hasse ihre Prinzipien, ich scheiß auf ihren Ruhm. Und Ihr, Monseigneur Novelli?«

»Der Haß hält mich mit ihr verbunden«, antwortete Novelli mit vollem Mund. »Aber er wird bald erlöschen, so Gott will. In Wahrheit hält mich auch die Sorge um Gerechtigkeit mit ihr verbunden. Ich liebe die Menschen und ich wünschte, sie wären gut. Doch ich bin gewiß sehr hochmütig. Der Käse ist vorzüglich, Bruder Bernard.«

»Ich hab auch noch süße Fladen mit eingepackt«, flüsterte der andere vertraulich.

»Nein, ich sprech nicht für diese Welt«, wiederholte Vitalis noch einmal, wie wenn er zum Gras der Wiese redete. »Ich sprech für das Leben, das sich in unsren Leibern dreht und schlägt und uns zu Kopf steigt und uns in die Lenden fährt und ständig mit den niedersten Gelüsten, den höchsten Verlangen an uns feilt. Was sich dagegen in dieser Welt bewegt und bekriegt, ist nichts als Schein. Dort kann man sich mit nichts anderem beschäftigen als mit List und Tücke, um zu überleben, die Schläge zu parieren, zu flüchten oder zu beißen, wenn man bedroht wird. Nur die Mächtigen und die großen Banditen verwechseln das Leben und die Welt. Sie sind närrisch: Sie glauben, um ins Paradies zu gelangen, genügt es, sich mit dem Arsch auf das Haupt der Armen zu hocken und sie mit der Peitsche zu traktieren, um sie in den Himmel zu treiben.«

»Heute morgen in der Kathedrale«, sagte Novelli, »haben die Leute mir angst gemacht. Sie schienen mir entseelter als der Leichnam meines Oheims Arnaud in seinem Sarg. Ein schrecklicher Tod, von dem ich nie auch nur etwas ahnte, vereiste die Gesichter der Adligen, geisterte durch das Geschwätz der kleinen Gernegroße und saß, o Unglück, sogar den Geistlichen im Nacken. Alle waren wie höfliche Teufel. Ich glaubte, sie wären verhext. Kein Funke Freisein lebte in ihnen, kein Funke Hingabe oder auch einfach Hoffnung.«

»Was die Masken der Macht erschreckend macht, ist das unheilbare Fehlen von Liebe«, meinte Salomon.

»Das ist der Grund, warum ich nicht mehr zu diesen Menschen gehören will, die über ihresgleichen herrschen.«

»He, was singst du uns da in die Ohren, Jacques?« rief Bruder Bernard. »Die Völker brauchen doch beschlagene Seelen wie die Deine, um die Wege vorzuzeichnen und uns zu führen in gesetzter Ordnung, denn sonst wären wir wie verirrtes Vieh. Ich verbiet dir, weiter dran zu denken, von den Ehren zu desertieren, die auf dich zukommen. Trink, Bruder, du hast's dringend nötig.«

»Ich weiß nicht, ob es für die Städte, für die Länder, für die Träume eines jeden tatsächlich Herren braucht«, meinte Vitalis, »aber wenn schon, dann müßte man sie, damit das Leben nicht gar zu sehr leidet, abgesondert in mächtigen Aussatzspitälern halten wie gefährliche und erbarmungswürdige Leute. Denn das Fehlen von Liebe in ihrem Gesicht, wenn sie zum Volk sprechen, macht sie zu den Elendesten unter den Menschen. Und wenn wir uns auch aus Barmherzigkeit davor hüten müssen, ihr inneres Unglück zu verfluchen, so gehörte sich's zumindest, daß man jene armen Kranken nicht als die Besten unter uns rühmt.«

»Jacques und ich begreifen nichts von deinen Reden«, sagte Bruder Bernard, während er sich schwerfällig aus dem warmen Gras erhob, wo er allmählich einzudösen begann. »Komm, laß uns Münzen werfen, Vitalis.«

Salomon, der, die Hände über dem Bauch gefaltet und den Kopf an die Ulme gelehnt, dalag, wurde von einem mächtigen, stummen Lachen geschüttelt. Seine Augen glänzten vor Tränen, als er zu dem Gaukler meinte:

»Du hast die Tür der Bibliothek vorhin nicht gut verschlossen. Die Philosophien sind entwischt. Schmutziges Viechzeug, schmutziges! Sie jucken, sie reizen einem den Nerv. Was für ein Glück, daß der Wein sie erschreckt.«

Er richtete sich auf, um ein paar genüßliche Schlucke aus dem Fäßchen zu trinken. Novelli lächelte und überließ sich einen Augenblick dem milden Lüftchen. Unter einem blühenden Apfelbaum am Rand der Wiese hockten, von Angesicht zu Angesicht einander zugeneigt wie in einem gegenseitigen Gruß versteinert, ein Mönch und ein Soldat beim Schachspiel auf einem flachen Stein. Ein Pärchen Halbwüchsiger blieb einen Augenblick vor ihnen stehen, um das Schachbrett zu betrachten, dann entfernten sich die beiden, einander mit heiteren Reden stichelnd, in Richtung der von Vögeln umkreisten Kapellenruine. Das Mädchen schien verliebter zu sein als ihr Gefährte, schien es noch eiliger zu haben, den Schutz der verfallenen Gemäuer zu erreichen. Die haben schon Liebe miteinander getrieben, sagte sich Novelli, das sieht man deutlich: Sie ist voll seligem Verlangen, und er geht ohne Fieber jener Lust entgegen, von der er bereits gekostet hat. Er dachte an Stéphanie, stellte sich an ihrer Seite unter der Ulme vor, wie er ihr inmitten seiner gelassen zusehenden, mitwisserischen Freunde die Wange küßte und ungezwungen mit ihr schwatzte, um sie zum Lachen zu bringen. Er begann vor sich hin zu summen und schon bald schwebte jenes gewöhnliche Glück im flimmernden Licht des Weingrüns und der Bäume weit in der Ferne so wunderbar wie eine himmlische Hochzeit vor seinen Augen. Er dachte, daß er es in seinem jetzigen Leben niemals erleben würde, doch dies erfüllte ihn nicht mit Schwermut, und sein Geist war wie ein Garten Eden.

An seiner Seite jonglierte Vitalis mit sieben Sous, und Bruder Bernard, der in einer fetten Hand nur einen einzigen hüpfen ließ, versuchte sein Gegenüber aus der Fassung zu bringen, indem er ihn mit spöttischen Reden überhäufte. Jacques amüsierte sich eine Weile an ihrem Treiben, dann begann er in schläfriger Nachsicht über sich selbst zu schmunzeln. Leb und schlaf und iß und geh, wohin Gott dich treibt, und stell keine Fragen, sagte er sich schnurrend. Die Wahrheit fällt ab vom Geist, sobald sie reif ist, wie die Frucht vom Baume. Man muß ein recht wunderlicher Vogel sein, wenn man sich damit abplagt, den Leuten zu erklären, wie ein Apfel schmeckt. Er gähnte:

»Ich habe Durst.«

Das Fäßchen klang hohl. Er stand auf und ging am Brunnen trinken. Als er zurückkehrte, bemerkte er, daß Salomon ihn aus halb geschlossenen Lidern beobachtete. Er pflanzte sich vor ihm auf, stemmte die Fäuste in die Hüften und verkündete ihm stolz:

»Wißt Ihr, daß ich beschlossen habe, in Bescheidenheit und Armut zu leben? Ich werde mich bald zum Bettelmönch machen. Auf diese Weise wird Gott frei zwischen uns atmen, wie Ihr es wolltet.«

»Es gibt eine noch größere Bescheidenheit, noch schöner, noch tiefer als die der Bettler«, entgegnete der Jude, während er sich von seiner Siesta erhob und sich das Gras aus den Kleidern schlug. »Ihr werdet sie bestimmt entdecken, Maître Novelli, ich habe Vertrauen in Euch.«

»Wie? Ohne jedwede Macht, ohne anderen Besitz als meine ausgestreckte Hand, werde ich immer noch nicht demütig genug sein, um Euch vollends zu gefallen? Zum Teufel, muß ich vielleicht nackt durch die Lande ziehen?«

»Nein, nein«, sagte Salomon und lachte aus vollem Herzen. »seid unbesorgt. Ich lieb Euch schon sehr, so wie Ihr seid.«

Bruder Bernard ließ seinen letzten Sou fallen: Ein Novize, der, gewaltig mit den Armen winkend, wie angestochen über die Wiese gerannt kam, hatte ihn aus der Konzentration gebracht. Mit glühendem Gesicht blieb der Mönch vor Novelli stehen und meldete ihm in abgerissenen Sätzen zwischen seinem rasselnden Keuchen, gerade sei ein Bediensteter des bischöflichen Palasts mit einer Botschaft des Bischofs im Kloster eingetroffen. Gui de l'Isle wünsche so bald wie möglich mit seinem Bruder, dem ehrwürdigen Herrn Inquisitor, zu sprechen. Die Angelegenheit schien dringlich zu sein. Von jäher Unruhe ergriffen, blickte Jacques Salomon an, dann entfernte er sich und ließ seine Freunde mehr als verwundert zurück. Er sah, wie das halbwüchsige Pärchen mit zerzaustem Haar und Gewand wieder aus dem Versteck der Ruinen heraustrat. Völlig unbekümmert waren die beiden jungen Leute immer noch dabei, sich aneinander zu erschöpfen. In seiner wiedererlangten Angst fand er sie verabscheuenswürdig, stieß sie, von schwärzesten, kläglichsten Gedanken erfüllt, aus dem Weg und überholte sie wie ein Rasender. Nein, es gibt keinerlei Erbarmen auf dieser Welt, sagte er sich. Auf jede Stunde der Güte folgt eine neue Marter. Auf Gott zu vertrauen, ein Ding der Unmöglichkeit. Er lenkt uns von unseren Nöten nur ab, auf daß wir noch sicherer in seine Gruben fallen!

Stéphanie ist ein Unglück zugestoßen, dieser Gedanke hämmerte ihm mit mächtigem Pochen des Blutes gegen den Schädel. Welche andere Nachricht verdiente eine solche Eile? Gui wußte, daß er in sie verliebt war. Er wollte ihn als guter Bruder selbst benachrichtigen, gewiß aus Furcht, die Nachricht von dem Drama könnte ihm zu großen Schmerz bereiten, wenn er sie von einem gleichgültigen Boten vernähme. Weit vor dem Novizen, der es aufgegeben hatte, mit ihm Schritt zu halten, trat er in einem öden Luftzug durch das kleine Tor der Poterne des Pénitents Blancs in die Stadt zurück und begann im Gewühl des Volks in den Gassen durch einen Nebel aus Schatten und gleißendem Licht zu rennen. Als er den Rand der Place Saint-

Étienne erreicht hatte, bemühte er sich, seine Eile zu zügeln und wieder eine edlere Haltung anzunehmen. Mönche und Kirchdiener machten sich vor der Kathedrale zu schaffen, kamen und gingen durch die beiden geöffneten Flügel des Portals ein und aus, beluden bereitstehende Wagen mit Wandbehängen in langen Rollen, ganzen Armen voll Kerzen und ganzen Packen verschnürter Fahnen, die sie wie Reisigbündel aufeinanderschichteten. Er ging an ihnen vorüber, doch niemand grüßte ihn – man wagte es nicht, denn er machte ein zu tief trauerndes Gesicht. In zwei Sätzen nahm er die Stufen zum Bischofspalast hinauf, stieg über die ausgedehnte Steintreppe zu der mit Diwanen und Pelzen möblierten Kammer hinauf, in der sich der Bischof für gewöhnlich aufhielt. Die Tür war nur angelehnt, er stieß sie auf. Gui saß mit aufgestützten Ellbogen in die Betrachtung diverser Pläne von Spitzbögen, Gewölben und gotischen Turmspitzen versunken an seinem langen Tisch vor dem Fenster.

»Tritt ein«, sagte er weich, ohne den Kopf zu heben.

Die Nachrichten waren nichts Ernstes, dessen war sich Jacques sofort sicher. Hätte sein geliebter Tölpel vor der Aufgabe gestanden, ihm das gefürchtete Unglück anzukündigen, dann wäre er ihm sogleich mit der Miene eines dicken winselnden Köters entgegengesprungen. Sofort erschien ihm die Welt wieder erträglich. Mißtrauisch trat er näher. Gui rollte seine Pergamente zusammen, räumte den Platz vor sich auf und reichte seinem Mitbruder unter einem befriedigten Lächeln seine beringten Hände.

»Jean Le Hongre ist verloren, mein Guter«, sagte er. »Setz dich und sei zufrieden. Madame Stéphanie wird bald wieder zurückkehren.«

Novelli ließ sich langsam auf einen Stuhl gleiten, während er, einen gewaltigen Schwall von Fragen im Kopf und die Augen noch voller Besorgnis, den Bischof unverwandt anstarrte. Gui de l'Isle genoß einen Moment die höchst seltene Befriedigung, diesen leicht zur Heiligkeit neigenden Bruder, von dem er sich verachtet wähnte, seiner Gnade ausgeliefert zu sehen. Bevor er den Mund aufmachte, wartete er, bis dieser die Brauen runzelte und ungeduldig auf seinem Sitz hin- und herruckte. Als Novelli gerade Atem schöpfte, um eine seiner üblichen Bosheiten loszulassen, sagte er:

»Ich werde nie begreifen, aufgrund welcher Verblendung, welch jäher Erweichung du glauben konntest, dieser Le Hongre sei des Mitgefühls würdig, du, der sonst soviel Scharfblick besitzt und soviel Geschick, wenn es gilt, über die Leute zu richten. Gott weiß, daß er ein ungemein lästiger Mörder ist. Mit ein wenig Gespür für Politik hätte er einen trefflichen Kriegsmann abgeben können: Andere von gleichem Schrot und Korn wie er haben's damit zu hohem Alter und hohen Ehren gebracht. Doch dieser Rotzkerl besitzt so wenig Hirn wie Erbarmen. Ich sag's dir: Der ist verloren. Weißt du, was er sich geleistet hat?«

»Er hat den Pastor von Castelsarrasin getötet«, antwortete Jacques und verzog schmerzhaft das Gesicht. »Und gewiß auch den Stadtvogt.«

»So ist es, mein Guter. Er selbst hat ihnen mit zwei Schwertstreichen die Gurgel durchgeschnitten. Das war, wie's scheint, recht grauenhaft.«

Er sagte dies mit der Angewidertheit eines Schmierenkomödianten, die Novelli zutiefst empörte. In den Augen des Bischofs leuchtete schamloser Jubel. Er haßte Le Hongre. Der arme Narr würde schon bald von sämtlichen Truppen der Grafschaft gehetzt werden wie ein Wolf – und allein dieser Gedanke genügte, um sein Gesicht auf seinen Schultern fett und breit zum Strahlen zu bringen. Mit Müh und Not konnte Jacques die vernichtenden Worte zurückhalten, die ihm hochkamen, er senkte den Kopf, und während er nachlässig mit dem Kreuz an seinem Gürtel spielte, erkundigte er sich wie beiläufig:

»Weiß man Neues über Stéphanie zu berichten?«

»Nicht das mindeste. Doch sie ist vernünftig, sie wird nicht bei ihrem Bruder bleiben. Sie kann niemanden mehr retten.«

»Sie hat mir einmal gesagt, wenn nötig würde sie mit ihm gemeinsam sterben, um ihn nicht allein vor Gottes Angesicht treten zu lassen.«

Während Jacques mit schwacher, zitternder Stimme und gesenkter Stirn diese Worte sprach, war er mit einemmal leichenblaß und schwitzte vor Angst. Als Gui ihn so tief erschüttert sah, kniete er vor ihm nieder, ergriff seine Hände, suchte seinen Blick und flüsterte:

»Liebst du sie so sehr? Möchtest du, daß ich ein paar Männer aussende, sie zu holen? Sag, möchtest du? Gerade habe ich einige Staffierreiter hier, die auf der Stelle aufbrechen können.«

»Sie wird ihnen nicht folgen.«

»He, zuweilen muß man sich drauf verstehn, eine Frau zu entführen. Meine Leute haben genügend Kraft im Griff, um sie dir schnellstens herzubringen. Glaub mir, sie wird sich vielleicht ein wenig sträuben, doch später, wenn du Bischof bist, wird sie dir tausend Dank sagen, daß du sie gerettet hast.«

Jacques hob den Kopf und starrte seinen Milchbruder wirr und sprachlos an. Das Gesicht ganz in Falten vor besorgter Zuneigung, erwartete Gui ein paar gütige Worte des Danks.

»Du kennst mich nicht mehr«, sagte Novelli statt dessen. »Du bist gütig und bist verachtenswert, du machst dir die größten Sorgen um mich und weißt nicht, welchen Schmerz du mir zufügst, indem du mir diese Güte erweisen willst.«

Er legte dem Bischof seine Hände aufs Gesicht und lächelte ihn mit dem Mut des Verzweifelten an. Der andere stammelte mit nassen Augen:

»Jacques, Jacques, ich weiß nicht, was sich in deinem Schädel braut, du machst mir angst. Ich bin nur ein einfältiger Mann, meine Gefühle mögen vielleicht grob und täppisch sein, doch wenn ich dich so dasitzen seh wie jetzt, dann segne ich den Himmel, daß er mich zu einem groben, unbeholfnen Klotz gemacht hat. Du versteigst dich zu hoch im Schmerz, zu hoch in der Güte, ich habe Angst, dich zu verlieren. Sag mir, ich bitte dich, was ist's denn, das dich so unglücklich macht?«

»Ich werde niemals Bischof sein«, antwortete Novelli. »Ich will nie mehr über die Leute herrschen. Ich habe beschlossen, allein nach dem Willen Gottes zu leben, ohne Macht, frei, ohne allen Besitz. Wenn ich Stéphanie durch deine Staffiers entführen lasse, verhalte ich mich wie ein vulgärer Goldarsch. Dann breche ich den Eid, den ich mir geschworen habe, dann verliere ich meine Seele und sterbe erdrückt von Schande. Und dennoch muß sie unbedingt am Leben bleiben und wieder zurück zu mir.«

»O Elend, was für ein Elend«, stöhnte Gui de l'Isle, »Du bist ja noch verrückter, als ich dachte.«

Sie verfielen in Schweigen und versenkten sich bedrückt und ungerührt vom Gezwitscher der Vögel auf dem Dachrand, vom geruhsamen Rauschen des Lebens auf dem Platz, in ihre jeweiligen Gedanken. So fand sie Jungfer Grazide, als sie ihren runden, haarverzausten Kopf durch die halb geöffnete Tür steckte: Jacques mit den Ellbogen auf den Tisch gestützt und mit tief gesenktem Kopf zwischen den Schultern, und Gui mit gequälter Stirn und in seinen Pelz versunken, der die Bodenfliesen bedeckte, durch das schmale Fenster in den blauen Himmel starrend. Sie trat ein und trottete auf Zehenspitzen auf sie zu, doch ihre Diskretion war nur Schein wie üblich. Boshaft verschmitzte Falten runzelten ihr die Augenwinkel, und das Tablett, das sie in den Händen trug, klingelte wie Geläut von Lämmerglöckchen. Es war beladen mit Silberbechern, einer Karaffe Süßwein und einem Berg Pfannkuchen. Sie blieb hinter Novelli stehen, küßte ihm das Haar und stellte ihre Köstlichkeiten neben ihn auf den Tisch. Dann faltete sie die Hände unter ihrem fetten Busen und machte Miene, sich zu entfernen.

»Grazide«, fragte sie Gui de l'Isle, »was muß man tun, wenn man es nicht fertigbringt, etwas zu tun, und dieses Etwas dennoch notwendig ist?«

»Auf Gott vertraun, mein Sohn«, antwortete sie.

Sie stand auf der Schwelle und betrachtete kichernd, in kleinen Rucken mit den Schultern und den Armen unter ihren schweren Brüsten zuckend, ihre beiden Männer. Plötzlich so verblüfft, als entdeckte er eine klar erwiesene, doch in Vergessenheit geratene Wahrheit, drehte Jacques den Kopf nach ihr um. Während sie ihm mit den Fingerspitzen einen muhmenhaften Kußmund zuwarf, sagte sie:

»Laßt die Pfannkuchen nicht kalt werden, denn sie sind weich und locker, wie sich's gehört.«

Dann trat sie hinaus und ließ die Tür einen Spalt weit offen. Gui hörte nicht, daß sie sich entfernte. Also belauschte sie sie noch. Sie herrscht über unser Leben wie zu der Zeit, als wir noch Kinder waren, sagte er sich. Sie weiß vielleicht mehr über uns als wir selbst.«

»Auf Gott vertrauen«, murmelte Novelli vor sich hin.

Aber der Bischof schenkte bereits verdrossen und an einem Pfannkuchen kauend, den Wein ein.

»Sie ist genauso verrückt wie du«, bemerkte er.

»Sie hat mich wieder auf meinen Weg zurückgebracht, mir geht's wieder gut, Gui, mir geht's wieder gut. Wir werden Stéphanie nicht holen lassen. Ich werde abwarten, bis sich Gottes Wille erfüllt.«

Sie verzehrten ihre Jause und tranken in Schweigen. Als Jacques sich erhob und aufbrechen wollte, erklärte er Gui de l'Isle, daß er vorhabe, dem Papst zu schreiben, um ihn zu bitten, er möge ihn von seinem Amt des Inquisitors erlösen. Gui flehte ihn an, die Sache noch einmal zu überdenken und ließ ihn das Versprechen ablegen, daß er ihm den Brief anvertrauen werde. Er würde ihn persönlich durch seine eigenen Boten nach Rom bringen lassen, wenn's ihm nicht gelänge, ihm seine Torheit auszureden.

Auf der Treppe des Palastes lief Novelli Grazide über den Weg und umarmte sie so kräftig, daß sie aufkreischte wie ein erwürgtes Huhn. Sie begleitete ihn bis zum Portal, hielt ihn einen Moment in den Armen, scherzte über seine gute Laune, dann ließ sie ihn gehen und schaute seinem hochgewachsenen, kräftigen Körper nach, wie er sich durch den Staub der Place Saint-Étienne entfernte, während sie sich das Haar unter ihrer Haube ordnete und ein inbrünstiges Gebet murmelte wie eine Mutter, die nicht weiß, wohin ihr Sohn geht.

12

Als Jacques in der ersten Frische des Abenddämmers im Kloster eintraf, fand er seine Mönche gerade versammelt um den Tisch des Refektoriums stehen und vor ihrem Kanten Brot und ihrem Napf, in dem die Suppe dampfte, das Vaterunser beten. Er nahm seinen Platz zwischen ihnen ein, senkte die Nase und bewegte wie die anderen vor den Spitzen seiner aneinandergelegten Hände die Lippen, aber er betete nicht. Als alle saßen und das Gemurmel und Rücken der Bänke und Hocker sich gelegt hatten, erkundigte sich Novelli nach Neuigkeiten über ihre diversen Arbeiten, und dies in einem fröhlichen, sanften Ton, wie ihn seine Fratres nicht gewohnt waren. Auf einmal schien ihn nichts mehr zu bedrücken, weder seine übliche düstere Laune, noch die Traurigkeit angesichts des Trauerfalls, der ihn gerade heimgesucht hatte. Er redete in liebenswürdigem Ton, interessierte sich mit ebensoviel Güte für die belanglosen Antworten wie für die häuslichen Sorgen und mischte sich mit lächelnder Gelassenheit in die wenigen schwierigen Affären von alltäglicher Politik und Wahrung des Glaubens, die seine Leute beschäftigten.

Zunächst antworteten die Mönche, die die Trockenheit seiner Worte und die Strenge seiner Blicke gewohnt waren, mit errötendem Gestammel auf seine Fragen und entschuldigten sich, daß sie ihn mit ihren kleinen Sorgen und Nöten belästigten, doch als sie sahen, wie bereitwillig und brüderlich aufmerksam er ihnen zuhörte, wagten sie herzliche Vertraulichkeiten und erkühnten sich bald, ihn zu der schönen Weile zu beglückwünschen, die er unter der Kapellenulme genossen hatte. Bruder Bernard hatte vor seinem Erscheinen bereits von ihrem Festschmaus berichtet. Novelli sah, wie er am hintersten Ende seiner Bank mit seinen Händen wild vor dem Gesicht der Sprechenden fuchtelte, um sie zum Schweigen zu bringen. Zweifellos befürchtete er, irgendeine Dreistigkeit könnte seinen Herrn wieder in schroffe Verschlossenheit zurückfallen lassen. Jacques beruhigte ihn jedoch in seinen Bedenken, indem er ihm wohlgelaunt zulachte und diejenigen, die ein Fläschchen oder Fäßchen unter ihrem Strohsack verborgen hatten, dazu aufforderte, ihre heimliche Reserve hierher an diesen Tisch zu bringen, damit die unendliche Milde Gottes würdig gefeiert werde. Sofort erhoben sich vier Mönche unter Gegluckse und schüchternen Hurras ihrer Gefährten und rannten zur Treppe. Als sie wieder zurückkamen, schwenkten sie Krüge und Korbflaschen über ihren Häuptern und drängten und schubsten sich um Novelli herum, denn jeder wollte dem anderen die Ehre streitig machen, ihm als erster den Becher zu füllen. Jacques ließ sie nachsichtig wie ein von aufgeregten und heißgeliebten Kindern umringter Vater gewähren, trank ein paar Schlucke und betrachtete friedlich die strahlenden Gesichter seiner Fratres, ihre glänzenden Blicke und demütigen Gesten, mit denen sie dafür sorgten, daß auch für ihren Mitbruder noch genug Wein übrigblieb. Doch er reichte kaum aus, und so konnte man die Becher nur zur Hälfte füllen, aber die Seligkeit dieser schlichten Männer war noch strahlender als vor einem Festmahl mit gebratenen Kapaunen und dem Duft aus alten Fässern. Das einzige Gebet, das Jacques in Gedanken sprach, bevor er sie mit ihrem Fest allein ließ, bestand darin, daß er diese braven Leute segnete und hoffte, auch er wäre eines Tages fähig, mit jener Miene, als würden sie wahre Wunder kosten, bereits die kleinsten Freuden des Lebens zu genießen wie sie.

Weder während des Angelus noch während des Nachtgebets, noch während der Matinen am nächsten Morgen betete er. Er verharrte in jenem Zustand wachsamer Güte, bemühte sich in jedem Moment, nichts zu begehren als das, was Gottes Wille war, freundlich und ohne Forderungen oder trübe Gedanken zu bleiben. In Wahrheit tat er jedoch nichts anderes, als auf Stéphanie zu warten, und verbrachte die Nacht mit offenen Augen im Finstern in seinem Bett, verbissen an sein Gottvertrauen geklammert, auf der Lauer. Schließlich gelang es ihm, sich davon zu überzeugen, daß der Herr über ihr Schicksal sie beide an ein und derselben Hand hielt und sie bald mit einem Hauch aus seinem Munde vereinen werde. Mit abergläubischem Fanatismus verankerte er sich in diese Gewißheit, denn er fürchtete, bereits der geringste Zweifel könnte ein unüberwindliches Hindernis zwischen ihnen errichten oder das Wohlwollen dessen vergiften, der sie einander in die Arme trieb. Er setzte sogar sein Leben darauf, daß sie sich in Bälde wiedersähen. Wenn Stéphanie nicht zurückkommt, sagte er sich, dann werde ich sterben. Er wiederholte diese Worte laut vor sich hin, damit Gott sie deutlich hörte und über das sinnlose Übel erschrak, das Er anrichten könnte, aber sofort darauf dachte er: Kann das denn möglich sein? Ist es möglich, daß Gott mir eine Prüfung auferlegt, die ich nicht ertragen könnte? Nein, denn Er wäre nicht imstande, das Leben seiner Diener so töricht zu verschwenden!

So kämpfte er bis in die Morgendämmerung hinein verbissen, seinen Seelenfrieden zu bewahren. Und doch konnte er nicht verhindern, daß er bis zur Erschöpfung davon träumte, wie er seine Gefährtin verwundet über morastige Wege schleppte, oder sich vorstellte, wie er sie mit all seinen Kräften durch gefährliche Finsternisse an sich heranzog, und mehr als einmal richtete er sich, wenn irgendeine Tür schlug oder Schritte durch das weitläufige Kloster hallten, jäh in seinem Bett auf und stammelte ihren Namen.

Beim ersten Stundengebet des Morgens, zu dem er völlig ausgezehrt von der durchwachten Nacht erschien, grüßte er die Mönche mit der Sanftheit eines Schwerkranken. Und seine bläßliche Freude dabei war keineswegs gespielt, denn schließlich hatte er beschlossen, fortan ungeheuer gütig und ergeben zu leben, und so hatte das Schreckliche nicht mehr das Recht, seine Seele zu rühren. In der Kapelle setzte er sich in die hinterste Bankreihe direkt an der Tür. Ohne daß es jemand bemerkte, versetzte er ihr einen leichten Tritt mit dem Absatz, so daß sie sich einen Spalt weit aufschob. Wenn jemand den Garten durchquerte, mußte er ihn also sofort bemerken. Einmal quietschte das Tor zur Seitengasse auf. Mit aufgewühltem Herzen horchte er nach draußen. Niemand zeigte sich. Es war wohl nur die Milchhändlerin von Saint-Cyprien, die ihre Milchkrüge auf die Steinbank neben den Eingang abstellen kam, wie sie es alle Tage tat. Nach dem Ende der Messe huschte er, ohne auf seine Mitbrüder zu warten, als erster hinaus. Er zwang sich, mit langsamen Schritten durch den herrlichen Morgen zu gehen, sich die Lungen mit der kühlen, würzigen Luft zu füllen, sich an den Gesängen der Vögel zu ergötzen und Gott für diese Wohltaten des Frühlings zu danken.

Doch lange konnte er sich nicht hinters Licht führen. Schon bald mußte er sich wütend eingestehen, daß sein Spiel nichts als Heuchelei war und daß ihn dieser verdammte Frühling einen feuchten Dreck scherte. Er zog sich in die Bibliothek zurück und schloß sich ein. Sein Vertrauen war ins Wanken geraten. Er nahm sich zusammen, marterte seinen Geist mit unumstößlichen Sentenzen: Egal, ob er sich vor Ungeduld verzehrte oder dem Schicksal überließ – was kommen mußte, würde unfehlbar kommen. Es war also besser, nicht mehr zu denken, nichts zu wollen und die Zeit zu vergessen. Aber wie endlos lange würde sich der Tag hinziehen, wenn er ihn ohne die geringste Nachricht verbringen müßte! Er schlug das Inquisitionsregister auf und blätterte darin, ohne eine Zeile zu lesen. Als Bruder Bernard ihn vom Gang her rief, beeilte er sich, die Tür zu entriegeln, und hoffte, es käme eine Aufgabe auf ihn zu, die so vereinnahmend und ernsthaft war, daß sie ihn von seinen bohrenden Gedanken ablenken könnte. Der Mönch machte ein Gesicht wie ein Klatschweib, gab ihm geheimnisschwangere Zeichen und tuschelte irgendwelche unverständliche Vertraulichkeiten. Novelli zitterte von Kopf bis Fuß und bat ihn, sich gefälligst deutlich auszudrücken.

»Madame Stéphanie wartet im Empfangssaal«, meldete Bernard flüsternd. »Was soll ich mit ihr machen, Jacques?«

Sein Herz hüpfte so hoch auf, daß er glaubte, er würde daran sterben, und sein Geist wurde von einem jähen Schwindelanfall geblendet. Und doch hörte er sich antworten, ohne die Stimme zu heben:

»Sie soll warten. Bring ihr etwas zu essen, sie muß hundemüde sein. Sag ihr, ich werde sie gleich vernehmen.«

Verblüfft blieb Bruder Bernard wie angewurzelt stehen und glotzte ihn an.

»Ich dachte, du wärst zufrieden, sie zu sehen.«

»Ich bin ja zufrieden«, antwortete Jacques, während er hinter sich nach dem Türknauf tastete. »Los, beeil dich, du dickes Vieh.«

Hastig schloß er sich in der Bibliothek ein, machte ein paar taumelnde Schritte bis in die Mitte des Raums, fiel auf die Knie, breitete die Arme aus, und sprach, die Augen zu dem Fensterspalt erhoben, von wo durch die Blätter gedämpfte Sonnenstrahlen hereinfielen, weinend und lachend das entfesseltste Dankgebet seines Lebens.

Als er sich dieser Sturzbäche besessener Dankbarkeit und ausströmender Angst schließlich entleert hatte, erhob er sich wieder, so zerschlagen, als wäre gerade ein Sturm von Stockschlägen auf ihn niedergegangen, trocknete sich die Augen, rieb sich mit Spucke die tiefen Schatten, die er um die Augen spürte, schlug sich auf die Wangen, um die Spuren der Tränen zu verwischen, und trat hinaus. Er mußte sich zwingen, gerade zu gehen. Auf der Schwelle zum Empfangssaal traf er Bruder Bernard, der ihm aufgelauert hatte.

»Ich hab getan, was du mir aufgetragen hast«, flüsterte er ihm ins Ohr. »Sie ist erschöpft und sehr ungeduldig, dich zu sehen. Wenn du mir glauben willst, dann sag ich's dir: Sie liebt dich ungemein.«

Er legte einen Finger an seine Lippen, um ihm zu bedeuten, daß er keiner Menschenseele etwas von dem, was er ahnte, sagen werde, und entfernte sich auf Zehenspitzen. Novelli trat ein, und wieder überkam ihn ein Zittern. Stéphanie stand neben dem Tisch, barfuß und in Fetzen gekleidet wie am Tag ihrer ersten Begegnung. Sie stürzten aufeinander zu und umarmten sich unter Stöhnen, lösten sich, um einander das Gesicht zu befühlen, wie wenn sie ihren Augen nicht trauten, dann warfen sie sich wieder, Leib an Leib, Schoß an Schoß, Gesicht und Hände in Panik und unter mächtigen Seufzern qualvoller Lust aneinander. Während er den Staub ihrer Stirn und ihres Haars küßte, stammelte Jacques, daß er an ihrer Abwesenheit beinahe gestorben wäre. Sie antwortete nicht. Schließlich hielt er sie in ausgestreckten Händen umfangen, betrachtete sie überströmend von Worten der Liebe und der Seligkeit, und sah, daß sie in der Tat sehr ermattet und unglücklich war. Er beeilte sich, ihr einen Stuhl anzubieten, nahm ihr gegenüber Platz und reichte ihr mit einem ermutigenden Lächeln die Schale Milch, von der sie noch nichts getrunken hatte. Sie legte ihre Hände auf die seinen, zog sie an sich heran und sagte mit ihren Blicken: Komm, gib du mir zu essen, gib du mir zu trinken! Er gehorchte ihr, und gierig löschte sie ihren Durst, während sie sich immer noch in den Armen lagen. Dann löste sie sich von ihm und senkte den Kopf. Da war er es, der ihre Finger ergriff und sie mit seinem Atem wärmte.

»Weißt du, was passiert ist?«, fragte sie.

»Ja, ich weiß. Hast du deinen Bruder gesehen?«

»Ja. Er ist es, der mich herschickt.«

Er starrte sie an, plötzlich mißtrauisch und aus der Fassung gebracht. Eine zerknirschte Miene trat in ihren Blick, ängstlich fuhr sie zusammen, setzte sich zu seinen Füßen auf den Boden, legte ihren Kopf in seinen Schoß und umfaßte seine Knie.

»Ich hatte gehofft, du kämst wieder, ohne daß dich erst jemand dazu drängen muß«, sagte er.

»Als ich in sein Lager kam, da war's schon zu spät: Die zwei Gefangenen von Castelsarrasin waren tot. Jean kniete vor ihren Leichen. Er betete. Da bin auch ich auf die Knie gefallen – vor ihm. Mein Entsetzen über das, was er getan hatte, war so groß, daß ich ihn am liebsten erwürgt hätte und dann gestorben wäre, aber ich hab's nicht fertiggebracht, ich hab mich an ihn geklammert, hab ihn an mich gepreßt und aus Leibeskräften nach dir geschrien, als bräche das Ende der Welt auf uns herein. Ich hab's nicht ausgehalten, daß du nicht da warst, nicht bei mir in dieser Stunde, wo ich meinen Schmerz nicht länger tragen konnte. Dann hat der arme Narr an meiner Wange zu heulen angefangen. Deutlich hab ich gespürt, daß er mein Mitleid zu erreichen suchte. Wieder ist mir der Zorn ins Herz geschossen, ich wollte mich losreißen von ihm, da ich ihn schon nicht von der Welt losreißen konnte, ich wollte ihm wenigstens ins Gesicht schreien, daß ich nicht mehr seine Schwester sein will, doch was tat ich: Ich hab ihn getröstet, hab ihm gesagt, daß ich dich liebe und daß auch du mich vielleicht so sehr liebst, daß du versuchen wirst, ihn zu retten. Da hat er mich gebeten, zu dir zurückzukehren und dich anzuflehen, ihm sein Vergehen zu verzeihen. Da bin ich aufgebrochen und hab mir nicht mal mehr die Zeit genommen, eine Krume Brot zu essen.«

»Du Arme…«, sagte Novelli und streichelte das so heiß geliebte Gesicht. »Nein, *wir* Armen! Denn ich kann nichts mehr für deinen Bruder tun.«

»Ich weiß, Jacques.«

»Was willst du also von mir?«

»Ich will, daß du zu ihm kommst, mit ihm sprichst und ihm Wärme gibst und daß du ihn dann begleitest, wohin er auch geht. Ich will, daß du ihn nicht verabscheust und daß er es spürt. Es darf nicht sein, daß er verlassen stirbt.«

»Nur du kannst ihm helfen«, sagte Novelli, während er in großer Not in seiner Brust nach erleuchteten Worten suchte. »Du liebst ihn.«

»Nein, dazu habe ich nicht mehr die Kraft. Alles, was ich noch habe, ist der Ekel vor seinem Leben und die Angst vor seinem Tod. Das einzig Gute, das ich noch auf Erden habe, das bist du.«

»Ich, dein Gutes?«

»Ja.«

»Du bist ein besserer Mensch als ich.«

»Ach, ich weiß nicht. Wenn ich dich bitte, meinem Bruder zu Hilfe zu eilen, dann ist's, als würde ich die ganze Liebe anflehen, die ich besitze, zu ihm zu gehen und ihm Frieden zu bringen.«

»Wie soll ich's beginnen, sag mir, wie soll ich's beginnen, daß ich ihn nicht hasse? Wie, sag's mir, wie?«

Machtlos, unfähig zur Umarmung, streckte er seine Hände aus. Stéphanie blickte ihn an, versuchte unter Qualen, schwer zu sagende Zärtlichkeiten über die Lippen zu bringen. So rangen sie eine Weile um unerreichbare Erlösungen, dann antwortete sie, demütig die armseligen Worte hervorbringend, die ihr kamen:

»Du wirst zu ihm sagen, daß du sein Gefährte sein willst.«

Er zuckte mit den Schultern, voller Groll gegen sich selbst.

»Dann werde ich lügen. Ich werde von der Barmherzigkeit Gottes faseln. Ich werde wohlgesetzte, doch hohle Phrasen dreschen.«

»Wenn du weißt, daß sie ohne Sinn sind, wirst du sie nicht sagen. Und wenn's dich quält, daß du nichts zu sagen weißt, dann wirst du schweigen. Dein Schweigen wird nicht lügen.«

»Und wenn er mir vom Elend seiner Seele spricht?«

»Dann wirst du ihm sagen, daß ein Mann und das Elend, das er auf den Schultern trägt, nicht eins sind.«

Plötzlich fragte sie besorgt:

»Das glaubst du doch, Novelli?«

»Ja. Auch hinter den schlimmsten Gemeinheiten ist etwas in den Menschen, was immer noch seufzt, was hofft. Das habe ich manchmal selbst gespürt.«

»Das wirst du ihm sagen mit den Worten, die dir in den Sinn kommen, auch mit deinem Blick, mit deinen Händen. Ich weiß, wie, ich kenne dich. Du wirst wie gutes Feuer sein.«

»Er wird mich zurückweisen, er wird sich brüsten wie ein Pfau.«

»Du wirst dich am Abend, bei der Rast, an seiner Seite niedersetzen. Du wirst ihn um ein Stück von seinem Brot bitten. Du wirst abwarten, bis deine Worte ihren Weg gegangen sind. Wenn er dich verletzt, wirst du vielleicht in Zorn geraten über ihn, aber du wirst ihn nicht verlassen.«

»Und wenn er mich fragt, was ich in seiner Gesellschaft suche?«

»Dann sagst du ihm, daß du gekommen bist, ihm zu helfen, und nicht um deines Heils oder um seines willen, um nichts, oder einfach um einem Gefühl zu gehorchen, das du nicht begreifst. Du bittest ihn, dich in seiner Nähe zu akzeptieren, zu akzeptieren, daß du mit ihm alles erleidest, was er erleiden wird bis zu jener Pforte, wo Gott euch trennen will.«

»Ja, ja«, sagte Novelli. »So hat auch Salomon einmal zu mir gesprochen. Er hat mir wie ein Wunder das Herz durchbohrt.«

Er setzte sich neben Stéphanie auf die Fliesen, nahm sie in seine Arme und erzählte ihr von dem Besuch des Juden nach der Beisetzung seines Oheims in der Kathedrale. Dann rief er:

»Gott im Himmel, wenn dein Bruder mir ähnlich ist, wird er mir vorweinen, er sei nicht wert, geliebt zu werden.«

»Dann sagst du ihm, daß niemand es wert ist, aber daß es wohltut, das ist alles.«

Sie verharrten in ihrer Umarmung und wiegten sich schweigend, jeder für sich in schwermütigen, zärtlichen Gedanken. Der Saal, in dem sie sich befanden, hatte keine Konturen mehr, und die Geräusche des Klosters schienen ihnen aus einer anderen Welt zu kommen. Jeder suchte sich im Schoß des anderen in süßer Liebe zu versichern und malte sich aus, wie es ihm auf diesen waghalsigen Wegen ergehen würde, auf denen sie schon bald einem Menschen zu Hilfe eilen würden, der vielleicht zu elend war, um vollends unerreichbar zu sein.

»Das wird ein schwerer Gang«, murmelte Novelli.

»Wenn er auch nur einen Moment lang Falschheit in deinen Worten spürt«, sagte Stéphanie leise, »dann wird er verloren sein. Wenn er auch nur eine Unze jener Zärtlichkeit spürt, so zart, daß man vor Mitleid sterben könnte, die Zärtlichkeit, die ich noch nie irgendwo gesehen habe außer in deinen Augen, dann wird er gerettet sein.«

»Ich werde tun, was ich kann«, sagte Jacques.

*

Gegen Mittag kam Palhat in die Stadt Toulouse eingeritten, und zwar auf dem Rücken eines Maultiers, das er reiterlos umherirrend am Saum jenes Waldes gefunden hatte, wo sich Jean Le Hongres Lager befand. So war die Reise des Rothaarigen ohne Sorge und Erschöpfung verlaufen, in einem Obstgarten hatte er sich sogar ein paar Früchte stibitzt, ohne daß er von seinem Gefährt absitzen mußte, und hatte sich mit Milch aus dem Euter einer Kuh gestärkt, der er auf einer Wiese begegnet war. Daher erreichte er das Kloster so ausgeruht und zufrieden, als käme er gerade von einem Mittagsmahl unter seiner Weinlaube. Novelli, der nun mit großem Vertrauen in die Zukunft blickte, empfing ihn mit routinierter Freundlichkeit, als sei er ein ganz gewöhnlicher Reisender, und führte ihn in den Garten, damit sie sich im Schatten des Taubenturms in aller Ruhe unterhalten konnten. Stéphanie schlief in ihrer wiedergefundenen Dachkammer. Vorhin im Empfangssaal hatte sie sich in den Armen, die sie wiegten, dem Schlummer überlassen, so sehr war sie mit ihren Kräften am Ende. Jacques hatte sie zu Bett gebracht und geräuschlos die Läden der Dachluken übereinandergezogen, damit ihr das Tageslicht nicht ins Gesicht schien. Dann hatte er ihr, da sie selbst unter ihrer Zudecke noch schlotterte, sorgsam die Schultern eingehüllt, ein Daunenkissen unter ihren Kopf geschoben und ihr Gesicht gestreichelt, bis der Schlummer sie übermannte. Jetzt, wo er durch den müßigen Frieden, der im Hause herrschte, beruhigt wurde, fühlte er sich geborgen im Herzen der Welt und beseelt von klarem, neuem Geist. Nun konnte er sich gelassen an seine Arbeit machen und ohne Furcht vor Verbitterung die Nachrichten genießen, die ihm sein Spion brachte.

Sie setzten sich ins Gras. Palhat ließ sich Zeit, bevor er mit der Sprache herausrückte, wie er es liebte. Mit einem Halm Windhafer im Mund, spähte er nach den Vögeln und wies Novelli unter einem leisen, amüsierten Glucksen auf ihr munteres Treiben hin. Jacques unterwarf sich voller Nachsicht diesen Präliminarien, während er an die Liebe ohne Leid und ohne Angst dachte, die von nun an seit dem Morgen dieses gesegneten Tages in seinem Herzen wohnen würde. Le Hongre plagte nicht mehr seine Gedanken. Er fragte sich, weshalb dieser Vagabund überhaupt so lange und so tief seinen Geist hatte beschäftigen können. Ein Schatten huschte vor seinen Augen vorüber. Einen Moment lang überließ er sich einem tiefen Grübeln, und mit einemmal empfand er eine obskure, wirre Zuneigung für diesen Mann. Sein nahes, unausweichliches Ende stimmte ihn weder traurig noch froh. Der Gedanke, daß Jean Le Hongre dem Gemetzel entgegenging, ließ in seinem Herzen lediglich eine schöne und starke brüderliche Ergriffenheit aufsteigen, in der das Grauen seiner Hinrichtung keinerlei Anteil hatte, so als sei der Tod nicht furchterregender als das Passieren einer Furt über einen Fluß auf einem langen gemeinsamen Weg.

»Seht Euch nur diese Spatzen an«, meinte Palhat, während er den Finger nach einem hohen Ast streckte. »Sie zanken sich um einen Wurm. Seht, wie sie miteinander schwatzen.«

Und er begann zwischen seinen gelben Zähnen ihr Schilpen nachzuahmen. Novelli stieß ihn lachend mit dem Ellbogen in die Seite.

»Los, erzähl schon, was du im Lager der Pastoureaux herausbekommen hast«, drängte er schließlich. »Je schneller du fertig bist, desto eher siehst du deine Frau wieder.«

Mit einer Miene, als liefe ihm plötzlich das Wasser im Maul zusammen, blickte der Rote seinen Herrn an und rieb sich kräftig die Fäuste. Jacques las in seinen Augen so unverhohlen und freudestrahlend brünstige Gedanken, daß er grinsen mußte und den Kopf hob, um den Vögeln bei ihrem Treiben zuzusehen.

»Nachdem Madame Stéphanie unser Lager verlassen hatte«, begann Palhat, »hat sich Jean Le Hongre die Leichen des Priesters und des Stadtvogts auf sein Roß geladen und in Richtung der Selve, wo das Gehölz besonders dicht steht, in Marsch gesetzt. Seine Horde ist ihm schweigend und mit gesenkten Häuptern unter dem Wind gefolgt. Ich war mit dabei. Die Männer trotteten verdrossen hinterdrein, schleppten ihre Sensen und Mistgabeln so mißgelaunt wie Leibeigene auf der Schulter, und die Weiber beteten unterwegs, doch nicht für die Seele der beiden Toten, sondern um ihr eigenes Heil. Wenn Ihr mich fragt, Monseigneur, so glauben diese Leute nicht mehr an ihren guten Stern. Sie sind so verzweifelt, daß sie sich der ersten Truppe, die ihnen in den Weg tritt, kampflos ergeben werden.«

»Und wenn ich ihnen allein entgegenginge? Glaubst du, sie würden mich in ihren Reihen aufnehmen?«

»Diese Unglücklichen würden Euch die Hände küssen, Maître Novelli. Sie würden Euch, das ist gewiß, wie einen Erlöser empfangen. Ihr habt jetzt große Macht. Alle Welt schwatzt es von den Dächern, daß Ihr bald Bischof seid.«

»Fahr fort, guter Esel«, sagte Jacques, still und heimlich lachend.

»Als es zu regnen anfing, sind wir in den Wald hinein und unterm Laub bis zu einer Lichtung marschiert, wo Le Hongre haltgemacht hat und sagte, er wolle für seine ermordeten Verstorbenen eine Messe halten. Also hat er die Leichen ins Gras gelegt und uns Befehl gegeben, vor ihnen niederzuknien, und das mitten in der Wiese und obwohl es in Strömen goß; aber keiner hat gehorcht, wir sind alle im Schutz der Blätter geblieben, als hätten wir ihn nicht verstanden. Da hat er ganz allein das Offiz gesprochen, und es war ein großer Jammer mit anzuhören, wie er unter diesem hübschen Frühlingsschauer, der ihm gegen die Glieder klatschte und ihn kreidebleich und aufgeweicht wie eine Wasserleiche machte, Trauerhymnen sang. Am Ende hat er uns eine Rede gehalten. Wir standen weit entfernt von ihm dicht um die Stämme gedrängt, schlotternd vor Kälte und mehr tot als lebendig. Der Arme mit seinen zwei hinter ihm ausgestreckten Verblichenen wirkte, als spräche er zu niemandem auf dieser menschenleeren Lichtung: Wir haben ihm gelauscht wie versteckte Banditen. Er sagte, von nun an würden wir geradewegs gen Süden ziehen, bis zum Meer, ohne Umweg durch irgendeine Stadt. Er sagte, im nächstbesten Hafen würden wir uns große Schiffe stehlen und ins Heilige Land fahren wie ehrbare Pilger. Weiter hat er gesagt, dort sei die Wüste, wo Jesus Christus den Teufel besiegt habe, und in dieser Wüste wolle er zwischen dem nackten Himmel und der nackten Erde das reinste Kloster der Welt gründen, wo jeder, der gewillt sei, ihm zu folgen, alle Morgen Gottes Angesicht schauen werde. Aber ich glaub nicht, daß er jemals bis zu diesem wunderlichen Ort gelangen wird, denn selbst wenn die Soldaten des Seneschalls von Toulouse ihn nicht aufhalten sollten, wird er vor Erschöpfung zusammenbrechen, bevor er auch nur in Sicht der Küste gelangt ist, und seine Truppe wird sich in alle Winde zerstreuen. Gestern konnte er nicht mal seine Toten begraben, so sehr hat er gehustet und gezittert. Kinder in seiner Bande haben's an seiner Statt getan, und ich hab Kreuze aus Ästen auf die Gräber gepflanzt, während die andern bereits weiterzogen. Auf diese Weise konnte ich mich auf den Rückweg machen, ohne daß es wer beachtet hätte.«

»Weißt du, welchen Weg sie in den nächsten Tagen zu nehmen gedenken?«

»Wenn sie tun, was Le Hongre gesagt hat, dann gibt's nur einen, Monseigneur – und zwar den über Lauragais. Um Carcassonne werden sie einen Bogen machen und versuchen, Narbonne durchs Aude-Tal und über Corbières zu erreichen.«

Jacques verharrte einen Moment gesammelt in Gedanken an jene Reise, die ihm bevorstand.

»Nun lauf los, Palhat«, sagte er dann und versetzte seinem Mann einen Stoß in die Seite, »dein Weib erwartet dich. Den Maulesel, den du gefunden hast, kannst du behalten.«

Mit einem Satz sprang der Rotkopf auf, zog sich seine Beinkleider straff und richtete sich mit geschwellter Brust und zufriedener Miene hoch auf. Novelli begleitete ihn, einen Arm über seine Schulter legend und ein Liedchen summend, bis zum Portal. Der andere war so bewegt von der vertraulichen Ungezwungenheit des Inquisitors, daß er, bevor er ihn verließ, zu ihm sagte, er stehe voll zu seinen Diensten und sei bereit, so weite Gänge zu tun, wie Monseigneur es immer wünschen mögen, sofern er ihn nur ab und an – und dabei karessierte er imaginäre Rundungen in der Luft – eine gute Frühlingsnacht im Bett seines gastfreudigen Weibs genießen dürfe. Jacques blickte ihm nach, wie er sich durch die Gasse entfernte, und als der andere sich noch einmal zu einem Aufwiedersehensgruß umwandte, dachte er plötzlich, daß dieser brave Mann ihm vielleicht die Hunde an den Hals hetzen würde, wenn er eines schönen Tages im armseligen Bettelmönchsgewand an seiner Tür vorüberkäme. Da befiel ihn eine Schwermut großer Einsamkeit, und während er durch den Klostergarten zurückkehrte, verweilte er einen Augenblick in der Kapelle, um Stärkung für sein Herz zu suchen.

Am Nachmittag kam ihn Salomon d'Ondes in Begleitung von Vitalis Le Troué besuchen, doch dieser weigerte sich, die Bibliothek zu betreten. Eine Art abergläubisches Mißtrauen hielt ihn auf der Schwelle zurück, er streckte nur den Kopf zur Tür herein und starrte mit komischen Grimassen auf die allerorts aufgestapelten Bücher und auf die Wände, als befürchte er, es könnten unheimlich garstige Gespenster daraus hervorspringen. Er behauptete, jener Ort sei, obgleich dem Anschein nach von gelehrter Würde, in Wahrheit doch von gar harter Gemeinheit und Schlechtigkeit beherrscht, und man müsse schon ein hartgesottener Inquisitor sein, um seine Schädlichkeit nicht zu bemerken, dann gab er unter einem tiefen Seufzer des Mitleids Salomon den Weg frei und verzog sich, lauthals nach Bruder Bernard Lallemand rufend und mit seinen Münzen klimpernd, in den Garten.

Sowie Novelli mit dem Juden allein war, beeilte er sich, ihm seinen Mantel abzunehmen, während er ihm andeutete, daß er soeben in der Kapelle eine wichtige Entdeckung gemacht habe. Er schien voller Ungeduld, sie ihm anzuvertrauen, doch solange der andere noch nicht Platz genommen hatte und auch er noch nicht am Tisch saß, hielt er seine Worte zurück, sosehr sie ihm bereits die Lippen erzittern und die Augen aufleuchten ließen. Als sie einander von Angesicht zu Angesicht gegenübersaßen, wartete er immer noch damit, seinen Mund aufzumachen, und genoß die gespannte Miene seines Gegenübers. Dann faltete er die Hände und sagte:

»Ich glaube, mein guter Bruder, daß Ihr ein Christ seid.«

Salomon hob erstaunt die Brauen, Rosenröte trat in seine Wangen, und er ließ einem stillen, sehr spöttischen Lachen freien Lauf.

»Nein, spottet nicht über mich«, sagte Novelli. »Nach der Beisetzung meines Oheims seid Ihr gekommen, um mir Euer Beileid zu entbieten, wie es auch der heiligste meiner Brüder hätte tun können. Vielleicht wißt Ihr's nicht, doch in dieser Situation seid Ihr ohne jeden Zweifel von jenem Gott der Liebe inspiriert worden, der mir in der Seele brennt und den Christus zur Erde herabgesandt hat zu Eurem Heil.«

»Glaubt Ihr denn, man wüßte in der Sprache der Synagogen nicht zu lieben?«, fragte Salomon scherzend.

»Wenn Ihr mit Leib und Seele Jude wärt«, rief Novelli aus, sich in Begeisterung steigernd, »dann würdet Ihr versuchen, Euch von mir fernzuhalten, mich zu umgarnen ohne Ende. Ihr würdet den listigen Fuchs spielen und hättet nicht jenes Feuer im Herzen, das ich spüre. Gott versucht Euch, Salomon, er verlockt Euch, er macht Euch ergriffen durch mich, der ich nichts bin, laßt es Euch gesagt sein.«

»Vielleicht bin ich nur ein abenteuerlustiger Mann, der dem Gelüst nicht widerstehen kann, seine Tranfunzel in das Herz der anderen zu tragen, und der sich in Fallen verstricken läßt, deren Räderwerk er nicht kennt – und sonst nichts. Und, Maître Novelli«, fügte er, seine Stimme senkend, hinzu, »Gott braucht gedämpftes Licht. Er ist zerbrechlich wie der Stoff, aus dem die Träume sind. Ihr erschreckt Ihn, Ihr macht von Ihm zuviel Gerede.«

Novelli überlegte, seine Augen starrten ins Leere, dann sagte er:

»Vielleicht denkt Ihr, ich soll dafür Sorge tragen, Ihn in mir zu nähren, auf daß Er immer größer wird, über mich hinauswächst und Euch erreicht, ohne daß ein Wort gesprochen würde.«

»Gott löst sich in Luft auf, sobald man nach Ihm fassen will, Maître Novelli.«

»Das ist wahr. Er ist von einer Art Leichtigkeit, für die es keinen Grund gibt«, sagte Novelli.

»Von einer Leichtigkeit, die jedoch fest und dünn genug ist, um die Schmerzen der Welt zu durchdringen.«

Novelli betrachtete eine Weile seine gefalteten Hände auf dem Tisch, dann hob er die Stirn. Schließlich meinte er, seine Finger malträtierend, mit einem gezwungenen Lächeln:

»Ich schätze Eure Gesellschaft, Salomon. Ich schätze auch sehr Euer Wissen. Es ist unscharf, und doch scheint es mir treffend. Es tut mir gut. Aber wenn ich Euch zuhöre, habe ich zuweilen Angst, ich könnte in Ketzerei verfallen.«

Salomon d'Ondes begann so laut und so frei herauszulachen, daß Novelli leicht böse wurde und ein verärgertes Gesicht machte. Der Jude beugte sich über den Tisch und rüttelte ihn mit kräftiger Herzlichkeit an den Schultern.

»Seid völlig unbesorgt«, sagte er. »Wenn's sein muß, werde ich darüber wachen, daß Ihr auf dem rechten Weg bleibt. Katholisch seid Ihr, katholisch werdet Ihr bleiben, darauf mein Wort als Philosoph.«

»Lacht nicht so laut«, sagte Jacques. »Die Leute im Kloster glauben, wir wären dabei, über gewichtige theologische Fragen zu debattieren. Ich bin sicher, es gibt so manchen, der zur Stunde für mich betet, um mir zu helfen, daß ich über Eure Widerstände triumphiere. Doch dazu habe ich vor Euch nicht die Kraft.«

»Schätzt Eure Schwachheit, Maître Novelli. Sie ist die eines guten Menschen.«

»Nein, sie ist die eines schlechten Mönchs. Ihr habt mich davon überzeugt, daß ich auf meine Macht verzichten muß. Ich habe es getan, und Ihr lauft nicht mehr Gefahr, im Kerker zu landen. Aber seitdem ich mich entschlossen habe, ein Bettler zu werden, fühle ich mich noch einsamer, als ich es je gewesen bin, und nicht mehr imstande, für meinen Glauben zu kämpfen.«

»Auch ich war lange so«, antwortete Salomon. »Zu den Zeiten, als ich in Spanien die Medizin studierte, habe ich mehr denn ein Jahr mit einer Heilerin verlebt, die die Kunst der Essenzen praktizierte und sich auf die rechte Art verstand, gewisse rare Tränke zu brauen. Zu jener Zeit war ich ein Jude strengen Glaubens, und wenn ich sie aufsuchte, begehrte ich nichts anderes, als ihre Rezepte zu erlernen, um mich in der Heilkunst zu verbessern. Aber die Liebe hat mich übermannt und ließ mich kennenlernen, was zu suchen ich nicht gekommen war. Wer der Gott dieser Frau war, habe ich nie erfahren. Vielleicht war sie eine Hexe. Soweit ich mich erinnere, hat sie mir nur einfache Dinge gesagt, Wahrheiten, die ich nicht zu kennen glaubte, und süße Worte einer Geliebten. Und doch hat sie mich all das gelehrt, dessen ich noch heute sicher bin und was ich nicht in klaren Worten auszudrücken wüßte. Das war eine Zeit der Hingabe im Übermaß, Maître Novelli, und an gewissen Abenden großer Nacktheit der Seele und des Leibes hatte ich das Gefühl, als würde ich vom tiefsten Wissen dieser Erde kosten. Als ich dann weiter meiner Wege zog, bedeutete mir der alte Glaube meines Vaters kaum mehr etwas, ich war, wie Ihr jetzt seid, in Frieden, einsam, und ich fühlte das, was wir als Gott bezeichnen, nicht mehr außer mir, sondern in der lebendigsten Mitte meines Fleisches so kostbar wie eine Gemahlin, so bescheiden und zerbrechlich wie ein Kind. Ich war, so glaube ich, ein wahrhaft Lebender geworden.«

Novelli saß mit zusammengekniffenen Lippen und gerunzelten Brauen da und war, während Salomon redete, allmählich immer steifer geworden. An einer heftigen Emotion würgend, fragte er schließlich:

»Weshalb erzählt Ihr mir von Euren Liebschaften? Was wißt Ihr also über mich?«

»Das, was man über den Groß-Inquisitor von Toulouse wissen kann, mehr nicht«, antwortete Salomon mit einer völlig aufrichtigen Miene. »Ich wollte Euch nur sagen, daß ich lange Zeit verloren war und daß dies unterm Strich zu einem Segen wurde. Habe ich mit meiner Geschichte Euern Anstoß erregt?«

»Nein. Verzeiht mir. Nur habt Ihr mein Leben berührt, während Ihr glaubtet, das Eure zu erzählen.«

Eine Weile blickten sie einander in Schweigen an, und Salomon d'Ondes erfuhr und ermaß, wie sehr Novelli von Leidenschaft für eine Frau ergriffen war, deren Namen er lange zögerte, über seine Lippen zu bringen.

»Sie heißt Stéphanie«, sagte er schließlich. »Sie ist die Schwester von Jean Le Hongre, aber sie ist ein guter Mensch, Salomon, sie ist gut und bildschön. Wenn sie diesem Judenmörder gefolgt ist, so nur, um seine Seele zu retten, ich schwör's Euch. Oh, sie versteht zwar nichts von den medizinischen Künsten, und doch ist auch sie eine Heilerin.«

Er verstummte errötend und verlor sich in Gestammel. Salomon reichte ihm die Hände, um ihm zu helfen, sich von dieser Worteflut zu erlösen, die ihm die Augen benetzte, doch Jacques verzichtete darauf, noch weiter von ihr zu reden.

»Ich habe ihr versprochen, ihrem Bruder beim Sterben zu helfen, wenn ich nichts dafür tun könnte, daß er am Leben bleibt«, sagte er. »Ich werde mich bald zu ihm nach Lauragais begeben.«

Salomon starrte sinnierend in den Schatten in der Tiefe des Raums, dann kam ihm ein Lächeln. Er sagte:

»Wenn Ihr meine Gesellschaft wollt, werde ich Euch begleiten.«

Novelli war sprachlos, mit weit aufgerissenen Augen saß er da. Der Jude zog jedoch nur eine Schulter hoch, neigte unter einem breiten Lächeln geheuchelter Zerknirschtheit den Kopf zur Seite und meinte:

»Nu, ich bin eben genauso meschugge wie Ihr, Jacques. Ich hab Lust, herauszufinden, ob ich es fertigbring, dieses Ungeheuer zu umarmen, das mir soviel angst gemacht hat.«

So beschlossen sie denn, sich gemeinsam auf den Weg zu machen, und traten in den Garten hinaus, wo Vitalis und Bruder Bernard auf den Stufen zur Kapelle in der Mitte eines Kreises lachender Mönche mit ihren Sous jonglierten.

13

Als er am Abend dieses Tages wieder allein war, begab sich Novelli an sein Schreibpult, zündete zwei neue Kerzen an, strich vor sich einen großen Bogen Pergament glatt und begann, während er seinen Federkiel spitzte, über dem Brief zu brüten, den er nun an den Papst zu schreiben hatte. Zuerst wollte er jenem fernen Vater seine Freundschaft zu Salomon d'Ondes und seine Leidenschaft für Stéphanie beichten, doch seine Gedanken führten ihn, während sie undurchschaubaren und ausflüchtigen Wahrheiten nachspürten, schon bald an den Rand eines tiefen Brunnens unsagbarer Gefühle. Darum beschloß er, sich auf konvenablere spirituelle Höhen zurückzuziehen, und begründete den Antrag, seiner Funktionen eines kirchlichen Richters enthoben zu werden, mit seinem alleinigen Wunsch nach Armut und seinem neuerlichen Willen, sich ganz der Liebe Gottes hinzugeben.

Nach einigen Stunden des Feilens kamen ihm die Sätze wohlgeformt in den Sinn. Und doch hatte er das Gefühl, es atme darin nicht frei genug seine Seele. Jene Liebesglut, die ihn von nun an so gütig wärmte, nachdem sie seine rechtende Richterstrenge aufgezehrt hatte, mußte er noch herrlicher rühmen. Er machte sich erneut ans Werk, zermarterte sich Herz und Brust auf der Suche nach Wendungen, die so packend waren, daß sie exakt seinen Zustand ausdrückten, doch er brachte nichts anderes zuwege, als sich zu verheddern, strich die Worte, kaum aufgestöbert, wieder aus, da sie ihm zu vertraulich oder zu distanziert erschienen und hoffnungslos ungeeignet, sein innerliches Beben weiterzuvermitteln. Gegen Mitternacht kehrte er ohne Begeisterung wieder zu einer knappen, klaren Rhetorik zurück, die den Formen entsprach, worin sich ein Mönch seines Standes, der der Eitelkeiten des weltlichen Lebens überdrüssig war, auszudrücken hatte, dann las er seinen Brief noch einmal durch, fand ihn kalt und geschraubt, verzichtete aber darauf, ein Besseres zu sagen, denn sein Geist war so gut wie erloschen.

Er überließ seine Feder dem Tintenfaß und richtete sich auf. Seine Schultern schmerzten, seine Stirn lastete wie Blei auf ihm. Lange rieb er sich die Augen, dann kamen ihm plötzlich wieder Salomons Worte in den Sinn: »Gott löst sich in Luft auf, wenn man ihn zu sehr in die Enge treiben will.« In Wahrheit waren seine innersten Gedanken ähnlich unfaßbar: Sobald er sich ihnen näherte, lösten sie sich zu einem tintigen Nebel auf. Er ging sich vor den Kamin setzen, in dem noch ein paar Gluten schwelten, brütete eine geraume Weile über seine Verbitterung darüber, daß er nicht mit dem Wissen und Feuer eines philosophischen Poeten zu schreiben wußte, dann kehrte er an sein Pult zurück und verzierte das letzte Blatt unter einem grunzenden Schwall von Flüchen mit einem wütenden Namenszug. Er hatte diese Arbeit mit dem Vorsatz begonnen, den Papst ergriffen zu machen, ihn vielleicht gar vor zärtlicher Rührung über diesen so ungeheuer heiligmäßigen Sohn, der er war, zum Weinen zu bringen. Und nun beendete er sie mit der Befürchtung, er würde nicht verstanden und würde getadelt werden wie ein unbesonnener Tölpel. Er steckte eine fast niedergebrannte Kerze in einen Handleuchter, verbrannte sich dabei die Finger und stieg in übelster Laune zu seiner Kammer hinauf, während er sich düster seinen Abschied im Zorn von der Welt der Mächtigen vorsagte. Kaum lag er im Dunkel seines Betts, da strömten die schönen Sätze, die er hätte sagen wollen, treffend, profund und unvergleichlich in ganzen Fluten auf ihn ein, aber da nun war es zu spät – ihr Wohlklang lullte ihn in den Schlaf.

Am nächsten Morgen, nach dem ersten Stundengebet, ging er durch das Stockwerk irren, wo die Zellen der Mönche lagen, machte sich an nutzlose Reinigungsarbeiten und scheuchte seine Fratres mit ungeduldiger Beschwingtheit unter Besenhieben ins Stiegenhaus. Als sich einige in seiner Gesellschaft verweilten, schickte er sie unter abstrusen Vorwänden in den Garten und versicherte ihnen lautstark, daß er hier niemanden brauchen könne. In Wahrheit wollte er nicht, daß man ihn zum Speicher hinaufsteigen sah, wo Stéphanie noch in ihrer Dachkammer schlief. Sowie er allein war, ließ er seine Wischlappen fallen, rannte zum Ende des Gangs, kletterte in großer Hast die Leiter hinauf, hob die Dachbodenluke, schloß sie sorgfältig hinter sich wieder zu und durchquerte mit kleinen Schritten, den Rücken unter der Dachschräge gebückt, den Speicher bis zu der winzigen, nur durch einen Vorhang verschlossenen Kammer. Er schob ihn einen Spalt weit zur Seite, lauschte dem ruhigen Atem der Frau, die er fortan seine heimliche Gemahlin nannte, ließ sich sacht am Rand ihres Strohlagers auf die Knie nieder, beugte sich über sie und begann so verzückt, als sei er in die Betrachtung eines Jesus versunken, ihr Gesicht zu streicheln. Wohlig seufzend wachte sie davon auf. Ihre Augen begannen, kaum geöffnet, in dem Dämmerlicht zu strahlen. Novelli wünschte ihr mit gedämpfter Stimme wie ein Liebhaber einen guten Morgen. Sie schlang ihre Arme um seinen Hals, zog ihn an sich heran, und da er ihr lachend Widerstand leistete, ließ sie sich halb heraufziehen und schmiegte ihre Wange an die rauhe Wange des Mannes.

»Nein, nein«, murmelte er, »du mußt jetzt aufstehen.«

Mit diesen Worten umfing er sie, stöhnte und sog genüßlich ihre laue Wärme ein. Sie stieß ihn zurück und wollte ihm gehorchen, doch dann setzte sie ein so ergreifendes Lächeln des Bedauerns auf, daß er sie erneut in seine Arme preßte, mit einemmal die Bettecke zwischen ihnen fortriß und sich auf sie warf. Er wühlte seinen Mund in ihr Haar, ihren Hals, ihre Brust, richtete sich kurz auf, um sie auszuziehen, wobei er sich, feuerrot im Gesicht und mit geblendetem Blick in ihrem Hemd und Leibrock verfing. Dann zog auch er sich hastig aus, und nackt wälzten sie sich über ihren verstreuten Gewändern.

Sie fickten wie vom Teufel gestachelt, als wollten sie sich die Ewigkeit in die Lenden blasen, ehe der Tod sie packte, keuchten brünstige Worte, berauschten sich an rasender Zärtlichkeit, fühlten sich in phantastische Finsternisse stürzen, wo ihr Zuviel an Lust für einen kurzen Moment zum Leiden wurde, bis Jacques sein Gesicht hob und in Stéphanies Augen herrliche Dämonen ahnte. Da brüllte er auf vor überschäumender Liebe. Sie packte ihn an den

Haaren, um ihn nicht in den Abgründen des Himmels zu verlieren, worin sie versanken. Einer an den andern gekrallt, die Lippen auf die Lippen des anderen gepreßt, um einander die Schreie von der Quelle zu schlürfen, gelangten sie beide zugleich zur Lust, kehrten allmählich wieder ins Leben zurück, wie man aus dem Grund der Wassertiefe aufsteigt, dann lösten sie sich voneinander. Benommen, mit wirren Haaren und schwitzend tastete Novelli nach seiner Kutte, stand auf, taumelte und zog sich, ängstliche Blicke nach der Bodenklappe werfend, wieder an, während Stéphanie sich, mit Rosenröte auf den Wangen und drei Nadeln zwischen den Lippen, die Kleider richtete und mit einem Handstreich ihr Haar im Nacken zu einem schweren Chignon knotete. Bevor sie in ihre Pantinen schlüpfte, streckte sie sich auf Zehenspitzen hoch und reckte ihr Gesicht, um Jacques' Lippen zu berühren, dann sah sie ihn an, als suche sie hinter seinen Augen in den Nebeln seines Geistes nach der Antwort auf eine besorgte, unaussprechliche Frage.

»Heute abend brechen wir auf«, murmelte er. »Halt dich bereit und entfern dich nicht vom Kloster.«

Das waren nicht die Worte, die sie erwartet hatte, er sah es und lächelte unbeholfen, außerstande zu sagen, was in seinem Herzen kochte. Er nahm ihre Wangen zwischen seine Hände, sie die seinen zwischen ihre, und so hielten sie einen Moment lang einer des anderen Kopf und blickten einander so tief in die Augen, wie sie konnten, und genossen die Fülle ihres Friedens, die schlichte, wasserklare Herrlichkeit der Liebe in der Zerbrechlichkeit der Welt. Dann ließ sie ihre Arme wieder sinken und sagte stolz und selbstsicher:

»Geh.«

Er entfernte sich mit großen, doch verhaltenen Schritten, damit die Bodendielen nicht knarrten.

Unten an der Leiter angekommen, blickte er sich nach allen Seiten um und horchte nach den Geräuschen. Zwei Mönche unterhielten sich am Ende des Ganges im schmalen Licht eines Fensters. Ängstlich wagte er sich bis zur Treppe vor und begab sich in die Bibliothek hinunter, wo Bruder Bernard Lallemand gerade, tief in den Kamin gebückt, mit dem Aufkehren der Asche beschäftigt war. Der Brief an den Papst lag nicht mehr auf dem Schreibpult. Pergamente und Registerbände wälzend suchte Novelli nach ihm, während der Mönch ächzend aus seinem Rußloch kroch. Er gewahrte seinen Herrn, ein vages Lächeln flog über sein Gesicht, und reglos, mit hochgekrempelten Ärmeln und die Daumen in seinen Gürtel gesteckt, sah er ihm bei seinem fieberhaften Treiben zu. Schließlich verschränkte Jacques seine Arme, stieß einen verärgerten Seufzer aus, dann fiel ihm plötzlich ein, daß er die Blätter, die er am gestrigen Abend geschrieben hatte, nicht versiegelt hatte, und nach einem pechschwarzen Blick auf seinen Bernard begriff er, daß der dicke Frater sie beim Reinemachen entdeckt, gelesen und konfisziert hatte. Wortlos trat er mit ausgestreckter Hand und strenger Miene auf ihn zu. Der andere tauchte mit seinem Arm bis zum Ellbogen in die weite Tasche seiner Kutte, fischte die zusammengerollten, mit Asche verdreckten Seiten heraus, gab sie aber nicht zurück. Er hielt sie außer Reichweite in die Luft, und als Novelli sie mit Gewalt an sich reißen wollte, stieß er ihn zurück, pflanzte sich mit seinem mächtigen Wanst vor ihm auf und sagte, wenn auch mit wenig sicherer Stimme:

»Ich will, daß du mir zuhörst.«

Schon im voraus erschöpft, griff sich Novelli einen Hocker, der mit den Beinen nach oben auf den Tisch gesetzt war, und schob ihn sich unter den Hintern. Bruder Bernard setzte sich ihm gegenüber auf die Steinschwelle des Kamins.

»Mir sind die Tränen gekommen«, sagte er, mit den Blättern vor seiner Nase fuchtelnd. »Du Elender, wie ergreifend du doch bist, wenn du nur willst! Du redest so wundervoll von deinem neuen Glauben, du bittest seine Heiligkeit den Papst mit solcher Süße, daß er dir ohne jeden Zweifel seinen Segen erteilen und dir deine Bitte gewähren wird, wenn diese Schweinshäute ihn erreichen. Aber ich bete zum Himmel, daß sie unterwegs verlorengehen, Jacques, dafür bet ich zum Himmel!«

»Gib sie mir zurück! Ich muß sie Bischof Gui übergeben. Ich bin zufrieden, daß du meine Argumente für angemessen hältst. Sehr zufrieden sogar.«

Er war es in der Tat und warf sich, von der tränennassen Miene des Mönchs gerührt, ein wenig in die Brust. Darunter vergaß er sogar die Blätter an sich zu nehmen, die der andere nicht mehr verteidigte.

»Du und ein Bettler!« seufzte der gute Mann, »du, der Füßchen hat wie eine Jungfrau! Will man ohne zuviel Schmerz über die Landstraßen ziehn, dann muß man verdammt viel Hornhaut auf den Sohlen haben, das kann ich dir sagen. Wenn ich mir vorstelle, wie du, mit einem Bettelnapf an der Kordel, aufs Geratewohl in Scheunen schlafend, durch die Lande irrst, dann kommt mir das Lachen hoch, und die Tränen treten mir in die Augen.«

»Du hast noch nie etwas begriffen von den Gedanken, die mich bewegen«, erwiderte Novelli. »Du bist nichts als ein fetter Sack, der Rotz und Wasser schnieft.«

»Und du, Bruder Novelli, du kommst mir vor, als würdst du durch einen mächtigen Verhau von faulen Gründen und von Gelüsten stapfen, die eher geschissen als himmlisch sind«, sagte Bruder Bernard, von so rotglühendem Zorn gepackt, daß sich sein Haupt feierlich in die Höhe reckte und seine Hängebacken erzitterten. »Gewiß verstehst du dich genug aufs schöne Reden, um unsern Heiligen Vater einzuwickeln und mich blödes Vieh vor Kummer krank zu machen, doch wenn das Wohl des Volks dir etwas bedeutet, dann wirst du in Demut Bischof werden und nicht ein Bettler. Fürchte dich davor, dich zu verdammen, dich zum Heiligen zu machen.«

»Ich tu, was ich muß«, schrie Novelli und machte einen neuen, doch vergeblichen Versuch, den Brief zu ergreifen. »Ich tu, was mir recht erscheint und nichts weniger.«

»Ganz und gar nicht – du blähst dich eher auf mit Wind. Ich kenn dich, du bist ein Träumer. Du siehst dich in deiner strahlenden Gesundheit glänzend auf den Plätzen der Dörfer hübsch die Liebe Gottes predigen, du puderst dir die Ohren, indem du dir ausmalst, wie die guten Leute um dich her untereinander tuscheln: ›Schau, das ist Bruder Novelli, der einstige Inquisitor, der Neffe des Kardinals. Er wollte lieber Vagabund unter freiem Himmel sein als unter den Mächtigen von Toulouse zu thronen, er hat wahrlich eine Apostelseele.‹ Und du tust, als würdest du dies blumige Gemunkel nicht hören, und du gehst wie auf dem Sonntagsbummel in den Armen der Mütter die siechen Säuglinge heilen, auf den Kirchenstufen den Leprösen ihre Wunden von den Gliedern löschen und mit Wundern gaukeln wie Vitalis mit seinen Münzen. Wag es nur nicht zu sagen, du hättst nicht schon hundertmal ein solches Bilderbuch geträumt, du eitler Gockel! Armer, armer Bub, du weißt nicht, daß du, wenn du deinen Träumen folgst, vor lauter Laufen durch den Regen krumme Beine kriegst, daß man rasch vergessen wird, was du hättest werden können, und daß die schlechten Jahreszeiten dir den Verstand verschleißen werden. Deine Kleider werden in Fetzen fallen, der Hunger wird dir das Zahnfleisch von den Zähnen fressen, du wirst unter den Siechen betteln gehn, wirst keinem mehr sein Los erleichtern können, fällst mehr und mehr vom Fleisch, wirst abstoßend und bald so matt und heiser sein, daß du nicht mehr die Kraft zu predigen, noch die zu beten hast. Du wirst auf der Schwelle einer verlassnen Tür oder auf einer einsamen Landstraße von streunenden Hunden gefressen sterben. So sind auch die Besten unter jenen Narren geendet, die vor dir ausgezogen waren auf der Suche nach weiß der Himmel welcher Seligkeit. Glaubst du, du hättst nicht was Besseres zu tun, als solcherart dein Leben zu verderben?«

Jacques war aufgesprungen, um dieser stürmischen Flut von Reden und Speichelsabber zu begegnen. Wütend erhob er die Hand über dem Haupt des Mönchs, hielt sie, als er verstummte, einen Augenblick in der Luft und ließ sie unter üblen Verwünschungen gegen seinen Mann niedersausen, um die Pergamente zu erhaschen, und eilte, die eingerollten Blätter fest gegen die Brust gepreßt, mit so hoch erhobener Stirn von dannen, daß er den Aschehaufen vor dem Kamin nicht bemerkte und voll bis zu den Waden in ihn hineintrat. Ein dichtes Gewölk grauen Staubs wirbelte um ihn auf, er schlug mit den Ärmeln, um sich daraus zu befreien, womit er die Wolke aber nur noch größer machte. Während er hustend und wie ein Strauchdieb fluchend die Flucht ergriff, folgte ihm Bruder Bernard dicht auf den Fersen und schrie ihm, die Augen voller Tränen, hinterher:

»Wenn du fortgehst, geh ich mit dir fort und werde allen Leuten sagen: ›Hört nicht auf diesen Mann, er ist ein Deserteur, er wollte lieber ein Landstreicher sein als ein guter Hirt in seiner Stadt. Er will euch glauben machen, er hätte den Eitelkeiten der Welt entsagt, dabei hat er sich in Wahrheit geweigert, die einzige Macht auszuüben, die Gott gefällt, nämlich die, soviel Gutes wie möglich an dem Platz zu tun, der ihm bestimmt war.«

Krachend schlug die Tür zu. Als Novelli das Kloster verließ, dröhnte ihm immer noch der Schädel von den Flüchen und unerträglichen Worten, die ihm der Mönch an den Kopf geschmissen hatte. Er entfernte sich durch die morgendlichen Gassen, trieb vor sich die Leute auseinander wie ein eiliger Soldat und schmiedete unter blindwütigen Schritten die ausgefallensten Rachepläne gegen Bruder Bernard, um ihn für seine Unverschämtheit zu bestrafen. Er malte sich aus, wie er ihn in die schlimmsten Abortgruben tauchte, ihn wieder herausfischte, um ihn noch schrecklicheren Demütigungen zu unterwerfen, aber als sich seine mörderischen Gedankenspiele erschöpften, stellte sich in seinem Geist allmählich mit leisem Knirschen der Zweifel ein. Er mußte sich eingestehen, daß dieser verdammte Fettklotz doch nicht nur törichtes Zeug geredet hatte. Er konnte nicht leugnen, daß er in der Tat zuweilen davon geträumt hatte, als einfältiger Heiliger in der Mitte seliger Massen zu thronen. Gut, er war eitel und eingebildet. Aber nicht so sehr, daß er die selbstgefälligen Liedchen, in denen er sich an gewissen Abenden in den Schlaf wiegte, mit dem Tratsch der Leute verwechselte. Er wußte sehr wohl, was er riskierte, wenn er sich mit nackten Füßen auf den Weg machte. Er hatte sein Herz gerüstet, egal, was dieser Schwachkopf, der ihm ein so schlechter Diener war, auch gegen die unvermeidlichen Stürme, die wahrscheinlichen Verzweiflungen, die Hungersnöte und Heiserkeiten vorbringen mochte. Die Gefühle, die ihn trieben, waren gewaltig, schön und schmerzhaft und mitnichten niedrig. Waren sie aber rechtens? Vielleicht konnte diesem liebenden Gott, der fortan in seinem Geist an Stelle des alten rechtenden Vaters nistete, tatsächlich ebensogut in einem Bischofspalast gedient werden, wie wenn man aufs Geratewohl durch die Lande zog. Vielleicht sollte er, wie Bruder Bernard es wollte, brav und weise Ruhe wahren und das Schicksal empfangen, das man ihm bestimmen würde.

Dieser Gedanke entfachte erneut seine Ungeduld. Das Saft- und Kraftlose der Bequemlichkeit haßte er noch mehr, als wie das Ungemach zielloser Wanderschaft ihn ängstigte. Und doch, sagte er sich, wenn meine Seele wirklich solide wäre, müßte ich auch unter Gold und Pelzen rein und inmitten eines Hofs von servilen Würdenträgern arm bleiben können. Vielleicht wäre dort das einsamste, das schönste und das schwierigste aller möglichen Leben zu finden. Er konstruierte sich unsichtbare Bescheidenheiten, Lektionen vollkommener Güte, die er heimlich dem verkommenen Adelspack vorsetzen würde, und ließ sich einen Augenblick fortreißen von seiner maßlosen Liebe für Hindernisse, doch als er die Place Saint-Étienne erreichte, den Platz, der dem heiligen Stephan geweiht war, trat ihm unversehens in aller Deutlichkeit wieder Stéphanie in den Sinn. In Wahrheit war sie es, der er folgen wollte. Sie waren beide zum Leben in Wind und Wetter bestimmt. Zum Teufel mit aller kleinlichen Weisheit, sie waren vom Blitz Geschlagene, sie konnten sich fortan nur noch von Gewittern, Wegen und Wolken nähren, von Umarmungen, wo immer die Lust dazu sie packte, ohne Sorge um Maß und Schicklichkeit. Konnte er nun, da ihn an einer Hand Stéphanie und an der anderen der Jesus der Landstraßen führte, überhaupt noch sein Haupt unter einer Mitra beugen, ohne daß ihm das Herz zerspränge? Was soll's, er würde nicht mehr den geringsten Tadel von Leuten erdulden, die nicht Gebrannte, nicht lebendige Feuer waren wie er.

Als er die Treppe zum bischöflichen Palast hinaufstieg, war er ganz erfüllt von neuerlicher Nachsicht für jenen biederen Tölpel von Bruder Bernard, der sich noch nie an etwas anderem berauscht hatte als an Wein und einfältig lüsternen Zoten, und er war bereit, Gui de l'Isle mit heiterer Gelassenheit entgegenzutreten. Er fand den Bischof eingehüllt in Pelze und mit dem Rücken in riesige Kissen versunken, deren Spitzenfransen sein wirres Haar und noch vom Schlaf verquollenes Gesicht grotesk umzierten, in seinem Bett sitzen. Jungfer Grazide war bei ihm und damit beschäftigt, ein silbernes Tablett, beladen mit Törtchen und einem Krug Milch, die so stark mit Honig gesüßt war, daß er die ganze Kammer mit seinem Duft erfüllte, gegen den Wanst des Mannes zu klemmen. Novelli wünschte beiden einen spöttischen guten Morgen. Grazide lief ihm entgegen, küßte ihn auf die Wangen, wobei sie wie eine Legehenne gluckste und sich seufzend dafür entschuldigte, daß der Faulpelz zu dieser Stunde noch im Bett lag und daß sich ihr armer Gui schier die Augen verdorben habe, so lange hätte er letzte Nacht mit seinem Architekten gearbeitet. Jacques wartete, bis sie hinausgegangen war, dann legte er seine Rolle Briefblätter auf das Bettischchen. Flüsternd – denn die Tür war offengeblieben – sagte er:

»Ich habe dem Papst geschrieben mit der Bitte, mich von meinen gegenwärtigen Ämtern zu entledigen und mir auch keine neuen aufzubürden. Du hast gewollt, daß ich dir den Brief anvertraue, hier ist er. Doch ich warne dich: Wenn du mein Vertrauen brichst, werde ich selbst, allein und zu Fuß wie ein Büßer, nach Rom gehen, und du siehst mich deiner Lebtag nie mehr wieder.«

Guis Miene verfinsterte sich angesichts solch wirrer Drohungen, die ihm just zu der Stunde die Stimmung trübten, da er nichts anderes wünschte, als beim Genuß seiner Leckereien geruhsam aufzuwachen. Er schob sich einen Kuchen in den Mund, wischte sich die Finger an seinen Pelzen, nahm mit einer trägen Geste die Pergamente und begann mit geblähten Backen und gemächlich kauenden Kiefern zu lesen. Novelli trat ans Fenster und sog die kühle Luft ein, damit er nicht mit ansehen mußte, wie dieses Ferkel ungerührt seine so qualvoll niedergeschriebenen Sätze entzifferte. Er ist unfähig, ihren Sinn zu begreifen, dachte er bei sich. Was er auch sagen wird, ich werde ihm nicht antworten.

Um sich von der Gereiztheit abzulenken, die in ihm nagte, ließ er seinen Blick über das Gewirr der Dächer und Gassen und seinen Geist durch das Rauschen der Stadt schweifen, von der unter den friedlichen Rauchfahnen Gehämmer von Schmieden heraufhallte. Unten auf dem Platz erhob sich plötzlich Geschrei unter einer Bande zerlumpter Gassenkinder, und sie rannten, von einem durchgehenden Esel verfolgt, davon. Am Ende ihrer Flucht vergruben sie sich in den Rockschößen von Matronen, die schwatzend am Brunnen standen. Jacques wurde von einer tiefen Zärtlichkeit durchströmt, als er sah, wie sie sich an die Schenkel der Frauen klammerten und mit dem Gesicht in die Düfte der Schürzen bohrten. Er fühlte köstliche Kindheitsängste in sich beben und bemühte sich, sie in seinem Innern wiederzuerwecken und zu nähren. Völlig unverblaßt fand er Wohlgerüche von alten mütterlichen Lichtern wieder und entzückte sich daran. Er vergaß den Palast, in dem er sich befand, den Bischof, den Papst, seinen Brief eines Heiligen auf schwankenden Beinen und Bruder Bernards Zürnen, er dachte nur noch an Stéphanie, um seine lebhafte, unschuldige Emotion insgeheim mit ihr zu teilen, und plötzlich begriff er mit dem Taumel eines jäh erleuchteten Herzens, was er sich seit jeher und selbst in jenen Zeiten, da er sein Leben so gerade wie eine Messerklinge durch die Welt gezogen wähnte, sehnlich gewünscht hatte – nämlich in einem immerwährenden Staunen vor Wundern zu leben. Nie hatte er vom Leben weniger verlangt als ein Wunder bei jeden Schritt, bei jedem Blick, in jedem Moment. Deshalb also fühlte er sich so oft verletzt und mißgelaunt: Er fand zu selten Gelegenheit, seinen Durst zu stillen. Seine extreme Maßlosigkeit amüsierte ihn. Und doch erschien ihm sein Wunsch legitim, und in seinem ungeheuren Anspruch wähnte er sich selbst von glasklarer Schlichtheit. Es genügt, daß die Seele will, sagte er sich. Doch schon wollte sie nicht mehr. Die Anstrengung der Worte hatte die Sonne in seinem Geist verfinstert.

»Eines Tages werden die Pilger kommen, um zu Saint Jacques de Toulouse zu beten«, sagte Gui de l'Isle plötzlich hinter seinem Rücken.

Novelli warf einen letzten Blick zum Himmel, auf die Häuser, auf das Volk auf dem Platz und füllte sich, bevor er sich umwandte, mit diesem fernen und doch so eng vertrauten Leben. Gui hielt zwischen seinen Spitzensäumen würdevoll die Emotion zurück, die ihm die Kehle würgte und seine Stimme verschleierte. Er hatte sein Tablett auf die Bettdecke zurückgeschoben und zermahlte, während er hie und da noch einmal einen Satz überflog, die Blätter zwischen seinen Fingern.

»Du bist rein, zu rein«, fuhr er fort. »Ich werde mich nicht mehr trauen, mit dir zu sprechen. Vor deinem Antlitz fühle ich mich elend, nichtsnutzig und blöde wie ein Barbar.«

Jacques lächelte zu ihm hinüber, kam sich auf den Rand des Sessels am Kopfende des Bettes setzen und war ganz erregt vor Lust, noch mehr solcher Schmeicheleien von ihm zu hören.

»Geh«, sagte er, »du übertreibst.«

»Mein Guter«, antwortete der Bischof ganz verträumt und begeistert, »ich muß es einfach schaffen, diese Kathedrale zu bauen, die meinen Geist so sehr beschäftigt. Eines Tages wirst du darin bestattet werden, und solange sie besteht, wird das Volk nicht aufhören, an deinem Grabe beten zu kommen. So werden dein Name und mein Werk unser beider Leben überdauern. Grins nicht, Schafskopf. Vielleicht sind wir zu Hohem ausersehn und wissen's nicht. Ich werde dir getreulich dienen. In Bälde wird mich ein Gesandter des Papstes besuchen, ich werde ihm deinen Brief geben. Wie gedenkst du die Zeit zu verleben, während du auf die Antwort des Heiligen Vaters wartest?«

»Ich werde kaum noch das Kloster verlassen, ich werde beten, meditieren, werde lernen, mich zu gedulden. Sowie ich aus Lauragais zurückgekehrt bin, werde ich das Inquisitionsregister den Händen der Fratres Guillaume Pélisson und Bertrand de Pomiès anvertrauen. Es machte ihnen große Freude, mir zu assistieren.«

»Und was gedenkst du in Lauragais zu tun?«

»Jean Le Hongre entweder helfen, zu überleben, oder helfen, zu sterben.«

»Ich weiß, daß Stéphanie zurückgekehrt ist«, sagte Gui de l'Isle mit gedämpfter Stimme und den Kopf senkend.

Er warf einen flüchtigen Blick auf seinen Mitbruder, der seine auf den Knien gefalteten Finger zu martern begann. Eine Weile warteten beide, daß der andere zuerst das Wort ergreifen würde; Jacques mit einemmal bestürmt von deplazierten Worten, die er nicht auszusprechen wagte, und Gui in der Angst, er würde wütend angefahren, wenn er Fragen stellte. Sie hörten, wie Grazide sich auf dem Gang entfernte und kichernde Mägde anschnauzte, die sie gewiß beim Horchen an der Kammertür überrascht hatten. Gui tat einen Seufzer und wünschte die alte Megäre zwischen seinen Zähnen knurrend zur Hölle.

»Ich werde dich von Zeit zu Zeit besuchen kommen, wenn ich kein Haus mehr habe«, sagte Novelli schließlich. »Ich werde dir berichten, ob es mir gelingt, so arm und gütig zu leben, wie ich muß. Wenn du willst, werde ich dir auch von meinen Weggefährten erzählen. Stéphanie, Salomon d'Ondes und der alte Arnaud, den ich im Kopf trage, haben so heftig gegen mein Herz geklopft, daß sie es mir am Ende wie eine Mandelschale knackten. Du siehst, ich bin kein Heiliger, ich habe nur meine Rüstung verloren, das ist alles.«

»Und ich«, fragte Gui mit einer leisen Stimme voller Zuneigung, »bin ich nicht dein Weggefährte?«

»Nein. Du bist meine Familie. Du bist mir eine Last. Du bist mir im Weg. Du hältst mich fest. Du verstehst es nicht, mich in die Welt hinaus zu treiben.«

Jacques sprach diese Worte mit großer Zärtlichkeit, und Gui wurde von ihnen ergriffen wie von Worten der Liebe. Er zog sich seine Zudecken über den Bauch und kuschelte sich behaglich zurecht; über sein Gesicht sabberte ein flüchtiges, kindliches Lächeln.

»Wie gern würde ich dich begleiten«, sagte er. »Wir würden sorglos gemeinsam ziehen. Ich habe noch nie im Stroh einer Scheune geschlafen.«

»Denk du lieber an Grazides Kuchen«, entgegnete Novelli. »Denk an dein Werk.«

»Und wenn auch ich mich berufen fühlte, mein Heil in den verlausten Löchern zu suchen?«

Sie schwiegen und sahen sich ohne Groll, als Spiel zwischen Brüdern, in die Augen.

»Dann würde ich mit Händen und Füßen darum kämpfen, dich davon abzuhalten«, sagte Jacques. »Begreif doch, daß ich ein Zuhause brauche, wohin ich als Besiegter zurückkehren kann, ohne mich zu schämen. Begreif doch, daß wir beide vom gleichen Baum sind, aber nicht vom selben Holz. Du bist eine Art dicke Wurzel, und ich so etwas wie ein hoher Ast. Ich brauch's, daß du bleibst, wo du bist, damit ich in die Ferne schweifen kann, ohne daß ich Gefahr lauf, mich zu verlieren.«

Gui de l'Isle nickte. Dann sagte er wie einer, der die Waffen streckt:

»Und ich brauch's vielleicht, daß du fortgehst, damit ich bleiben kann, wo ich bin, ohne vor Langeweile zu ersticken. Du wirst mein Teil Freiheit sein. Ich beneide dich um deine Wege. Du wirst von den Köstlichkeiten meiner alten Elster träumen.«

Lachend beugte sich Jacques zu seinem Mitbruder herab, ergriff ihn an den Schultern, küßte ihn auf seine molligen Wangen und sagte knapp:

»Leb wohl.«

Der Bischof stieß ihn von sich und lachte, wenn auch widerwillig, ebenfalls. »Leb wohl, alter Narr, und grüß mir den Himmel.«

Mürrisch bohrte er sich zurück in seine Kissen, lauschte den Schritten, die sich auf den Fliesen des Ganges entfernten, und dachte bei sich, daß sein Milchbruder von nun an die Fallstricke dieser Welt gewiß nicht mehr fürchtete. Und das stimmte ihn melancholisch.

*

Als Novelli sich zu Salomon d'Ondes begab, war er überrascht, daß er Bruder Bernard Lallemand, die Kutte über und über mit Staub bepudert und mit seligem Gesicht, dort antraf: Er war gekommen, um dem Juden beim Kalken seines Ladens zu helfen. Vitalis Le Troué hockte auf den Dielen und nagelte mit wilden Hammerschlägen die Bretter einer neuen Auslage zusammen. Sowie Salomon seinen Besucher auf der Schwelle gewahrte, durchquerte er mit lebhaftem Schritt den Lärm, die Schuttreste und verstreuten Werkzeuge, um ihm die Hände zu schütteln und ihn einzuladen, ihm nach oben zu folgen, wo die Luft erträglicher sei. Er trug ein auf der Brust weit aufgeschnürtes Leibhemd und Beinkleider aus schlechtem Linnen. Noch nie hatte Jacques ihn so nachlässig gekleidet, kraftstrotzend, verdreckt und fröhlich gesehen. Wenn er seinen Freund im Kloster empfing, wirkte dieser für gewöhnlich eher leicht gebeugt und mager in seiner jüdischen Robe und schien allein der Weisheit zu frönen wie ein Mann, der das Alter erreicht hatte, wo der Körper im Schwinden begriffen ist. Die Gestalt, die jetzt mit fester Hand die Leiter in die Trümmer der Stiege pflanzte, besaß dagegen die Sicherheit eines

Arbeiters in rüstiger Verfassung und den aufrechten Gang eines Quicklebendigen, der die Lasten nicht scheut. Novelli betrachtete ihn und brachte kein Wort heraus, und plötzlich fuhr ihm die böse Hitze eines Verliebten ins Gesicht, der in sich den Betrogenen erahnt. Es war ihm ganz und gar nicht genehm, daß dieser Jude je nach Umstand sein Erscheinungsbild, sein Betragen, ja, sein ganzes Gesicht verändern konnte. Der andere, ganz in sein Willkommen versenkt, bemerkte nichts von Novellis Verblüffung. Mit einem Wink ermunterte er ihn, vor ihm hochzuklettern. Bald gesellten sich auch Vitalis und Bruder Bernard zu ihnen in die Kammer und hockten sich neben sie um einen Leuchter, der in schwankem Gleichgewicht auf einer Reisetruhe mit gewölbtem Deckel stand. Durch eine Dachluke fiel ein Streif Tageslicht quer über den sorgsam mit Decken bezogenen Strohsack einer Bettstatt. Ansonsten war der Raum fast nackt. Die zerbrochenen Möbel waren nicht ersetzt worden.

Während der Mönch und der Gaukler sich am Wein ergötzten, den sie sich mit langem Strahl aus der Korbflasche zwischen die fast geschlossenen Lippen gossen, saß Novelli mit steifem Rücken da, hatte den Mund zu einem sauren Lächeln verzogen und machte Salomon Komplimente über seine gute Laune und Verfassung.

»Verzeiht mir, daß ich Euch in der Haut des arbeitsamen Bürgers überrasche«, sagte er zu ihm. »Ich erkenne Euch nur mit Mühe wieder. Was habt Ihr nur aus Eurer Erscheinung eines greisen Katers gemacht?«

Salomon antwortete mit amüsierter Miene, daß er die Klöster nur wenig schätze und daß es ihn in der Tat einige Mühe koste, darin nicht seinen Rücken zu beugen.

»Hier«, setzte er hinzu und wies auf das dämmrige Licht seiner Kammer, die so ärmlich wirkte wie eine Mönchszelle, »hier bin ich zu Hause, und Ihr seht mich darin ungezwungen und behaglich. Dieses Haus wird in Bälde zu neuem Leben erwachen. Das ist ein Glück, auf das ich nach soviel Verwüstung nicht zu hoffen wagte.«

Also hatte dieser kriecherische Kerl niemals andere Sorgen gehabt, als sich neu herauszumausern. Während ich mir um sein Heil die Seele plagte, hat er mich die ganze Zeit um den Finger gewickelt, während er nur an seinen Mörtel dachte, und gewiß hat er insgeheim hinter seinem Kragen über mich gelacht. Den Groß-Inquisitor von Toulouse zum Bettler wandeln, welch meisterlicher Coup für einen philosophischen Juden! Nun ist's vollbracht. Er hat gewonnen. Er kehrt gelassen zu seinen Geschäften zurück, da ich ja nun verloren bin!

Seine Züge waren plötzlich so bleich geworden und seine Augen so tiefschwarz umrändert, daß Salomon und Bruder Bernard ihn mit Besorgnis fragten, ob ihn irgendein Leid plage. Mit einem Gesicht, so verheert wie vom Fieber des Gekreuzigten, antwortete Novelli:

»Ihr habt mich betrogen, Maître Salomon. Wie Schuppen fällt's mir nun von den Augen, daß meine Freundschaft Euch weit weniger bedeutet als Eure Boutique.«

»Maître Novelli, ich will nichts weiter als in Frieden leben«, erwiderte der Jude völlig entgeistert. »Inwiefern sollte mich dies hindern, Euch wie einen Bruder zu lieben?«

»Salomon ist ein gelassener Mann, wie auch du es sein solltest«, warf Bruder Bernard im Brustton der Überzeugung ein.

»Ich habe dem Papst geschrieben«, antwortete Novelli. »Ich habe ihn ersucht, mich von meinen gegenwärtigen Ämtern zu entledigen. Ich habe es getan, damit wir beide auf gleicher Höhe miteinander leben können und damit allein Gott zwischen uns steht, wie Ihr es wolltet. Ihr werdet bald ein neues Haus haben, und ich einen Weg unter den Füßen, den Himmel über dem Kopf, in einer Hand einen Wanderstab und in der andern einen Napf, um mir mein Brot zu erbetteln. Dann werde ich an Eurer Tür anklopfen kommen, werde Euch die Hand reichen und Euch um der Liebe unseres Herrn Jesu Christi willen um das Almosen Eurer Seele bitten. Und was werdet Ihr mir geben, Maître Salomon? Einen Sou aus Eurem Beutel und dazu ein paar jener schönen Worte, die Ihr den blöden Tölpeln so gut zu spenden wißt? Doch damit werde ich mich nicht begnügen. Auf Knien werde ich auf den Steinen Eurer Schwelle ausharren und um Eure Vergebung beten, bis daß der Tod mich holt.«

Er stand auf, wich mit ausgebreiteten Armen nach der Leiter zurück und fuhr mit gebrochener Stimme fort:

»Ich bin kein Spieler, ich nicht. Ich bin kein Gaukler, der mit Gelöbnissen jongliert, noch bin ich ein Philosoph, ich gehe, wohin die Worte mich führen, dorthin geh' ich mit meinen Knochen, meinem Blut, meinem Fleisch, meinem Gedärm und meiner Angst. Wenn es noch eine andere Weise gibt, gerecht zu leben, so habt Erbarmen und sagt es mir, und Ihr erspart mir großes Leid.«

Um ein Haar hätte er sich das Genick gebrochen, als er strauchelnd abwärts kletterte, und vor Wut schleifte er die Leiter, umringt von Weibergekreisch, bis in die Mitte der Gasse hinter sich her, während Bruder Bernard und Salomon sich die

Seele aus dem Hals schrien, um ihn zur Umkehr zu bewegen.

Kaum war er wieder ins Kloster zurückgekehrt, schloß er sich in seiner Kammer ein und verließ sie nur, um die Mönche von seiner bevorstehenden Reise in Kenntnis zu setzen. Am nächsten Morgen kleidete er sich in weltliche Gewänder, stieg eine Stunde vor der Dämmerung in den Stall hinunter und sattelte zwei Maulesel. Dann ging er in die Küche, um sich ein wenig Proviant zusammenzusuchen. Dort fand er Stéphanie, die gerade damit beschäftigt war, das Feuer wieder anzuschüren. Sie wischte sich die Hände an ihren Röcken ab und eilte ihm entgegen. Er nahm sie an den Schultern und blickte sie traurig an. Sie streichelte sein Gesicht und murmelte besorgt:

»Du siehst krank aus.«

Er bemühte sich zu lächeln und sagte nur:

»Wir brechen auf.«

14

Seite an Seite ritten sie im munteren Trott ihrer Maulesel durch die Porte du Château Narbonnais und verließen Toulouse. Fetzen nächtlicher Nebel trieben noch über der Vorstadt, wo sie nur dem Knarren von Fensterläden, die gerade nach dem flachen, weiten Land hin aufgeschlagen wurden, und ein paar alten, schlaftrunkenen Frauen an den Brunnen begegneten. Kaum lagen die letzten Häuser hinter ihnen, da sahen sie über dem Kamm der Hügel die Sonne aufgehen und bogen schweigend auf eine große schattige Landstraße ein. Die Bäume waren von überschwenglichen Vogelliedern erfüllt, von den Obstgärten regnete es Blüten in das junge Gras und auf die Dächer der Hütten. Frisch wehte die Brise, doch der Tag kündigte sich berauschend an. Sobald sie sich in diesem frühlingshaften Überschwang befanden, schien Stéphanie auf einmal zu erwachen und sog mit hocherhobenem Kopf und ihr Gesicht wie einem wohltuenden Wasserfall dargeboten die köstlich durchduftete Luft ein. Nie hatte sie es sich versagen können, wo immer sie sich befand, und sei es auf den unwegsamsten Straßen, bereits nach dem geringsten Zeichen zu wittern, voller Leidenschaft schon die bescheidenste Wohltat zu ergreifen, sie auszukosten, sich an ihr zu erfreuen und sie auszusaugen bis aufs Mark, als wäre sie das letzte Wunder vor dem Tod. So tat sie es auch an diesem würzigen Morgen trotz ihrer Sorge und ihrer Angst, dem Tod ihres Bruders entgegenzugehen. Sie verfolgte einen Flug von Raben über den Weinfeldern, sagte sich summend, daß dies ein gutes Vorzeichen sei, pflückte im Vorüberreiten einen blühenden Zweig, um das Haupt ihres Gefährten mit den Blütenblättern zu bestreuen, und versuchte tausend Listen, um die kleinen Freuden des herrlichen Wetters nicht allein genießen zu müssen, doch ein furchtsames Mißtrauen hielt sie davon ab, die Hand ihres Teufels Novelli zu ergreifen, denn dieser schien sich, die Brauen runzelnd und die Augen beharrlich auf den Horizont gerichtet, durch unerschöpfliche Finsternisse zu bewegen. Morgendliche Bauern, die mit ihren mit Tragkörben beladenen Packeseln unterwegs zu den Märkten der Stadt waren, mußten ihre Tiere in die Gebüsche zerren, so starr ritt er geradeaus. Er schien sie nicht einmal zu sehen.

So zogen sie eine gute Stunde dahin, bis Jacques, ohne ein Wort zu verlieren, beschloß, eine Rast zu einem Morgenmahl mit Käse und Brot einzulegen. Er trieb sein Maultier auf eine Wiese in den Schatten einer Eiche, während er hinter seiner Miene verschlossen blieb, wie wenn er alleine reisen würde. Verwundert wartete Stéphanie in ihrem Sattel, bis er abgesessen war und das Bündel aufgeschnürt hatte, in dem sich die Wegzehr befand. Erst als er im Grase saß, kniete sie vor ihm nieder, nahm zärtlich seinen Kopf in ihre Hände und zwang ihn, sie anzusehen. Da rührte ihn die Besorgnis, die er in ihren Augen ahnte, und er streichelte ihr, elend lächelnd wie ein Verwundeter, mit den Fingerspitzen über die Wange. Sie ließ sich an seine Brust sinken, und er wiegte sie in seinen Armen.

»Verzeih mir«, sagte er, »aber ich habe gestern meinen einzigen Freund verloren, und ich fühle mich im Herzen wie in einer leeren Höhle.«

Er zögerte einen Moment, dann begann er in langer Klage zu ihr zu reden, und während er sich auf diese Art von der Verbitterung befreite, die in seinem Innern kochte, fand er allmählich wieder zurück zu jener Sanftheit der Liebe, derer er sich seit dem Vortag so sehr beraubt gefühlt hatte. Er erzählte ihr, wie er von Salomon d'Ondes dazu überredet worden sei, sich von seinem Amt des Inquisitors zu trennen, wie er sich entschlossen habe, aller Ambition zu entsagen, um sich ohne Rückhalt der reinen, unübertrefflichen Brüderlichkeit und Liebe hinzugeben, wie er beschlossen habe, Bettelmönch zu werden, um in seinem Herzen nichts mehr zu nähren als die Liebe zur Welt und den Menschen, um endlich ohne jeden anderen Willen zu sein als dem von Gott. Nicht einen einzigen Augenblick habe er daran gezweifelt, daß Salomon die nämliche Begeisterung empfände, die er selbst in sich spürte, und daß der Jude ihm, von der christlichen Gnade berührt, in seine abenteuerliche Armut folgen würde, die er zum Preis von harten und herrlichen Kämpfen errungen habe. Er habe sogar davon geträumt, gewaltige heilige Entdeckungen zu machen, während er in seiner Gesellschaft durch die Lande zöge, denn er sei – und das sagte er mit heftiger Bewunderung – ein hochgelehrter Mann: Er habe mit einem arabischen Alchemisten verkehrt, eine Menge Bücher gelesen und im Laufe seines Lebens harte Prüfungen durchlitten, deren Sinn er begriffen habe.

Er verstummte, um seine Gefährtin noch fester an sich zu drücken und sie auf die Stirn zu küssen, dann fuhr er fort:

»Ich bin sicher, du hättest ihn geliebt. Zu dritt wären wir vielleicht lebendigen Leibes in den Himmel aufgestiegen. Aber er ist nicht so brüderlich, wie ich ihn glaubte. Gestern habe ich entdeckt, daß er nie die Absicht hatte, mich zu begleiten. Ich habe ihn aufgesucht. Er war gerade dabei, seinen Laden neu zu tünchen, und rieb sich die Hände bei dem Gedanken, ihn in Bälde überquellen zu sehen vor neuen Stoffen. Ich glaube, er hatte nie eine andere Sorge als die, wie er mich loswerden könnte. Und dies hat er mit großer Kaltblütigkeit geschafft. Sowie er mich waffenlos sah, kehrte er mir den Rücken zu, und ich stand alleine da mit meinem jämmerlichen Begehren, ihn mir zum Bruder zu machen.«

»Warum könnt ihr beide, du als Bettler, er als Händler, nicht in gutem Einvernehmen teilen, was Euch wichtig ist?« fragte Stéphanie, ohne sich aus der Umarmung zu lösen, in der sie sich wiegte. »Die wahren Wege sind die des Herzens, nicht die der Welt.«

Novelli verharrte in Gedanken, suchte nach Worten, um auszudrücken, was er fühlte, aber da sie keinen Weg über seine Lippen fanden, schüttelte er nur den Kopf und murmelte:

»Er empfindet keine Liebe für mich.«

»Das weiß Gott allein.«

»Er hat mich niedergerissen wie ein Gemäuer. Er hat stets nur von vulgärer Freiheit geträumt. Er ist ein feiger Flüchtling.«

»Vielleicht.«

»Ich will nicht mehr an ihn denken. Ich…«, rief er mit einem jähen Schluchzen vor Zorn, »ich habe gehofft, einen wahren Freund zu gewinnen, einen

Freund, so treu, daß er sich tapfer vor meinen Körper wirft am Tag meines Todes, anstatt mich im Stich zu lassen.«

Er vernahm ein leise klingelndes Lachen an seiner Brust und löste seine Umarmung. Mit einem Satz sprang Stéphanie auf, breitete ein weißes Tuch auf das Gras, schnitt das Brot in Scheiben und zwei Stücke aus dem Käselaib und reichte Jacques seine Brotzeit. Dann sah sie ihm mit scharfer Aufmerksamkeit zu, wie er aß, während sie sich die Lippen beleckte und ihre Nasenflügel blähte, als würde sie sich bemühen, genau den Geschmack dessen zu erkosten, was er mit mächtigen Bissen verschlang. Er wurde verlegen, hob erstaunt die Brauen.

»Mal bist du wie ein Kind, mal wie ein unbesiegbarer Mann«, sagte sie. »Du bist verletzlich, bist hirnlos, der Verehrung so würdig wie der Verachtung. Du bist wie mein Bruder. Nur war der niemals so voller Liebe und Heiligkeit wie du, der du ihm nun zu Hilfe eilst, noch wird er es jemals sein. Und du bist auch närrisch, Novelli. Du rennst vor Liebe umher wie ein toller Hund, du stößt dir überall den Schädel an, du forderst, heulst und beißt, aber du bist so voller Güte, daß mir vor Rührung und Stolz die Tränen kommen, wenn ich dich so das Gute suchen seh. Du bist mein Gemahl.«

Sie lächelten einander an, die Gesichter bald im Schatten, bald im Licht, je nach dem Spiel des Windes. Mit dem Rücken an den Stamm gelehnt, begann Novelli seine Jause zu genießen, und allmählich fühlte er sein Leben so wohl im Einklang mit dem schönen Wetter, daß auch er sich dazu gehen ließ, im Aufflug der Vögel und in den Mäandern der Ameisen auf den Steinen nach günstigen Vorzeichen zu suchen. Wie ein sorgsamer Riese über sie gebeugt, streute er ihnen Brotbrösel hin, um ihnen winzige Krümel Dank abzustatten, während Stéphanie wieder das Bündel zusammenschnürte. Dann führte er die Mulis am Zügel bis zum Weg. Als sie wieder losritten, sagte er:

»Ich brauche niemand anderen als dich, um dort hinzugehen, wo es Gott beliebt. Niemand anderen. Solang wir beisammen sind, werde ich am Leben sein.« Er lachte allein vor sich hin und wiederholte noch einmal die Worte »am Leben«, so als entdeckte er den Geschmack einer heiligen Frucht.

Aus der Tiefe des Unterholzes erscholl auf einmal ein Lärm von entfesseltem Hufgetrappel. Sie wandten sich um und erblickten in der Ferne Männer, die heftig winkend und unverständliche Rufe brüllend in wildem Galopp durch die Strahlen gleißenden Lichts, das aus den Blättern niederfiel, herangeritten kamen. Zur Vorsicht lenkten sie ihre Reittiere zurück in die Wiese, um diesen Wildgewordenen Platz zu machen.

Als der erste Reiter unter dem Laubdach der Bäume und aus dem Staub, der ihn umhüllte, heraustrat, riß Jacques, der sich in seinen Steigbügeln aufrichtete, um besser sehen zu können, plötzlich den Mund auf und verharrte blöde vor Staunen, denn in dem vermaledeiten Höllenreiter, der ihm da entgegenstürmte, erkannte er klar und deutlich, obgleich mit bis zum Wanst entblößter Brust und Gesicht und Haare grau bepudert, wie wenn er aus einem Salzfaß käme, Bruder Bernard Lallemand. Als der Mönch den Saum der Wiese erreicht hatte, ließ er ein Röhren der Zufriedenheit erschallen und riß so heftig an den Zügeln, daß sein Gaul sich schier zuschanden biß. Direkt hinter ihm hielten, gleichfalls freudestrahlend und staubbedeckt, Salomon d'Ondes und Vitalis Le Troué.

»Seht euch dieses Chorknäblein an, das auf seinem mickrigen Eselein ganz allein zum Kampf gegen den Teufel auszog«, rief der Mönch. »Der Arme weiß ja nicht, daß die Landstraßen in üblem Rufe stehn und daß es sehr unklug ist, ohne Geleit zu reisen.«

Er erfüllte die Luft mit einem dröhnenden Lachen und zeigte seinen Gefährten mit dem Finger die Miene seines Herrn, der sie wie der Ochs am Berge anglotzte. Zwischen Zorn und Zufriedenheit schwankend, ließ Novelli seinen Blick von einem zum andern wandern, während ihm der Mund überging vor Gestammel, unflätigen Worten und heiligen Namen. Schließlich fragte er:

»Wo habt ihr nur solche Pferde gefunden?«

Verlegen stammelnd blickten sie gen Himmel. Bruder Bernard erstarb die Freude in der Kehle, und seine Stirn zog sich in besorgte Falten.

»Nun ja, im Stall von Bischof Gui«, brachte schließlich Vitalis heraus.

»Etwa gestohlen?« fragte Novelli und hatte Mühe, hinter seinem empörten Blick ein breites Strahlen zu verbergen.

»Ich habe einen Knecht zu Monseigneur Gui geschickt«, sagte Bruder Bernard mit beträchtlicher Unruhe. »Er ist in Kenntnis gesetzt, daß wir ihm seine braven Viecher bald wieder zurückbringen. Jacques, begreif doch, daß wir es ohne sie nie geschafft hätten, dich einzuholen.«

»Das ist wahr«, sagte Novelli, »das ist wahr.«

Er riß die Zügel herum, setzte sich steif verschlossen wieder in Bewegung und versuchte, die ungeheuer freudige Emotion zu verbergen, die ihn bis ins Innerste aufwühlte. Stéphanie ließ ihren Maulesel an seiner Seite traben, blickte ihn aus den Augenwinkeln an, fand ihn nicht mehr unnahbar und streichelte seine fest um die Zügel geschlossene Faust.

»Mein Gott, mein Gott«, murmelte er, in die Ferne der Straße starrend, »was will man nur von mir? Welch harte Prüfung erlegen mir diese Schufte auf? Bald lassen sie mich im Stich, bald verfolgen sie mich. Wollen sie mich schon wieder quälen mit ihrer Liebe, die ich nicht begreife?«

»Salomon d'Ondes scheint ein redlicher Mann zu sein«, meinte Stéphanie.

»Ich gehe schweren Tagen entgegen. Glaubst du, sie sind gekommen, um mir beizustehen, um mir das Herz zu stärken? Hör sie dir nur an, diese Narren. Sie begleiten mich und lachen.«

»Und auch die Vögel.«

»He, was gehn mich denn die Vögel an?«

»Weder Gut, noch Böse kümmert sie. Sie sind unschuldig, ganz wie deine Freunde, sind einfach zufrieden, daß sie leben.«

»Ich nicht«, knurrte Novelli.

Er schwieg, warf einen kurzen Blick hinauf in das rauschende Laub, dann fügte er, wie wenn er sich zu einem gnädigen Zugeständnis herabließe, hinzu:

»Das Wetter ist immerhin herrlich, das stimmt.«

Er löste die Faust von seinem Zügel und flocht seine Finger in die von Stéphanie, doch seine Miene blieb streng und verlegen, bis sie an die Furt eines Flüßchens gelangten, wo Vitalis und Bruder Bernard zur Erde sprangen, um sich das Gesicht zu waschen. Da sie weiter dabei verweilten, sich im Schatten des Unterholzes brüllend mit dem herrlich kühlen Wasser zu bespritzen, trieb Salomon sein Pferd den ansteigenden Weg bis zu Novelli heran.

»Ich hätte lieber allein mit Euch und Eurer Gesellin reisen wollen«, sagte er, »aber ich konnte Bruder Bernard nicht davon abhalten, mir zu folgen. Und wo Bruder Bernard hingeht, da geht auch Vitalis hin.«

Mürrisch musterte Novelli sein Gegenüber, fand, daß er ein gutes, freundliches Gesicht machte, und hätte beinah gelächelt – in seinem Herzen regte sich eine immer lebhaftere Freude –, aber er entschied sich dafür, den Frieden noch hinauszuzögern und stemmte das Kinn auf seine Brust. Grindig antwortete er:

»Ihr thront mir gar zu stolz auf Eurem miesen Gaul, Maître Salomon. Mit Euch zu reden, treibt mir die Galle hoch. Vergebt mir.«

»Das versteh ich«, sagte der Jude. »Ich empfand ein ähnliches Gefühl, als Ihr Inquisitor wart und mir, dem falschen Christen, der Kerker drohte. Mit Euch zu konversieren, kostete mich eine entsetzliche Mühe, jetzt kann ich's Euch gestehn. Ich sah in Euch einen furchteinflößenden Adler. Und doch tat ich mein Bestes, mich nicht auffressen zu lassen. Wenn ich vor Eurer Mächtigkeit gezittert hätte, wo wäre ich dann heute?«

Jacques blieb die Luft weg. Wie? In dem Moment, wo er ihm die begangenen Verrate schon fast vergeben wollte, da wagte es dieser Kastrierte, ihm ruhig und gelassen seine Genugtuung ins Gesicht zu spucken darüber, daß er ihn, Novelli, einen armen leidenden Naivling, aufs Kreuz gelegt hatte. Das brachte ihn so sehr aus der Fassung, daß er wie ein Ertrinkender nach Luft schnappte, mit einem Satz aus dem Sattel sprang, wild mit den Armen um sich schlug, als stünde sein Verstand in Flammen, und urplötzlich in einem sagenhaft befreienden Wutausbruch dem Juden tausend Eselpimmel in den Hintern wünschte. Und mit dem Gefühl, als wären sämtliche Dämme gebrochen, begann er auf einmal zu kichern wie ein Teufel, und die schlimmsten bäurischen Flüche, die er sich versagte, seit er seine erste Mönchskutte angelegt hatte, kamen ihm wieder aus der Kindheit hoch und ergossen sich ihm so locker wie einem Fuhrknecht, mit einem solchen Ungestüm, mit einer solchen Freude neu erwachten Lebens nach einem so langen Schlummer über die Lippen, daß all seine edlen Drangsale, brüderlichen Bedrückungen und Wirrnisse des Herzens aus seinem Kopf gerissen wurden wie ganze Händevoll von altem Stroh.

Er packte die Zügel, die Salomon in der Hand hielt, und riß sie so heftig zurück, daß sich sein Pferd aufbäumte. Der Jude klammerte sich an den Hals des Tiers, verlor seine Steigbügel, konnte nicht verhindern, daß er mit dem Arsch über die Flanke rutschte, und glitt mit dem verzweifelten »Ho-ho« eines Equilibristen, der sein Seil verliert, zu Boden. Sitzend landete er mit auffedernder Härte im Gras und hielt die Hände über seinen Kopf, um sich vor den stampfenden Hufen zu schützen. Kaum blieb ihm Zeit zum Stöhnen, denn zwei Fäuste packten ihn am Kragen, ließen ihn seine Laute wieder herunterschlucken, und mit einem Ruck auf die Beine gestellt, mußte er noch einen letzten Schwall von Speichel und donnernden Verwünschungen über sich ergehen lassen, bevor Novelli ihn, mit seinem Atem am Ende, von sich stieß, wie man sich aus der Umklammerung eines Untiers befreit. Mit seinen mächtigen Flügeln durch die Luft schlagend, setzte Salomon zurück, um sich in Sicherheit zu bringen. Ein Baum rettete ihn vor einer neuen Attacke. Er klammerte sich an den Stamm, dann krümmte er sich langsam zusammen und wischte sich wie ein geprügeltes Kind mit den Armen das Gesicht, seine Schultern wurden geschüttelt von Schluchzern.

Als Novelli ihn so elend sah, fühlte er sich sogleich von seinem Zorn entleert. Betreten blickte er Stéphanie an. Sie wandte sich ab, gab ihrem Maultier die Fersen und trieb es die Wegböschung hinunter, um Vitalis und Bruder Bernard zu holen, die nach ihrer Wasserschlacht triefend aus der Furt gestiegen kamen. Jacques trat an den Juden heran, der immer noch schniefte und das Gesicht in den Händen verbarg. Er packte ihn an den Handgelenken und sagte:

»Immerhin, Salomon, müßt Ihr zugeben, daß Ihr ein verdammter Spitzbube seid.«

Der gute Mann hob den Kopf. Wenn er gerade geheult hatte, dann muß es vor Lachen geschehen sein, entdeckte Novelli entsetzt – denn ein verzücktes, boshaftes Strahlen glänzte in seinen nassen Augen.

»Nein, nein, mein Bruder, der größere Gauner von uns beiden seid Ihr«, antwortete er.

»Ich?« krächzte der andere baß erstaunt und schlug sich auf die Brust. »Ich ein Gauner? Wie das?«

Salomon konnte nicht antworten, wieder war sein Lachen zu mächtig. Novelli fiel die Kinnlade herab, sprachlos glotzte er ihn an und fühlte, wie ihm eine ununterdrückbare Woge von Jubel in die Augen schoß. Ein glucksendes Kichern braute sich in seiner Kehle, zuerst hielt er es mit einer Art jünglingshafter Verschämtheit zurück, aber sein Zornausbruch hatte in seinem Schädel restlos reinen Tisch gemacht. Schalkhafte Blitze durchstießen plötzlich seine Laune, ein Sturm schlichter, roher Freude stieg ihm aus Herz und Eingeweiden auf und entfesselte sich zu einem wahren Vollrausch, so daß er in ein wieherndes Röhren ausbrach und zwischen zwei Lachanfällen immer wieder die Worte »Wie das? Wie das?« wiederholte, als könnte er nichts von seinem jähen Glück, nichts von dem Gelächter des Juden, nichts von all der Alberei begreifen, mit der er auf einmal die Welt überschüttete. Er erstickte schier, als er Salomon vor sich sah, wie er immer nur sein Haupt schüttelte und »ja, ja« rief, da er nichts anderes mehr herausbrachte, so sehr erschöpfte ihn seine Wonne. Völlig außer Atem öffneten sie gemeinsam ihre Arme und umschlangen sich wie zwei Besoffene.

So wurden sie von Bruder Bernard, Vitalis und Stéphanie gefunden, die von dem Bach zurückgekehrt waren. Als der Mönch und der Gaukler ihre beiden Herren so fröhlich ausgesöhnt entdeckten, brachen sie in freudiges Geschrei aus, gaben den Pferden einen Klaps auf die Kruppe und vollführten um die Umarmten herum einen entfesselten Reigen und ergingen sich in so lautstarken und derben Flüchen, daß die Vögel im Laub um sie her erschrocken verstummten und sich in kurzem Geflatter auf höhere Äste flüchteten.

Stéphanie sah ein Stück weit abseits ihrem Treiben mit amüsierter Miene zu, dann begann sie sinnierend Jacques zu betrachten, wie er Salomons Schultern mit seinen nervösen Fäusten umklammerte. Noch nie hatte sie ihn so kraftvoll eingepflanzt ins Leben gesehen. Sie lächelte glücklich, ja, begierig, so als gelüste es sie, sich mit in diese Umarmung zu gesellen, die sie begeisterte, dann blickte sie zum Himmel auf und suchte zwischen den Bäumen nach der Sonne. Sie stand bereits hoch, der Morgen reifte dem Mittag entgegen, sie durfte sich also nicht länger verweilen. Sie setzte ihr Maultier in Trab, überließ die Männer ihren ausgelassenen Herzensergüssen, und ritt als eine Frau, die sicher war, daß sie zu der einzigen Liebe, der einzigen Lust inspirierte, die von Wert war, mit stolz gerundeter Brust aufrecht in ihrem Sattel sitzend davon.

Vitalis und Bruder Bernard ritten ihr schon bald hinterher, während Novelli sich mit dem Ende seines Ärmels das Gesicht trockenwischte und Salomon sich seine grün und blau gestoßenen Lenden hielt und unter schmerzhaften Grimassen, aber immer noch lachend aufrichtete.

»Endlich«, keuchte er, »können wir auf eine gesunde Art leben und miteinander reden.«

Und doch zogen sie eine Weile schweigend dahin und genossen in völliger Ruhe nach ihrem Rausch die Luft und die kühlen Schatten der Landstraße. Dann meinte Novelli, während sein Blick durch das Unterholz irrte, mit gelassener Miene:

»Ich habe immer noch nichts begriffen, Salomon.«

Und wieder übermannte sie ein gemeinsamer Ausbruch von Freude. Jacques fühlte sich nun zuversichtlich wie nie zuvor und fröhlich genoß er so etwas wie eine leichte, sorglose und unvergleichliche Vollkommenheit. Salomon antwortete:

»Als Ihr mich im Gefängnis von Écarlate besuchen kamt, in das Ihr verdammter Richter mich hattet werfen lassen, da sah ich, daß Ihr ungemein begeistert wart von der Idee, mich allein kraft Eurer Reden zu bekehren. Ich war sofort guter Hoffnung, daß ich Euch in diesem Spiel der Worteschmiede schlagen würde, das ich seit jeher schätzte, ich gesteh es offen, und das Euch soviel Vergnügen machte, mir aufzuzwingen. Ich hab's Euch schon gesagt: Ihr habt mir angst gemacht, doch Ihr hattet keine Ahnung, wart verblendet von Skrupeln. Ich haßte Euch jedoch genug, um Euch gegenüber nicht die geringste Gnade walten zu lassen, und zudem kannte ich Eure Schwächen. Euer Oheim Arnaud – der Friede sei mit ihm – hatte sich mehrmals in meiner Gegenwart über sie beklagt. Ich wußte, daß Ihr zerfressen wart von Gier nach Heiligkeit. Also habe ich Euch sehr böse angekratzt. Es fiel mir nicht eben schwer, Euch dahin zu bringen, wo ich Euch haben wollte.«

»Ach was, Ihr habt mich nie verachtet oder belogen, verfluchter Jude«, meinte Novelli mit heiterer Gewißheit. »Ich erinner mich noch gut, welches Gesicht Ihr gemacht habt und wie sanft Eure Stimme war an dem Tag, als Ihr mir von jener Mauer spracht, die uns trennen würde. Da habt Ihr nicht den Listigen gespielt, Eure Worte kamen aus der Seele. Es war tausendfach wahr, daß meine hassenswerte Macht verhinderte, daß unsere Hände sich reichten, wie sie's gesollt hätten. Ihr brauchtet Mut, um mir dies begreiflich zu machen.«

»Wenn man einen Menschen vernichten will, Maître Novelli, dann ist's nicht nötig, ihn zu belügen. Es genügt, ihm eine Wahrheit entgegenzusetzen, die stark genug leuchtet, um ihn zu blenden, und so solide ist, daß er sich den Schädel an ihr einrennt. Das ist es, was ich getan habe. Meine Absicht war, den Groß-Inquisitor von Toulouse in ein braves, harmloses Vieh zu verwandeln. Um mein Ziel zu erreichen, benutzte ich als Waffe jene doppelte Evidenz: Mit einer Peitsche bewaffnet kann man sich einen Menschen nicht zum Bruder machen. Wo die Macht besteht, einen zu zwingen, da ist nicht die Liebe.«

»Welch herrliche Wahrheit, Maître Salomon. Ich bin Euch dankbar, daß Ihr mich gezwungen habt, sie glühend zu lieben. Jetzt ist mir wohl in ihr wie in Gottes Schoß.«

»Es gibt noch andere, noch herrlichere und schrecklichere, Maître Novelli. Aber ich gestehe, daß ich diese, als ich sie aussprach, schön genug fand, um Euch zu begeistern. Ich wußte, daß sie in Euch einige Leidenschaft erwecken würde. Ich hätte jedoch nicht gedacht, daß Ihr so heftig von ihr ergriffen sein würdet, daß Ihr gleich gewillt wärt, Euch ihr mit Leib und Seele hinzugeben.«

»Ich bin nicht der Mann, der sich mit dem kleinen Glück begnügt, Salomon. Ich bin imstande, mich geraume Zeit in den Irrtum zu verbohren, aber wenn ich schließlich sehe, wo sich die Flamme der richtigen Kerze regt, dann, verdammt nochmal, dann geh ich, ohne lang zu bummeln, geradewegs drauf zu.«

»Mein Fehler war zu glauben, Ihr hättet keinen Mut. Zuweilen kamt Ihr mir so kindlich vor! Ich dachte, meine Argumente würden Euer Gewissen zur Genüge trüben, so daß Ihr es nicht mehr wagen würdet, meine Freiheit zu bedrohen. Und was habt Ihr gemacht, Elender! Allein in der Hoffnung, mich zu Eurem Gott zu locken, habt Ihr den Euch verheißenen Ruhm und die goldene Geruhsamkeit eines Lebens als hoher Würdenträger geopfert. Welch untragbares Geschenk, Maître Novelli, für einen Juden, der nach nichts anderem trachtet, als mit seinem Herzen, das kaum was wert ist, in Frieden zu leben!«

»He, Mann, dann bin also ich derjenige, der Euch besiegt hat«, kicherte Novelli. »Ihr habt's Euch nicht versagen können, mich zu bedauern, als Ihr mich darniederliegen saht, und Euer Herz zu rühren, als Ihr fühltet, ich wäre bereit, allein zum Wohle unserer Seelen mit allem zu brechen, was mich an die Macht gebunden hielt.«

»Wenn er den Heiligen spielt, habe ich mir gesagt, ist dieser Schwachkopf durchaus imstande, wirklich einer zu werden, und ich bin schuld dran.

Ein solches Desaster wollte ich mir nicht vorzuwerfen haben.«

Wieder hallte ihr Gelächter unter dem Blättergewölbe. Dann gaben sie ihren Pferden die Fersen, und bald tauchte nach einer Wegbiegung die weite Ebene von Lauragais im Mittagslicht vor ihnen auf. Bruder Bernard, Vitalis und Stéphanie erwarteten sie am Rand der Felder, während sie in der Ferne die Mauern eines dörflichen Städtchens auf einem Hügel von herrlichem Grün betrachteten. Bevor er sein Muli zum Galopp antrieb, um zu ihnen aufzuschließen, meinte Novelli strahlend:

»Und nun seid Ihr, dank Gott, von Liebe zu mir ergriffen. Somit seid Ihr gezwungen, mir zu folgen, wohin ich auch gehe.«

»Ich bin ich gezwungen, Euch zu folgen, in der Tat! Und zwar um zu versuchen, Revanche zu nehmen, da Ihr der Ansicht seid, Ihr hättet gewonnen. Ich habe noch ein paar Wahrheiten in der Satteltasche. Ich will sie gerne ausspielen, wenn Ihr noch einmal Euer Leben gegen sie einsetzen wollt.«

»Ihr werdet verlieren«, antwortete Novelli und schnitt eine scherzhaft siegesgewisse Grimasse.

Er gab seinem Tier einen Schlag auf die Kruppe, und Salomon ließ ihn ziehen. Er mußte lächeln, als er sah, wie er sich stolzgeschwellt gerade und so klein unter den so großen Bäumen entfernte.

Als er den Saum des Waldes erreicht hatte, wo seine Gefährten warteten, setzte sich Novelli sofort an ihre Spitze und befahl ihnen mit der Geste eines Bandenhauptmanns, ihm zu folgen. Dieses Dorf, dessen erste Häuser, die sich vor die alten Mauern hinausgewagt hatten, fast schon in Rufweite lagen, war ihm wohlbekannt: Es war Avignonet. Während er in der Mitte der Landstraße dahinritt, zeigte er nach dem hohen viereckigen Bergfried, der inmitten der Anhäufung dichtgedrängter Dächer auf dem Gipfel des Hügels thronte, und erklärte Vitalis und Salomon, daß einst, in den alten Zeiten des Kreuzzugs gegen die Albigenser, eine Horde wildwütiger Ketzer von Montségur im unteren Saal der Burg ein gewaltiges Blutbad unter Inquisitoren angerichtet hatten. Nachdem er einen Augenblick meditierend innegehalten hatte, gestand er, daß ihm unbegreiflich sei, weshalb Gott jene unglücklichen Mitbrüder, obwohl sie ohn Unterlaß zu Seinem Ruhme gewirkt hätten, in dieser Situation den Äxten der Banditen überlassen habe.

»Gewiß haben sie sich im Glauben, gut zu handeln, noch hartnäckiger versündigt als ich«, sagte er.

Dann fügte er hinzu und bemühte sich zu grinsen:

»Unser himmlischer Vater kennt eben keine Gnade.«

»Die besten unter den Menschen haben keinen Vater im Himmel«, sang Salomon leise vor sich hin. »Über ihrem Haupt ist keiner, der wacht. Die besten der Menschen sind frei.«

Lachend beugte sich Vitalis von der Höhe seiner Rassestute herab und meinte, während er mit einer spitzbübischen Faust Novellis Haar zerstrubbelte:

»Na, Ihr Eseltreiber, Ihr seid offenbar nicht von jener gar edlen Schar!«

Jacques schüttelte den Kopf, brummte nur: »Ihr faselt dummes Zeug« und verschanzte sich hinter seiner verschlossenen Miene. Salomon beobachtete ihn heimlich mit durchtriebenem Blick und legte ihm eine Hand auf die Schulter.

»Glaubt ihr wahrhaftig«, sagte er, »daß Gott sich damit beschäftigt, unsere Taten zu richten, uns zu bessern, uns zu strafen? Glaubt Ihr, daß Er Euch abends einen Kuß auf die Stirn schmatzt, wenn Ihr

Euch betragen habt, wie sich's gehört, und Euch ringsum sauber zudeckt? Ich bitt Euch, Ihr müßt erwachsen werden, Maître Novelli. Befreit Euch endlich von diesem schlechten Schöpfer, der seine Söhne in Kindheit gefangenhält und der nicht erfreut ist, wenn ein jeder sein Haus errichtet, wo es ihm beliebt.«

»Es wird Euch nicht gelingen, mich mit Euren Verhöhnungen zu empören«, antwortete Novelli. »Ihr wißt sehr wohl, daß wir alle eines Tages Rechenschaft abzulegen haben.«

»Wenn ich vor Gott erscheinen müßte«, warf Vitalis ein, »dann wär's lustig, mal zu sehn, ob der Taugenichts mich richtet, er, der sich nie dazu herabgelassen hat, die Erde von ihrem Aussatz, ihren Kriegen, ihren Scheiterhaufen und Verblendungen zu erleichtern. Doch ich habe keine Bange. Genausowenig wie hienieden werde ich ihm woanders begegnen. Die Bühne eines Gauklers und der Thron eines Allmächtigen sind nicht von der nämlichen Welt.«

»Hüte dich davor, daß Er dich hört und dich vom Pferd stürzt für deine bösen Reden«, knurrte Novelli mit düsterem Blick und in den Kragen eingezogenem Kinn.

Salomon kicherte wie eine traurige Leprarassel und murmelte zwischen seinen Zähnen:

»Was für ein saurer Furz du bist, Monsieur l'Inquisiteur!«

Eine Grimasse verzerrte seinen schmalen Mund: Salomon hatte sich tatsächlich zur Ungeduld hinreißen lassen, und das war nicht seine Gewohnheit. Novelli richtete sich heftig gereizt in seinen Steigbügeln auf, um ihn aus gleicher Höhe ebenfalls zu beleidigen, doch ihm blieb kaum die Zeit, den Mund zu öffnen, denn Bruder Bernard, der nichts von ihrem Palaver gehört hatte, rempelte sie fröhlich an: Unter den ersten Häusern vor der Stadtmauer hatte er gerade einen Gasthof entdeckt. Er schwenkte seine leere Korbflasche und spornte sein Roß zum Galopp, um als erster unter dem Wirtshausschild zu sein, wo ein dickbäuchiger Zwerg von Wirt sie herankommen sah. Salomon folgte ihm, dann auch Vitalis, der ihnen hinterherschrie, sie sollten gefälligst auf ihn warten. Jacques und Stéphanie saßen als letzte im Schatten des Vordachs ab. Als sie gerade die Gaststube betreten wollten, wo die anderen bereits die Hocker rückten, ergriff sie seine Hand und sagte leise, ohne ihn anzusehen: »Ich liebe dich.« Diese Worte entfachten in Novellis Körper ein köstliches Brennen, das ihn wie ein Schluck Schnaps durchströmte.

Der kleine rundbäuchige Mann stellte zwei Krüge auf den Tisch und versicherte in vertraulichem Ton, daß der Wein von seinem eigenen Weinberg stamme, eilte zum Kamin und schnauzte eine magere, hinkende Halbwüchsige an, die sich daran zu schaffen machte und zu dicke Scheite unter einen Kessel schob, dann verschwand er, umgackert von Geflügel, das ihm vor den Beinen herumflatterte, hinter dem Vorhang zum Stall.

Jacques rief nach dem Mädchen. Schwer humpelnd und mit mißtrauischer Miene trat es näher. Er erkundigte sich, ob man im Dorf Nachricht von Jean Le Hongre und seinen Pastoureaux erhalten habe.

»Sie sind über Saint-Félix gezogen«, antwortete sie. »Sie waren auf'm Weg Richtung Meer. Bibeltandler haben zu meinem Vater gesagt, auf'm Hügel von Naurouze drüben erwartet sie die Truppe des Seneschalls von Carcassonne. Ich glaub, sie werden bald alle gehenkt.«

Sie lachte blöde, doch ihre Augen blieben voller Schmerz. Stéphanie zwang sich, das Zittern ihrer gefalteten Hände zu unterdrücken, während sie sie mit einer Miene wirrer Empörung betrachtete, als wäre dieses arme, bereits faltige Gesicht das einer Hexe, deren Weissagungen untrüglich waren, so unerträglich sie auch sein mochten. Jacques schickte das Mädchen, das ihm zu arg nach fauligem Wasser stank, mit einer Handbewegung fort. Hinkend entfernte es sich zwischen den Tischen.

»Dann müssen wir nun aufbrechen«, sagte Salomon.

Er erhob sich. Vitalis und Bruder Bernard leerten ihre Becher und folgten ihm hastig hinaus. Bevor er sich in den Sattel schwang, fragte Novelli den Gastwirt nach dem kürzesten Weg, um Naurouze zu erreichen. Der deutete nach einem blauen Hügel am Ende der Ebene.

»Die Straße geht schnurgradaus. Das ist die Schwelle zu den Wolken. Da endet das Toulouser Land, und es beginnt das der Winde vom Meer. Wenn Euer Muli ein tüchtiges Vieh ist, werdet Ihr dort sein, bevor es Nacht wird.«

Als sie den ersten Soldaten begegneten, die sich am Rand eines Bachs den Dreck von den Stiefeln kratzten, war der Himmel kaum erst am Erblassen. Feuer qualmten an der Flanke des nahen Hügels. Sofort war ihnen klar, daß sie zu spät gekommen waren – die Luft roch nach dem Ende einer verlorenen Schlacht. Novelli gab sich den Kriegsknechten zu erkennen und erkundigte sich, was mit den Pastoureaux geschehen sei. Stolz wie Holzfäller nach der Arbeit antworteten sie, sie hätten ein gutes Hundert von diesem streunenden Gesindel umgelegt, die andern hätten ihre jämmerlichen Waffen fallen gelassen und seien in alle Himmelsrichtungen entflohen, bis auf ihren Häuptling, Jean Le Hongre, den man gefangen habe. Da stürzte sich Stéphanie auf den großmäuligsten der Kerle, packte ihn mit unbändigem Zorn am Koller und schrie:

»Wo ist er?«

Zu Tode erschrocken streckte der Mann seinen Arm nach dem Gipfel von Naurouze, auf dem eine gewaltig ausladende Doppeleiche stand: Zwei Stämme öffneten sich vor der Sonne zu einer vereinten, riesigen, herrlich entfalteten Laubkrone. Fasziniert betrachtete Stéphanie den mächtigen Baum, während sie langsam den Soldaten aus ihren Krallen freigab, dann wandte sie sich nach Jacques um. In ihren Augen glänzte ein Leuchten heiligen Wahnsinns. Sie schien in Liebe den Tod zu betrachten.

15

Nachdem sie die Wachposten am Rand der Straße hinter sich gelassen hatten, bogen Novelli und seine Gefährten in den Weg nach Naurouze ein und ritten im Rauschen eines jäh auffrischenden Windes und dem Knirschen der Hufe auf den Steinen wortlos dahin, bis sich nach der ersten Rundung des Hügels ein großes Feld vor ihnen öffnete, auf dem die Toten der Schlacht verstreut lagen. Einen Augenblick blieben sie auf der Garrigue zwischen den geduckten Dornenpolstern und Buschgruppen stehen, blickten sich unruhig und mißtrauisch um wie verirrte Reisende, die am Ende der Welt angelangt waren, und betrachteten gedankenversunken jenseits des sicheren Bodens die Ernten des Sensenmanns.

»Gelobt sei Gott in der Höhe, Maître Novelli«, rief Vitalis mit einer angeekelten Grimasse, »welch schönes Werk der Liebe.«

Stéphanie zischte ihm ein harsches Schimpfwort ins Gesicht, senkte den Kopf wie ein Widder und trieb als erste ihr Maultier auf den Weg, der an diesem desolaten Elend entlangführte.

Die niedergestreckten Leichen, die die Wiese bedeckten, so weit das Auge reichte, waren nackt, und ihre Zahl schien kein Ende zu nehmen. Manche bluteten noch aus gräßlich klaffenden Fleischwunden ins Gras, alle lagen da in Stellungen, wie sie vielleicht gewohnt waren, in ihrem Bett zu schlafen, unschuldig und obszön, dargeboten mit geöffneten Lippen und Lenden, oder Arme und Beine kämpferisch angewinkelt, den Hintern in die Luft gestreckt oder zusammengekrümmt, daß Kopf und Knie sich berührten wie bei Kindern vor der Geburt. Männer mit schweren Stiefeln, die Brust halb bedeckt mit aufgeschnürtem Wams, trieben sich, Hacken und Schaufeln auf der Schulter, zwischen ihnen herum, stiegen, von Sold und Weibern schwatzend, über sie hinweg, wühlten mit noch unzerhauenem Wehrgehenk, die Waffe fest in der Faust, in einem Haufen zerfetzter Gewänder wie Bettler im Abfall, um noch dies oder jenes Brauchbare aufzustöbern. Andere plagten sich ab, in den Senken des Feldes Gruben auszuheben, um die sich bereits Säcke mit Löschkalk reihten.

Als Novelli am Rand dieser flüchtig geschaufelten Gräber vorüberkam, schlug er, über seinen Sattel gebeugt, ein Kreuzzeichen und murmelte ein kurzes Miserere; doch er verweilte sich nicht, denn zu sehr waren seine Gedanken von Stéphanie beherrscht, die vor ihm ritt, ihren Mantel, den der Wind fortzuwehen drohte, am Kragen fest zusammenhielt und ihren Maulesel den steilen Weg hinauftrieb. Bruder Bernard machte jedoch halt. Jacques sah, wie er am Rand eines Lochs, in das gerade Tote hineingeworfen wurden, niederkniete und zu beten begann. Dies linderte seine Gewissensbisse, daß er dieses fromme religiöse Werk nicht selbst verrichtet hatte, und er wollte sich gerade beunruhigen und dafür sorgen, daß keiner der Gefährten zurückblieb, doch Vitalis und Salomon, die ebenfalls abgesessen waren, waren bereits weit hinter ihm. Der Gaukler hielt sein Pferd und das des Mönchs am Zügel. Er wartete auf seinen Freund. Der Jude stand auf einen langen Stock gestützt, den er im Gebüsch aufgelesen hatte, über einen Fels am Rand des Weges gebeugt und betrachtete zu seinen Füßen die grauenhaft wehrlosen Leiber, die man an den Beinen durchs Gras schleifte und die den Lauf seines Lebens so brutal verändert hatten. Er sah aus wie ein meditierender Schäfer. Als Novelli ihn so erblickte, fühlte er sich sehr erleichtert und voller Vertrauen in die Güte des Mannes.

Er versetzte seinen Maulesel in Galopp, um Stéphanie einzuholen. Auf halbem Wege zum Gipfel brannten auf leicht abschüssigem Kiesgeröll Feuer, die die Windböen unter rauchumhüllten, an aufgestellte Astbündel gehängten Kesseln wild auseinanderwehten. Die erschöpften Soldaten, die gerade dabei waren, um diese Feldküchen herum ihr Nachtlager aufzuschlagen, unterbrachen für einen Augenblick ihre Verrichtungen, um mit erregten Augen diesem Mädchen mit aufgelöstem Haar und bildschönem Gesicht nachzugaffen, das stolz und aufrecht im Sattel seines schwarzen Maultiers über ihnen durch den Wind vorüberritt und sie nicht zu sehen schien. Als am Ende des Weges die Doppeleiche auftauchte, sprang sie zu Boden und rannte behend und leicht wie ein verschrecktes Tier auf den nahen Gipfel zu, während Jacques unter einer großen Kiefer haltmachte, wo der Hauptmann des Seneschalls von Carcassonne, der die Schlacht befehligt hatte, ein bereits ergrauter, breitschultriger und kräftiger Mann, sein Zelt hatte. Breitbeinig, mit mächtigen Gürteln vor dem Wanst, hockte er auf einer Truhe im Windschatten des aus Leinwand gespannten Vordachs und ließ sich von einem Knirps von Schildknappen die Füße waschen. Mit einem Fußtritt jagte er ihn fort, als er den Inquisitor Novelli herannahen sah. Er erkannte ihn sofort – am Tag der Beisetzung von Kardinal Arnaud war er am Eingang der Kathedrale Saint-Étienne postiert gewesen und hatte ihn unter das Gewölbe des Kirchenschiffs eintreten sehen.

Er empfing ihn mit knappem, wortkargem Respekt. Er gehörte zu jenen Waffenmännern, die sich nicht darauf verstehen, mit geistlichen Herren zu reden. Novelli ahnte es und fühlte sich sofort erleichtert und selbstsicher. Er liebte es, mit Leuten dieser Sorte umzugehen. Er teilte ihm mit, daß er gekommen sei, um Jean Le Hongre zu verhören, ihn von möglichen Befleckungen von Ketzerei reinzuwaschen und ihm seine Verbrechen im Namen Jesu Christi zu vergeben. Dann fragte er ihn mit raffiniert geheuchelter Gleichgültigkeit, ob er nicht der Meinung sei, daß sein Gefangener eigentlich der kirchlichen Obrigkeit überantwortet werden müsse. Le Hongre sei nämlich kein banaler Mörder. Immerhin habe ihn die Königin von Frankreich zu seinem Kreuzzug ermutigt. Überdies gebe er sich als Mönch aus. Vielleicht sei er einer, vielleicht auch nicht. In beiden Fällen gehöre er aber der Kirche, die ihre versündigten Söhne ebenso zu richten habe wie Usurpatoren des geistlichen Standes.

»Von derlei Spitzfindigkeiten versteh ich nichts«, entgegnete der Hauptmann. »Nicht daß ich Euch mißfallen will, Monseigneur, doch meiner Ansicht nach ist kein Prozeß vonnöten für einen, der einen Priester und einen Stadtvogt ermordet hat. Der muß gehenkt werden am erstbesten Baum.«

»Laßt mich zuerst allein mit ihm sprechen. Danach werden wir beschließen, was angemessen ist zu tun.«

Der Haudegen fuhr in seine Stiefel, hängte sich einen weiten Mantel um und strich sich über den Bart, während er halblaut diverse übellautende Betrachtungen über das unbegreifliche Getu der hohen Geistlichkeit vor sich hin knurrte. Novelli, der wenig Lust hatte, sich diese anzuhören, tätschelte ihm die Schulter und erkundigte sich mit scheinheilig besorgter Miene, wieviel Tote es unter seiner Truppe in der Schlacht gegeben habe. Kein einziger Soldat sei auch nur verletzt worden, bekam er zur Antwort. Da könne man ihm nur gratulieren, meinte Jacques zu seinem Mann und nannte ihn einen klugen Strategen, was diesem mitnichten mißfiel. Jubelnd entfernte er sich zu dem Hügel, wo sich Stéphanie und ihr Bruder befanden. Er war überzeugt, daß er die Begnadigung für diesen herzergreifenden Vagabunden, den er auf eine unerklärliche Weise liebte und dem er doch noch nie begegnet war, so gut wie in der Tasche hatte.

Der Wind hatte sich gelegt, doch es war kühl, und zwischen den düsteren Bäumen befiel Novelli, von der bitteren Schwermut des Abenddämmers getroffen, ein Frösteln. Er beschleuigte seine Schritte. Als er den Kamm des Hügels erreicht hatte, sah er in der Ferne nur Stéphanie, umgeben von fahlem Licht. Reglos und aufrecht in ihrem schwarzen Umhang stand sie mit dem Rücken zu ihm. Wenige Schritte vor ihr stand die zweistämmige Eiche. Nicht ein Blatt ihrer mächtigen Krone regte sich. Langsam, als schritte er auf den Altar einer Kirche zu, trat er näher. Am Hauch eines Seufzers seiner Gefährtin erkannte er Jean Le Hongre, den sie verdeckte. Die Arme ausgestreckt zum Kreuz und an den Handgelenken an die beiden Baumstämme gefesselt, kauerte der Mann auf Knien in einer grasigen Mulde zwischen den Zwillingsbäumen. Seine Mönchsrobe bestand nur aus zerrissenen Lumpen, die mit Fetzen an den Schultern und um die Hüfte von einem Seil zusammengehalten wurden. Er schlotterte vor Kälte. Als er Jacques hinter dem Körper seiner Schwester auftauchen sah, leuchtete eine herrliche Leidenschaft in seinen Augen auf. Um diese hohe Persönlichkeit, die da auf ihn zutrat, besser erkennen zu können, begann er sich in dem Zwielicht zu regen, streckte seine wie jämmerliche Flügel hängenden Arme, und sein junges reines Eremitengesicht, umgeben von einer Aureole gelockten Rots, rückte in die letzte Helle des Tages.

Einen Augenblick verharrten beide reglos und sahen sich an. Jacques dachte, er sieht aus wie ein verwundeter Engel, und Le Hongre, am Ende eines langen Weges stürmischer Gedanken mit dem Kopf nickend, murmelte:

»Das bist du also.«

Allein diese Worte ließen Novelli das Herz im Leibe springen. Er fühlte sich von einem Pfeil durchbohrt, ergriff Stéphanies Hand, wie um sich zu vergewissern, daß er nicht allein war, und um sich Mut zu machen. Sie neigte sich zur Seite, ihre Schläfen berührten einander, und er sah, daß sie still vor sich hin weinte. Sie setzten sich einträchtig nebeneinander ins Gras. Le Hongre betrachtete die beiden mit einem durchdringenden Lächeln, das aufmerksam die Güte seiner Gesten, die vertrauende Hingabe seiner Schwester verfolgte und so verzückt war, als würde er die Entdeckung eines lange Zeit nur vorgestellten Gefühls auskosten; doch sein Blick strahlte zu sehr, und Jacques beschlich ein heimliches Unbehagen. Er wagte seine Gefährtin nicht umarmt zu halten vor diesem fanatischen Mann, dessen Urteilsspruch er sonderbar fürchtete.

Dann sagte er, an Stéphanie gewandt:

»Ich habe mit dem Hauptmann der Truppe gesprochen. Morgen werden wir deinen Bruder nach Toulouse zurückbringen. Man wird ihn nicht hängen, sondern er kommt ins Gefängnis, und mit der Zeit werden wir es vielleicht erreichen, daß er in Vergessenheit gerät.«

Le Hongre schob seinen Leib vor, wie wenn er sich abmühte, eine für seinen armen, schlotternden Körper zu schwere Last zu schleppen, dann sagte er, und dabei lächelte er wieder mit einer Süße, die selbst einen Henker hätte zittern gemacht:

»Ich will hier sterben, Novelli. Ich hasse den Kerker. Der Tod ist eine gute Mutter.«

Stéphanie wandte sich jäh um, denn sie vernahm Schritte und Stimmen in der hereingebrochenen Nacht. Sie befürchtete, Soldaten kämen sie verfolgen, und sprang mit einem Satz auf. Vor diesen Totengräbern und rülpsenden Suppeschlürfern graute ihr. Doch dann seufzte sie beruhigt auf:

»Es sind nur deine Freunde.«

Salomon und Vitalis kamen heran, setzten sich wortlos neben Novelli ins Gras und beäugten den Gefangenen mit gebanntem Ernst. Sie machten Gesichter, als betrachteten sie ein heiliges Tier.

»Wer sind diese Leute?« fragte Jean Le Hongre, an Jacques gewandt.

»Ich bin der Diener eines Juden«, antwortete Vitalis.

»Und der Jud bin ich«, sagte Salomon ruhig.

Er kniff die Augen zusammen und versuchte durch das Dunkel auszumachen, ob diese Worte die Miene jenes sonderbaren Barbaren, der sein Volk mit Haß verfolgte, verändern würden. Auch Le Hongre begann ihn mit sehr scharfer Neugier zu mustern. Jeder suchte einen Moment lang wie ein Dürstender nach irgend etwas im Blick des anderen. Plötzlich schien einer sich am anderen zu verbrennen und beide wandten sich gleichzeitig ab. Bruder Bernard Lallemand zog Stéphanie zu den nahen Gebüschen. In ihrer Abwesenheit wagte niemand zu sprechen. Mit einem Arm voll Holz kehrten sie wieder zurück und schichteten es zwischen den Gefangenen und die Männer, die vor ihm saßen wie ruhige, gelassene Richter. Der Mönch hockte sich nieder, rieb sich kräftig die Arme und meinte:

»Es wird kalt hier.«

Dann strich er sein Wergfeuerzeug an. Bald züngelte das Feuer zwischen dem Reisig auf und erleuchtete die Gesichter.

»Ich bin gekommen, um dir zu helfen, Jean«, sagte Novelli.

»Dafür ist's zu spät, morgen geh ich auf die Reise. Ich kann's kaum erwarten, das Land der Toten zu betreten. Dort hoffe ich etwas Neues zu finden.«

»Spiel dich nicht auf. Ich biete dir das Leben an.«

Jean Le Hongre wandte sich zu Stéphanie und sagte:

»Kann er nicht begreifen, daß ich es nicht will?«

Bruder und Schwester blickten sich durch die Flammen an, verharrten zärtlich in gegenseitiger Gebanntheit, und auf einmal sah Novelli in ihren einander gleichenden Gesichtern eine Art andächtiges Gebet, ein gemeinsames Leuchten in ihren Augen, eine Verschworenheit himmlischer Banditen, vertraut mit den gleichen erhabenen Stürmen, was ihn in Verwirrung, aber auch in eine heftige, faszinierte Eifersucht stürzte: Wortlos gelobten sich die beiden vor ihm, sich eines Tages wiederzufinden, nicht in einem ungewissen Jenseits, sondern im glücklich unausweichlichen Leben, sobald alle Hindernisse überwunden, sobald sie von allen Übeln und den Morden reingewaschen wären, die die Ruhe ihres Blicks als empörend nebensächlich erachtete im Vergleich zu den Gewißheiten, die in ihnen wohnten. Diese Wahnsinnigen schienen Dinge zu wissen, die niemand wußte. Sie lächelten einander zu, vielleicht in Erinnerung an diesen oder jenen Moment ihres Lebens, von dem die Welt nichts wußte, vielleicht aus Befriedigung, sich unerreichbar zu fühlen in ihrem verliebten Vertrauen. Schließlich legte Stéphanie ihre Hand auf die Novellis und fühlte, wie eisig sie war.

»Während wir auf dich warteten, haben wir miteinander geredet«, sagte sie. »Man darf ihn nicht zwingen, am Leben zu bleiben. Ich glaube, das wäre eine Sünde.«

Plötzlich spürte Jacques den Wunsch, einfach aufzustehen und diesen Ort zu verlassen, wo es nichts mehr für ihn zu tun gab, allein nach Toulouse zurückzukehren, sich unterwegs seiner Liebe zu entledigen, so wie man zu schwere Lasten zurückläßt, und fortan einsam unter dem Volk seiner Stadt zu leben, gleichgültig gegenüber den Menschen und allem voran gegenüber den Wegen seines eigenen Lebens, da er von allen Wundern und vor allem von jenem beneidenswerten Zustand der Gnade, in dem sich Stéphanie noch immer befand, ganz eindeutig ausgeschlossen war. Ihn würde sie nie so ansehen, wie sie diesen elenden Verdammten angesehen hatte. Was hatte sie entdeckt, das im Angesicht des nahen Todes ihres Bruders einen solchen Frieden in ihr festigte? Was hatte sie begriffen, das er, Novelli, nicht begreifen konnte?

Neben ihm verscheuchte Salomon mit einer Armbewegung einen plötzlich aufqualmenden Rauchschwall, legte Holz aufs Feuer nach, und hinter der auflodernden Flamme erschien wieder, lebhaft erhellt, wie im Nachtdunkel schwebend, Le Hongres Gesicht. Der Jude beugte sich nach vorn und fragte ihn mit gedämpfter Stimme:

»Wie alt bist du?«

»Bis man mich hängt, guter Mann«, antwortete der andere stolz, »werde ich zwanzig Jahre alt sein.«

»Mit zwanzig«, meinte Salomon, »verließ ich kaum erst meines Vaters Haus. Ich war noch dumm und einfältig und ich fürchtete die Welt. Meine Zeit fing gerade erst an.«

»Die meine geht zu Ende. Eine harte Plage, Herr Jud, eine harte Plage.«

»Mit zwanzig Jahren hatte ich Angst vorm Tod. Er schreckt mich noch heute.«

Während er so sprach, lauerte Salomon auf ein mögliches Zucken, vielleicht auf ein Anzeichen von Niederlage in Le Hongres Blick, aber er sah nur einen großen, verwunderten Spott in diesem von Funken umsprühten Gesicht, das der Schatten nun im Tanz der prasselnden Flammen abwechselnd verschwinden und wieder auftauchen ließ.

»Das Jenseits ist wie draußen auf freiem Feld«, sagte er. »Sobald man die Mauern hinter sich hat, kann man dort drauflosrennen zum wahren Heiligen Land. Ich weiß es. Ich bin besser als Ihr.«

»Du bist der übelste Lebende, dem zu begegnen mir gegeben ward«, antwortete Salomon, »und doch seh ich dich an, ohne dir Schlechtes zu wünschen, denn ich glaube und fühle, das Leben ist gut. Selbst in dir, verdammter Teufel, ist das Leben ein Segen.«

»Wie wahr, Jud, wie wahr. Das Leben ist gesegnet, die Welt ist verworfen und die Menschen sind ein Dreck.«

»Diese Nacht wird nicht zu Ende gehn, ohne daß ich zu lieben vermag oder sterbe«, brummte Novelli plötzlich.

Seine Stimme klang so entsetzlich, daß seine Gefährten ihr Herz straucheln fühlten. Jean Le Hongre riß sich nach vorn, suchte den, der so gesprochen hatte.

»Lieben, lieben«, keuchte er, »tausendmal hab ich's versucht. Ich hab gesucht und gesucht. Vom Haus meiner Kindheit bis zu diesem Baum, an den ich gefesselt bin, fand ich nur einen Weg voller Leichen, Novelli, einen Weg voller Leichen.«

»Das Licht, das dir leuchtete, waren die Feuer der Hölle, nicht dein guter Stern, und du wußtest es nicht, und Gott ließ dich drauflosrennen, weil er sich nicht im geringsten um dich schert. Gott führt niemanden, armer Mann, weder in dieser Welt, noch in der anderen. Weiß er überhaupt, daß wir leben, dieses Schwein?« brüllte Novelli, plötzlich auf die Beine gesprungen und wütend auf die Flammen eindreschend. »Auf nichts darf man hoffen, überall herrscht Kälte, nirgends ist Mitleid, nirgends Gnade, nirgends Erbarmen, für den Mönch so wenig wie für den Mörder. Es gibt kein Erbarmen.«

Auf der anderen Seite des Feuers stand Le Hongre nun ebenfalls, zerrte an seinen Fesseln, stampfte in wildem Spott und Schmerz auf den Boden, sein Gesicht überströmt von Tränen.

»Wenn du kein Erbarmen auf dieser Welt gefunden hast, dann sorg dafür, daß es kommt«, röhrte er. »Erfinde es, Novelli, erfinde das Erbarmen!«

Jacques brüllte auf, als würde ihm die Seele aus dem Leib gerissen, sprang geradewegs vor durch die Glut, riß sich das Messer vom Gürtel und hieb mit zwei Schnitten dicht an den Handgelenken die Seile durch, die Le Hongre fesselten. Während der andere sprachlos seine freien Hände anstarrte, sagte er:

»Los, du kannst fliehen, ich werde an deiner Statt sterben. Bevor du abhaust, binde mich dort fest, wo du gestanden bist.«

Der andere hob den Kopf. In seinen Augen glomm ein fast befriedigtes Feuer. Er antwortete:

»Das ist nicht Erbarmen, das nicht.«

»Willst du, daß wir ohne Waffen, ohne alles, was uns helfen könnte auf dem Marsch, gemeinsam nach Palästina aufbrechen?« fragte Novelli und mußte schwer an sich halten, um nicht zu zittern. »Geh, ich folge dir. Wenn dein Leben bedroht ist, werde ich es retten. Du wirst keine andere Strafe erleiden, als mich für deine Vergehen leiden zu sehen.«

»Nein, nein, das ist nicht das wahre Erbarmen«, sagte Le Hongre. »Such weiter, finde es, Novelli.«

Sein Blick schweifte fort, ein Schatten fiel durch das Feuer. Eine Hand legte sich auf Novellis Schulter. Er schrak zusammen. Stéphanies Atem hauchte ihm ins Gesicht:

»Sag, was du fühlst, einfach was du fühlst.«

»Was ich fühle, ist nicht das, worauf's ankommt. Ich…, ich bin nur ein Toter, der seinen Weg zu einem neuen Leben sucht. Ich bin nackt, ich habe alles verloren, Hoffnungen, Wünsche, treffende Worte. Ich habe von niemandem mehr etwas zu erbitten, habe niemandem mehr etwas zu bieten, und ich steh da, mit Worten, die aus allen Tiefen meines Leibes zu meinen Lippen aufsteigen, aber es sind armselige Worte, nicht wert, sie auszusprechen.«

»Doch, ich will sie«, rief Le Hongre.

Novelli holte tief Atem, um ein Schluchzen zurückzuhalten, doch als er Jean Le Hongres Gesicht voll erleuchtet sah, schüttelte er den Kopf zum Zeichen seiner Ohnmacht, dann ließ er plötzlich seinen Tränen freien Lauf und stammelte mit überbordender, unwiderstehlicher Zärtlichkeit:

»Armes Kind, armes Kind… mein Gott, du armes Kind, mein Gott…«

Er wankte nach vorn, die Knie knickten ihm ein, doch Le Hongre packte ihn an seinen Gewändern, bemühte sich, ihn aufrecht zu halten, und sagte dumpf:

»Fall nicht, Novelli, fall nicht, du mußt standhaft und aufrecht bleiben, verlaß mich nicht, Novelli, drück mich in deine Arme, fest.«

»Du siehst doch, daß ich nichts vermag«, röchelte Novelli vor Heulen, »du siehst doch, daß ich nutzlos bin.«

»Du gibst mir alles, was du geben kannst, alles, was ein Mensch zu geben vermag.«

»Ich wollte dich retten, ich wollte, daß du in Frieden bist, zufrieden, Jean, zufrieden, und alles, was ich kann, ist weinen.«

»Noch nie hat ein Mann über mich geweint. Das ist Güte. Das ist Erbarmen. Das ist wahres Mitleid. Dieser Hurenpfuhl von Welt ist im Arsch, Mann, im Arsch.«

Er löste seinen Griff von Novellis Kragen, und erschöpft wie nach dem härtesten Kampf seines Lebens ließ er die Arme an seinem Körper herabfallen. Da packte ihn Jacques am Haar, um ihm den Kopf aufzurichten, und mit der Stirn beinahe die seine berührend blickte er ihn an. Eine unsagbare Entdeckung von Licht rang nun mit der Qual in seinen Augen, und wenn er auch schluchzte, so waren seine Seufzer nur noch die eines abziehenden Gewitters. Le Hongre lächelte ihn an. Sie ergriffen sich an den Schultern, halfen einander, sich niederzusetzen, und genossen eine Weile reglos die schlichten Geräusche des Feuers und seine Hitze auf ihren Gesichtern. Unter dem gewaltigen Laubdach kehrte der Frieden zurück.

Vitalis begann leise zu singen. Zuerst war es wie ein Gemurmel, das allmählich eine dumpfe Kraft gewann und, ohne daß es jemals zur klaren Stimme anschwoll, in die Gemüter eindrang, darinnen seinen bedächtigen Tanz aufführte und dunkle Träume von einer uralten, köstlichen Güte in Regung brachte. Die Worte waren nur eine einfältige Liebesklage, aber die Melodie mit ihren langen rauhen Stößen verklärte sie zu Wundern von reinster Quelle. Während Bruder Bernard ihnen lauschte, überkam ihn bald die Lust, sie in seinem Munde zu kosten, sie nachzusprechen, sie noch einmal zu vernehmen. Verloren vor sich in die Flammen starrend, begann er, sie sich in seinem Kopf zusammenzureimen. Dann entrangen sich langgezogene falsche Grunzer seiner Kehle, runzelten sein Gesicht in Falten und kniffen ihm die Augen zu. Seine strauchelnde Unbeholfenheit schien Salomon zu stören, diskret versuchte er sie, mit flacher Hand auf seinem Knie den Rhythmus schlagend, zu korrigieren, dann nahm auch er den Gesang auf und ließ sich zu einem unsicheren, unbestimmten Näseln gehen, daß man vor Rührung lachen oder weinen mußte, so angestrengt bemühte er sich. Und so sangen die drei Männer mit schwankender Inbrunst, doch ihre Stimme drang nicht über den Kreis um das Feuer hinaus. Als sie verstummten, sagte Vitalis, ohne daß er es wagte, Le Hongre anzusehen:

»Das ist mein Lieblingslied. Wenn's für einen Mann, den man hängen wird, zu schlicht und profan ist, dann bitt' ich um Vergebung. Doch ich hab's von meiner Mutter.«

»Nein, nein, es ist wunderschön«, entgegnete Le Hongre hingerissen. »Ich glaube, es ist schöner als all die Gebete, die Novelli und ich in unserm Leben gesprochen haben.«

Dann sagte er, an Salomon gewandt, während er sich schniefend die Augen wischte:

»Ich kann mich an dich erinnern, Jud. Du warst der feigste von all jenen, die ich in die Kathedrale Saint-Étienne trieb. Du hast geschwitzt vor Angst und den wichtigen Mann gespielt. Du hast ich weiß nicht was geplärrt, du wärst der Freund von Kardinal Arnaud, glaube ich.«

»Das stimmt. Mir war noch nie eine solche Not widerfahren. Ich war zu jeder Erniedrigung bereit, um deinen Fäusten zu entrinnen.«

»Weil du das Leben liebst«, sagte Le Hongre, respektvoll nickend.

»Ja, mehr als alles andere. Auch heute noch liebe ich es so leidenschaftlich, wie ein Mann deines Alters ein Weib begehren kann.«

»Ich bitte dich, Herr Jud, gib mir die Liebe zum Leben«, sagte Le Hongre mit plötzlich flehender Miene. »Nur sie fehlt mir jetzt, damit ich sterben kann, wie sich's gehört, und damit Stéphanie glücklich ist.«

Salomon blickte ihn an und dabei lächelte er und errötete, wie wenn der andere ihn gebeten hätte, er möge weitersingen, dann suchte er in der fernen Nacht nach Worten, holte jäh Luft, um zu reden, doch es gelang ihm nicht, und so murmelte er nur kopfschüttelnd:

»Es läßt sich schwer in Worte fassen.«

»Versuch es, Salomon«, flüsterte ihm Novelli mit gepreßter Stimme zu. »Versuch es weiter.«

»Schau…«, sagte Salomon schließlich und deutete mit einer weiten Geste auf die Sterne, die Bäume, die rauchigen Glutröten der Soldatenlager, die sich hinter den Gebüschen und Senken der Hügelflanke hinaufzogen. »Schau!«

Er erhob sich, zögerte einen Augenblick, dann breitete er plötzlich die Arme aus, warf den Kopf nach hinten und begann mit der Ferse auf den Boden zu stampfen und mit den Händen in den dunklen Himmel zu schlagen, hob die Knie zu unsicheren Sprüngen, tanzte ohne jede Anmut um das Feuer und drehte sich mit schwerem Schwung um sich selbst, wobei er gefährlich nah an den Füßen seiner Gefährten vorbeitaumelte, mit seinen Mantelschößen die Gluten auseinanderfegte, liebestolle Ekstasen mimte und schließlich einen so entfesselten und grotesken Sabbat aufführte, daß Novelli das Gesicht in seine Ärmel vergrub, damit man nicht hörte, wie sehr er sich darüber amüsierte, und Bruder Bernard, der sein Glucksen nicht länger unterdrücken konnte, sich an seinen Kumpan Vitalis klammerte und in ein asthmatisches Husten ausbrach. Le Hongre deutete, an seine Schwester gewandt, mit dem Finger auf diese wild gestikulierende riesige Gliederpuppe und brach in ein unverhohlenes Gelächter aus. Entmutigt ließ Salomon ab von seinem Tanz, schöpfte Atem, setzte sich wieder und sagte betreten:

»Der einzig Unnütze bin ich, Novelli. Ich hätte mich in die Lüfte schwingen und durch die Nacht segeln sollen, ich hätte die Bäume umarmen und die Schnäbel der Vögel küssen sollen, denn so hätte die Liebe zum Leben diesen armen Mann vielleicht berührt. Unglücklicherweise können aber die wahrsten und wohltätigsten der Gefühle nur in großer, einsamer Stille, in den dunkelsten Tiefen unseres Fleisches, unseres Blutes, unserer Nebel gedeihen. Treten sie ans Licht, so sterben sie oder zerfallen zu albernen Farcen. O Elend, ich wollte, mein Leib wär ein Brunnen des Lichts, auf daß ihr die Liebe schauen könntet, die so schön in mir ist, wie ich sie spüre.«

»Euch fehlt's lediglich an Übung«, meinte Vitalis. »Damit das Leben vom Kopf herabfährt in die Glieder, muß man den Kopf ausschalten. Alle Jahrmarktskünstler wissen das, Maître Salomon.«

Der andere zuckte mit den Schultern.

»Du begreifst gar nichts«, sagte er.

Der Gaukler reichte ihm seine Weinflasche hin, doch er stieß sie zurück und machte ein verschlossenes Gesicht.

»Sei nicht beleidigt, Jud«, sagte Le Hongre, »wir lieben dich so, wie du bist. Trink, du hast es verdient.«

Widerwillig gehorchte er, dann wischte er sich den Mund ab und verfiel wieder in sein Schmollen:

»Ich bedaure, daß du nicht lebst«, sagte er. »Ich hätte dich mit einer hübschen Jüdin bekanntgemacht, und die hätte dich meine hebräischen Tänze schon gelehrt.«

»Und ich, ich hätte dir meine Lieder beigebracht«, sagte Vitalis. »Du hättst einen trefflichen Bänkelsänger abgegeben.«

Bruder Bernard stieß ihn mit dem Ellbogen, wetzte unruhig mit dem Hintern hin und her.

»Er versteht sich auch darauf, mit Münzen zu jonglieren«, sagte er.

Er machte ein zufriedenes, liebestrahlendes Gesicht, aber auch ein ängstliches, aus Furcht, er könnte zu laut geredet und vielleicht den zarten Duft eines aufkommenden Wunders verweht haben.

»Wie wohl's hier ist«, murmelte Novelli. »Seht nur den Mond… la luna…, sieht aus wie ein schüchternes Mädchen.«

Halb verdeckt von einem hohen Kiefernast stand er über ihnen. Mit einemmal schien die Nacht von unerschöpflicher Sanftheit zu sein.

»Große Güte Gottes«, seufzte Le Hongre, während er den Himmel betrachtete.

Einen langen Moment stand er sprachlos da, dann trat er lautlos an den Rand des ersterbenden Feuers, beugte sich über die Scheite, packte Salomon am Hals und flüsterte ihm etwas ins Ohr, was die anderen nicht hören konnten. Der Jude lächelte, hatte Tränen in den Augen. Jean Le Hongre setzte sich wieder an seinen Platz, und während er seine Gefährten betrachtete, stammelte er, erschöpft vor Verwunderung, noch einmal:

»Große Güte Gottes.«

Die anderen senkten die Köpfe, wie um etwas Anwesendes zu grüßen, das das geringste Wort bereits verschreckt hätte. So verlief das Ende der Nacht, in wortlosen Gebeten. Eine Weile vor dem Morgendämmer schlich sich Stéphanie hinter Salomons Schulter und fragte ihn hinter vorgehaltener Hand, was ihr Bruder ihm so vertraulich gesagt hätte.

»Er sagte, es wäre mir gelungen, ihm die Liebe zum Leben zu geben«, flüsterte der Jude und mußte dabei erneut ein Weinen vor Seligkeit zurückhalten. »Ich glaube, ein großes Glücksgefühl hat ihn überkommen. Und das ist vielleicht nicht unwichtig, Madame Stéphanie, wenn das Jenseits sein Weg ist.«

Sie küßte ihn auf die Wange, und eine Weile verharrten sie umarmt wie Vater und Tochter. Vor ihnen schlummernde Köpfe auf benachbarten Schultern. Nur Bruder Bernard wachte, damit das Feuer nicht ausging.

Als tief im Osten die ersten Nebelschwaden bleich aufhellten, kam der Hauptmann mit vier

Mann seiner Truppe. Novelli ging ihm entgegen und nahm ihn beiseite, um mit ihm sprechen zu können, ohne daß seine Gefährten ihn hörten. Er sagte ihm, daß Le Hongre seine Verbrechen gebeichtet habe, daß er ein falscher Mönch sei und daß es ihm überflüssig erscheine, sich noch länger mit einem solchen Banditen zu belasten. Diese Worte versetzten den Kriegsmann in helle Begeisterung. Er befahl seinen Leuten, im Lager eine Leiter und eine Rolle Hanf zu holen, stemmte die Fäuste auf den Knauf seines Schwertes, das er sich von der Seite mitten vor den Bauch gerückt hatte, und begann mit herzlicher Derbheit den hochwürdigen Herrn Inquisitor für seinen klaren Verstand zu loben. Novelli fixierte ihn mit einer Strenge, die ihn sofort verstummen ließ, wandte ihm den Rücken zu und kehrte zur Doppeleiche zurück, wo Le Hongre stand und Stéphanie eng umschlungen in den Armen hielt. Die vier Soldaten kamen bereits über den Hügelkamm angelaufen, der erste fuchtelte mit einem gezückten Seilende, die anderen trieben eine Bande hastig in die Kleider gefahrener, noch schlaftrunkener Neugieriger zusammen, die in einem weiten Kreis um den Baum herum Platz nahmen, Flüche, Gähnen, schwerfällige Lacher in die stille Luft stießen und sich die Haare kratzten, in denen noch Halme von ihrem Strohlager hingen. Jean Le Hongre wandte sich von ihnen ab und murmelte nur:

»Mach, daß der Tod rasch kommt, Jacques.«

»Ich werde kräftig an deinen Beinen zerren«, versicherte ihm Novelli. »Gute Fahrt, mein Bruder.«

Sie umarmten sich, dann sahen sie zu, wie von einem Hauptast, auf dem rittlings der Schildknappe hockte, das Seil herabschlenkerte. Da fing Vitalis in der Mitte des Kreises von Gaffern mit lauter Stimme an zu singen, Salomon d'Ondes begann mit der wunderlichen Anmut eines großen, mageren Vogels zu tanzen, und Bruder Bernard stand mit ausgebreiteten, die Welt umfangenden Armen da und begann zu beten.

Als Le Hongre gen Himmel gezogen wurde, hängte sich Novelli, den Körper krümmend wie ein Glöckner, mit aller Kraft an seinen Gürtel, bis er sich nicht mehr regte, dann ließ er sich zu Boden sinken und suchte durch seine Tränen nach Stéphanie, doch er sah nur Stiefel und maulaffenfeil glotzende Soldatenvisagen. Er wollte ihren Namen brüllen, aber dazu kam er nicht – Bruder Bernard packte ihn an den Schultern, um ihn aufzurichten.

16

Novelli stieß ein Grunzen aus wie ein elendes, gequältes Tier, schüttelte Bruder Bernards dicke Tatzen ab, die ihn stützten, verlor beinah das Gleichgewicht, stieß gegen die Beine des Gehenkten und fegte sie zur Seite wie Zweige im Wald. Taumelnd näherte er sich dem Kreis der Soldaten. Vitalis und Salomon stürzten herbei, um ihm zu helfen, er stieß sie zurück und rempelte, ohne ihn überhaupt zu bemerken, den Hauptmann um, der ihm mit einer Miene spaßig gespielten Erbarmens einen Becher Wein entgegenstreckte. Der Mann äffte ein komisches Entsetzen, tat, als geriete er unter dieser Zurückweisung ins Straucheln, dann leerte er mit einem Zug den Becher und brüllte eine deftige Zote über die Pfaffen und ihre weibischen Seelchen, was seine Truppe in schallendes Gelächter versetzte.

Doch Novelli hörte ihn nicht mehr, er rannte bereits durch die Heide und schrie unter dem tiefhängenden Nebel des Morgendämmers nach Stéphanie. Seine Gefährten folgten ihm, um auch nach ihr zu suchen, verteilten sich zwischen den dornigen Gebüschen wahllos auf Wegspuren, sprangen auf jeden noch so kleinen Felsen, um gleichfalls ihren

Namen zu rufen und über die verlassene Heide zu spähen, und jeder fragte die anderen aus der Ferne, ob sie nichts von ihr sähen. Mit einemmal waren sie sehr erschrocken, daß sie ihrer Gegenwart beraubt waren, und entdeckten, während sie durch die graue Luft witterten, daß sie die junge, plötzlich entflohene Frau, die ihren Rufen nicht antwortete, mit einer mächtigen, stummen Liebe liebten. Vitalis hatte gesehen, wie sie in dem Moment, da man Jean Le Hongre den Strick um den Hals legte, die Flucht ergriff. Er zog seine Gefährten mit sich und deutete nach dem Ende des Kamms, wo Jacques gerade in einer Hangsenke verschwunden war. Als sie den Fels erreicht hatten, wo die Böschung abrupt abfiel, blieben sie erleichtert und düster aufseufzend stehen: Am Fuß der Senke, im Schatten einer Gruppe von Sträuchern, kauerte Stéphanie und hatte ihren Kopf zwischen die umarmten Beine vergraben, während Novelli ihr auf Knien etwas ins Ohr flüsterte und ihr übers Haar streichelte. Bald half er ihr wieder auf, doch sie schien mit ihren Kräften am Ende und ließ sich an seine Brust sinken. Er umfaßte sie an der Hüfte, um sie beim Gehen zu stützen. So entfernten sie sich, über die Steine strauchelnd, nach dem schmalen, gestrüppumwachsenen Weg, der zu der Landstraße nach Toulouse führte. Die anderen rannten los, um die Pferde zu holen, die sie in der Nähe des letzten Lagers vor der Doppeleiche zurückgelassen hatten.

Vorsichtig machten sie sich, die Maultiere am Halfter durch die Bäume und über die unwegsamen Pfade führend, an den Abstieg bis zum Rand des Schlachtfelds, wo nichts mehr war als frisch gehäufte Grabhügel, Spuren von Löschkalk und ein gewaltiges Elend von Kleiderfetzen, klaffenden Schuhen und zerbrochenen Waffen. Dort sahen sie Stéphanie, die ihnen eilig entgegengelaufen kam. Sie schien nicht mehr niedergeschlagen, sondern im Gegenteil wieder aufgeweckt und lebendig wie ein neu entfachtes Feuer. Sie bat Salomon, ihr sein Pferd zu leihen, ergriff es wie ein Stallknecht unter dem Gebiß am Zügel und befahl dem guten Mann mit einem eigensinnigen, blendend schwarzen Blick, sich aus dem Sattel zu schwingen. Sie wolle zur Eiche zurückkehren, um ihren Bruder zu begraben. Salomon saß ab und antwortete ihr, die Soldaten wären bereits dabei gewesen, unter dem Gehenkten die Grube zu schaufeln, als er sie verlassen habe. Inzwischen sei diese verdammte Arbeit, die sie zu tun gedenke, sicher bereits beendet. Jacques trat hinter sie, faßte sie um die Schultern und versprach ihr, daß er in ein paar Tagen zurückkommen werde, um auf Le Hongres Grab ein Kreuz zu errichten und zu beten. Sie blickte den Juden an. Ihre Miene schien zu sagen: Sieh mich an, Vater, ich weine nicht, und niemand wird mich mehr zum Weinen bringen. Von nun an will ich auf dieser abscheulichen Welt ein einfaches, reines Weib sein, rein von jeder Asche, von jeder Erwartung, jeder Angst. Salomon fand sie so schön und zerbrechlich, daß er in seiner Brust ein Stöhnen der Liebe aufsteigen fühlte. Seine Lippen bebten, er streckte ihr die Arme entgegen. Sie schmiegte sich wohlig in sie, und so verharrten sie eine Weile mit geschlossenen Augen, um den schwermütigen Frieden ihrer Seele noch besser auszukosten. Als sie sich aus dieser Umarmung löste, saß Novelli bereits im Sattel seines Maulesels und betrachtete sie mit ungemein liebender Güte. Vitalis und Bruder Bernard, die vorausgeritten waren, erwarteten sie unter einer Gruppe von Mandelbäumen an der Einmündung in die Landstraße. Mit einem Satz schwang sie sich in den Sattel, küßte Jacques' Hand, die ihr die Zügel hielt, gab dem Tier einen Schlag auf die Kruppe und schloß im Galopp zu ihnen auf.

Schweigend ritten sie bis zu dem Gasthof von Avignonet. Dort fanden sie die Hinkende vor dem Kamin, wo sie gerade feuchte Scheite unter den schwarzen Kessel schob und genau in der Stellung hockte, wie sie sie tags zuvor zurückgelassen hatten. Nichts war verändert: Dasselbe Geflügel pickte unter den Hockern in der festgestampften Erde, derselbe Wind blähte den Rupfen vor der Fensterluke, derselbe nasse Lappen moderte im Spülstein. Bereits auf der Schwelle schlug Novelli der Geruch nach Rauch entgegen, der in diesem Dämmer herrschte, und mit dem jähen Gefühl einer alten Vertrautheit sog er ihn ein. Ihm war, als kehre er zurück zu einem bereits gehabten rätselhaften und irgendwie gefährlichen Traum und als sei jenes Haus vielleicht eine notwendige Station auf seinem einzigen wahren Weg, einem Weg, von dem er weder das Ziel kannte, noch den Sinn begriff.

Er blieb einen Moment im Türrahmen stehen und ließ sich vom Anblick dieses armen, über die störrische Glut gebeugten Mädchens fesseln, das dort in ihren Gesten unheilbaren Elends innegehalten und auf seine Rückkehr gewartet zu haben schien. Ohne Grund wollte er zu ihr treten, zögerte aber aus Furcht, er würde sie erschrecken, und gesellte sich zu den anderen, die sich gerade um den Tisch setzten. Grimassen schneidend glotzte sie sie über die Schulter an, erkannte sie wieder, richtete sich trotz ihres verwachsenen Beins behend auf und kam zu ihnen gelaufen, als wären sie Leute aus ihrer Verwandtschaft. Jacques fragte, wo ihr Vater sei. Unter einem schniefenden Lächeln deutete sie nach den Mauern der Stadt, dann verschwand sie im Keller und kam bald wieder mit einem schweren Korb herauf, den sie mit ausgestreckten Armen zwischen ihren elenden Beinen schleppte und dabei den Körper zurückbeugte, um ihn besser heben zu können. Kaum hatte Stéphanie sie erblickt, da stieß sie einen kurzen Laut wie von einer Glucke aus, eilte ihr zu Hilfe, nahm mit dem geübten Griff einer Bäuerin den Henkel in die Armbeuge und kam mit der Behinderten an der anderen Hand zum Tisch der Männer zurück. Mit ernstem, mütterlichem Schwung deckte sie ihnen auf, legte das Brot und den in ein Tuch eingeschlagenen Käse in ihre Mitte, stellte die Weinkrüge und vor jedem einen Becher auf den Tisch, dann kehrte sie mit der Klumpfüßigen, die, um sie zu begleiten, wieder ihre dürre Hand in die ihre legte und sie dabei selig anblickte, an den Kamin zurück. Sie hockte sich auf einen Schemel, zog das Mädchen an sich heran und begann flüsternd mit ihm zu reden. Die andere antwortete ihr im gleichen vetrauten Ton, umfing ihren Hals und quiekte, den Kopf zur Seite werfend, wie ein kleines Kind, das sich behaglich und zufrieden fühlt. So verharrten sie eine geraume Weile, während sie miteinander tuschelten, leise aufkicherten, sich herzten und liebkosten und vor Zärtlichkeit so sehr beschäftigt und den Männern so ungewohnt fremd waren, daß Salomon sich schließlich zu Novelli neigte und mit einer Art eifersüchtigen Ungeduld murmelte:

»Los, geh deine Frau wieder holen.«

Er und auch Jacques hatten ihr mit zusammengekniffenen Augen unaufhörlich zugesehen, seit sie den Tisch verlassen hatte. Während Vitalis die Becher füllte, schnitt er das Brot und machte Miene aufzustehen, doch kaum hatte er sich halbwegs aufgerichtet, da erhob auch sie sich im Hintergrund des Raums, als hätte sie die Worte des Juden gehört. Sie kam zurück und setzte sich zu ihren Gefährten. Die Halbwüchsige ging am Spülstein einen Holzkübel holen und lief zum Brunnen. Durch die Tür, die sie offengelassen hatte, ergoß sich die kühle Sonne über die Tische, Gesichter und Mauern, die plötzlich von scharf umrissenen Schatten durchzogen wurden. Jeder trank in der Morgensonne seinen Wein und verzehrte wortlos seine Brotzeit, dann öffnete Novelli, den es drängte, diesen Ort wieder zu verlassen, seine Geldbörse und leerte sie sich in die hohle Hand. Da ergriff Stéphanie ihn am Ärmel und erklärte mit gesenktem Kopf:

»Ich bleibe hier.«

Unendlich entgeistert drehte er sich nach ihr um. Sie sah ihn mit einem so verliebten Mitleid an, daß er ein Gefühl hatte, als zerrisse ihm der Verstand, und vor den Augen nur noch Nebel sah. Dann fügte sie in einem ersterbenden Hauchen hinzu:

»Vergib mir.«

Die junge Behinderte kam vom Brunnen zurück und trat, mit der Sonne auf den Schultern und ihren Eimer Wasser schleppend, über die Schwelle. Sie zog die Tür hinter sich zu, und der Raum wurde wieder in Dämmer getaucht. Die aufgeschnürte Börse entglitt Novellis Hand, die Sous rollten zwischen den Speiseresten, gegen die Krüge und Becher klirrend, über den Tisch.

»Du willst also nicht die Gefährtin eines Bettelmönchs sein«, sagte er.

Ihm entfuhr ein bitteres Kichern, böse zog er seinen Ärmel zurück, um ihn aus Stéphanies Hand zu lösen. Sie antwortete:

»Du bist nicht für die Landstraße geschaffen, Novelli, und wirst es niemals sein.«

Sie zitterte, hielt sich mit aller Kraft zurück, um nicht in Tränen auszubrechen. Wie ein Blinder tastete er vor sich nach seinen Sous und stammelte: »Mein Gott… mein Gott…« Da schloß sich Salomons Hand um die seine, ein in Schatten getauchtes Gesicht neigte sich über seine Schulter, und er vernahm die fest entschlossenen Worte:

»Keinerlei Notwendigkeit treibt dich auf die Straßen. Das einzige, was dich erregt, ist die Leidenschaft deines persönlichen Ruhms, deiner verborgenen Schönheit. Doch dieser Ruhm, diese Schönheit, die du zu kultivieren trachtest, sind nicht notwendig, weder für die Welt, noch für die Vollkommnung deines Lebens, und was nicht notwendig ist, ist eitel, Novelli. Schall und Rauch, verstehst du?«

Jacques nickte zum Zeichen, daß er verstanden hatte. Stéphanie erschrak, als sie ihn so benommen vor Verzweiflung sah, rückte an ihn heran und bemühte sich plötzlich verbissen, in ihrem Geist die treffendsten Worte zu finden, so starke, wie irgend möglich, um dieses Menschenleben, das zu erlöschen schien, wieder zu entfachen.

»Die Liebe ist so kostbar wie das Brot«, sagte sie, »man darf sie nicht verkommen lassen. Ich weiß genau, was ich tun muß, damit sie nicht verdirbt: mich vor deinen Torheiten schützen und dich vor dem Irrweg schützen, denn er endet stets im Gemetzel oder im Staub der Wüste. Ich werde Magd in diesem Gasthof sein, und du kannst herkommen, wann es dir beliebt. So elend es auch sein mag – ich werde es putzen vom Keller bis zum Dach, ich werde dafür sorgen, daß es sauber und gastlich bleibt. Hier ist mein Haus, Novelli, auf halbem Weg zwischen meinem toten Bruder und meinem lebenden Gemahl, sofern du bereit bist, es zu sein.«

»Dafür ist es zu spät. Zur Stunde ist mein Brief bereits zum Papst unterwegs. Bald wird er mir die Armut gestatten, um die ich ihn gebeten habe, und den Pilgerstab, den wir beide halten müssen. Sag mir kein Wort mehr, wenn du Erbarmen mit mir hast.«

»Ich habe Gui de l'Isle einen Besuch abgestattet, bevor ich dir nachgeritten kam«, sagte Salomon und rückte unruhig auf seinem Hocker herum, als säße er nicht gut.

Mit Zorn um den Mund starrte Novelli ihn an. Der Jude, der mit einer geheuchelt zerknirschten Miene mit Brotkrumen auf dem Tisch spielte, kniff die Augen zu Schlitzen zusammen, um ein unwiderstehlich schelmisches Strahlen zu verbergen.

»Der römische Gesandte, von dem dir der Bischof gesprochen hat, trifft heute in Toulouse ein, wo er die kommende Nacht verbringen wird. Dein vermaledeiter Brief wird ihm erst morgen, zur Stunde seiner Abreise, überreicht. Ich habe ihn gelesen, er ist grandios und erbärmlich. Noch hast du Zeit, die Tinte abzukratzen und mir die gereinigten Pergamentblätter zu schenken, denn sie scheinen mir von guter Qualität zu sein.«

»Einen Dreck werde ich tun«, schnauzte Jacques und wandte sich ab wie ein Beleidigter, doch auf einmal schien neue Hoffnung, neues Leben in ihm aufzukommen. Er spielte den Wutentbrannten, aber im verborgenen jubelte er.

»Dann hab ich eben Pech gehabt«, bemerkte Salomon.

»Ich habe verdammt harte Finsternisse durchschritten, schlimme Zusammenbrüche erlitten«, brummte Novelli, wieder über den Tisch gebeugt und gebläht vor Kraft, so stark wie ein Widder. »Ich fühle mich, als hätte ich den Tod durchschritten, Salomon, den wahren, den echten Tod. Ich habe auf meine Macht und auf die Hilfe Gottes verzichtet, ich habe mich von allem entblößt, bis auf die Nacktheit der Liebe. Ich habe nichts mehr, ich bin nichts anderes mehr als ein hohler Kopf auf dem Rumpf einer Vogelscheuche. Sag mir, welch anderen Weg als den der Bettler könnte ich da noch gehen?«

»Dir bleibt noch ein letztes Hindernis zu überwinden, Jacques, nämlich das, welches dich vom Frieden trennt. Noch kannst du dich vernichten, denn wenn nicht alles gewonnen ist, ist nichts gewonnen. Du bist Wege gegangen, die nicht die der Welt sind. Komm wieder zurück auf die Welt, wieder zurück zu den Menschen, mein Sohn, laß dich nicht fort in die Ferne reißen. Denn wir lieben dich.«

»Nein, nein«, sagte Jacques, schwer mit den Ellbogen auf den Tisch gestützt und ablehnend die Stirn zwischen den Schultern wiegend. »Ich habe nichts gelernt, habe nichts gewonnen. So viel Arbeit, ein so weiter Weg für nichts und wieder nichts, Salomon! Ich wage nicht, den Kopf zu heben aus Angst, ich würde im Himmel ein böses Gelächter vernehmen.«

Salomon d'Ondes lächelte und senkte sein gutes Gesicht, daß er beinah die Schläfe von Novelli berührte, der, die Hände um seinen Becher gefaltet, beharrlich in einen Weinrest starrte. Aus einem Fensterflügel, den die Hinkende neben der Tür aufschlug, schien ihnen zwischen den Krügen und den verstreuten Münzen die Sonne ins Gesicht.

»Erinnerst du dich«, sagte der Jude, »erinnerst du dich noch an Novelli den Jüngeren, als er mit all seiner edlen Wissenschaft von seinem Collegium Romanum zurückkehrte? Bist du dieser Mann, Jacques?«

»Gewiß nicht, der bin ich nicht mehr.«

»Und der Inquisitor Novelli, der von der Höhe seines Katheders herab so viele gnadenlose Urteile fällte, erinnerst du dich an den?«

»Ja, ich erinnere mich an ihn. Er ist tot, tausendmal verbrannt.«

»Und an den, der mich mit aller Kraft in seiner Kirche auf die Knie zwingen wollte und mich mit der Peitsche schöner Reden, versteckter Drohungen trieb, sag mir: Ist der noch am Leben?«

»Dieser erhoffte sich einen Bruder und stieß mit dem Kopf gegen Mauern«, sagte Novelli. »Der gefiel mir sehr, aber auch er ist von mir abgefallen und ließ mich wie durch ein Wunder am Leben.«

»So bist du also frei, Jacques, und auch ich bin frei.«

»Für dich trifft's zu, daß du tun und lassen kannst, was dein Herz begehrt. Lebe, das ist alles, was ich dir wünsche.«

»Was ich kann, das kannst du von nun an auch. Nun mußt du nicht mehr leiden, mein guter Sohn. Nun mußt du nicht mehr um dich schlagen, deine alten Kerker sind zu Staub zerfallen. Kraft deiner Güte kannst du nun auf deinem Maulesel in die Stadt Toulouse einziehen, deinen Geschäften nachgehen, mit den Würfeln spielen oder die Messe lesen, Taufen halten, die Sterbenden trösten, die Früchte der Zeit, ja, alle Früchte kosten, und dies so offen, Novelli, wie ein Haus des Lebens. Ein Haus des Lebens: Genau das muß einer sein, der ein wahrer Mensch ist, und der wirst du in Bälde sein, denn du verstehst zu lieben, du kennst die Seelen. Von dem, was die künftigen Tage dir bieten werden, wirst du erwählen, was recht, was gut ist, ohne Sorge um Gott oder um dich selbst, und du wirst lernen, für die, die Ohren haben, sichere und wahre Worte zu finden. Sichere und wahre – denn du wirst nicht mehr den Mund aufmachen, um die Ängste zu verscheuchen, um die Unglücklichen zu täuschen oder um dich mit Ruhm zu mästen, sondern um zu nähren, was zu nähren ist, und um das Gefühl zu haben, daß du lebst. Du wirst nicht mehr verhehlen, wie bitter die Welt ist, sondern zu den Leuten sagen: ›Seht, wo ihr seid, da bin auch ich, genauso sterblich wie ihr, den gleichen Gesetzen unterworfen, und ich geh durch die verstreichenden Stunden und trag all mein Leid und all mein Glück wie ihr, aber ich fürchte nichts, denn ich erwarte nichts und bin der Geliebte jedes Blickes, der da sucht.‹ Die Hoffnung ist so unnütz wie die Angst vor den kommenden Wintern. Die nötigen Arbeiten werden früh genug deinen Leib und deinen Geist verschleißen. Erleg dir nicht jene Arten von Mühen auf, die nur der Hochmut lenkt, Jacques, denn damit erntest du nur üblen Wind.«

»Ich könnte niemals unter den Mächtigen, den Lügnern, den aufgeblähten Pansen leben, wie du sagst. Diese dürsten nicht nach Liebe, Salomon, sie wollen herrschen, ihren Arsch auf gebeugte Häupter setzen, weiter nichts. Diese muß man fliehen, sie sind Teufel.«

»Nein, sondern Kinder, Monseigneur. Sie sind nicht den Weg gegangen, den du gegangen bist, sie wissen also nicht, was du weißt, und daß ihr Elend nicht sichtbar ist, heißt nicht, daß sie nicht des Mitleids würdig wären.«

»Die Heiligen sind nur unter dem niedern Volk zu Hause. Sie mischen sich nicht unter die Höfe der Fürsten, Prälaten und Seneschälle.«

»Heiligkeit ist eine intime Sache, keine öffentliche. Hör auf, dich in den Beschränktheiten des äußeren Scheins zu verrennen.«

»Ich kenne Menschen, die den Märtyrertod erduldet haben, gottverdammt. Nur sie sind groß und rein«, schrie Novelli außer sich.

»Es gibt Wege, die ins Feuer führen, andere zu den Gipfeln, wieder andere in die Dörfer. Jedem den seinen. Ich weiß nicht, was Reinheit ist, aber ich weiß, daß es Torheit ist, nicht seinem eigenen Weg zu folgen.«

»Leiden und Tod sind nichts Ehrenwertes«, bemerkte plötzlich Stéphanie, ihre Tränen hochschniefend. »Hätte ich mich als Klausnerin an der Porte du Bazacle eingemauert, dann hättest du mich mehr geliebt. Liebe mich als Lebende, du Schwachkopf.«

Um Atem ringend, überkochend vor schweren, wutrasenden, maßlos verliebten Worten, richtete Novelli sich jäh wieder auf. Er wollte irgend etwas mit seinen Blicken schreien, fuchtelte mit den Händen vor seinem Gesicht, packte plötzlich seine Gefährtin an den Haaren, küßte sie gewaltsam auf den Mund, stieß sie wieder von sich und starrte sie entgeistert an, glutrot im Gesicht, erschrocken, wütend und flehentlich. Sie senkte den Kopf, wischte sich die aufgebissenen Lippen. In ihren Augen leuchtete Siegesfreude.

Vitalis und Bruder Bernard erhoben sich und sagten, sie müßten die Pferde tränken. Der Mönch machte ein verzücktes Gesicht. Während er hinter Stéphanie vorbeiging, neigte er sich über sie und glättete ihr, einen Segen murmelnd, das Haar. Überrascht und lächelnd blickte sie ihm nach, dann verließ auch sie den Tisch, nahm die leeren Krüge mit und fragte die Hinkende, wo die Fässer stünden. Novelli hatte die Hände unters Kinn gestützt und schien wie in einen morgendlichen Traum versunken. Glücklich darüber, daß er endlich allein mit ihm war, setzte sich Salomon fest auf seinem Hocker zurecht und sagte, während er mit raschen Gesten den Brotstaub um die Becher fortwischte:

»Hab ich dir nicht mal von jenem Alchemisten erzählt, der mich einst in Cordoba unterrichtete? Ich glaube schon. Er war blind und lebte von kleinen Hausierereien und Almosen. Als er eines Tages an der Pforte eines Klosters bettelte, fühlte er, wie sich ein Edelmann näherte, sich auf einen Eckstein am Eingang setzte und ihn in schlichten Worten fragte, ob ihn seine Gesellschaft nicht störe. Mein Meister witterte die Güte, die ihn umstrahlte, und wußte sofort, daß dieser Mann, obwohl er ihm nie begegnet war, dennoch ein sehr eng vertrauter Gefährte war. Er war Ratsherr am andalusischen Hof, hatte aber die nämlichen Debakel der Seele durchschritten wie er, die nämlichen Tode und die nämliche Wiedergeburt, weshalb einer den andern sogleich erkannte. Der Bettler hatte keinerlei Hochachtung für die Mächtigen, und der hohe Herr kein besonderes Mitleid für Vagabunden, doch sie sprachen lange miteinander und waren beide einer Meinung, was den Irrsinn der Welt, die Schönheit des Lebens, die gemeinsame Ignoranz der Mächtigen wie der Armen und die Notwendigkeit der Liebe anbetraf. Am Ende küßte der Edelmann dem Blinden die Hand und gab ihm alles Gold, das er bei sich trug. Der Blinde tat ihm nicht die Beleidigung an, ihm zu danken, denn sie waren ja Brüder, und ein jeder ging weiter seines Wegs. Dem Anschein nach war der eine staubig, der andere gefliest mit Marmor. In Wirklichkeit waren sie einander jedoch ähnlich, aber das wußten nur sie allein. Ob du Bischof bist oder nicht, wird nichts an deiner Seele ändern, Novelli. Du wirst es sein, denn wie sich zeigt, ist dies dein Weg. Sobald du die Tür durchschritten hast, die sich vor dir auftut, wirst du deine wahren Gefährten erkennen, ganz gleich, welches Gewand sie tragen, und du wirst erfahren, daß sie beileibe nicht zahlreich sind. Du wirst nahezu alleine leben, ohne irgend etwas zu verlangen. Du wirst, so gut du kannst, einem jeden deine Schlichtheit und dein

Mitgefühl spenden und wirst die Gelüste deines Leibes, selbst die weniger edlen, mit der Liebe befriedigen, die zu allem vonnöten ist. Dann wirst du ein unaussprechliches und so subtiles Wissen erlangen, daß du anfangs Mühe haben wirst, es von der Illusion zu unterscheiden, doch sei ohne Furcht: Nach und nach wird es sich in dein Herz eingraben und so unauslöschlich werden, als wär es eingemeißelt in einen harten Stein.«

Stéphanie kehrte zurück mit Krügen, die bis zum Rand mit schäumendem Wein gefüllt waren. Einen Augenblick hielt sie zögernd inne und staunte über die Träumerei, in der sich die beiden Männer nun befanden. Dann entfernte sie sich aufs neue, denn das Mädchen rief sie aufgeregt winkend und flüsternd zu sich.

»Im Collegium zu Rom, das ich mit Gui de l'Isle besuchte«, sagte Novelli, »da sprach man von mir wie von einem möglichen Papst. Dieses Gemunkel erschien mir äußerst vulgär, ich fand es grauenhaft und wollte nichts davon hören.«

Er stieß einen Seufzer heftigen Überdrusses aus und fuhr, wenn auch mit einem sonderbaren Bedauern, fort:

»Eines Tages werde ich Kardinal sein und du ein reicher jüdischer Kaufmann, und doch werden wir Freunde sein.«

»Wenn du willst, kann ich mich gern katholisch taufen lassen.«

»Du spottest!«

»Ja, aber nicht über dich. Es wird mir Vorteile bringen.«

»Zweifellos, denn dann zahlst du keine Judensteuer mehr«, meinte Novelli grinsend; Salomon fügte mit einem genießerischen Glanz in den Augen hinzu:

»... und erlange Zutritt zu den Büchern in den Klöstern.«

Gemeinsam verfielen sie in jubelndes Gelächter, schenkten sich zu trinken ein und stießen laut mit ihren Bechern an. Stéphanie winkte ihnen einen Abschiedsgruß zu, dann verließ sie mit der Hinkenden die Gaststube. Durch die nahe Fensterluke blickten sie ihrer schönen Gefährtin und dem armen Mädchen nach, das sie mit dem Arm um die Hüfte stützte, und wie sich die beiden, wohl um dem Vater entgegenzugehen, auf dem Weg zur Stadtmauer entfernten. Von der Schwelle zum Pferdestall, der durch eine flüchtig gemauerte, rissige Wand von der Gaststube getrennt war, erdröhnte Lachen und Geschrei. Vitalis und Bruder Bernard spielten mit flinken Zungen, Blicken und Händen mit ihren Sous um den Himmel. Novelli verharrte sinnierend in Träumen und lächelte von Zeit zu Zeit bei den Gedanken, die ihm kamen. Salomon trat an das schmale Fenster, stützte die Ellbogen auf den Sims, und während er in der Ferne hinter den ersten Dorfhütten vor der Stadt den blauenden Hügel von Naurouze betrachtete, dachte er an den Genuß der Liebe, den sie am Fuße der Doppeleiche entdeckt hatten. Nie hatte er sie auf so schlichte und starke Weise gekostet. Gewiß mußte man ein Christ sein, um es zu wagen, sich bis zum äußersten Zusammenbruch der Seele an ihr zu berauschen, wie es Novelli getan hatte.

Auf einmal platzten die beiden Spieler in die Stube herein und führten einen höllischen Hanswurstensabbat auf. Bruder Bernard Lallemands Gesicht war puterrot und gebläht vor Eitelkeit wie von einem, der sich nicht traut, ein riskantes Versprechen einzuhalten. Bei jedem Schritt machte er Miene zu flüchten, und doch trat er, von seinem

Kumpan mit mächtigen Püffen vorwärtsgerempelt, Schritt für Schritt näher.

»Der fette Esel will mit Euch sprechen«, sagte Vitalis, während er den Mönch vor Novelli hinschob und am Gürtel festhielt.

Bruder Bernard schwankte von einem Bein aufs andere wie eine gemästete Gans, suchte mit seinen Blicken in der verlassenen Gaststube nach Hilfe, bis er endlich bereit war, sich fest auf beide Beine zu stellen und seinem Herrn ins Auge zu sehen. Dann holte er tief Luft, schlug sich mit der Faust in die Handfläche, um seinen Worten über die Lippen zu helfen, und sagte:

»Wenn's wahr ist, daß ein jeder seinem Weg folgen soll…« Er verstummte und war außerstande, fortzufahren, vor Kichern wegen der Ellbogenhiebe, die ihm der Gaukler in die Rippen verpaßte.

»Er will Jahrmarktsgaukler werden, Monseigneur«, gestand Vitalis an seiner Stelle.

Der Mönch stieß ihn von sich und setzte sofort mit wirrer Hast zu einer Verteidigungsrede an:

»Ich bin ein Mann von schlichtem und sicherem Glauben, Jacques, und das weißt du. Das Maul soll mir verbrennen, wenn ich nur einen Augenblick dran denk, unsern Herrn Jesus Christus zu verleugnen. Doch leider Gottes lieb ich den Wein, die Spiele, die ums Glück so sehr wie die um Geschicklichkeit; und noch mehr als Hochamt und große Messen ergreifen mich, o Elend, die Jahrmarktspossen und schönen Gauklergecken. Wenn ich diesen Habit nicht ausziehn müßte und doch mein Auskommen verdienen könnte, indem ich auf die Bretter steig, von den großen Liebesleidenschaften sing, die den Bauernweibern das Wasser in die Augen treiben, Zauberstücklein und Märchenspiele aufführ, wie's mir Vitalis beigebracht hat, dann wär ich der glücklichste deiner Brüder, das ist sicher.«

Novelli füllte einen Becher, reichte ihn ihm und senkte sehr nachdenklich das Haupt. Bernard schien überrascht, blickte mit einem begossenen Lächeln Vitalis und Salomon an, traute sich nicht zu trinken, und sagte weiter:

»Ich wollte dich wirklich nicht verletzen.«

»Du hast mich nicht verletzt«, antwortete Novelli und blickte zu ihm auf. »Doch es schmerzt mich, daß du mich verläßt. Du hast so lange über mich gewacht.«

Dann schmunzelte er wohlwollend. Bernards Blicke wurden feucht verhangen.

»Ich komm ja wieder«, meinte er kleinlaut.

»Aber zuerst zieh einmal los, guter Mann, zieh los, ich segne dich.«

Da breitete sich eine gewaltige Freude über das Gesicht des Mönchs, sein Becher geriet ins Zittern, und Wein schwappte ihm über die Hand.

»Du warst es, der mich mit deinen großen Höhenflügen auf die Lust gebracht hat, den Himmel zu erklimmen«, sagte er. »Auf dem kleinen Pfad zu unsrer Kapelle wär ich eingeschlafen, dafür hab ich zuviel Feuer unterm Hintern und zuviel Platz in der Reisetruhe. Jacques, ich spür in mir eine Freiheitslust, daß ich alle Türen in Splitter schlagen könnte.«

»Du wirst niemals mehr ein Diener sein«, sagte Novelli strahlend.

»Ich und Diener? So was bin ich nie gewesen«, engegnete er in heller Entrüstung.

Sofort umringte ihn schallendes Gelächter, und er lachte mit.

»Wir kommen nicht mit nach Toulouse«, verkündete Vitalis. »Wir wollen zum Maifest in Carcassonne sein.«

Sie leerten die Krüge, wagten sich nicht anzublicken, verbrachten einen langen Moment in armseligen, seichten Reden und hatten es eilig, sich zu trennen, bevor die Schwermut zu erdrückend wurde. Vitalis begab sich als erster zur Tür, stieß sie auf und schnupperte in die Luft. Novelli nahm Bruder Bernard an der Hand und begleitete ihn bis an die Schwelle. Dort umarmten sie sich, jeder rotzte dem anderen auf die Schulter, der Mönch mit den Worten: »Umarm für mich Madame Stéphanie und unsre Mitbrüder im Kloster«, und Jacques: »Los, hau ab und sei unbesorgt.«

Salomon drückte in gleicher Weise Vitalis Le Troué in seine Arme, segnete ihn und nahm ihm das Versprechen ab, nicht zu arg den Adel zu verspotten. Mit Mühe rissen sie sich aus den Umarmungen, dann wandten die beiden Jahrmarktsgaukler ihr Gesicht der Landstraße zu, rannten los, drehten sich in einem taumelnden Tanzschritt um die eigene Achse, winkten einen Abschiedsgruß zurück und verschwanden.

Ihre Gefährten blieben schweigend am Wegrand zurück und warteten auf Stéphanie. Sobald sie sie mit dem Gastwirt und seiner Tochter im kleinen Stadttor auftauchen sahen, liefen sie ihnen entgegen. Der kleine Mann war selig: Seit verwichenem Winter, als ihm seine Frau gestorben war, brauchte er eine Dienstmagd. Novelli schob ihm seine Börse in die Hand und versicherte, daß er die junge Dame oft besuchen käme. Der andere versprach ihm untertänig, daß er sie behandeln würde, wie es der Gefährtin eines hohen Herrn gebühre.

Stéphanie und die junge Hinkende, die ihr keinen Schritt mehr von der Seite weichen wollte, kletterten gemeinsam in den nämlichen Sattel, um Jacques und Salomon bis zum Saum des Waldes zu begleiten. Ihr Abschied war kurz und schlicht. Aus ihren Blicken und den verstohlen über das Gesicht wischenden Händen sprach nichts als ein baldiges Wiedersehn.

»Gib acht auf dich, Novelli«, sagte sie.

»Gib acht auf dich«, sagte er.

Dann riß er seine Zügel herum, und die beiden Männer ritten, ein Pferd und zwei reiterlose Maulesel hinter sich herziehend, in den Wald.

Die Reise verlief gemächlich und unter Träumen. Mit freudiger Ergriffenheit fanden sie die Bäume wieder, in denen es von Vögeln wimmelte, und das niedergetrampelte Gras, wo sie sich beinahe geprügelt hätten, die Bachfurt, wo Vitalis und Bruder Bernard gebadet hatten, und die Wiese, wo sie am frühen Morgen zusammengetroffen waren. Im Laufe des Nachmittags tauchten die ersten Hütten am Rand der Obstgärten auf, der ungerührt in den klaren Himmel aufsteigende Rauch des Faubourg Saint-Cyprien und dann in der Ferne die Stadtmauern und der Geruch der Garonne. Während er im mäßigen Schritt seines Rosses auf dem breiten Weg am Flußufer dahinritt, meinte Novelli zu Salomon:

»Bald werde ich wie gewohnt in meinem Kloster empfangen werden – ich rieche bereits seine vertrauten Wohlgerüche –, und dann werde ich wie gewohnt ein, zwei Stunden lang Gui de l'Isle von seinen Kathedralenplänen ablenken gehen. Er wird glücklich sein, mich wohlbehalten und guter Dinge zurückgekehrt zu sehen. Er wird denken, ich hätte eine Art Seelensturm durchschifft und sei mit Gottes Hilfe errettet worden. Er wird mir ein paar von Grazides Leckereien anbieten, und wir werden eine behagliche Weile miteinander verbringen.«

»Oft«, antwortete Salomon, »erscheint den Menschen alles sonnenklar, unbestreitbar und völlig einfach. Und doch ist alles falsch. Und mir ist's lieb, daß es so ist, ich weiß nicht, warum.«

»Was ist also wirklich geschehen, sag's mir, seit dem letzten Krankenlager meines Oheims Arnaud?«

»Nichts als was vorauszusehen war. Der alte Kardinal ist gestorben, eine Bande Banditen wurde in Stücke gehauen und ihr Häuptling gehenkt. Maître Novelli ringt noch immer darum, seinen Juden zu bekehren. Man sagt, er besuche häufig ein Gasthofflittchen in Avignonet, so als gäb's nicht Huren zur Genüge in Toulouse. Warum lachst du?«

»Das Leben gefällt mir, Salomon, und doch fühl ich mich wie ein Gespenst in dieser Welt.«

»Ich empfinde das gleiche Gefühl, mein Sohn«, antwortete der Jude ruhig.

Als sie den Port de Garaud erreichten, stammelten vier Mönche aus dem Kloster Daurade, die gerade aus einer Barke sprangen, untertänige Segnungen, während Monseigneur Novelli an ihnen vorüberritt. Jacques hielt sich steif auf seinem Roß und erwiderte den Gruß mit edler Strenge.

EPILOG

Salomon d'Ondes trat im Sommer zu Johanni, nachdem er einiges getrunken hatte, zum katholischen Glauben über. Vitalis Le Troué und Bruder Bernard Lallemand, die an jenem Tag nach Toulouse zurückgekehrt waren, hatten ihre Gefährten zu einem Festschmaus mit Obst und Wein unter der Kapellenulme geladen. Es herrschte eine erdrückende Hitze, und der Jude war bereits halb betrunken, als er sich von Bruder Bernard dazu beschwatzen ließ, mit Sous um seinen Glauben zu spielen. Besoffener als er, doch mit ganz neuem Geschick im Jonglieren, hatte der Mönch nur wenig Mühe, ihn zum Christen zu machen. Mit rührender Gutmütigkeit fügte sich Salomon in seine Niederlage und meinte nur: »Nu, dann muß es eben sein.« Und so wurde er am folgenden Tag in Gegenwart von Bischof Gui, einer stattlichen Versammlung von Gläubigen und Stéphanie, die zu jenem Anlaß aus Avignonet gekommen war, von Jacques Novelli in der Kathedrale Saint-Étienne getauft.

Jacques hatte zu jenem Zeitpunkt sein Amt des Groß-Inquisitors von Toulouse abgelegt. Von da an war er Prior der stattlich reichen Abtei von Fontfroide, welche sein Oheim ihm als Erbe vermacht hatte. Im Laufe des darauffolgenden Winters wurde er auf den Stuhl des Bischofs von Pamiers erhoben. Daraufhin ließen sich Salomon und Stéphanie in jener Stadt unweit des bischöflichen Hauses nieder, wo sie sich durch Handel mit Tuch und Wolle aus der Ariège konvenablen Reichtum erwarben.

Oft sprachen sie mit Novelli über die Nacht, die sie miteinander auf dem Hügel von Naurouze erlebt hatten. Wenn er den christlichen Glauben angenommen habe, so behauptete Salomon eines Tages, dann sei es vielleicht zum Gedenken an jene gemeinsamen Stunden geschehen, aber er selbst war sich nie ganz sicher, weshalb. Und doch beschlossen alle drei während eines gemeinsamen Aufenthalts in Rom (Novelli war damals Kardinal), sich, wenn ihr Stündlein schlagen würde, am Fuße der Doppeleiche begraben zu lassen, wo Jean Le Hongre ruhte. Salomon verstarb als erster. Und er erhielt dort sein Grab, sofern man dem Zeugnis von Bruder Bernard Lallemand glauben möchte, der in sein Kloster der Predigenden Brüder zurückgekehrt war, nachdem man Vitalis auf Befehl eines aquitanischen Grundherrn, welchen er allzu grob verspottete, mit Stockschlägen zu Tode gebracht hatte. Novelli starb in Avignon an der Seite von Papst Benedikt XII., dessen Vertrauter er geworden war. Seine offizielle Beisetzung wurde zu Toulouse begangen. Doch bereits in der folgenden Nacht wurde sein Leichnam in großer Heimlichkeit (Gui de l'Isle begleitete die Reise) auf den Gipfel jener Anhöhe überführt, deren eine Seite die Winde kennt, während die andere nichts von ihnen weiß.

Über das Ende seiner Gefährtin ist hingegen nichts Gesichertes bekannt. Die Archive von Avignonet vermelden jedoch, daß man am ersten Tag des Jahres 1360 eine sehr alte Frau tot daliegend zwischen den Stämmen der Zwillingseiche von Naurouze gefunden habe. Eine klumpfüßige Irre habe bei ihr gewacht, und es sei unmöglich gewesen, sie von ihr zu trennen. Vernünftigerweise kann man daher annehmen, daß Stéphanie zum Sterben die Nähe von Jacques Novelli suchte, zumal sie niemals aufgehört hatte, ihn als ihren Gemahl zu bezeichnen.

PLAN DE LA VILLE DE THOLOSE
A Paris Chez Melchior Tavernier, An. 1631
Garonne Riviere